U0145743

高高 BOOKS

脂硯齋評石頭記

壹

〔清〕曹雪芹 著
〔清〕脂砚斋等 评
若水古社 整理

廣陵書社
江苏·扬州

图书在版编目（CIP）数据

脂砚斋评石头记 / (清) 曹雪芹著 ; 脂砚斋等评 ; 若水古社整理. -- 扬州 : 广陵书社, 2023.12
ISBN 978-7-5554-1897-9

Ⅰ. ①脂… Ⅱ. ①曹… ②脂… ③若… Ⅲ. ①《红楼梦》评论 Ⅳ. ①I207.411

中国国家版本馆CIP数据核字(2023)第223233号

书　　名　脂砚斋评石头记
著　　者　〔清〕曹雪芹　著　〔清〕脂砚斋 等　评
整　　理　若水古社
责任编辑　方慧君

出版发行　广陵书社
扬州市四望亭路2-4号　邮编　225001
(0514) 85228081（总编办）　85228088（发行部）
http://www.yzglpub.com　E-mail:yzglss@163.com

印刷装订　河北鹏润印刷有限公司

开　　本　880毫米×1230毫米 1/32
印　　张　38.5
插　　页　26
字　　数　832千字
版　　次　2023年12月第1版
印　　次　2023年12月第1次印刷
标准书号　ISBN 978-7-5554-1897-9
定　　价　268.00元（全三册）

满纸荒唐言，一把辛酸泪。
都云作者痴，谁解其中味？

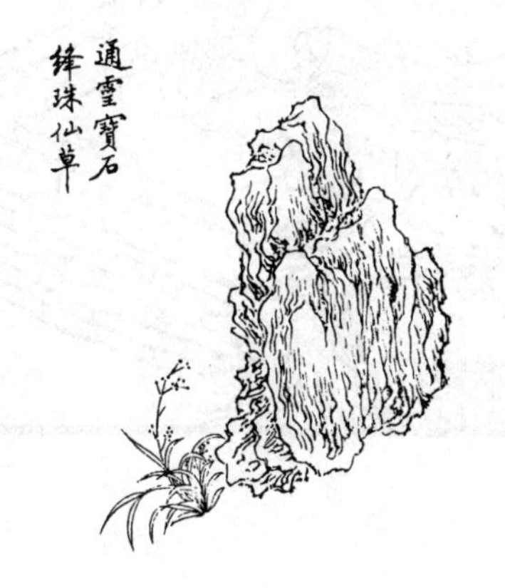

寶玉

黛玉

寶釵

出版说明

《红楼梦》是人类文明史上一部神秘、复杂、伟大的文学作品，被公认为中国古典小说不可逾越的巅峰。评论家说，几千年中国文学史，假如我们只有一部《红楼梦》，它的光辉也足以照亮古今中外。它残缺不全，给人留下无限的想象和解读的空间；它客观真实，明白展示了封建社会贵族家庭和文化生活；它字字泣血，揭示了封建礼教束缚下女性被摧残的无常命运……“满纸荒唐言，一把辛酸泪。都云作者痴，谁解其中味？”曹公雪芹用悲悯之眼，看透了在三纲五常秩序束缚下人性的美好与丑恶；挥如椽巨笔，写尽了在“文以载道”的时代背景下的人世情爱与“宿命轮回”。

曹雪芹大约于乾隆初年开始创作《红楼梦》，几经“批阅”“增删”，至少到乾隆十九年甲戌（1754），初稿基本完成，脂砚斋抄阅再评。乾隆二十七年壬午除夕或乾隆二十八年癸未除夕，曹雪芹去世。可能直到曹雪芹去世，整部书稿仍未全部定稿。

曹雪芹在世时，《红楼梦》只以稿本的形式在小范围内传阅、评点、修改，后来才以草本的形式辗转传抄，逐渐流传。“好事者每传抄一部，置庙市中，昂其值，得数十金。”这些抄本因其上保留了大量朱红色批语，且有些重要传抄版本上题有“脂砚斋重评石头记”字样，所以今人便称其为脂评本或脂批本。

但两位资深“红迷”高鹗、程伟元有感于抄本讹误极多，又没有完本，于是广泛收集后四十回残稿，“细加厘剔，截长补短”，完成了《红楼梦》全书一百二十回的加工、整理及校订工作，并于乾隆五十六年（1791）用木活字印刷付刊，正式出版。从此，以这个版本为母本的《红楼梦》统称为“程高本”。

在程高本出现后，由于抄写本成本高、周期长，无法量产，几乎消失殆尽。但随着近百年来新的抄本陆续被发现，抄本重新回到大众的视野。脂批本早在曹雪芹生前就已流行，更接近原书原貌，且因脂批或评点写作手法，或分析各人动因，或提示后情，可以说对于后人理解《红楼梦》起了不可或缺的作用，所以当代“红迷”们无不以一睹其貌为快。

截至目前，已知脂批本有十余种，其中保存脂批的有六种，分别是甲戌本、己卯本、庚辰本、戚序本、蒙府本和列藏本。其中，甲戌本发现于1927年。当年，胡适偶然购得一部残缺不全题名为《脂砚斋重评石头记》的《红楼梦》早期稿本的过录本。因其第一回楔子中有一句在通行印本上从未见过的话——“至脂砚斋甲戌抄阅再评，仍用《石头记》”，遂将其命名为甲戌本。胡适认为甲戌本是“世间最古的《红楼梦》写本”。红学家普遍认为，甲戌本所据底本最接近曹雪芹原稿的本来面貌。

一、本书以胡适所藏《脂砚斋重评石头记》甲戌本为底本，但因其只有十六回内容，故以保存回数最多的庚辰本（共七十八回）补缺，而庚辰本缺失的第六十四、六十七回内容，则以程甲本补足。同时参校已卯本、蒙府本、戚序本、列藏本，以及人民文学出版社2008年版《红楼梦》，对原文进行补正。熔各本之精华于一炉，精心锻造曹公雪芹亲著《红楼梦》前八十回。“痴者”以“辛酸泪”浇铸“荒唐言”，成就这一特色典藏本，供后世人细品其中之味。

二、汇辑六大脂批本评语三千余条，这些批语是解读《红楼梦》密码的一条条线索，对照原文，揣摩线索，感受“草蛇灰线，伏脉千里”的纵横快意，解密曹公“心机”和人物命运走向，那种福至心灵、豁然开朗是现代人习惯的碎片化阅读很难感受到的。同时，为了方便读者阅读，夹批、侧批随文夹注，眉批以页边注的形式置于原文旁，以小于正文字号的红色仿宋字体排版，以区别于原文。为避免重复，如后出脂批本中同一位置的批语相同或仅有个别字词差异，则不再列出。如批语不同，则批语与批语之间以空格进行区分，但并不特别标明批语出自哪一脂批本。各回回前墨、回后评据底本及校本增补，亦以与原文同字号红色仿宋字体排版。若有若干出自不同脂批本的回前墨、回后评，则空一行以示区分。

三、特别收录甲戌本凡例。此凡例为甲戌本独有，开篇即点明“《红楼梦》旨义”，介绍了《红楼梦》各种书名的不同来历、写书缘起，并解释了第一回回目的含义，对于理解全书有着不可替代的作用。

四、本版校点还参考了俞平伯、陈庆浩、邓遂夫等前辈红学专家的研究成果，对于脂批断句、错别字、标点进行全面审核编辑，以求严谨、准确。

五、为给读者完美的阅读体验，本次整理，在保持原文原貌的基础上，对于原抄本错别字、混用字、人物称呼酌情进行修改、统一，以求通顺、易懂。对原抄本所缺之字，无法补出者，皆以缺字符“口”代替。

六、《石头记》问世后，为其创作的绘画作品层出不穷，清代画家改琦《红楼梦图咏》所绘五十幅人物像，因刻工精良，人物传神，衣饰精美，神韵斐然，颇有“闲静时如娇花照水，行动处似弱柳扶风”的气质，自光绪五年（1879）首次刊印，就脱颖而出，甚受时人喜爱。本书特从中精选二十五幅，以飨读者。第一册收录贾宝玉、林黛玉、薛宝钗三人。第二册收录金陵十二钗正册余下十人：贾元春、贾探春、史湘云、妙玉、贾迎春、贾惜春、王熙凤、巧姐、李纨、秦可卿。第三册精选金陵十二钗副册及又副册中的十三人：香菱、薛宝琴、尤三姐、邢岫烟、李纹、李绮、晴雯、袭人、平儿、鸳鸯、紫鹃、小红、龄官。

若水古社

凡 例

《红楼梦》旨意。是书题名极多，《红楼梦》是总其全部之名也。又曰《风月宝鉴》，是戒妄动风月之情。又曰《石头记》，是自譬石头所记之事也。此三名皆书中曾已点睛矣。如宝玉作梦，梦中有曲名曰《红楼梦》十二支，此则《红楼梦》之点睛。又如贾瑞病，跛道人持一镜来，上面即錾“风月宝鉴”四字，此则《风月宝鉴》之点睛。又如道人亲眼见石上大书一篇故事，则系石头所记之往来，此则《石头记》之点睛处。然此书又名曰《金陵十二钗》，审其名则必系金陵十二女子也。然通部细搜检去，上中下女子岂止十二人哉？若云其中自有十二个，则又未尝指明白系某某，及至“红楼梦”一回中亦曾翻出金陵十二钗之簿籍，又有十二支曲可考。

书中凡写长安，在文人笔墨之间则从古之称，凡愚夫妇儿女子家常口角则曰“中京”，是不欲着迹于方向也。盖天子之邦，亦当以中为尊，特避其“东南西北”四字样也。

此书只是着意于闺中，故叙闺中之事切，略涉于外事者则简，不得谓其不均也。

此书不敢干涉朝廷，凡有不得不用朝政者只略用一笔带出，盖实不敢以写儿女之笔墨唐突朝廷之上也，又不得谓其不备。

此书开卷第一回也，作者自云：“因曾历过一番梦幻之后，故将真事隐去，而撰此《石头记》一书也，故曰‘甄士隐梦幻识通灵’。”但书中所记何事，又因何而撰是书哉？自云：“今风尘碌碌，一事无成，忽念及当日所有之女子，一一细推了去，觉其行止见识，皆出于我之上。何堂堂之须眉，诚不若彼一干裙钗？实愧则有余、悔则无益之大无可奈何之日也。当此时则自欲将已往所赖，上赖天恩、下承祖德，锦衣纨绔之时、饫甘餍美之日，背父母教育之恩、负师兄规训之德，已致今日一事无成、半生潦倒之罪，编述一记，以告普天下人。虽我之罪固不能免，然闺阁中本自历历有人，万不可因我不肖，则一并使其泯灭也。虽今日之茅椽蓬牖、瓦灶绳床，其风晨月夕、阶柳庭花，亦未有伤于我之襟怀笔墨者。何为不用假语村言，敷演出一段故事来，以悦人之耳目哉？故曰‘风尘怀闺秀’。”乃是第一回题纲正义也。开卷即云“风尘怀闺秀”，则知作者本意原为记述当日闺友闺情，并非怨世骂时之书矣。虽一时有涉于世态，然亦不得不叙者，但非其本旨耳，阅者切记之。

诗曰：

浮生着甚苦奔忙，盛席华筵终散场。
悲喜千般同幻渺，古今一梦尽荒唐。
谩言红袖啼痕重，更有情痴抱恨长。
字字看来皆是血，十年辛苦不寻常。

目录

第一回

甄士隐梦幻识通灵　贾雨村风尘怀闺秀

此开卷第一回也。作者自云：因曾历过一番梦幻之后，故将真事隐去，而借“通灵”之说，撰此《石头记》一书也。故曰“甄士隐”云云。但书中所记何事何人？自又云：“今风尘碌碌，一事无成，忽念及当日所有之女子，一一细考较去，觉其行止见识，皆出于我之上。何我堂堂须眉，诚不若此裙钗哉？实愧则有余，悔又无益之大无可如何之日也！当此，则自欲将已往所赖天恩祖德，锦衣纨绔之时，饫甘餍肥之日，背父兄教育之恩，负师友规谈之德，以至今日一技无成、半生潦倒之罪，编述一集，以告天下人：我之罪固不免，然闺阁中本自历历有人，万不可因我之不肖，自护己短，一并使其泯灭也。虽今日之茅椽蓬牖，瓦灶绳床，其晨夕风露，阶柳庭花，亦未有妨我之襟怀笔墨。虽我未学，下笔无文，又何妨用假语村言，敷演出一段故事来，亦可使闺阁昭传，复可悦世之目，破人愁闷，不亦宜乎？”故曰“贾雨村”云云。

何非梦幻，何不通灵？作者托言，原当有自。受气清浊，本无男女[之]别。

明告看者。

因为传他，并可传我。

此回中凡用“梦”用“幻”等字，是提醒阅者眼目，亦是此书立意本旨。

列位看官，你道此书从何而来？说起根由虽近荒唐，自占地步。　自首荒唐。妙！细谙则深有趣味，待在下将此来历注明，方使阅者了然不惑。

原来女娲氏炼石补天之时，补天济世，勿认真用常言。于大荒山荒唐也。无稽崖无稽也。炼成高经十二丈，总应十二钗。方经二十四丈照应副十二钗。顽石三万六千五百零一块。娲皇氏只用了三万六千五百块，合周天之数。　数足，偏遗我，“不堪入选”句中透出心眼。只单单的剩了一块未用，剩了这一块，便生出这许多故事。使当日虽不以此补天，就该去补地之坑陷，使地平坦，而不得有此一部鬼话。便弃在此山青埂峰下。谁知此石自经煅炼之后，灵性已通，煅炼后，性方通。甚哉，人生不能学也。因见众石俱得补天，独自己无材不堪入选，遂自怨自叹，日夜悲号惭愧。

妙。自谓落堕情根，故无补天之用。

一日，正当嗟悼之际，俄见一僧一道远远而来，生得骨格不凡、丰神迥别，这是真像，非幻像也。说说笑笑来至峰下，坐于石边高谈快论。先是说些云山雾海、神仙玄幻之事，后便说到红尘中荣华富贵。此石听了，不觉打动凡心，也想要到人间去享一享这荣华富贵，但自恨粗蠢，不得已，便口吐人言，竟有人问："口生于何处？"其无心肝，可笑可恨之极。向那僧道说道："大师！弟子蠢物，岂敢，岂敢。不能见礼了。适闻二位谈那人世间荣耀繁华，心切慕之。弟子质虽粗蠢，岂敢，岂敢。性却稍通。况见二师仙形道体，定非凡品，必有补天济世之材，利物济人之德。如蒙发一点慈心，携带弟子得入红尘，在那富贵场中、温柔乡里受享几年，自当永佩洪恩，万劫不忘也。"二仙师听毕，齐憨笑道："善哉，善哉！那红尘中有却有些乐事，但不能永远依恃。况又有'美中不足，好事多魔'八个字紧相连属。瞬息间则又乐极悲生，人非物换。究竟是到头一梦，万境归空，四句乃一部之总纲。倒不如不去的好。"

这石凡心已炽，那里听得进这话去，乃复苦求再四。二仙知不可强制，乃叹道："此亦静极思动，无中生有之数也！既如此，我们便携你去受享受享。只是到不得意时，切莫后悔。"石道："自然，自然。"那僧又道："若说你性灵，却又如此质蠢，并更无奇贵之处。如此，也只好踮脚而已。煅炼过，尚与人踮脚，不学者又当如何？也罢，我如今大施佛法助你助，待劫终之日，复还本质，以了此案。妙。佛法亦须偿还，况世人之债乎？近之赖债者来看此句。所谓游戏笔墨也。你道好否？"石头听了，感谢不尽。那僧便念咒书符，大展幻术，明点"幻"字，好。将一块大石，登时变成一块鲜明莹洁的美玉，且又缩成扇坠大小的可佩可拿。奇诡险怪之文，有如髯苏《石钟》《赤壁》用幻处。那僧托于掌上，笑道："形体倒也是个宝物了，自愧之语。　世上人原自据看得见处为凭。还只没有实在的好处。妙极！之金玉其外、败絮其中者，见此大不欢喜。须得再镌上数字，使人一见便知是奇物方妙。世上原宜假不宜真也。　谚云："一日卖了三千假，三日卖不出一个真。”信哉！然后好携你到那昌明隆盛之邦，伏长安大都。诗礼簪缨之族，伏荣国府。花柳繁华地，伏大观园。温柔富贵乡，伏紫芸轩。去安身乐业。”何不再添一句云：择个绝世情痴作主人。石头听了，喜不能禁，乃问：“不知赐了弟子那几件奇处，可知若果有奇贵之处，自己亦不知者。若自以奇贵而居，究竟是无真奇贵之人。又不知携了弟子到何地方？望乞明示，使弟子不惑。”那僧笑道：“你且莫问，日后自然明白的。”说着便袖了这石，同那道人飘然而去，竟不知投奔何方何舍。

昔子房后谒黄石公，惟见一石，子房当时恨不随此石去。余亦恨不能随此石而去也。聊供阅者一笑。

后来，不知又过了几世几劫，因有个空空道人访道求仙，忽从这大荒山无稽崖青埂峰下经过，忽见一大石上字迹分明，编述历历。空空道人乃从头一看，原来就是无材补天、幻形入世，八字便是作者一生惭恨。蒙茫茫大士、渺渺真人携入红尘，历尽离合悲欢、炎凉世态的一段故事。后面又有一首偈云：

> 无材可去补苍天，书之本旨。枉入红尘若许年。惭愧之言，呜咽如闻。
> 此系身前身后事，倩谁记去作奇传？

诗后便是此石坠落之乡，投胎之处，亲自经历的一段陈迹故事。其中家庭闺阁琐事，以及闲情诗词倒还全备，或可适趣解闷，“或”字谦得好。然朝代年纪、地舆邦国，却反失落无考。若用此套者，胸中必无好文字，手中断无新笔墨。据余说，却大有考证。　妙在“无考”。空空道人遂向石头说道：“石兄，你这一段故事，据你自己说有些趣味，故编写在此，意欲问世传奇。据我看来，第一件，无朝代年纪可考；先驳得妙！第二件，并无大贤大忠理朝廷、治风俗的善政，将世人欲驳之腐言，预先代人驳尽。妙！其中只不过几个异样女子，或情或痴，或小才微善，亦无班姑、蔡女之德能，我纵抄去，恐世人不爱看呢！”石头笑答道：“我师何太痴耶！若云无朝代可考，今我师竟假借汉、唐等年纪添缀，所以答得好。又有何难？但我想，历代野史皆蹈一辙，莫如我这不借此套者反倒新奇别致，不过只取其事体情理罢了，又何必拘拘于朝代年纪哉！再者，市井俗人，喜看理治之书者甚少，爱看适趣闲文者特多。历来野史，或讪谤君相，或贬人妻女，先批其大端。奸淫凶恶，不可胜数。更有一种风月笔墨，其淫秽污臭，涂毒笔墨，坏人子弟，又不可胜数。至若佳人才子等书，则又千部共出一套，且其中终不能不涉于淫滥，以致满纸潘安、子建、西子、文君，不过作者要写出自己的那两首情诗艳赋来，放笔以情趣世人，并评倒多少传奇。文气淋漓，字句切实。故假拟出男女二人名姓，又必旁出一小人其间拨乱，亦如剧中之小丑然。且环婢开口即者也之乎，非文即理。故逐一看去，悉皆自相矛盾、大不近情理之话。竟不如我半世亲睹亲闻的这几个女子，虽不敢说强似前代书中所有之人，但事迹原委，亦可以消愁破闷，也有几首歪诗熟话，可以喷饭供酒。至若离合悲欢，兴衰际遇，则又追踪蹑迹，不敢稍加穿凿，徒为供人之目而反失其真传者。今之人，贫者日为衣食所累，富者又怀不足之心。纵一时稍闲，又有贪淫恋色、好货寻愁之事，那里去有工夫看那理治之书？所以我这一段事，也不愿世人称奇道妙，也不定要世人喜悦检读，转得更好。只愿他们当那醉余饱卧之时，或避世去愁之际，把此一玩，岂不省了些寿命筋力？就比那谋虚逐妄去，也省了口舌是非之害，腿脚奔忙之苦。再者，亦令世人换新眼目，不比那些胡牵乱扯，忽离忽遇，满纸才人淑女，子建、文君、红娘、小玉等通共熟套之旧稿。我师意为何如？”余代空空道人答曰：不独破愁醒盹，且有大益。

事则实事，然亦叙得有间架，有曲折，有顺逆，有映带，有隐有见，有正有闰。以至草蛇灰线、空谷传声、一击两鸣、明修栈道、暗渡陈仓、云龙雾雨、两山对峙、烘云托月、背面傅粉、千皴万染诸奇。书中之秘法，亦不复少。余亦于逐回中搜剔刳剖，明白注释，以待高明再批示误谬。

空空道人听如此说，思忖半晌，将这《石头记》本名。再检阅一遍。这空空道人也太小心了，想亦世之一腐儒耳。因见上面虽有些指奸责佞、贬恶诛邪之语，亦断不可少。亦非伤时骂世之旨。要紧句。及至君仁臣良、父慈子孝，凡伦常所关之处，皆是称功颂德，眷眷无穷，实非别书之可比。虽其中大旨谈情，亦不过实录其事，又非假拟妄称，要紧句。一味淫邀艳约、私订偷盟之可比。因毫不干涉时世，要紧句。方从头至尾抄录回来问世传奇。因空见色，由色生情，传情入色，自色悟空，遂易名为情僧，改《石头记》为《情僧录》。至吴玉峰题曰《红楼梦》。东鲁孔梅溪则题曰《风月宝鉴》。后因曹雪芹于悼红轩中披阅十载，增删五次，纂成目录，分出章回，则题曰

开卷一篇立意，真打破历来小说窠臼。阅其笔则是《庄 子》《离骚》之亚。

斯亦太过！

雪芹旧有《风月宝鉴》之书，乃其弟棠村序也。今棠村已逝，余睹新怀旧，故仍因之。

《金陵十二钗》。并题一绝云：

满纸荒唐言，一把辛酸泪。

都云作者痴，谁解其中味？此是第一首标题诗。

若云雪芹披阅增删，然后开卷至此，这一篇楔子又系谁撰？足见作者之笔，狡猾之甚。后文如此处者不少。这正是作者用画家烟云模糊处，观者万不可被作者瞒蔽了去，方是巨眼。

能解者，方有辛酸之泪哭成此书。壬午除夕，书未成，芹为泪尽而逝。余尝哭芹，泪亦待尽。每意觅青埂峰再问石兄，奈不遇癞头和尚何！怅怅！

至脂砚斋甲戌抄阅再评，仍用《石头记》。出则既明，且看石上是何故事。按那石上书云：以石上所记之文。

当日地陷东南，这东南一隅有处曰姑苏，是金陵。有城曰阊门者，最是红尘中一二等富贵风流之地。妙极，是石头口气。惜米颠不遇此石。这阊门外有个十里街，开口先云势利，是伏甄封二姓之事。街内有个仁清巷，又言人情，总为士隐火后伏笔。巷内有个古庙，因地方窄狭，世路宽平者甚少。亦凿。人皆呼作葫芦庙。糊涂也，故假语从此具焉。庙旁住着一家乡宦，不出荣国大族，先写乡宦小家。从小至大，是此书章法。姓甄名费，废。字士隐。托言将真事隐去也。嫡妻封氏，风。因风俗来。情性贤淑，深明礼义。八字正是写日后之香菱，见其根源不凡。家中虽不甚富贵，然本地便也推他为望族了。本地推为望族，宁、荣则天下推为望族。叙事有层落。只因这甄士隐禀性恬淡，不以功名为念，自是羲皇上人，便可作是书之朝代年纪矣。总写香菱根基，原与正十二钗无异。　伏笔。每日只以观花修竹、酌酒吟诗为乐，倒是神仙一流人

真。后之甄宝玉亦借此音，后不注。

品。只是一件不足，如今年已半百，膝下无儿，所谓美中不足也。只有一女，乳名英莲，设云“应怜”也。年方三岁。一日炎夏永昼，热日无多。士隐于书房闲坐，至手倦抛书，伏几少憩，不觉朦胧睡去。梦至一处，不辨是何地方。忽见那厢来了一僧一道，是方从青埂峰袖石而来也。接得无痕。且行且谈。只听道人问道：“你携了这蠢物，意欲何往？”那僧笑道：“你放心，如今现有一段风流公案正该了结，这一干风流冤家尚未投胎入世。趁此机会，就将此蠢物夹带于中，使他去经历经历。”那道人道：“原来近日风流冤孽又将造劫历世去不成？苦恼是造劫历世，又不能不造劫历世，悲夫。但不知落于何方何处？”那僧笑道：“此事说来好笑，竟是千古未闻的罕事。只因西方灵河岸上三生石畔，妙。所谓三生石上旧精魂也。有绛珠草一株。点“红”字。　细思“绛珠”二字，岂非血泪乎。时有赤瑕宫点“红”字、“玉”字二。神瑛侍者，单点“玉”字二。日以甘露灌溉，这绛珠草便得久延岁月。后来既受天地精华，复得雨露滋养，遂得脱却草胎木质，得换人形，仅修成个女体，终日游于离恨天外，饥则食密青果为膳，渴则饮灌愁海水为汤。饮食之名奇甚！出身履历更奇甚！写黛玉来历，自与别个不同。只因尚未酬报灌溉之德，故其五衷便郁结着一段缠绵不尽之意。妙极！恩怨不清，西方尚如此，况世之人乎。趣甚，警甚！　点题处，清雅。恰近日神瑛侍者凡心偶炽，总悔轻举妄动之

今而后，惟愿造化主再出一芹一脂，是书何幸！余二人亦大快遂心于九泉矣！甲午八月泪笔。

全用幻，情之至莫如此。今采来压卷，其后可知。

按瑕字本注：玉，小赤也。又：玉有病也。以此命名，恰极。

以顽石、草木为偶，实历尽风月波澜，尝遍情缘滋味至无可如何，始结此木石因果，以泄胸中悒郁。古人之“一花一石如有意，不语不笑能留人”，此之谓耶？

意。乘此昌明太平朝世，意欲下凡造历幻缘，点“幻”字。已在警幻仙子案前挂了号。又出一警幻，皆大关键处。警幻亦曾问及，灌溉之情未偿，趁此倒可了结的。那绛珠仙子道：‘他是甘露之惠，我并无此水可还。他既下世为人，我也去下世为人，但把我一生所有的眼泪还他，也偿还得过他了。’观者至此，请掩卷思想：历来小说，可曾有此句千古未闻之奇文？　恩情山海债，惟有泪堪还。因此一事，就勾出多少风流冤家来，陪他们去了结此案。”余不及一人者，盖全部之主，惟二玉二人也。

知眼泪还债，大都作者一人耳。余亦知此意，但不能说得出。

那道人道：“果真是罕闻，实未闻有还泪之说。作想得奇。想来，这一段故事比历来风月事故更加琐碎细腻了。”那僧道：“历来几个风流人物，不过传其大概以及诗词篇章而已，至家庭闺阁中一饮一食，总未述记。再者，大半风月故事，不过偷香窃玉、暗约私奔而已，并不曾将儿女之真情发泄一二。所以别致。想这一干人入世，其情痴色鬼、贤愚不肖者，悉与前人传述不同矣。”那道人道：“趁此何不你我也去下世度脱几个，度脱，请问是幻不是幻。岂不是一场功德？”那僧道：“正合吾意。你且同我到警幻仙子宫中，将这蠢物交割清楚，待这一干风流孽鬼下世已完，你我再去。如今虽已有一半落尘，若从头逐个写去，成何文字？《石头记》得力处在此。丁亥春。幻中幻，何不可幻？情中情，谁又无情？不觉僧道亦入幻中矣。然犹未全集。”道人道：“既如此，便随你去来。”

却说甄士隐俱听得明白，但不知所云“蠢物”系何东西。遂不禁上前施礼，笑问道：“二仙师请了！”那僧道也忙答礼相问。士隐因说道：“适闻仙师所谈因果，实人世罕闻者。但弟子愚浊，不能洞悉明白，若蒙大开痴顽，备细一闻，弟子则洗耳谛听，稍能警省，亦可免沉沦之苦。”二仙笑道：“此乃玄机不可预泄者。到那时，只不要忘了我二人，便可跳出火坑矣。”士隐听了，不便再问，因笑道：“玄机不可预泄。但适云‘蠢物’，不知为何，或可一见否？”那僧道：“若问此物，倒有一面之缘。”说着取出递与士隐。士隐接了看时，原来是块鲜明美玉，上面字迹分明，镌着“通灵宝玉”四字，凡三四次，始出明玉形，隐屈之至。后面还有几行小字。正欲细看时，那僧便说已到幻境，又点“幻”字，云书已入幻境矣。幻中言幻，何等法门！便强从手中夺了去，与道人竟过一大石牌坊，那牌坊上大书四字，乃是“太虚幻境”。四字可思。两边又有一副对联，道是：无极太极之轮转，色空之相生，四季之随行，皆不过如此。

假作真时真亦假，无为有处有还无。叠用真、假、有、无字，妙！

士隐意欲也跟了过去，方举步时，忽听一声霹雳，有若山崩地陷。士隐大叫一声，真是大警觉大转身。定睛一看，只见烈日炎炎，芭蕉冉冉，醒得无痕，不落旧套。梦中之事便忘了对半。妙极！若记得，便是俗笔了。又见奶姆正抱了英莲走来。士隐见女儿越发生得粉妆玉琢，乖觉可喜，便伸手接来，抱在怀中斗他顽耍一回，又带至街前看那过会的热闹。方欲进来时，只见从那边来了一僧一道。所谓

（有命无运，累及爹娘）八个字屈死多少英雄，屈死多少忠臣孝子，屈死多少仁人志士，屈死多少词客骚人。今又被作者将此一把眼泪洒与闺阁之中，见得裙钗尚遭逢此数，况天下之男子乎！

看他所写开卷之第一个女子，便用此二语以订终身，则知托言寓意之旨，谁谓独寄兴于一“情”字耶。

武侯之三分，武穆之二帝，二贤之恨，及今不尽，况今之草芥乎！

家国君父，事有大小之殊，其理其运其数，则略无差异。知运知数者，则必谅而后叹也。

佛以世谓劫，凡三十年为一世。三劫者，想以九十春光寓言也。

万境都如梦境看也。那僧则癞头跣足，那道则跛足蓬头，此门是幻像。疯疯癫癫，挥霍谈笑而至。及到了他门前，看见士隐抱着英莲，那僧便哭起来，奇怪。所谓情僧也。又向士隐道：“施主，你把这有命无运、累及爹娘之物抱在怀内作甚。”士隐听了，知是疯话，也不去睬他。那僧还说：“舍我罢，舍我罢。”如果舍出，则不成幻境矣。行文至此，又不得不有此一语。士隐不耐烦，便抱着女儿撤身进去。那僧乃指着他大笑，口内念了四句言词，道是：

惯养娇生笑你痴，为天下父母痴心一哭。
菱花空对雪澌澌。生不遇时，遇又非偶。
好防佳节元宵后，前后一样，不直云前而云后，是讳知者。便是烟消火灭时。伏后文。

士隐听得明白，心下犹豫，意欲问他们来历。只听道人说道：“你我不必同行，就此分手，各干营生去罢。三劫后，我在北邙山等你，会齐了，同往太虚幻境销号。”那僧道：“妙，妙，妙！”说毕，二人一去，再不见个踪影了。士隐心中此时自忖：这两个人必有来历，该试一问，如今悔却晚也。

这士隐正痴想，忽见隔壁“隔壁”二字，极细极险，记清！葫芦庙内寄居的一个穷儒——姓贾名化，假话，妙！字表时飞，实非，妙！别号雨村者，走了出来。

雨村者，村言粗语也。言以村粗之言，演出一段假话也。这贾雨村原系胡州人氏，胡诌也。原系诗书仕宦之族，因他出于末世，又写一末世男子。父母祖宗根基一尽，人口衰丧，只剩得他一身一口，形容落魄诗书子弟，逼真！在家乡无益，因进京求取功名，再整基业。自前岁来此，又淹蹇住了，暂寄庙中安身，每日卖字作文为生，庙中安身，卖字为生，想是过午不食的了。故士隐常与他交接。又夹写士隐实是翰林文苑，非守钱虏也。直灌入“慕雅女雅集苦吟诗”一回。

当下雨村见了士隐，忙施礼陪笑道：“老先生倚门伫望，敢街市上有甚新闻否？”士隐笑道：“非也。适因小女啼哭，引他出来作耍，正是无聊之甚。兄来得正妙，请入小斋一谈，彼此皆可消此永昼。”说着，便令人送女儿进去，自携了雨村来至书房中。小童献茶。

方谈得三五句话，忽家人飞报：“严老爷来拜！”“炎”也。“炎”既来，“火”将至矣。士隐忙的起身谢罪道：“恕诳驾之罪，略坐，即来陪。”雨村忙起身亦让道：“老先生请便，世态人情，如闻其声。晚生乃常造之客，稍候何妨。”说着，士隐已出前厅去了。

这里雨村且翻弄书籍解闷。忽听得窗外有女子嗽声，雨村遂起身往窗外一看，原来是一个丫鬟，在那里撷花，生得仪容不俗，眉目清明，八字足矣。虽无十分姿色，却亦有动人之处。雨村不觉看得呆

更好。这便是真正情理之文。可笑近之小说中，满纸“羞花闭月”等字。这是雨村目中，又不与后之人相似。

了。今古穷酸，色心最重。

那甄家丫鬟撷了花方欲走时，猛抬头见窗内有人，敝巾旧服，虽是贫窘，然生得腰圆背厚，面阔口方，更兼剑眉星眼，直鼻权腮。是莽、操遗容。这丫鬟忙转身回避，心下乃想："这人生得这样雄壮，却又这样褴褛，想他定是我家主人常说的什么贾雨村了，每有意帮助周济，只是没甚机会。我家并无这样贫穷亲友，想定系此人无疑了。怪道又说他必非久困之人。"如此想，不免又回头两次。如此忖度，岂得为无情？

最可笑世之小说中，凡写奸人，则用"鼠耳鹰腮"等语。

这方是女儿心中意中正文。又最恨近之小说中满纸"红拂""紫烟"。

雨村见他回了头，便自为这女子心中有意于他，今古穷酸皆会替女妇心中取中自己。便狂喜不禁，自为此女子必是个巨眼英豪，风尘中之知己也。在此处已把总点出。一时小童进来，雨村打听得前面留饭，不可久待，遂从夹道中自便出门去了。士隐待客既散，知雨村自便，也不去再邀。

一日，早又中秋佳节。士隐家宴已毕，乃又另具一席于书房，却自己步月至庙中来邀雨村。写士隐爱才好客。原来雨村自那日见了甄家之婢曾回头顾他两次，自为是个知己，便时刻放在心上。也是不得不留心。不独因好色，多半感知音。今又正值中秋，不免对月有怀，因而口占五言一律云：这是第一首诗。后文香奁、闺情皆不落空。余谓雪芹撰此书，中亦为传诗之意。

未卜三生愿，频添一段愁。

闷来时敛额，行去几回头。

自顾风前影，谁堪月下俦？

蟾光如有意，先上玉人楼。

雨村吟罢，因又思及平生抱负，苦未逢时，乃又搔首对天长叹，复高吟一联曰：

玉在匮中求善价，钗于奁内待时飞。表过黛玉，则紧接上宝钗。　前用二玉合传，今用二宝合传，自是书中正眼。　偏有些脂气。

恰值士隐走来听见，笑道："雨村兄真抱负不浅也！"雨村忙笑道："岂敢！不过偶吟前人之句，何敢狂诞至此！"因问："老先生何兴至此？"士隐笑道："今夜中秋，俗谓'团圆之节'，想尊兄旅寄僧房，不无寂寞之感，故特具小酌，邀兄到敝斋一饮，不知可纳芹意否？"雨村听了，并不推辞，不推辞，语便不入故套。便笑道："既蒙谬爱，何敢拂此盛情。"写雨村豁达，气象不俗。说着，便同了士隐复过这边书院中来。

须臾茶毕，早已设下杯盘。那美酒佳肴自不必说。二人归坐，先是款斟漫饮，次渐谈至兴浓，不觉飞觥限斝起来。当时街坊上家家箫管，户户弦歌，当头一轮明月，飞彩凝辉，二人愈添豪兴，酒到杯干。雨村此时，已有七八分酒意，狂兴不禁，乃对月寓怀，口号一绝云：

时逢三五便团圆，是将发之机。满把晴光护玉栏。奸雄心事，不觉露出。

天上一轮才捧出，人间万姓仰头看。

这首诗非本旨，不过欲出雨村，不得不有者。

士隐听了，大叫："妙哉！吾每谓兄必非久居人下者，今所吟之句，飞腾之兆已见，不日可接履于云霓之上矣。可贺，可贺！"伏笔，作巨眼语。妙。乃亲斟一斗为贺。这个"斗"字，莫作"升斗"之"斗"看，可笑！（此语批得缪）雨村因干过，叹道："非晚生酒后狂言，若论时尚之学，四字新，而含蓄最广。若必指明，则又落套矣。晚生也或可去充数沽名，只是目今行囊路费一概无措，神京路远，非赖卖字撰文可能到者。"士隐不待说完，便道："兄何不早言。愚每有此心，但每遇兄时，兄并未谈及，愚故未敢唐突。今既及此，愚虽不才，'义利'二字却还识得，义利二字，时人故自不识。且喜明岁正当大比，兄宜作速入都，春闱一战，方不负兄之所学也。其盘费余事，弟自代为处置，亦不枉兄之谬识矣。"当下即命小童进去，速封五十两白银并两套冬衣，又云："十九日乃黄道之期，兄可即买舟西上，待雄飞高举，明冬再晤，岂非大快之事耶！"雨村收了银、衣，不过略谢一语，托大处，既遇此等人，又不得太琐细。并不介意，仍是吃酒谈笑。写雨村真是个英雄。那天已交三鼓，二人方散。

用中秋诗起，用中秋诗收，又用起诗社于秋日。所叹者，三春也，却用三秋作关键。

写士隐如此豪爽，又全无一些粘皮带骨之气相。愧杀近之读书假道学矣。

士隐送雨村去后，回房一觉，直至红日三竿方醒。是宿酒。因思昨夜之事，意欲再写两封荐书与雨村带至神京，使雨村投谒个仕宦之家，为寄足之地。又周到如此。因使人过去请时，那家人去了回来说："和尚说，贾爷今日五鼓已进京去了，也曾留下话与和尚转达老爷，说'读书人不在黄道黑道，总以事理为要，不及面辞了'。"写雨村真令人爽快。士隐听了，也只得罢了。

真是闲处光阴易过，倏忽又是元宵佳节矣。因士隐命家人霍启妙！祸起也。此因事而命名。抱了英莲，去看社火花灯。半夜中，霍启因要小解，便将英莲放在一家门槛上坐着。待他小解完了来抱时，那有英莲的踪影。急得霍启直寻了半夜，至天明不见。那霍启也就不敢回来见主人，便逃往他乡去了。那士隐夫妇见女儿一夜不归，便知有些不妥，再使几个人去寻找，回来皆云连音响皆无。夫妻二人半世只生此女，一旦失落，岂不思想。因此昼夜啼哭，几乎不曾寻死。天下作子弟的看了想去。看看一月，士隐先就得了一病。当时封氏孺人也因思女构疾，日日请医疗治。

喝醒天下父母之痴心。

不想这日三月十五，葫芦庙中炸供，那些和尚不加小心，致使油锅火逸，便烧着窗纸。此方人家多用竹篱木壁者。土俗人风。　交竹滑溜婉转。大抵

写出南直召祸之实病。

也因劫数，于是接二连三，牵五挂四，将一条街烧得如火焰山一般。彼时虽有军民来救，那火已成了势，如何救得下去。直烧了一夜，方渐渐熄去，也不知烧了几家。只可怜甄家在隔壁，早已烧成一片瓦砾场了。只有他夫妇并几个家人的性命不曾伤了。急得士隐惟跌足长叹而已。只得与妻子商议，且到田庄上去安身。偏值近年水旱不收，鼠盗蜂起，无非抢粮夺食，鼠窃狗偷，民不安生，因此官兵剿捕，难以安身。士隐只得将田庄都折变了，便携了妻子与两个丫鬟投他岳丈家去。他岳丈名唤封肃，风俗。本贯大如州人氏，虽是务农，家中都还殷实。今见女婿这等狼狈而来，心中便有些不乐。所以大概之人情如是，风俗如是也。　大都不过如此。幸而士隐还有折变田地的银子未曾用完，若非幸而，则有不留之意。拿出来托他随分就价，薄置些须房地，为后日衣食之计。那封肃便半哄半赚，些须与他些薄田朽屋。士隐乃读书之人，不惯生理稼穑等事，勉强支持了一二年，越觉穷了下去。封肃每见面时，便说些现成话，且人前人后，又怨他们不善过活，只一味好吃懒用等语。此等人何多之极。士隐知投人不着，心中未免悔恨，再兼上年惊唬，急忿悲痛已伤，暮年之人，贫病交攻，竟渐渐露出那下世的光景来。几几乎，世人则不能止于几几乎，可悲。观至此不……（下文缺）

托言大概如此之风俗也。

可巧，这日拄了拐杖挣挫在街前散散心时，忽见那边来了一个跛足道人，疯狂落脱，麻屣鹑衣，口内念着几句言词，道是：

世人都晓神仙好，惟有功名忘不了。
古今将相在何方？荒冢一堆草没了。
世人都晓神仙好，只有金银忘不了。
终朝只恨聚无多，及到多时眼闭了。
世人都晓神仙好，只有姣妻忘不了。
君生日日说恩情，君死又随人去了。
世人都晓神仙好，只有儿孙忘不了。
痴心父母古来多，孝顺儿孙谁见了？

士隐听了，便迎上来道："你满口说些什么？只听见些'好了''好了'。"那道人笑道："你若果听见'好了'二字，还算你明白。可知世人万般，好便是了，了便是好。若不了，便不好；若要好，须是了。我这歌儿，便名《好了歌》。"士隐本是有宿慧的，一闻此言，心中早已彻悟，因笑道："且住。待我将你这《好了歌》解注出来何如？"道人笑道："你解，你解。"士隐乃说道：要写情，要写幻境，偏先写出一篇奇人奇境来。

先说场面，忽新忽败，忽丽忽朽，已见得反覆不了。

陋室空堂，当年笏满床。宁、荣未有之先。
衰草枯杨，曾为歌舞场。宁、荣既败之后。

蛛丝儿结满雕梁，潇湘馆、紫芸轩等处。

绿纱今又糊在蓬窗上。雨村等一干新荣暴发之家。

说什么脂正浓、粉正香，宝钗，湘云一干人。

如何两鬓又成霜？黛玉、晴雯一干人。

一段妻妾迎新送死，倏恩倏爱，倏痛倏悲，缠绵不了。

昨日黄土陇头送白骨，

今宵红灯帐底卧鸳鸯。熙凤一干人。

一段石火光阴，悲喜不了。风露草霜，富贵嗜欲，贪婪不了。

金满箱，银满箱，展眼乞丐人皆谤。甄玉、贾玉一干人。

正叹他人命不长，那知自己归来丧。

一段儿女死后无凭，生前空为筹画计算，痴心不了。

训有方，保不定日后作强梁。言父母死后之日。　柳湘莲一干人。

择膏粱，谁承望流落在烟花巷！

一段功名升黜无时，强夺苦争，喜惧不了。

因嫌纱帽小，致使锁枷扛。贾赦、雨村一干人。

昨怜破袄寒，今嫌紫蟒长。贾兰、贾菌一干人。

总收。古今亿兆痴人，共历幻场。此幻事扰扰纷纷，无日可了。

乱烘烘，你方唱罢我登场，总收。

反认他乡是故乡。太虚幻境、青埂峰一并结住。

此等歌谣，原不宜太雅，恐其不能通俗，故只此便妙极！其说得痛切处，又非一味俗语可到。

甚荒唐，到头来都是为他人作嫁衣裳。语虽旧句，用于此妥极是极。　苟能如此，便能了得。

谁不解得世事如此。有龙象力者方能放得下。

那疯跛道人听了，拍掌笑道："解得切，解得切！"士隐便笑一声："走罢！"如闻如见。将道人肩上褡裢抢了过来背着，竟不回家，同了疯道人飘飘而去。当下烘动街坊，众人当作一件新闻传说。封氏闻得此信，哭个死去活来，只得与父亲商议，遣人各处访寻，那讨音信？无奈何，少不得依靠着他父母度日。幸而身边还有两个旧日的丫鬟服侍，主仆三人日夜做些个针线发卖，帮着父亲用度。那封肃虽然日日抱怨，也无可奈何了。

"走罢"二字，真悬崖撒手。若个能行？

这日，那甄家的大丫鬟在门前买线，忽听得街上喝道之声。众人都说新太爷到任。丫鬟于是隐在门内看时，只见军牢快手一对一对的过去，俄而大轿内抬着一个乌帽猩袍的官府过去了。雨村别来无恙否？可贺，可贺。丫鬟倒发个怔，自思这官好面善，倒像在那里见过的。起初到底有心乎，无心乎？于是进入房中，也就丢过不在心上。是无儿女之情，故有夫人之分。至晚间，正该歇息之时，忽听一片声打的门响，不忘情的先写出头一位来了。许多人乱嚷，说："本府太爷差人来传人问话！"封肃听了，唬得目瞪口呆，不知有何祸事。

所谓"乱烘烘你方唱罢我登场"，是也。

出口神奇，幻中不幻。文势跳跃，情里生情，借幻说法，而幻中更自多情；因情捉笔，而情里偏成痴幻。试问君家识得否？色空空色两无干。

第二回

贾夫人仙逝扬州城　冷子兴演说荣国府

以百回之大文，先以此回作两大笔以冒之，诚是大观。世态人情，尽盘旋于其间，而一线不乱，非具龙象力者其孰能哉。

此回亦非正文，本旨只在冷子兴一人，即俗谓冷中出热、无中生有也。其演说荣府一篇者，盖因族大人多，若从作者笔下一一叙出，尽一二回不能得明，则成何文字。故借用冷子一人，略出其大半，使阅者心中已有一荣府隐隐在心。然后用黛玉、宝钗等两三次皴染，则耀然于心中眼中矣。此即画家三染法也。

未写荣府正人，先写外戚，是由远及近、由小至大也。若使先叙出荣府，然后一一叙及外戚，又一一至朋友，至奴仆，其死板拮据之笔，岂作十二钗人手中之物也。今先写外戚者，正是写荣国一府也。故又怕闲文赘累，开笔即先写贾夫人已死，是特使黛玉入荣之速也。通灵宝玉于士隐梦中一出，今于子兴口中一出，阅者已洞然矣。然后于黛玉、宝钗二人目中，极精极细一描，则是文章锁合处。盖不肯一笔直下，有若放闸之水、燃信之爆，使其精华一泄而无余也。究竟此玉原应出自钗、黛目中，方有照应。今预从子兴口中说出，实虽写而却未写。观其后文可知，此一回则是虚敲旁击之文，笔则是反逆隐回之笔。

诗云：

一局输赢料不真，香销茶尽尚逡巡。

欲知目下兴衰兆，须问旁观冷眼人。

只此一诗便妙极！此等才情，自是雪芹平生所长。余自谓评书，非关评诗也。

故用冷子兴演说。

却说封肃因听见公差传唤，忙出来陪笑启问。那些人只嚷："快请出甄爷来。"一丝不乱。封肃忙陪笑道："小人姓封，并不姓甄。只有当日小婿姓甄，今已出家一二年了，不知可是问他？"那些公人道："我们也不知什么'真''假'，点睛妙笔。因奉太爷之命来问，他既是你女婿，便带了你去亲见太爷面禀，省得乱跑。"说着，不容封肃多言，大家推拥他去了。封家人各各惊慌，不知何兆。

那天约有二更时分，只见封肃方回来，欢天喜地，出自封肃口内便省却多少闲文。众人忙问端的。他乃说道："原来本府新升的太爷，姓贾名化，本胡州人氏，曾与女婿旧日相交。世态精神，叠露于数语间。方才在咱家门前过去，因见娇杏那丫头买线，侥幸也。托言当日丫头回顾，故有今日，亦不过偶然侥幸耳。非真实得尘中英杰也。非近日小说中满纸红拂、紫烟之可比。所以他只当女婿移住于此。我一一将原故回明，那太爷倒伤感叹息了一回，又问外孙女儿，细。我说看灯丢了。

余批重出。余阅此书偶有所得即笔录之，非从首至尾阅过，复从首加批者，故偶有复处。且诸公之批，自是诸公眼界；脂斋之批，亦有脂斋取乐处。后每一阅，亦必有一语半言重加批评于侧，故又有于前后照应之说等批。

太爷说：'不妨，我自使番役务必采访回来。'为葫芦案伏线。说了一回话，临走倒送了我二两银子。"此事最要紧。甄家娘子听了，不免心中伤感，所谓旧事凄凉不可闻也。一宿无话。

至次日，早有雨村遣人送两封银子、四匹锦缎，答谢甄家娘子。雨村已是下流人物，看此，今之如雨村者，亦未有矣。又寄一封密书与封肃，转托他向甄家娘子要那娇杏作二房。谢礼却为此。险哉，人之心也。封肃喜的屁滚尿流，巴不得去奉承，便在女儿前一力撺掇成了，一语道尽。乘夜只用一乘小轿，便把娇杏送进去了。雨村欢喜自不必说，知己相逢，得遂平生，一大快事。乃封百金赠封肃，外又谢甄家娘子许多物事，令其好生养赡，以待寻访女儿下落。找前伏后。封肃回家无话。士隐家一段小荣枯至此结住。所谓真不去假焉来也。

好极。与英莲"有命无运"四字遥遥相映射。莲，主也。杏，仆也。今莲反无运，而杏则两全，可知世人原在运数，不在眼下之高低也。此则大有深意存焉。

却说娇杏这丫鬟，便是那年回顾雨村者。点出情事。因偶然一顾，便弄出这段事来，亦是自己意料不到之奇缘。注明一笔更妥当。谁想他命运两济，不承望自到雨村身边只一年，便生了一子。又半载，雨村嫡妻忽染疾下世，雨村便将他扶册作正室夫人了。正是：

偶因一着错，妙极！盖女儿原不应私顾外人之谓。

便为人上人。更妙！可知守礼俟命者终为饿莩。其调侃寓意不小。

从来只见集古、集唐等句，未见集俗语者。此又更奇之至。

原来雨村因那年士隐赠银之后，他于十六日便起身入都。至大比之期，不料他十分得意，已会了进士，选入外班，今已升了本府知府。虽才干优长，未免有些贪酷之弊，且又恃才侮上，那些官员皆侧目而视。此亦奸雄必有之理。不上一年，便被上司寻了一个空隙，作成一本，参他“生性狡滑，擅纂礼仪，且沽清正之名，而暗结虎狼之属，致使地方多事，民命不堪”等语。此亦奸雄必有之事。龙颜大怒，即批革职。罪重而法轻，何其幸也。该部文书一到，本府官员无不喜悦。那雨村心中虽十分惭恨，却面上全无一点怨色，仍是喜悦自若，此亦奸雄必有之态。交代过公事，将历年做官积的些资本并家小人属，送至原籍安排妥协，先云根基已尽，故今用此四字，细甚。却又自己担风袖月，游览天下胜迹。已伏下至金陵一节矣。

那日，偶又游至维扬地面，因闻得今岁鹾政点的是林如海。这林如海姓林名海，字表如海，盖云学海文林也。总是暗写黛玉。乃是前科的探花，今已升至兰台寺大夫，本贯姑苏人氏，十二钗正出之地，故用真。今钦点出为巡盐御史，到任方一月有余。原来这林如海之祖，曾袭过列侯，今到如海，业经五世。起初时，只封袭三世。因当今隆恩盛德，远迈前代，额

官制半遵古名，亦好。余最喜此等半有半无、半古半今、事之所无、理之必有，极玄极幻，荒唐不经之处。

可笑近时小说中，无故极力称扬浪子淫女，临收结时，还必致感动朝廷，使君父同入其情欲之界，明遂其意。何无人心之至。不知彼作者有何好处，有何谢报到朝廷廊庙之上？直将半生淫朽秽渎睿聪，又苦拉君父作一干证护身符，强媒硬保，得遂其淫欲哉！

外加恩。至如海之父，又袭了一代。至如海，便从科第出身。虽系钟鼎之家，却亦是书香之族。要紧二字，盖钟鼎亦必有书香方至美。只可惜这林家支庶不盛，子孙有限，虽有几门，却与如海俱是堂族而已，没甚亲支嫡派的。总为黛玉极力一写。今如海年已四十，只有一个三岁之子，偏又于去岁死了。虽有几房姬妾，带写贤妻。奈他命中无子，亦无可如何之事。今只有嫡妻贾氏生得一女，乳名黛玉，绛珠初见。年方五岁。夫妻无子，故爱女如珍。且又见他聪明清秀，看他写黛玉，只用此四字。可笑近来小说中，满纸“天下无二”“古今无双”等字。便也欲使他读书识得几个字，不过假充养子之意，聊解膝下荒凉之叹。

如此叙法，方是至情至理之妙文，最可笑者，近小说中满纸班昭、蔡琰、文君、道韫。

雨村正值偶感风寒，病在旅店，将一月光景方渐愈。一因身体劳倦，二因盘费不继，也正欲寻个合式之处暂且歇下。幸有两个旧友亦在此境居住，写雨村自得意后之交识也。又为冷子兴作引。因闻得鹾政欲聘一西宾，雨村便相托友力，谋了进去，且作安身之计。妙在只一个女学生，并两个伴读丫鬟，这女学生年又极小，身体又极怯弱，工课不限多寡，故十分省力。

上半回已终。写仙逝，正为黛玉也，故一句带过，恐闲文有妨正笔。

堪堪又是一载的光阴，谁知女学生之母贾氏夫人一疾而终，女学生侍汤奉药，守丧尽哀，先要使黛玉哭起。遂又将要辞馆别图。林如海意欲令女守制读书，故又将他留下。近因女学生哀痛过伤，本自怯弱多病的，又一染。触犯旧症，遂连日不曾上学。雨村闲居无聊，每当风日晴和，饭后便出来闲步。这日偶至郭外，意欲赏鉴那村野风光。忽信步至一山环水旋、茂林深竹之处，隐隐有座庙宇，门巷倾颓，墙垣朽败。门前有额，题着“智通寺”三字。谁为智者，又谁能通，一叹！门旁又有一副旧破的对联，曰：

大都世人意料此，终不能此，不及彼者，而反及彼。故特书意在村野风光，却忽遇见子兴一篇荣国繁华气象。

身后有余忘缩手，眼前无路想回头。

先为宁、荣诸人当头一喝。却是为余一喝。

雨村看了，因想到：“这两句话，文虽浅，其意则深。一部书之总批。也曾游过些名山大刹，倒不曾见过这话头，其中想必有个翻过筋斗来的，随笔带出禅机，又为后文多少语录不落空。亦未可知。何不进去试试。”想着走入看时，只有一个聋肿老僧在那里煮粥。是雨村火气。雨村见了，便不在意。火气。及至问他两句话，那老僧既聋且昏，是翻过来的。齿落舌钝，是翻过来的。欲写冷子兴，偏闲闲有许多着力语。所答非所问。雨村不耐烦，便仍出来，意欲到那边村肆中沽酒三杯，以助野趣。于是款步行来，刚入肆门，只见座上吃酒之客，有一人起身大笑，接了出来，口内说：“奇遇，奇遇！”雨村忙看时，此人是都中古董行中贸易的号冷子兴者，此人不过借为引绳，不必细写。旧日在都相识，雨村最赞这冷子兴是个有作为大本领的人，不赞出则文不灵活，而冷子兴之谈吐似觉唐突矣。这子兴

毕竟雨村还是俗眼，只能识得阿凤、宝玉、黛玉等未觉之先，却不识得既证之后。

未出宁、荣繁华盛处，却先写一荒凉小境。未写通部入世迷人，却先写一出世醒人。回风舞雪，倒峡逆波，别小说中所无之法。

又借雨村斯文之名，故二人说话投机，最相契合。

雨村忙亦笑问："老兄何日到此，弟竟不知。今日偶遇，真奇缘也。"子兴道："去年岁底到家，今因还要入都，从此顺路找个敝友说一句话，承他之情，留我多住两日。我也无甚紧事，且盘桓两日，待月半时也就起身了。今日敝友有事，我因闲步至此，且歇歇脚，不期这样巧遇。"一面说，一面让雨村同席坐了，另整上酒肴来。二人闲谈漫饮，叙些别后之事。好，若多谈则累赘。　又抛一笔。

雨村因问："近日都中可有新闻没有？"不突然，亦常问常答之言。子兴道："倒没有什么新闻。倒是老先生你贵同宗家，雨村已无族中矣，何及此耶，看他下文。出了一件小小的异事。"雨村笑道："弟族中无人在都，何谈及此？"子兴笑道："你们同姓，岂非同宗一族？"雨村问是谁家。子兴道："荣国府贾府中，可也不玷辱了先生的门楣了？"刳小人之心肺，闻小人之口角。雨村笑道："原来是他家。若论起来，寒族人丁却不少，自东汉贾复以来，此话纵真，亦必谓是雨村欺人语。　如闻其声。支派繁盛，各省皆有，谁能逐细考查！若论荣国一支，却是同谱。但他那等荣耀，我们不便去攀扯，至今越发生疏难认了。"子兴叹道：叹得怪。"老先生休如此说。如今这荣国两门也都萧疏了，不比先时的光景。"记清此句，可知书中之荣府，已是末世了。雨村道："当日宁、荣两宅的人口极多，如

同姓即同宗，出可发一笑。

何就萧疏了？”作者之意，原只写末世。　此已是贾府之末世了。冷子兴道：“正是，说来也话长。”雨村道：“去岁我到金陵地界，因欲游览六朝遗迹，那日进了石头城，点睛神妙。从他老宅门前经过。街东是宁国府，街西是荣国府，二宅相连，竟将大半条街占了。大门前虽冷落无人，好！写出空宅。隔着围墙一望，里面厅殿楼阁，也还都峥嵘轩峻，就是后一带花园子里，“后”字何不直用“西”字，恐先生堕泪，故不敢用“西”字。树木山石也都还有蓊蔚洇润之气，那里像个衰败之家。”冷子兴笑道：“亏你是个进士出身，原来不通！古人有云：‘百足之虫，死而不僵。’如今虽说不似先年那样兴盛，较之平常仕宦之家，到底气象不同。如今生齿日繁，事务日盛，主仆上下，安富尊荣者尽多，运筹谋画者无一，二语乃今古富贵世家之大病。其日用排场费用又不能将就省俭。如今外面的架子虽未甚倒，“甚”字好，盖已半倒矣。内囊却也尽上来了。这还是小事，更有一件大事，谁知这样钟鸣鼎食之家，翰墨诗书之族，两句写出荣府。如今的儿孙，竟一代不如一代了！”雨村听了，也罕道：“这样诗书之家，岂有不善教育之理？别家不知，只说这宁、荣二宅，是最教子有方的。”一转有力。

文是极好之文，理是必有之理，话则极痛极悲之话。

子兴叹道：“正说的是这两门呢！待我告诉你：当日宁国公演。与荣国公，源。是一母同胞弟兄两个。宁公居长，生了四个儿子。贾蔷、贾菌之祖，不言可知矣。宁公死后，长子贾代化袭了官，第二代。也养了两个儿子。长子贾敷，至八九岁上便死了。只剩了次子贾敬袭了官，第三代。如今一味好道，只爱烧丹炼汞，亦是大族末世常有之事，叹叹！　偏先从好神仙的苦处说来。余者一概不在心上。幸而早年留下一子，名唤贾珍，第四代。因他父亲一心想作神仙，把官倒让他袭了。他父亲又不肯回原籍来，只在都中城外和道士们胡羼。这位珍爷也倒生了一个儿子，今年才十六岁，名叫贾蓉。至蓉五代。如今敬老爹一概不管。这珍爷那肯读书，只是一味高乐不已，把宁国府竟翻了过来，也没有敢来管他。伏后文。再说荣府你听，方才所说异事就出在这里。自荣公死后，长子贾代善袭了官，第二代。娶的金陵世勋史侯家的小姐为妻。因湘云故及之。生了两个儿子，长子贾赦，次子贾政。第三代。如今代善早已去世，太夫人尚在，记真，湘云祖姑史氏太君也。长子贾赦袭着官。伏下贾琏、凤姐当家之文。次子贾政，自幼酷喜读书，祖父最疼，原欲以科甲出身的，不料代善临终时遗本一上，皇上因恤先臣，即时令长子袭官外，问还有几子，立刻引见，遂额外赐了这政老爹一个主事之衔，嫡真实事，非妄拟也。令其入部习学，如今现已升了员外郎了。总是称功颂德。这政老爹的夫人王氏，记清。头胎生的公子名唤贾珠，十四岁进学，不到二十岁就娶了妻生了子，此即贾兰也，至兰第五代。一病死了。

略可望者即死，叹叹！

第二胎生了一位小姐，生在大年初一，这就奇了；不想次年又生了一位公子，说来更奇，一落胎胞，嘴里便衔下一块五彩晶莹的玉来，上面还有许多字迹，青埂顽石已得下落。就取名叫作宝玉。你道是新奇异事不是。”正是宁、荣二处支谱。雨村笑道：“果然奇异，只怕这人来历不小。”子兴冷笑道：“万人皆如此说，因而乃祖母便先爱如珍宝。那年周岁时，政老爹便要试他将来的志向，便将那世上所有之物，摆了无数与他抓取，谁知他一概不取，伸手只把些脂粉钗环抓来。政老爹便大怒了，说：‘将来酒色之徒耳！’因此便大不喜悦。独那史老太君还是命根一样。说来又奇，如今长了七八岁，虽然淘气异常，但其聪明乖觉处，百个不及他一个。说起孩子话来也奇怪，他说：‘女儿是水作的骨肉，男人是泥作的骨肉。真千古奇文奇情。我见个女儿，我便清爽；见了男人，便觉浊臭逼人。’你道好笑不好笑。将来色鬼无疑了！”没有这一句，雨村如何罕然厉色，并后奇奇怪怪之论。雨村罕然厉色忙止道：“非也！可惜你们不知道这人来历。大约政老前辈也错以淫魔色鬼看待了。若非多读书识事，加以致知格物之功、悟道参玄之力者，不能知也。”

一部书中第一人，却如此淡淡带出，故不见后来玉兄文字繁难。

子兴见他说得这样重大，忙请教其端。雨村道：“天地生人，除大仁大恶两种，余者皆无大异。若大仁者，则应运而生；大恶者，则应劫而生。运生世治，劫生世危。尧、舜、禹、汤、文、武、周、召、孔、孟、董、韩、周、程、张、朱，皆应运而生者；蚩尤、共工、桀、纣、始皇、王莽、曹操、桓温、安禄山、秦桧等，此亦略举大概几人而言。皆应劫而生者。大仁者，修治天下；大恶者，挠乱天下。清明灵秀，天地之正气，仁者之所秉也；残忍乖僻，天地之邪气，恶者之所秉也。今当运隆祚永之朝，太平无为之世，清明灵秀之气所秉者，上至朝廷，下至草野，比比皆是。所余之秀气，漫无所归，遂为甘露，为和风，洽然溉及四海。彼残忍乖僻之邪气，不能荡溢于光天化日之中，遂凝结充塞于深沟大壑之内，偶因风荡，或被云摧，略有摇动感发之意，一丝半缕，误而泄出者，偶值灵秀之气适过，正不容邪，邪复妒正，譬得好。两不相下，亦如风水雷电。地中既遇，既不能消，又不能让，必致搏击掀发后始尽。故其气亦必赋人，发泄一尽始散。使男女偶秉此气而生者，上则不能成仁人君子，下亦不能为大凶大恶。恰极，是确论。置之于万万人之中，其聪俊灵秀之气，则在万万人之上。其乖僻邪谬、不近人情之态，又在万万人之下。若生于公侯富贵之家，则为情痴情种；若生于诗书清贫之族，巧笔奇言，另开生面。但此数语恐误尽聪明后生者。则为逸士高人；纵再偶生于薄祚寒门，断不能为走卒健仆，甘遭庸人驱制驾驭，亦必为奇优名娼。如前代之许由、陶潜、阮籍、嵇康、刘伶、王谢二族、顾虎头、陈后主、唐明皇、宋徽宗、刘庭芝、温飞卿、米南宫、石曼卿、柳耆卿、秦少游，近日之倪云林、唐伯虎、祝枝山，再如李龟年、黄幡绰、敬新磨、卓文君、红拂、薛涛、崔莺、朝云之流，此皆易地相同之人也。”

子兴道："依你说，成则王侯败则贼了。"《女仙外史》中论魔道已奇，此又非外史之立意，故觉愈奇。雨村道："正是这意。你还不知，我自革职以来，这两年遍游名省，也曾遇见两个异样孩子，先虚陪一个。所以方才你一说这宝玉，我就猜着了八九，亦是这一派人物。不用远说，只金陵城内钦差金陵省体仁院总裁此衔无考，亦因寓怀而设，置而勿论。甄家，你可知么？"子兴道："谁人不知，这甄府和贾府就是老亲，又系世交，两家来往极其亲热的。便在下也和他家来往非止一日了。"说大话之走狗，毕真。雨村笑道："去年我在金陵，也曾有人荐我到甄家处馆。我进去看其光景，谁知他家那等显贵，却是个富而好礼之家，如闻其声。倒是个难得之馆。但这一个学生，虽是启蒙，却比一个举业的还劳神。说起来更可笑，他说：'必得两个女儿伴着我读书，我方能认得字，心里也明白，不然我自己心里糊涂。'甄家之宝玉。乃上半部不写者，故此处极力表明，以遥照贾家之宝玉。凡写贾宝玉之文，则正为真宝玉传影。又常对跟他的小厮们说：'这女儿两个字极尊贵、极清净的，比那阿弥陀佛、元始天尊的这两个宝号还更尊荣无对的呢！你们这浊口臭舌，故作险笔，以为后文之伏线。万不可唐突了这两个字要紧，但凡要说时，必须先用清水香茶漱了口才可。恭敬。设若失错，罪过。便要凿牙穿腮等事。'其暴虐浮躁，顽劣憨痴，种种异常。只一放了学，进

又一个"真正之家"，特与"假"家遥对，故写假则知真。

只一句便一篇家传，与子兴口中是两样。

如何只以释、老二号为譬，略不敢及我先师儒圣等人，余则不敢以顽劣目之。

以自古未闻之奇语，故写成自古未有之奇文。此是一部书中大调侃寓意处，盖作者实因鹡鸰之悲、棠棣之威，故撰此闺阁庭帏之传。

去见了那些女儿们，其温厚和平，聪敏文雅，与前八个字嫡对。竟又变了一个。因此，他令尊也曾下死笞楚过几次，无奈竟不能改。每打的吃疼不过时，他便'姐姐''妹妹'乱叫起来。后来听得里面女儿们拿他取笑：'因何打急了只管唤姐妹作甚？莫不是求姐妹去讨情讨饶？你岂不愧些！'他回答的最妙，他说：'急疼之时，只叫"姐姐""妹妹"字样，或可解疼也未可知。因叫了一声，便果觉不疼了。闲闲逗出无穷奇语，都只为下文。遂得了秘方，每疼痛之极，便连叫姐妹起来了。'你说可笑不可笑？也因祖母溺爱不明，每因孙辱师责子，因此我就辞了馆出来，如今在巡盐御史林家做馆了。你看，这等子弟，必不能守祖父之根基，从师友之规谏的。只可惜他家几个好姊妹，都是少有的。"实点一笔，余谓作者必有。

子兴道："便是贾府中现有的三个也不错。政老爹之长女名元春，"原"也。现因贤孝才德选入宫中作女史去了。因汉以前例，妙。二小姐乃赦老爹前妻所出，名迎春。"应"也。三小姐乃政老爹之庶出，名探春。"叹"也。四小姐乃宁府珍爷之胞妹，名唤惜春。"息"也。　贾敬之女。因史老夫人极爱孙女，都跟在祖母这边一处读书，听得个个不错。"复续前文未及，正词源三叠。雨村道："更妙在甄家之风俗，女儿之名，亦皆从男子之名命字，不似别家另外用这些春、红、香、玉等艳字的。何得贾府亦落此俗套？”子兴道：“不然。只因现今大小姐是正月初一日所生，故名元春。余者方从了‘春’字。上一辈的，却也是从弟兄而来的。现有对证，目今你贵东家林公之夫人，即荣府中赦、政二公之胞妹，黛玉之入荣国府的根源，却借他二人之口，下文便不费力。在家时名唤贾敏。不信时，你回去细访可知。”雨村拍案笑道：“怪道这女学生读至凡书中有‘敏’字，他皆念作‘密’字，每每如是。写字时遇着‘敏’字，又减一二笔，我心中就有些疑惑。今听你说，是为此无疑矣。怪道我这女学生言语举止另是一样，不与近日女子相同。度其母必不凡，方得其女。今知为荣府之孙，又不足罕矣。可伤上月竟亡故了。”子兴叹道：“老姊妹四个，这一个是极小的，又没了。长一辈的姊妹，一个也没了。只看这少一辈的将来之东床如何呢！”

雨村道：“正是。方才说这政公，已有了一个衔玉之儿，灵玉却只一块，而宝玉有两个，情性如一，亦如六耳悟空之意耶。又有长子所遗一个弱孙，这赦老竟无一个不成？”子兴道：“政公既有玉儿之后，其妾后又生了一个，带出贾环。倒不知其好歹。只眼前现有二子一孙，却不知将来如何。若问那赦公，也有二子，长名贾琏，本家族谱，记不清者甚多，偏是旁人说来，一丝不乱。今已二十来往了，亲上作亲，另出熙凤一人。娶的就是政老爹夫人王氏之内侄女，今已娶了二年。这位琏爷身上现捐的是个同知，也是不喜读书，于世路上好机变言谈去的。所以如今只在乃叔政老爷家住着，帮着料理些家务。谁知自娶了他令夫人之后，倒上下无一人不称颂他夫人的，琏爷倒退了一射之地。说模样又极标致，言谈又爽利，心机又极深细，非警幻案下而来为谁！

竟是个男人万不及一的！”未见其人，先已有照。

雨村听了笑道：“可知我前言不谬。略一总住。你方才所说的这几个人，都只怕是那正邪两赋而来一路之人，未可知也！”子兴道：“邪也罢，正也罢，只顾算别人家的账，笔转如流，毫无沾滞。你也吃一杯酒才好。”雨村道：“正是，只顾说话，竟多吃了几杯。”子兴笑道：“说着别人家的闲话，正好下酒，盖云此一段话，亦为世人茶酒之笑谈耳。即多几杯何妨。”雨村向窗外看道：画。“天也晚了，仔细关了城，我们慢慢进城再谈，未为不可。”于是二人起身，算还酒账。不得谓此处收得索然，盖原非正文也。方欲走时，又听得后面有人叫道：“雨村兄，恭喜了！特来报个喜信的。”此等套头，亦不得不用。雨村忙回头看时——语言太烦，令人不耐。古人云“惜墨如金”，看此则视墨如土矣。虽演至千万回亦可也。

先自写幸遇之情于前，而叙借口谈幻境之情于后，世上不平事，道路口如碑。虽作者之苦心，亦人情之必有。

雨村之遇娇杏，是此文之总冒，故在前。冷子兴之谈，是事迹之总冒，故叙写于后。冷暖世情，比比如画。

有情原比无情苦，生死相关总在心。也是前缘天作合，何妨黛玉泪淋淋。

第三回

金陵城起复贾雨村　荣国府收养林黛玉

我为你持戒，我为你吃斋，我为你百行百计不舒怀，我为你泪眼愁眉难解。无人处，自疑猜，生怕那慧性灵心偷改。

宝玉通灵可爱，天生有眼堪穿。万年幸一遇仙缘，从此春光美满。随时喜怒哀乐，远却离合悲欢。地久天长香影连，可意方舒心眼。

宝玉衔来，是补天之余，落地已久，得地气收藏，因人而现，其性质内阳外阴，其形体光白温润，天生有眼可穿，故名曰宝玉。将欲得者尽皆宝爱此玉之意也。

天地循环秋复春，生生死死旧重新。君家着笔描风月，宝玉辈辈解爱人。

却说雨村忙回头看时，不是别人，乃是当日同僚一案参革的号张如圭者。盖言如鬼如蜮也，亦非正人正言。他本系此地人，革职后家居，今打听得都中奏准起复旧员之信，他便四下里寻情找门路，仕途宦境，描写的当。忽遇见雨村，故忙道喜。二人见了礼，张如圭便将此信告诉雨村，雨村自是欢喜，忙忙的叙了两句，画出心事。遂作别各自回家。冷子兴听得此言，便忙献计，毕肖，赶热灶者。令雨村央烦林如海，转向都中去央烦贾政。雨村领其意，作别回至馆中，忙寻邸报，看真确了。细。

次日面谋之如海。如海道：“天缘凑巧！因贱荆去世，都中家岳母念及小女无人依傍教育，前已遣了男女船只来接，因小女未曾大痊，故未及行。此刻正思向蒙训教之恩，未经酬报，遇此机会，岂有不尽心图报之理。但请放心，弟已预为筹画至此，已修下荐书一封，转托内兄务为周全协佐，方可稍尽弟之鄙诚。要说正文，故以此作引，且黛玉路中实无可托之人，文笔逼切得宜。即有所费用之例，弟于内兄信中已注明白，亦不劳尊兄多虑矣。”雨村一面打躬，谢不释口，一面又问：“不知令亲大人现居何职？奸险小人欺人语。只怕晚生草率，不敢骤然入都干渎。”全是假，全是诈。　借雨村细密心思之语，容容易易转入正文。亦是宦途人之口头心头。最妙！如海笑道：“若论舍亲，与尊兄犹系同谱，乃荣公之孙。大内兄现袭一等将军之职，名赦字恩侯。二内兄名政字存周，二名二字，皆颂德而来，与子兴口中作证。现任工部员外郎，其为人谦恭厚道，大有祖父遗风，非膏粱轻薄仕宦之流，复醒一笔。故弟方致书烦托。否则不但有污尊兄之清操，即弟亦不屑为矣。”写如海实不写政老，所谓此书有不写之写是也。　作弊者每每偏能如此说。雨村听了，心下方信了昨日子兴之言，于是又谢了林如海。如海乃说：“已择了出月初二日小女入都，尊兄即同路而往，岂不两便！”雨村唯唯听命，心中十分得意。如海遂打点礼物并饯行之事，雨村一一领了。

那女学生黛玉身体大愈，原不忍弃父而往，无奈他外祖母致意务去，且兼如海说：“汝父年将半百，再无续室之意，且汝多病，年又极小，上无亲母教养，下无姊妹兄弟扶持，可怜！　一句一滴血，一句一滴血之文。今依傍外祖母及舅氏姊妹去，正好减我顾盼之忧，何云不往？”此一段是不肯使黛玉作弃父乐为远游者。以此可见作者之心，宝爱黛玉如己。黛玉听了，方洒泪拜别，实写黛玉。遂同奶娘及荣府中几个老妇人登舟而去。雨村另有一只船，带两个小童，依附黛玉而行。老师依附门生，怪道今时以收纳门生为幸。　细密如此，是大家风范。

有日到了都中，繁中减笔。进入神京，雨村先整了衣冠，且按下黛玉，以待细写，今故先将雨村安置过一边，方起荣府中之正文也。带了小童，拿着宗侄的名帖，至此渐渐好看起来。　此帖妙极！可知雨村的品行矣。至荣府门前投了。彼时贾政已看了妹丈之书，即忙请入会见。雨村相貌魁伟，言谈不俗。且这贾政最喜读书人，君子可欺其方也。况雨村正在王莽谦恭下士之时，虽政老亦为所惑，在作者系指东说西也。礼贤下士，拯溺济危，大有祖风。况又系妹丈致意，因此优待雨村，更又不同。便竭力内中协助，题奏之日，轻轻谋了一个复职候缺。《春秋》字法。不上两个月，金陵应天府缺出，便谋补了此缺，《春秋》字法。拜辞了贾政，择日到任去了，不在话下。因宝钗故及之。一语过至下回。　了结雨村。

且说黛玉，自那日弃舟登岸时，这方是正文起头处，此后笔墨，与前两回不同。便有荣国府打发了轿子，并拉行李的车辆久候了。这黛玉常听得三字细。　以“常听得”等字，省下多少笔墨。母亲说过，他外祖母家与别家不同。他近日所见的这几个三等的仆妇，已是不凡了，何况今至其家。因此步步留心，时时在意，不肯轻意多说一句话，多行一步路，犟犟故自不凡。生恐被人耻笑了他去。写黛玉自幼之心机。　黛玉自忖之语。

自上了轿，进入城中，便从纱窗外瞧了一瞧，其街市之繁华，人烟之阜盛，先从街市写来。自与别处不同。又行半日，忽见街北蹲着两个大石狮子，三间兽头大门，门前列坐着十来个华冠丽服之人。正门却不开，只有东西两角门有人出入。正门之上有一匾，以下写宁国府第，总借黛玉一双俊眼中传来。非黛玉之眼，也不得如此细密周详。匾上大书“敕造宁国府”五个大字。先写宁府，这是由东向西而来。黛玉想道：“这是外祖母之长房了。”想着，又往西行不多远，照样也是三间大门，方是荣国府了。却不进正门，只进了西边角门。那轿夫抬进去，走了一射之地，将转弯时，便歇下退出去了。后面婆子们已都下了轿，赶上前来，另换了三四个衣帽周全的十七八岁的小厮上来，复抬起轿子。众婆子步下围随，至一垂花门前落下。众小厮退出，众婆子上来打起轿帘，扶黛玉下轿。以上写款项。林黛玉扶着婆子的手，进了垂花门，两边是抄手游廊，当中是穿堂，当地放着一个紫檀架子大理石的大插屏。转过插屏，小小三间内厅，厅后就是后面的正房大院。正面五间上房，皆是雕梁画栋，两边穿山游廊，厢房挂着各色鹦鹉、画眉等鸟雀。台矶之上坐着几个穿红着绿的丫鬟，一见他们来了，便忙都笑迎上来，说：如见如闻，活现于纸上之笔，好看煞。“才刚老太太还念呢，可巧就来了。”有层次。于是三四人争着打起帘栊，真有是事，真有是事。一面听得人回话：“林姑娘到了。”

此书得力处，全是此等地方，所谓颊上三毫也。

黛玉方进入房时，只见两个人搀着一位鬓发如银的老母迎上来，黛玉便知是他外祖母。方欲拜见时，早被他外祖母一把搂入怀中，心肝儿肉叫着写尽天下疼女儿的神理。大哭起来。几千斤力量，写此一笔。此一段文字，是天性中流出，我读时不觉泪盈双袖。当下地下侍立之人，无不掩面涕泣，旁写一笔更妙！黛玉也哭个不住。自然顺写一笔。 逼真。一时众人慢慢解劝住了，黛玉方拜见了外祖母。此即冷子兴所云之史氏太君，贾赦、贾政之母也。书中人目太繁，故明注一笔，使观者省眼。当下贾母一一指与黛玉："这是你大舅母，赦老夫人。 邢氏。这是你二舅母，政老夫人。这是你先珠大哥的媳妇珠大嫂。李纨。"黛玉一一拜见过。贾母又说："请姑娘们来，今日远客才来，可以不必上学去了。"众人答应了一声，便去了两个。

书中正文之人，却如此写出，却是天生地设章法，不见一丝勉强。

不一时，只见三个奶嬷嬷并五六个丫鬟，声势如现纸上。簇拥着三个姊妹来了。第一个肌肤微丰，不犯宝钗。 迎春。合中身材，腮凝新荔，鼻腻鹅脂，温柔沉默，观之可亲。为迎春写照。第二个削肩细腰，探春。 《洛神赋》中云，"肩若削成"是也。长挑身材，鸭蛋脸面，俊眼修眉，顾盼神飞，文彩精华，见之忘俗。为探春写照。第三个身量未足，形容尚小。惜春。其钗环裙袄，三人皆是一样的妆饰。是极。 毕肖。欲画天尊，先画众神如此，其天尊自当另有一番高山世外的景象。黛玉忙起身迎上来见礼，互相厮认过，此笔亦不可少。大家归坐。丫鬟们斟上茶来。不过说些黛玉之母如何得病，如何请医服药，如何送死发丧。层层不

从黛玉眼中写三人。

浑写一笔，更妙。必个个写去则板矣。可笑近之小说中，有一百个女子，皆是如花似玉一副脸面。

漏，周密之至。不免贾母又伤感起来，妙！因说："我这些儿女，所疼者惟有你母，今日一旦先舍我而去，连面也不能一见。今见了你，我怎么不伤心！"说着，搂了黛玉在怀，又呜咽起来。不禁我也跟他哭起。众人忙都宽慰解释，方略略止住。为黛玉自此不能别往。众人见黛玉年纪虽小，其举止言谈不俗。身体面庞虽怯弱不胜，写美人是如此笔仗，看官怎得不叫绝称赏！却有一段自然风流态度。为黛玉写照，众人目中，只此一句足矣。便知他有不足之症。因问："常服何药，如何不急为疗治？"黛玉笑道："我自来是如此，从会吃饮食时便吃药，到今未断，请了多少名医修方配药，皆不见效。那一年我才三岁时，文字细如牛毛。听得说来了一个癞头和尚，三岁上，尚未能甚记事，故云听说，莫以为亲闻亲见。说要化我去出家，我父母固是不从。他又说：'既舍不得他，只怕他的病一生也不能好的了。若要好时，除非从此已后总不许见哭声。爱哭的偏写出有人不教哭。　作者既以黛玉为绛珠化生，是要哭的了，反要使人先叫他不许哭，妙！除父母之外，凡有外姓亲友之人惟宝玉是更不可见之人。一概不见，方可平安了此一世。'疯疯颠颠说了这些不经之谈，是作书者自注。也没人理他。如今还是吃人参养荣丸。"人生自当自养荣卫。贾母道："这正好，我这里正配丸药呢，为后菖、菱伏脉。叫他们多配一料就是了。"

从众人目中写黛玉。

草胎卉质，岂能胜物耶！想其衣裙，皆不得不勉强支持者也。

奇奇怪怪一至于此，通部中假借癞僧、跛道二人，点明迷情幻海中有数之人也，非袭《西游》中一味无稽，至不能处便用观世音可比。

甄英莲乃副十二钗之首，却明写癞僧一点。今黛玉为正十二钗之冠，反用暗笔，盖正十二钗，人或洞悉可知，副十二钗或恐观者忽略，故写极力一提，使观者万勿稍加玩忽之意耳。

一语未了，接笱甚便，史公之笔力。只听得后院中有人笑声说：懦笔庸笔何能及此。“我来迟了，不曾迎接远客！”第一笔，阿凤三魂六魄已被作者拘定了，后文焉得不活跳纸上，此等非仙助即非神助，从何而得此机括耶？黛玉纳罕道：“这些人个个皆敛声屏气，恭肃严整如此，这来者系谁，这样放诞无礼？”原有此一想。 天下事不可一概而论。心下想时，只见一群媳妇丫鬟围拥着一个人，从后房门进来。这个人打扮与众姑娘不同，彩绣辉煌，恍如神妃仙子：头上带着金丝八宝攒珠髻，绾着朝阳五凤挂珠钗，头。项上带着赤金盘螭璎珞圈，颈。裙边系着豆绿宫绦双衡比目玫瑰珮，腰。身上穿着大凡能事者，多是尚奇好异，不肯泛泛同流。缕金百蝶穿花大红洋缎窄褃袄，外罩五彩刻丝石青银鼠褂，下着翡翠撒花洋绉裙。一双丹凤三角眼，两弯柳叶吊梢眉，非如此眼，非如此眉，不得为熙凤，作者读过《麻衣相法》。身量苗条，体格风骚，粉面含春威不露，丹唇未启笑先闻。为阿凤写照。 英豪本等。黛玉连忙起身接见。贾母笑道：“你不认得他，阿凤一至，贾母方笑，与后文多少笑字作偶。他是我们这里有名的一个泼皮破落户儿，南省俗谓作‘辣子’，你只叫他‘凤辣子’就是。”阿凤笑声进来，老太君打诨，虽是空口传声，却是补出一向晨昏起居，阿凤于太君处承欢应候，一刻不可少之人。看官勿以闲文淡文也。黛玉正不知以何称呼，想黛玉此时神情，含浑可爱。只见众姊妹都忙告诉他道：“这是琏嫂子。”黛玉虽不识，亦曾听见母亲说过，大舅贾赦之子贾琏，

另磨新墨，搦锐笔，特独出熙凤一人。未写其形，先使闻声，所谓“绣幡开，遥见英雄俺”也。

试问诸公，从来小说中，可有写形追像至此者？

娶的就是二舅母王氏之内侄女，自幼假充男儿教养的，学名叫王熙凤。奇想奇文。以女子曰学名固奇，然此偏有学名的反倒不识字，不曰学名者反若假。黛玉忙陪笑见礼，以“嫂”呼之。

这熙凤携着黛玉的手，上下细细的打谅了一回，写阿凤全部传神第一笔也。便仍送至贾母身边坐下。因笑道：“天下真有这样标致的人物，这方是阿凤言语，若一味浮词套语，岂复为阿凤哉。我今儿才算见了！况且这通身的气派，竟不像老祖宗的外孙女儿，仍归太君，方不失《石头记》文字，且是阿凤身心之至文。竟是个嫡亲的孙女。怨不得老祖宗天天口头心头一时不忘。却是极淡之语，偏能恰投贾母之意。　以“真有”“怨不得”五字，写熙凤之口头，真是机巧异常，“怨不得”三字，愚弄了多少聪明特达者。只可怜我这妹妹这样命苦，这是阿凤见黛玉正文。怎么姑妈偏就去世了！”若无这几句，便不是贾府媳妇。说着，便用帕拭泪。贾母笑道：“我才好了，你倒来招我。文字好看之极！你妹妹远路才来，身子又弱，也才劝住了，快再休提前话！”反用贾母劝，看阿凤之术亦甚矣！这熙凤听了，忙转悲为喜道：“正是呢，我一见了妹妹，一心都在他身上了，又是欢喜又是伤心，竟忘记了老祖宗。该打，该打！”又忙携黛玉之手，问：“妹妹几岁了？可也上过学？现吃什么药？在这里不要想家，想要什么吃的、什么顽的，只管告诉我。丫头、老婆们不好了，也只管告诉我。”一面

“真有这样标致人物”出自凤口，黛玉丰姿可知，宜作史笔看。

又问婆子们："林姑娘的行李东西可搬进来了？当家的人本如此，毕肖！带了几个人来？三句话不离本行。职任在兹也。你们赶早打扫两间下房，让他们去歇歇。"

说话时，已摆了茶果上来，熙凤亲为捧茶捧果。总为黛玉眼中写出。　熙凤后到，为有事，写其劳能，先为筹画，写其机巧。摇前映后之笔。又见二舅母问他："月钱放完了不曾？"不见后文，不见此笔之妙。熙凤道："月钱已放完了。才刚带着人到后楼上找缎子，接闲文，是本意避繁也。找了这半日，却是日用家常实事。也并没有见昨日太太说的那样，想是太太记错了？"陪笔用得灵活，兼能形容熙凤之为人，妙心妙手，故有妙文妙口。王夫人道："有没有什么要紧？"因又说道："该随手拿出两个来，给你这妹妹去裁衣裳的。等晚上想着，叫人再去拿罢，仍归前文，妙妙！可别忘了。"熙凤道："倒是我先料着了，知道妹妹不过这两日到的，我已预备下了，等太太回去过了目，好送来。"试看他心机。王夫人一笑，点头不语。深取之意。　很漏凤姐是个当家人。

余知此缎阿凤并未拿出，此借王夫人之语，机变欺人处耳。若信彼果拿出预备，不独被阿凤瞒过，亦且被石头瞒过了。

当下茶果已撤。贾母命两个老嬷嬷带了黛玉去见两个母舅。时贾赦之妻邢氏忙亦起身，笑道："我带了外甥女过去，以黛玉之来去候安之便，便将荣宁二府的势排描写尽矣。倒也便宜。"贾母笑道："正是呢，你也去罢，不必过来了。"邢夫人答应一个"是"字，遂带了黛玉与王夫人作辞，大家送至穿堂前，出了垂花门，早有众小厮们拉过一辆翠幄青绸车来。邢夫人携了黛玉坐上，未识黛卿能乘此否？众婆娘放下车帘，方命小厮们抬起拉至宽处，方驾上驯骡，亦出了西角门，往东过了荣府正门，便入一黑油大门中，至仪门前方下来。众小厮退出，方打起车帘，邢夫人搀着黛玉的手，进入院中。黛玉度其房屋院宇，必是荣府中之花园隔断过来的。黛玉之心机眼力。进入三层仪门，果见正房厢庑游廊，分别得历历可想如见。悉皆小巧别致，不似方才那边轩峻壮丽，且院中随处之树木山石皆有，为大观园伏脉。试思荣府园今在西，后之大观园偏写在东，何不畏难之若此？一时进入正室，早有许多盛妆丽服之姬妾、丫鬟迎着。这一句都是写贾赦，妙在全是指东击西、打草惊蛇之笔，若看其写一人即作一人看，先生便呆了。邢夫人让黛玉坐了，一面命人到外面书房中请贾赦。一时人来回说："老爷说了，连日身上不好，作者绣口锦心，见有见的亲切，不见有不见的亲切，直说横讲，一毫不爽。见了姑娘彼此倒伤心，追魂摄魄。暂且不忍相见。若一见时，不独死板，且亦大失情理，亦不能有此等妙文矣。劝姑娘不要伤心想家，亦在情理之内。跟着老太太和舅母，即同家里一样。姊妹们虽拙，大家一处伴着，赦老亦能作此语，叹叹！亦可以解些烦闷。或有委屈之处，只管说得，不要外道才是。"黛玉忙站起来，一一听了。再坐一刻，便告辞。那邢夫人苦留吃过晚饭去。黛玉笑回道："舅母爱惜赐饭，原不应辞，黛玉之为人，必当有如此身分。只是还要过去

余久不作此语矣，见此语未免一醒。

拜见二舅舅，恐领了赐去不恭，得体。异日再领，未为不可，望舅母容谅。”邢夫人听说，笑道：“这倒是了。”遂命两三个嬷嬷用方才的车好生送了过去。于是黛玉告辞，邢夫人送至仪门前，又嘱咐众人几句，又嘱咐了几句，方是舅母的本等。眼看着车去了方回来。

一时黛玉进入荣府，下了车，众嬷嬷引着，便往东转弯，穿过一个东西的穿堂，这一个穿堂，是贾母正房之南者，凤姐处所通者，则是贾母正房之北。向南大厅之后，仪门内大院落，上面五间大正房，两边厢房鹿顶耳房钻山，四通八达，轩昂壮丽，比贾母处不同。黛玉便知这方是正紧正内室，一条大甬路，直接出大门的。进入堂屋中，抬头迎面先看见一个赤金九龙青地大匾，匾上写着斗大三个字，是“荣禧堂”，真是荣国府。后有一行小字“某年月日书赐荣国公贾源”，又有“万几宸翰之宝”。大紫檀雕螭案上，设着三尺来高青绿古铜鼎，悬着待漏随朝墨龙大画，一边是金蜼彝，蜼，音垒，周器也。一边是玻璃盒。盒，音海，盛酒之大器也。地下两溜十六张楠木交椅，又有一副对联，乃是乌木联牌，雅而丽，富而文。镶着錾银的字迹，道是：

座上珠玑昭日月，堂前黼黻焕烟霞。实贴。　实衬。

下面一行小字，道是：“同乡世教弟勋袭东安郡王穆莳拜手书。”先虚陪一笔。原来王夫人时常居坐宴息，亦不在这正堂，黛玉由正室一段而来，是为拜见政老耳，故进东房。只在这正室东边的三间耳房内。于是老嬷嬷引黛玉进东房门来。若见王夫人，直写引至东廊小正室内矣。临窗大炕上铺着猩红洋罽，正面设着大红金钱蟒靠背，石青金钱蟒引枕，秋香色金钱蟒大条褥。两边设一对梅花式洋漆小几。左边几上文王鼎匙箸香盒。右边几上汝窑美人觚——内插着时鲜花卉，并茗碗、唾壶等物。地下面西一溜四张椅上，都搭着银红撒花椅搭，底下四副脚踏。椅子两边也有一对高几，几上茗碗瓶花俱备。其余陈设，自不必细说。此不过略叙荣府家常之礼数，特使黛玉一识阶级座次耳，余则繁。

近闻一俗笑语云：一庄农人进京，回家众人问曰：你进京去，可见些个世面否。庄人曰，连皇帝老爷都见了。众罕然问曰，皇帝如何景况？庄人曰，皇帝左手拿一金元宝，右手拿一银元宝，马上捎着一口袋人参，行动人参不离口。一时要屙屎了，连擦屁股都用的是鹅黄缎子。所以京中掏茅厕的人都富贵无比。试思凡稗官写富贵字眼者，悉皆庄农进京之一流也。盖此时彼实未身经目睹，所言皆在情理之外焉。

老嬷嬷们让黛玉炕上坐，炕沿上却也有两个锦褥对设。黛玉度其位次，便不上炕，只向东边椅子上坐了。写黛玉心意。本房内的丫鬟忙捧上茶来。黛玉一面吃茶，一面打量那些丫鬟们，借黛玉眼写三等使婢。妆饰衣裙，举止行动，果亦与别家不同。茶未吃了，只见一个穿红绫袄青缎掐牙背心的丫鬟走来，金乎，玉乎？笑说道：“太太说，请姑娘到那边坐罢。”唤去见，方是舅母，方是大家风范。老嬷嬷听了，于是又引黛玉出来，到了东廊三间小正房内。

正面炕上横设一张炕桌，桌上磊着书籍、茶具。伤心笔，堕泪笔。靠东壁面西，设着半旧青缎靠背引枕。王夫人却坐在西边下首，亦是半旧青缎靠背坐褥。见黛玉来了，便往东让。黛玉心中料定这是贾政之位。写黛玉心到眼到，伧夫但云为贾府叙坐位，岂不可笑！因见挨炕一溜三张椅子上，也搭着半旧的三字有神。　此处则一色旧的，可知前正室中，亦非家常之用度也。可笑近之小说中，不论何处则曰商彝、周鼎、绣幕、珠帘、孔雀屏、芙蓉褥等样字眼。弹墨椅袱，黛玉便向椅上坐了。王

又如人嘲作诗者，亦往往爱说富丽话，故有“胫骨变成金玳瑁，眼睛嵌作碧璃琉”之诮。余自是评《石头记》，非鄙薄前人也。

夫人再四携他上炕，他方挨王夫人坐了。王夫人因说："你舅舅今日斋戒去了，点缀官途。再见罢。赦老不见，又写政老，政老又不能见，是重不见重，犯不见犯，作者惯用此等章法。只是有一句话嘱咐你：你三个姊妹倒都极好，以后一处念书认字学针线，或是偶一顽笑，都有尽让的。但我不放心的最是一件：王夫人嘱咐与邢夫人嘱咐似同而迥异。儿女累心，我欲代伊哭诉一回愁苦。我有一个孽根祸胎，四字是血泪盈面，不得已，无奈何而下，四字是作者痛哭。是这家里的混世魔王，与绛洞花王为对看。今日因庙里还愿去了，是富贵公子。尚未回来，晚间你看见便知。你只以后不用睬他，你这些姊妹都不敢沾惹他的。"

黛玉亦常听见母亲说过，有曾听得，所以闻言便知，不必用心搜求了。二舅母生的有个表兄，乃衔玉而诞，顽劣异常，与甄家子恰对。极恶读书，是极恶每日诗云子曰的读书。最喜在内帏厮混。外祖母又极溺爱，无人敢管。今见王夫人如此说，便知说的是这表兄了。因陪笑道："舅母说的，可是衔玉所生的这位哥哥？在家时亦曾听见母亲常说，这位哥哥比我大一岁，小名就唤宝玉，虽极憨顽，以黛玉道宝玉名，方不失正文，"虽"字是有情字宿根而发，勿得泛泛看过。说在姊妹情中极好的。黛玉口中心中早如此。况我来了，自然只和姊妹同处，用黛玉反衬一句，更有深味。兄弟们自是别院另室的，又登开一笔。妙妙！岂得去沾惹之理？"王夫人笑

这是一段反衬章法。黛玉心用猜度蠢物等句对看去，方不失作者本旨。

道："你不知道原故：他与别人不同，自幼老太太疼爱，原系同姊妹一处，此一笔收回，是明通部同处原委也。娇养惯了的。若姊妹们有日不理他，他倒还安静些，纵然他没趣，不过出了二门，背地里拿着他的两三个小幺儿出气，咕唧一会子就完了。这可是宝玉本性真情，前四十九字迥异之批，今始方知。盖小人口碑累累如是，是是非非，任尔口角，大都皆然。若这一日姊妹们和他多说一句话，他心里一乐，便生出多少事来。所以嘱咐你别睬他。他嘴里一时甜言蜜语，一时有天无日，一时疯疯傻傻，只休信他。"

不写黛玉眼中之宝玉，却先写黛玉心中已毕有一宝玉矣。幻妙之至，只冷子兴口中之后，余已极思欲一见，及今尚未得见，狡猾之至。

黛玉一一的都答应着。客居之苦，在有意无意中写来。只见一个丫鬟来回："老太太那里传晚饭了。"王夫人忙携了黛玉从后房门后房门。由后廊往西，是正房后廊也。出了角门，这是正房后西界墙角门。是一条南北宽夹道。南边是倒座三间小小抱厦厅，北边立着一个粉油大影壁，后有一半大门，小小一所房宇。王夫人笑指向黛玉道："这是你凤姐姐的屋子，灵活。无一漏空。回来你好往这里找他来，少什么东西，你只管和他说就是了。"这院门上也有二字是他处不写之写也。四五个才总角的小厮，都垂手侍立。王夫人遂携黛玉穿过一个东西穿堂，便是贾母的后院了。写得清，一丝不错。

这正贾母正室后之穿堂也，与前穿堂是一带之屋。中一带乃贾母之下室也。记清。

于是进入后房门，已有多少人在此伺候，见王夫人来了，方安设桌椅。不是待王夫人用膳，是恐使王夫人有失侍膳之理耳。贾珠之妻李氏捧饭，大人家规矩礼法。熙凤安箸，王夫人进羹。贾母正面榻上独坐，两傍四张空椅。熙凤忙拉了黛玉在左边第一张椅上坐了，黛玉十分推让。贾母笑道："你舅母和嫂子们不在这里吃饭，你是客，原应如此坐的。"黛玉方告了座，坐了。贾母命王夫人坐了。迎春姊妹三个告了座，方上来。迎春便坐右手第一，探春左第二，惜春右第二。旁边丫鬟执着拂尘、漱盂、巾帕。李、凤二人立于案傍布让。外间伺候之媳妇、丫鬟虽多，却连一声咳嗽不闻。作者非身履其境过，不能如此细密完足。

寂然饭毕，各有丫鬟用小茶盘捧上茶来。当日林如海教女以惜福养身，云饭后务待饭粒咽尽，过一时再吃茶，方不伤脾胃。夹写如海一派书气。最妙！今黛玉见了这里许多事情不合家中之式，不得不随的，少不得一一改过来，幼而学，壮而行者。常情。有不得已，行权达变，多至于失守者。亦千古同慨，诚可悲夫！因而接了茶。早见人又捧过漱盂来，黛玉也照样漱了口。然后盥手毕，又捧上茶来，方是吃的茶。总写黛玉以后之事，故只以此一件小事略为一表也。贾母便说："你们去罢，让我们自在说话儿。"王夫人听了，忙起身又说了两句闲话，方引李、凤二人去了。

今看至此，故想日后以阅王敦初尚公主，登厕时不知塞鼻用枣，敦辄取而啖之。早为宫人鄙诮多矣。今黛玉若不漱此茶，或饮一口，不无荣婢所诮乎？观此则知黛玉平生之心思过人。

贾母因问黛玉念何书，黛玉道："只刚念了'四书'。"好极。稗官专用腹隐五车书者来看。黛玉又问：

“姊妹们读何书？”贾母道：“读的是什么书，不过是认得两个字，不是睁眼的瞎子罢了！”一语未了，只听院外一阵脚步响，与阿凤之来相映，而不相犯。丫鬟进来笑道：“宝玉来了！”余为一乐。　形容出姣养，神。黛玉心中正疑惑着：“这个宝玉不知是怎生个惫懒人物，文字不反，不见正文之妙，似此应从《国策》得来。懵懂顽童——倒不见那蠢物也罢了。”这蠢物不是那蠢物，却有个极蠢之物相待。妙极！　从黛玉口中故反一句，则下文更觉生色。心中正想着，忽见丫鬟话未报完，已进来了一个年轻公子：

头上戴着束发嵌宝紫金冠，齐眉勒着二龙抢珠金抹额，穿一件二色金百蝶穿花大红箭袖，束着五彩丝攒花结长穗宫绦，外罩石青起花八团倭缎排穗褂，登着青缎粉底小朝靴。面若中秋之月，色如春晓之花，鬓如刀裁，眉如墨画，眼似桃瓣，睛若秋波。虽怒时而若笑，即瞋视而有情。真真写杀。项上金螭璎珞，又有一根五色丝绦系着一块美玉。

此非套满月，盖人生有面扁而青白色者，则皆可谓之秋月也。用满月者不知此意。

少年色嫩不坚劳，以及非夭即贫之语，余犹在心，今阅至此，放声一哭。

黛玉一见，便吃一大惊，怪甚。　写宝玉只是宝玉，写黛玉只是黛玉，从中用黛玉一惊，宝玉之面善等字，文气自然笼就，要分开不得了。　此一惊方下文之留连缠绵，不为孟浪，不是淫邪。心下想道："好生奇怪，倒像在那里见过的一般，何等眼熟到如此！"正是，想必有灵河岸上、三生石畔曾见过。只见这宝玉向贾母请了安，贾母便命："去见你娘来。"宝玉即转身去了。一时回来再看，已换了冠带，头上周围一转的短发都结成了小辫，红丝结束，共攒至顶中胎发，总编一根大辫，黑亮如漆。从顶至稍，一串四颗大珠，用金八宝坠角。身上穿着银红撒花半旧大袄，仍旧带着项圈、宝玉、寄名锁、护身符等物。下面半露松花撒花绫裤腿，锦边弹墨袜，厚底大红鞋。越显得面如敷粉，唇似施脂，转盼多情，语言常笑。天然一段风骚，全在眉梢；总是写宝玉，总是为下文留地步。平生万种情思，悉堆眼角。看其外貌最是极好，却难知其底细。后人有《西江月》二词，批宝玉极恰。其词曰：

二词更妙。最可厌野史"貌如潘安，才如子建"等语。

无故寻愁觅恨，有时似傻如狂。纵然生得好皮囊，腹内原来草莽。　潦倒不通世务，愚顽怕读文章。行为偏僻性乖张，那管世人诽谤！

富贵不知乐业，贫穷难耐凄凉。可怜辜负好韶光，于国于家无望。　天下无能第一，古今不肖无双。寄言纨绔与膏粱：莫效此儿形状。纨绔膏粱，此儿形状，有意思。当设想其像，合宝玉之来历同看，方不被作者愚弄。

末二语最要紧。只是纨绔膏粱，亦未必不见笑我玉卿，可知能效一二者，亦必不是蠢然纨绔矣。

贾母因笑道："外客未见，就脱了衣裳，还不去见你妹妹！"宝玉早已看见多了一个姊妹，便料定是林姑母之女，忙来作揖，厮见毕归坐，细看形容，与众各别：

又从宝玉目中细写一黛玉，直画一美人图。

两弯似蹙非蹙罥烟眉，奇眉妙眉，奇想妙想！一双似泣非泣含露目。奇目妙目，奇想妙想！态生两靥之愁，娇袭一身之病。泪光点点，娇喘微微，闲静时如娇花照水，行动处似弱柳扶风。至此八句，是宝玉眼中。心较比干多一窍，此一句，是宝玉心中。　写黛玉，也是为下文留地步。病如西子胜三分。此十句定评，直抵一赋。

更奇妙之至，多一窍固是好事，然未免偏僻了，所谓过犹不及也。

不写衣裙妆饰，正是宝玉眼中不屑之物，故不曾看见。黛玉之居止容貌，亦是宝玉眼中看、心中评，若不是宝玉，断不能知黛玉终是何等品貌。

宝玉看罢，因笑道：看他第一句是何话。"这个妹妹我曾见过的。"疯话。与黛玉同心，却是两样笔墨。观此则知玉卿心中，有则说出，一毫宿滞皆无。贾母笑道："可又是胡说，你又何曾见过他。"宝玉笑道："虽然未曾见过他，然我看着面善，一见便作如是语。宜乎王夫人谓之"疯疯傻傻"也。心里就算是旧相识，今日只作远别重逢，世人得遇相好者，每曰"一见如故"，与此一意。未为不可。"妙极奇语，全作如是等语，怪人谓曰"痴狂"。贾母笑道："更好，更好！若如此，更相和睦了。"作小儿语瞒过世人亦可。　亦是真话。宝玉便走近黛玉身边坐下，又细细打谅一番，与黛玉两次打谅一对。　姣惯处如画。如此亲近。

黛玉见宝玉，写一"惊"字。宝玉见黛玉，写一"笑"字。一存于中，一发乎外，可见文于下笔，必推敲的准稳，方才用字。

而黛玉之灵心巧性，能不被其缚住，反不是性理。文从宽缓中写来，妙！因问："妹妹可曾读书？"自己不读书，却问到人。妙！黛玉道："不曾读书，只上了一年学，些须认得几个字。"宝玉又道："妹妹尊名，是那两个字？"黛玉便说了名字。宝玉又问表字，黛玉道："无字。"宝玉笑道："我送妹妹一妙字，莫若'颦颦'二字极好！"探春便问何出。写探春。　借问难，说探春，以足后文。宝玉道："《古今人物通考》上说，西方有石名黛，可代画眉之墨，况这林妹妹眉尖若蹙，黛玉泪因宝玉，而宝玉赠曰颦颦，初见时亦定盟矣。用取这两个字，岂不两妙！"探春笑道："只恐又是你的杜撰。"宝玉笑道："除'四书'外，杜撰的太多，偏只我是杜撰不成？"如此等语，焉得怪彼世人谓之怪。只瞒不过批书者。又问黛玉："可也有玉没有？"奇极，怪极，痴极，愚极！焉得怪人目为痴哉？众人不解其语。黛玉便忖度着因他有玉，故问我也有无。因答道："我没有那个，想来那玉亦是一件罕物，岂能人人有的？"

奇之至，怪之至，又忽将黛玉亦写成一极痴女子，观此初会二人之心，则可知以后之事矣。

宝玉听了，登时发作起痴狂病来，摘下那玉，就狠命摔去，试问石兄，此一摔比在青埂峰下萧然坦卧何如？骂道："什么罕物！连人之高低不择，还说'通灵'不'通灵'呢！我也不要这劳什子了！"吓的地下众人一拥争去拾玉。贾母急的搂了宝玉道："孽障！如闻其声。恨极语，却是疼极语。你生气，要打骂人容易，何苦摔那命根子！"一字一千斤重。宝玉满面泪痕泣道：千奇百怪，不写黛玉泣，却反先写宝玉泣。“家里姐姐妹妹都没有，不是写宝玉狂，亦不是写贾母疼，总是要下种在黛玉心里，则下文写黛玉之近宝玉之由。作者苦心，妙妙！单我有，我就没趣。如今来了这么一个神仙似的妹妹也没有，可知这不是个好东西。”贾母忙哄他道：“你这妹妹原有这个来的，因你姑妈去世时舍不得你妹妹，无法可处，遂将他的玉带了去了。一则全殉葬之礼，尽你妹妹之孝心；二则你姑妈之灵，亦可权作见了女儿之意。因此，他只说没有这个，不便自己夸张之意。不如此说，则不为姣养。文灵活之至。你如今怎比得他？还不好生慎重带上，仔细你娘知道了！”说着，便向丫鬟手中接来，亲与他带上。宝玉听如此说，想一想竟大有情礼，也就不生别论了。所谓小儿易哄，余则谓君子可欺以其方云。

不是冤家不聚头，第一场也。

当下，奶娘来请问黛玉之房舍。贾母便说：“今将宝玉挪出来，同我在套间暖阁儿里面，把你林姑娘暂安置碧纱橱里。女死，外孙女来，不得不令其近已。移疼女之心疼外孙女者，当然。等过了残冬，春天再与他们收拾房屋，另作一番安置罢。”宝玉道：“好祖宗，跳出一小儿。我就在碧纱橱外的床上很妥当，何必又出来，闹的老祖宗不得安静。”贾母想了一想说：“也罢了。”每人一个奶娘并一个丫头照管，小儿不禁，情事无违。下笔运用有法。余者皆在外间上夜听唤。一面早有熙凤命人送了一顶藕合色花帐，并几件锦被缎褥之类。黛玉只带了两个人来：一个是自幼奶娘王嬷嬷，一个是十岁的小丫头，亦是自幼随身的，名唤雪雁。杂雅不落套，是黛玉之文章也。贾母见雪雁甚小，一团孩气，王嬷嬷又极老，料黛玉皆不遂心省力的，便将自己身边一个二等的丫头名唤鹦哥者，与了黛玉。外亦如迎春等例，每人除自幼乳母外，另有四个教引嬷嬷。除贴身掌管钗钏盥沐两个丫鬟外，另有五六个洒扫房屋、来往使役的小丫头。当下，王嬷嬷与鹦哥陪侍黛玉在碧纱橱内。宝玉之乳母李嬷嬷，并大丫鬟名唤袭人者，奇名新名，必有所出。陪侍在外大床上。

妙极！此等名号，方是贾母之文章。最厌近之小说中，不论何处，满纸皆是红娘、小玉、嫣红、香翠等俗字。

原来这袭人亦是贾母之婢，本名珍珠。亦是贾母之文章。前鹦哥已伏下一鸳鸯，今珍珠又伏下一琥珀矣，以下乃宝玉之文章。　袭人之情性，不得不点染明白者，为后日归案。贾母因溺爱宝玉，贾母爱孙，锡以善人，此诚为能爱人者，非世俗之爱也。生恐宝玉之婢无竭力尽忠之人，素喜袭人心地纯良，克尽职任，遂与了宝玉。宝玉因知他本姓花，又曾见旧人诗句上有“花气袭人”之句，遂回明贾母，即更名袭人。这袭人亦有些痴处：只如此写又好极。最厌近之小说中，满纸“千伶百俐”，“这妮子亦通文墨”等语。　世人有职任的，能如袭人，则天下幸甚。伏侍贾母时，心中眼中只有一个贾母；今与了宝玉，心中眼中又只有个宝玉。只因宝玉性情乖僻，每每规谏，宝玉不听，我读至此，不觉放声大哭。心中着实忧郁。

是晚，宝玉、李嬷嬷已睡了。他见里面黛玉和鹦哥犹未安息，他自卸了妆，悄悄进来，笑问：“姑娘怎么还不安息？”黛玉忙笑让：“姐姐请坐。”袭人在床沿上坐了。鹦哥笑道：“林姑娘正在这里伤心，可知前批不谬？自己淌眼抹泪的，黛玉第一次哭，却如此写来。说：‘今儿才来了，就惹出你家哥儿的狂病来，倘或摔坏那玉，我也心疼，岂独颦颦。岂不是因我之过！’所谓宝玉知己，全用体贴工夫。因此便伤心，我好容易劝好了。”袭人道：“姑娘快休如此，将来只怕比这个更奇怪的笑话儿还有呢。若为他这种行止，你多心伤感，只怕你伤感不了呢！后百十回黛玉之泪，总不能出此二语。快别多心！”月上窗纱人到阶，窗上影儿先进来。笔未到而境先到矣。 应知此非伤感，来还甘露水也。黛玉道：“姐姐们说的，我记着就是了。究竟不知那玉，是怎么个来历？上头还有字迹？”袭人道：“连一家也不知来历，听得说，落草时从他口里掏出，上头有现成的穿眼，天生带来美玉，有现成可穿之眼，岂不可爱，岂不可惜！ 癞僧幻术亦太奇矣！让我拿来，你看便知。”黛玉忙止道：“罢了，此刻夜深，他天生带来的美玉，他自己不爱惜，遇知己替他爱惜，连我看书的人，也着实心疼不了，不觉背人一哭，以谢作者。明日再看也不迟。”总是体贴，不肯多事。大家又叙了一回，方才安歇。

前文反明写宝玉之哭，今却反如此写黛玉。几被作者瞒过。这是第一次算还，不知下剩还该多少？

次日起来，省过贾母，因往王夫人处来，正值王夫人与熙凤在一处拆金陵来的书信看。又有王夫人之兄嫂处遣了两个媳妇来说话的。黛玉虽不知原委，探春等却都晓得，是议论金陵城中所居的薛家姨母之子姨表兄薛蟠，倚财仗势打死人命，现在应天府案下审理。作者每用牵前摇后之笔。如今母舅王子腾得了信息，故遣人来告诉这边，意欲唤取进京之意。捆下文。

补不完的是离恨天，所余之石岂非离恨石乎。而绛珠之泪偏不因离恨而落，为惜其石而落。可见惜其石必惜其人，其人不自惜，而知己能不千方百计为之惜乎。所以绛珠之泪至死不干，万苦不怨，所谓求仁而得仁，又何怨。悲夫！

第四回

薄命女偏逢薄命郎　葫芦僧乱判葫芦案

阴阳交结变无伦，幻境生时即是真。秋月春花谁不见，朝晴暮雨自何因。心肝一点劳牵恋，可意偏长遇喜嗔。我爱世缘随分定，至诚相感作痴人。

请君着眼护官符，把笔悲伤说世途。作者泪痕同我泪，燕山仍旧窦公无。

题曰：

捐躯报君恩，未报躯犹在。
眼底物多情，君恩或可待。

却说黛玉同姊妹们至王夫人处，见王夫人与兄嫂处的来使计议家务，又说姨母家遭人命官司等语。又来一位，宝钗将出现矣。因见王夫人事情冗杂，姊妹们遂出来，至寡嫂李氏房中来了。慢慢度入法。

原来这李氏，即贾珠之妻。起笔写薛家事，他偏写宫裁，是结黛玉，明李纨本末。又在人意料之外。珠虽夭亡，幸存一子，取名贾兰，今已五岁，已入学攻书。这李氏亦系金陵名宦之女，父名李守中，妙！盖云人能以理自守，安得为情所陷哉。曾为国子监祭酒，族中男女，无有不诵诗读书者。未出李纨，先伏下文李纹、李绮。至李守中承继以来，便说“女儿无才便有德”，“有”字改的好。　　确论。故生了李氏时，便不十分令其读书，只不过将些“女四书”、《列女传》、《贤媛集》等三四种书，使他认得几个字，记得这前朝几个贤女便罢了，却只以纺绩井臼为要。因取名为李纨，字宫裁。一洗小说巢臼俱尽，且命名字，亦不见“红香”“翠玉”恶俗。因此这李纨虽青春丧偶，反有此等文章。且居处于膏粱锦绣之中，此时处此境，最能越理生事，彼竟不然，实罕见者。竟如槁木死灰一般。一概无见无闻，惟知侍亲养子，此中不得不有如此人。天地覆载，何物不有，而才子手中，亦何物不有！外则陪侍小姑等针凿诵读而已。一段叙出李纨，不犯熙凤。今黛玉虽客寄于斯，日有这般姐妹相伴，除老父外，余者也就无庸虑及了。仍是从黛玉身上写来。以上了结住黛玉，复找前文。

如今且说贾雨村，因补授了应天府，一下马就有一件人命官司详至案下。非雨村难以了结此案。乃是两家争买一婢，各不相让，以致殴伤人命。彼时雨村即问原告，那原告道：“被殴死者，乃小人之主人。因那日买了一个丫头，不想系拐子所拐来卖的。这拐子先已得了我家银子，我家小爷原说第三日方是好日子，再接入门。所谓迟则有变，往往世人因不经之谈，误却大事。这拐子便又悄悄的卖与了薛家，被我们知道了，去找那卖主夺取丫头。无奈薛家原系金陵一霸，倚财仗势，一派世境恶习，活现。众豪奴将我主人竟打死了。凶身主仆已皆逃走，无影无踪，只剩了几个局外之人。小人告了一年的状，竟无人作主，悲夫。千古世情，不过如此。望太老爷拘拿凶犯，剪恶除凶，以救孤寡，死者感戴天恩不尽！”

雨村听了大怒道：偏能用反跌法。“岂有这样放屁的事！打死人命就白白的走了，再拿不来的？”因发签差公人立刻将凶犯族中人拿来拷问，令他们实供藏在何处。一面再动海捕文书。未发签时，只见案边立着一个门子，使眼色儿不令他发签之意。雨村心中甚是疑怪，原可疑怪，余亦疑怪。　请看文字递出递转，闲中皆是要笔。只得停了手，即时退堂至密室，使从皆退去，只留下门子一人伏侍。

这门子忙上来请安，笑问：“老爷一向加官进禄，八九年来就忘了我了？”语气傲慢，怪甚。　似闲语，是要人。雨村道：“却十分面善得紧，只是一时想不起来。”那门子笑道：“老爷真是贵人多忘事，把出身之地竟忘了，刹心语，自招其祸，亦因夸能恃才也。不记当年葫芦庙里之事了？”雨村听了，如雷震一惊，余亦一惊，但不知门子何知，尤为怪甚。方想起往事。原来这门子，本是葫芦庙内一个小沙弥，因被火之后无处安身，欲投别庙去修行，又耐不得清凉景况，因想这件生意倒还轻省热闹，新鲜字眼。遂趁年纪蓄了发，充了门子。一路奇奇怪怪调侃世人，总在人意臆之外。雨村那里料得是他，便忙携手笑道：“原来是故人。”妙称，全是假态。又让坐了好谈。假极。这门子不敢坐。雨村笑道：“贫贱之交不可忘，你我故人也。全是奸险小人态度，活现活跳。二则此系私室，如此亲近，其先必有故事。既欲长谈，岂有不坐之理？”这门子听说，方告了座，斜签着坐了。

雨村因问方才何故有不令发签之意。这门子道：“老爷既荣任到这一省，难道就没抄一张‘护官符’来不成？”可对聚宝盆，一笑！

三字从来未见，奇之至。雨村忙问："何为'护官符'？我竟不知。"余亦欲问。门子道："这还了得！连这不知，怎能作得长远！骂得爽快。　真是警世之言。使我看之，不知要哭要笑。如今凡作地方官者，皆有一个私单，上面写的是本省最有权有势、极富极贵的大乡绅名姓，各省皆然。倘若不知，一时触犯了这样的人家，不但官爵，只怕连性命还保不成呢！可怜可叹，可恨可气，变作一把眼泪也。　快论！请问其言是乎否乎？所以绰号叫作'护官符'。奇甚趣甚。如何想来。方才所说的这薛家，老爷如何惹得他！他这一件官司并无难断之处，皆因都碍着情分脸面，所以如此。"一面说，一面从顺袋中取出一张抄写的"护官符"来，递与雨村看时，上面皆是本地大族名宦之家的谚俗口碑。其口碑排写得明白，下面皆注着始祖官爵并房次，忙中闲笔用得好。　可怜伊等始祖。石头亦曾照样抄写一张，今据石上所抄云：此等人家，岂必欺霸方始成名耶。总因子弟不肖，招接匪人，一朝生事，则百计营求，父为子隐，群小迎合，虽暂时不沾祸纲，而从此放胆，非破家灭族不已。哀哉！

贾不假，白玉为堂金作马。宁国、荣国二公之后，共二十房分，除宁、荣亲派八房在都外，现原籍住者十二房。

阿房宫，三百里，住不下金陵一个史。保龄侯尚书令史公之后，房分共十八，都中现住者十房，原籍现居八房。

丰年好大雪，隐"薛"字。珍珠如土金如铁。紫微舍人薛公之后，现领内府帑银行商。共八房分。

东海缺少白玉床，龙王来请金陵王。都太尉统制县伯王公之后。共十二房，都中二房，余皆在籍。

妙极！若只有此四家，则死板不活。若再有两家，又觉累赘，故如此断法。

雨村犹未看完，忽闻传点人报："王老爷来拜。"雨村听说，忙具衣冠出去迎接。有顿饭工夫方回来。横云断岭法，是板定大章法。细问这门子："这四家皆连络有亲，此四家不相为结亲，则无门当户对者，亦理势之必然。既结亲之后，岂不照应，又人情之不可无。一损皆损，一荣皆荣，扶持遮饰，皆有照应的。早为下半部伏根。今告打死人之薛，就系'丰年大雪'之'薛'也。不单靠这三家，他的世交亲友，在都在外者本亦不少。老爷如今拿谁去？"雨村听如此说，便笑问门子道："如你这样说来，却怎么了结此案？你大约也深知这凶犯躲的方向了？"

门子笑道："不瞒老爷说，不但这凶犯躲的方向我知道，一并这拐卖之人我也知道，斯何人也！死鬼买主，也深知道。放胆一说，毫无避忌。世态人情，被门子参透了。待我细说与老爷听。这个被打之死鬼，乃是本地一个小乡宦之子，名唤冯渊，真真是冤孽相逢。自幼父母早亡，又无兄弟，只他一个人守着些薄产过日。我为幼而失父母者一哭。长到十八九岁上，酷爱男风，最厌女子。最厌女子，仍为女子丧生，是何等大笔！不是写冯渊，正是写英莲。这也是前生冤孽，可巧遇见这拐子卖丫头，善善恶恶，多从可巧而来，可畏可怕。他便一眼看上了这丫头，立意买来作妾，立誓再不交结男子，谚云：人若改常，非病即亡。信有之乎？也再不娶第二个了，虚写一个情种。也是幻中情魔。所以三日后方过门。谁晓这拐子又偷卖与了薛家，一定情即了结，请问是幻不是？点醒“幻”字，人皆不醒。我今日看了，批了，仍也是不醒。他意欲卷了两家银子，再逃往他省。谁知道又不曾走脱，两家拿住，打了个臭死，都不肯收银，只要领人。那薛家公子岂是让人的，便喝着手下人一打，将冯公子打了个稀烂，有情反是无情。抬回家去三日死了。这薛公子原是早已择定日子上京去的，头起身两日前，就偶然遇见了这丫头，意欲买了就进京的，谁知闹出这事来。既打了冯公子，夺了丫头，他便没事人一般，只管带了家眷走他的路，他这里自有兄弟奴仆在此料理，并不为此些些小事值得他一逃走的。妙极！人命视为些些小事，总是刻画阿呆耳。这且别说，老爷，你当被卖之丫头是谁？”问得又怪。雨村笑道：“我如何得知。”门子冷笑道：“这人算来还是老爷的大恩人呢！当心一脚！请看后文，并无蹴动。他就是葫芦庙旁住的甄老爷的小姐，名唤英莲的。”至此一醒。雨村罕然道：“原来就是他！闻得养至五岁被人拐去，闻得只说一层，并无言及要娇杏自道之语。非作者忘怀，欲写世态，故作幻笔。却如今才来卖呢？”

门子道：“这一种拐子，单管偷拐五六岁的儿女，养在一个僻静之处，到十一二岁时，度其容貌，带至他乡转卖。当日这英莲，我们天天哄他顽耍，虽隔了七八年，如今十二三岁的光景，其模样虽然出脱得齐整好些，然大概相貌自是不改，熟人易认。况且他眉心中原有米粒大小的一点胭脂㾊，宝钗之热，黛玉之怯，悉从胎中带来。今英莲有㾊，其人可知矣。从胎里带来的，所以我却认得。偏生这拐子又租了我的房舍居住，作者要说容貌势力，要说情，要说幻，又要说小人之居心，豪强之托大，了结前文旧案，铺设后文根基，点明英莲，收叙宝钗等项诸事，只借先之沙弥、今日门子之口，层层叙来，真是大悲菩萨，千手千眼一时转动，毫无遗漏。可见具大光明者，故无难事，诚然。那日拐子不在家，我也曾问他。他是被拐子打怕了的，可怜！万不敢说，世家子女至此。可想见其先世亦必有如薛公子者。只说拐子系他亲爹，因无钱偿债，故卖他。我又哄之再四，他又哭了，只说‘我原不记得小时之事’。写其心机，总为后文。这可无疑了。那日冯公子相看了，兑了银子，拐子醉了，他自叹道：‘我今日罪孽可满了！’天下英雄，失足匪人，偶得机会可以跳出者，与英莲同声一哭。后又听得冯公子三日后才娶过门，他又转有忧愁之态。我又不忍其形景，等拐子出去，又命内人去解释他：‘这冯公子必待好日期来接，可知必不以丫鬟相看。况他是个绝风流人品，家里颇过得，素习又最厌恶堂客，今竟破价买你，后事不言可知。只耐得三两日，良人者所望而终身也。何必忧闷。’他听如此说，方才略解忧闷，自为从此得所。可怜，真可怜。谁料天下竟有这等不如意事，一篇《薄命赋》，特出英莲。　天下同患难者，同来一哭。第二日，他偏又卖与了薛家。若卖与第二个人还好，这薛公子的混名人称‘呆霸王’，最是天下第一个弄性尚气的人，而且使钱如土。世路难行钱作马。　使钱如土，方能称霸王。遂打了个落花流水，生拖死拽，把个英莲拖去，如今也不知死活。为英莲留后步。这冯公子空喜一场，一念未遂，反花了钱，送了命，岂不可叹！”

又一首《薄命叹》，英、冯二人一段小悲欢幻景，从葫芦僧口中补出，省却闲文之法也。所谓“美中不足，好事多魔”，先用冯渊作一开路之人。

雨村听了亦叹道：“这也是他们的孽障，遭遇亦非偶然。不然冯渊如何偏只看准了这英莲？这英莲受了拐子这几年折磨，才得了个头路，且又是个多情的，若能聚合了，倒是一件美事，偏又生出这段事来。冯渊之事之人，是英莲之幻景中之痴情人。这薛家纵比冯家富贵，想其为人，自然姬妾众多，淫佚无度，未必及冯渊定情于一人者。这正是：梦幻情缘，点明白了，直入本题。恰遇见一对薄命儿女。且不要议论他，只目今这官司如何剖断才好？”门子笑道：“老爷当年何等明决，今日何翻成个没主意的人了？利欲熏心，必致如此。小的闻得老爷补升此任，亦系贾府王府之力，此薛蟠即贾府之亲，老爷何不顺水行舟，做个整人情，将此案了结，日后也好见贾、王二公的。”雨村道：“你说的何尝不是，但事关人命，可发一长叹，这一句已见奸雄全是假。蒙皇上隆恩起复委用，奸雄！实是重生再造，正当殚心竭力图报之时，奸雄。岂可因私而废法？奸雄！　良明不昧势难当。是我实不能忍为者。”全是假。门子听了，冷笑道：“老爷说的何尝不是大道理，但只是如今世上是行不去的。岂不闻古人有云：‘大丈夫相时而动。’误尽多少苍生。又曰：‘趋吉避凶者为君子。’近时错会书意者，多多如此。依老爷这一说，不但不能报效朝廷，亦且自身不保，还要三思为妥！”说了来也是一团道理。

使雨村一评，方补足上半回之题目，所谓此书有繁处愈繁，省中愈省，又有不怕繁中繁，只要繁中虚，不畏省中省，只要省中实，此则省中实也。

雨村低了半日头，奸雄欺人。方说道：“依你怎么样？”门子道：“小人已想了个极好的主意在此：老爷明日坐堂，只管虚张声势，动文书发签拿人。原凶自然是拿不来的，原告固是定要将薛家族中及奴仆人等拿几个来拷问。小的在暗中调停，令他们报个暴病身亡，合族中及地方上共递一张保呈。老爷只说善能扶鸾请仙，堂上设下乩坛，令军民人等只管来看。老爷就说'乩仙批了，死者冯渊与薛蟠原因夙孽相逢，今狭路既遇，原应了结。薛蟠今已得无名之症，无名之症，却是病之名，而反曰无。妙极！被冯魂追索已死。其祸皆由拐子某人而起，拐之人原系某乡某姓人氏，按法处治，余不略及'等语。小人暗中嘱托拐子，令其实招。众人见乩仙批语与拐子相符，余者自然也都不虚了。薛家有的是钱，老爷断一千也可，五百也可，与冯家作烧埋之费。那冯家也无甚要紧的人，不过为的是钱，见有了这个银子，想也就无话了。老爷细想此计如何？"雨村笑道：奸雄欺人。"不妥不妥，等我再斟酌斟酌，或可压服口声。"一张口就是了结，真腐臭！以再斟酌收结，真是不凡之笔。二人计议，天色已晚，别无说话。

盖宝钗一家，不得不细写者。若另起头绪，则文字死板，故仍只借雨村一人，穿插出阿呆兄人命一事。且又带叙出英莲一向之行踪，并以后之归结。是以故意戏用"葫芦僧乱判"等字样撰成半回，略一解颐，略一叹世，盖非有意讥刺仕途，实亦出人之闲文耳。

至次日坐堂，勾取一应有名人犯，雨村详加审问，果见冯家人口稀疏，不过赖此欲多得些烧埋之费。薛家仗势倚情，偏不相让，故致颠倒未决。因此三四语收住，妙极！此则重重写来，轻轻抹去也。雨村便徇情枉法，胡乱判断了此案。实注一笔，更好！不过是如此等事，又何用细写？可谓此书不敢干涉廊庙者，即此等处也，莫谓写之不到。盖作者立意写闺阁尚不暇，何能又及此等哉！冯家得了许多烧埋银子，也就无甚话说了。雨村断了此案，急忙作书信二封，与贾政并京营节度使王子腾，随笔带出王家。不过说“令甥之事已完，不必过虑”等语。此事皆由葫芦庙内之沙弥新门子所知，雨村又恐他对人说出当日贫贱时的事来，因此心中大不乐业。瞧他写雨村如此，可知雨村终不是大英雄。后来到底寻了个不是，远远的充发了才罢。至此了结葫芦庙文字。　又伏下千里伏线。　起用葫芦字样，收用葫芦字样，盖云一部书皆系葫芦提之意也，此亦系寓意处。　口如悬河者，当于出言时小心。

又注冯家一笔，更妥。可见冯家正不为人命，实赖此获利耳，故用“乱判”二字为题。虽曰不涉世事，或亦有微辞耳。但其意实欲出宝钗，不得不做此穿插。故云此等皆非《石头记》之正文。

当下言不着雨村。且说那买了英莲打死冯渊的那薛公子，本是立意写此，却不肯特起头绪，故意设出“乱判”一段戏文其中穿插。至此却淡淡写来。亦系金陵人氏，本是书香继世之家。为书香人家一叹！只是如今这薛公子幼年丧父，寡母又怜他是个独根孤种，未免溺爱纵容些，受病处。富而且孤，自多溺爱。孟母三迁，故难再见。遂致老大无成。且家中有百万之富，现领着内帑钱粮，采办杂料。

这薛公子学名薛蟠，字表文龙，今年方十有五岁，性情奢侈，言语傲慢。虽也上过学，不过略识几字，这句加于老兄，却是实写。终日惟有斗鸡走马、游山玩水而已。虽是皇商，一应经纪世事全然不知，不过赖祖父旧日的情分，户部挂虚名支领钱粮，其余事体，自有伙计老家人等措办。寡母王氏，乃现任京营节度使王子腾之妹，与荣国府贾政的夫人王氏是一母所生的姊妹，今年方四十上下年纪，只有薛蟠一子，非母溺爱，非家道殷实，非节度，荣国之至亲，则不能到如此强霸。富贵者其思之。还有一女，比薛蟠小两岁，乳名宝钗，初见。生得肌骨莹润，举止娴雅。写宝钗只如此，更妙！

当日有他父亲在日，酷爱此女，令其读书识字，较之乃兄，竟高过十倍。又只如此写来，更妙！自父亲死后，见哥哥不能体贴母怀，他便不以书字为事，只留心针黹家计等事，好为母亲分忧解劳。近因今上崇诗尚礼，征采才能，降不世出之隆恩，除聘选妃嫔外，凡世宦名家之女，皆报名达部，以备选择为公主、郡主之入学陪侍，充为才人、赞善之职。一段称功颂德，千古小说中所无。二则自薛蟠父亲死后，各省中所有的买卖承局、总管、伙计人等，见薛蟠年轻不识世事，便趁时拐骗起来，我为创家立业者一哭！京都中几处生意，渐亦消耗。有治人，无治法。薛蟠素闻得都中乃第一繁华之地，正思一游，便趁此机会，一为送妹待选，二为望亲，三因亲自入部销算旧账目，再计新支，其实则为游览上国风景之意。因此早已打点下行装细软以及馈送亲友各色土物人情等类，正择日已定，不想偏遇见了那拐子重卖英莲。薛蟠见英莲生得不俗，阿呆兄亦知不俗，英莲人品可知矣。立意买了，又遇冯家来夺人，因恃强喝令手下豪奴将冯渊打死。他便将家中事务嘱了族中人并几个老家人，他便同了母妹等竟自起身长行去了。破销不顾业已之事，业已如此，倒是走的妙。人命官司一事，他却视为儿戏，自为花上几个臭钱，没有不了的。是极！人谓薛蟠为呆，余则谓是大彻悟。

在路不计其日。更妙！必云程限，则又有落套。岂暇又记路程单哉！那日已将入都时，却又闻得母舅王子腾升了九省统制，奉旨出都查边。天下之母舅，再无不教外甥以正途者。必使其升任出京，亦是留下文地步。薛蟠心中暗喜道："我正愁进京去有个嫡亲的母舅管辖着，不能任意挥霍挥霍，偏如今又升出去了，可知天从人愿。"写尽五陵心意。写不肖子弟如画。因和母亲商议道："咱们京中虽有几处房舍，只是这十来年没人进京居住，那看守的人未免偷着租赁与人，须得先着几人去打扫收拾才好。"他母亲道："何必如此招摇？咱们这一进京，原是先拜望亲友，或是在你舅舅家，陪笔。或是你姨爹家。正笔。他两家的房舍，极是方便的，咱们先能着住下，再慢慢的着人去收拾，岂不消停些。"薛蟠道："如今舅舅正升了外省去，家里自然忙乱起身。好游荡不要管束的子弟，每惯会说此等话。咱们这工夫反一窝一拖的奔了去，岂不没眼色些？"他母亲道："你舅舅家虽升了去，还有你姨爹家。况这几年来，你舅舅、姨娘两处，每每带信捎书接咱们来。如今既来了，你舅舅虽忙着起身，你贾家的姨娘未必不苦留我们。咱们且忙忙收拾房舍，岂不使人见怪？闲语中补出许多前文。此画家之云罩峰尖法也。你的意思我却知道，知子莫如父。守着舅舅、姨爹住着，未免拘紧了你，用为子弟不得放荡一逼，再收入本意。不如你各自住着，好任意施为的。寡母孤儿一段，写得毕肖，毕真！你既如此，你自己去挑所宅子去住，我和你姨娘，姊妹们别了这几年，却要厮守几日。我带了你妹子去投你姨娘家去，你道好不好？"薛母亦善训子。薛蟠见母亲如此说，情知扭不过的，情理如真。只得吩咐人夫一路奔荣国府来。

那时王夫人已知薛蟠官司一事，亏贾雨村就中维持了结，才放了心。又见哥哥升了边缺，正愁又少了娘家亲戚来往，大家尚义，人情大都是也。略加寂寞。过了几日，忽家人传报，姨太太带了哥儿姐儿合家进京，正在门外下车。开留住之根。喜的王夫人忙带了媳妇、女儿人等接出大厅，将薛姨妈等接了进去。姊妹们暮年相见，自不必说，悲喜交集，泣笑叙阔一番。忙又引了拜见贾母，将人情土物各种酬献了。合家俱厮见了，忙又治席接风。

薛蟠已拜见过贾政，贾琏又引着拜见了贾赦、贾珍等。贾政便使人上来对王夫人说："姨太太已有了春秋，外甥年轻不知世路，在外住着恐有人生事。咱们东北角上梨香院好香色。一所十来间白空闲，赶着打扫了，请姨太太和哥儿姐儿住了甚好。"王夫人未及留，贾母也就遣人来说"请姨太太就在这里住下，老太君口气，得情。大家亲密些"等语。偏不写王夫人留，方不死板。薛姨妈正欲同居一处，方可拘紧些儿，若另住在外，又恐纵性惹祸，遂忙道谢应允。父母为子弟处每每如此。又私与王夫人说明："一应日费供给一概免却，方是处常之法。"作者题清，犹恐看官误认，今之靠亲投友者一例。　补足。真是一丝不漏。王夫人知他家不难于此，遂亦从其愿。从此后薛家母子就在梨香院中住了。

用政老一段，不但王夫人得体，且薛母亦免靠亲之嫌。

原来这梨香院即当日荣公暮年养静之所，小小巧巧，约有十余间房舍，前厅后舍俱全。另有一门通街，薛蟠家人就走此门出入。西南有一角门，通一夹道，出了夹道，便是王夫人正房的东院了。每日或饭后或晚间，薛姨妈便过来，或与贾母闲谈，或和王夫人相叙。宝钗日与黛玉、迎春姊妹等一处，或看书着棋，或做针黹，倒也十分乐业。这一句，衬出后文黛玉之不能乐业。细甚，妙甚！只是薛蟠起初之心，原不欲在贾宅中居住者，生恐姨父管约拘禁，料必不自在的。无奈母亲执意在此，且贾宅中又十分殷勤苦留，只得暂且住下，一面使人打扫出自家的房屋，再移居过去的。交代结构，曲曲折折，笔墨尽矣。谁知自在此间住了不上一月的日期，贾宅族中凡有的子侄，俱已认熟了一半，凡是那些纨绔气习者，莫不喜与他来往。今日会酒，明日观花，甚至聚赌嫖娼，膏粱子弟每习成的风化，处处皆然，诚为可叹。渐渐无所不至，引诱的薛蟠比当日更坏了十倍。虽说为纨绔设鉴，其意原只罪贾宅，故用此等句法写来。虽说贾政训子有方，治家有法，八字特洗出政老来，又是作者隐意。一则族大人多，照管不到这些；二则现任族长乃是贾珍，彼乃宁府长孙，又现袭职，凡族中事，自有他掌管；三则公私冗杂，且素性潇洒，不以俗务为要，每公暇之时，不过看书着棋而已，其用笔墨何等灵活，能足前摇后，即境生文，真到不期然而然，所谓水到渠成，不劳着力者也。余事多不介意。况且这梨香院相隔两层房舍，又有街门另开，任意可以出入，既为作姨父的开一条生路。若无此段，则姨父非木偶即不仁，则不成为姨父矣。

金玉如见，却如此写。虚虚实实，总不相犯。

所以这些子弟们竟可以放意畅怀的闹。因此遂将移居之念渐渐打灭了。

看他写一宝钗之来，先以英莲事逼其进京，及以舅氏官出，惟姨可倚，辗转相逼来，且加以世态人情隐跃其间，如人饮醇酒，不期然而已醉矣。

第五回

开生面梦演红楼梦　立新场情传幻境情

万种豪华原是幻，何尝造孽，何是风流？曲终人散有谁留。为甚营求，只爱蝇头。一番遭遇几多愁，点水根由，泉涌难酬。

题曰：

春困葳蕤拥绣衾，恍随仙子别红尘。
问谁幻入华胥境，千古风流造孽人。

不叙宝钗反仍叙黛玉，盖前回只不过欲出宝钗，非实写之文耳。此回若仍续写，则将二玉高搁矣。故急转笔仍归至黛玉，使荣府正文方不至于冷落也。

却说薛家母子在荣府中寄居等事略已表明，此回则暂不能写矣。此等处实又非别部小说之熟套起法。

如今且说林黛玉，自在荣府以来，贾母万般怜爱，寝食起居，一如宝玉，妙极！所谓一击两鸣法，宝玉身分可知。迎春、探春、惜春三个亲孙女，倒且靠后。此句写贾母。便是宝玉和黛玉二人之亲密友爱处，亦自较别个不同，此句妙。细思有多少文章。日则同行同坐，夜则同息同止，真是言和意顺，略无参商。不

今写黛玉，神妙之至。何也？因写黛玉实是写宝钗，非真有意去写黛玉，几乎又被作者瞒过。

此处如此写宝钗，前回中略不一写，可知前回迥非十二钗之正文也。

想如今忽然来了一个薛宝钗，总是奇峻之笔。写来健跋，似新出之一人耳。年岁虽大不多，然品格端方，容貌丰美，人多谓黛玉所不及。此句定评，想世人目中各有所取也。　按黛玉、宝钗二人，一如姣花，一如纤柳，各极其妙者，然世人性分甘苦不同之故耳。而且宝钗行为豁达，随分从时，不比黛玉孤高自许，目无下尘，将两个行止摄总一写，实是难写，亦实系千部小说中未敢说写者。故比黛玉大得下人之心。便是那些小丫头子们，亦多喜与宝钗去顽笑。因此黛玉心中便有些悒郁不忿之意，此一句，是今古才人同病。如人人皆如我黛玉之为人，方许他妒。　此是黛玉缺处。宝钗却浑然不觉。这还是天性，后文中则是又加学力了。那宝玉亦在孩提之间，况自天性所禀来的一片愚拙偏僻，四字是极不好，却是极妙。只不要被作者瞒过。视姊妹弟兄皆出一意，并无亲疏远近之别。如此反谓愚痴，正从世人意中写也。其中因与黛玉同随贾母一处坐卧，故略与别个姊妹熟惯些。既熟惯，则更觉亲密。既亲密，则不免一时有求全之毁、不虞之隙。八字定评有趣，不独黛玉、宝玉二人，亦可为古今天下亲密人当头一喝。这日不知为何，他二人言语有些不合起来，黛玉又气的独在房中垂泪，“又”字妙极，补出近日无限垂泪之事矣。此仍淡淡写来，使后文来得不突然。宝玉又自悔语言冒撞，前去俯就，“又”字妙极，凡用二“又”字，如双峰对峙，总补二玉正文。那黛玉方渐渐的回转来。

欲出宝钗，便不肯从宝钗身上写来，却先款款叙出二玉，陡然转出宝钗，三人方可鼎立。行文之法，又亦变体。

八字为二玉一生文字之纲。

因东边宁府中花园内梅花盛开，元春消息动矣。贾珍之妻尤氏乃治酒，请贾母、邢夫人、王夫人等赏花。是日先携了贾蓉之妻，二人来面请。贾母等于早饭后过来，就在会芳园游玩。随笔带出，妙！字义可思。先茶后酒，不过皆是宁、荣二府女眷家宴小集，并无别样新文趣事可记。这是第一家宴，偏如此草草写。此如晋人倒食甘蔗，渐入佳境一样。

一时宝玉倦怠，欲睡中觉，贾母命人好生哄着，歇息一回再来。贾蓉之妻秦氏便忙笑回道："我们这里有给宝叔收拾下的屋子，老祖宗放心，只管交与我就是了。"又向宝玉的奶娘、丫鬟等道："嬷嬷、姐姐们，请宝叔随我这里来。"贾母素知秦氏是个极妥当的人，借贾母心中定评。生得袅娜纤巧，行事又温柔和平，乃重孙媳中第一个得意之人。见他去安置宝玉，自是安稳的。又夹写出秦氏来。当下秦氏引了一簇人来至上房内间。宝玉抬头先看一幅画贴在上面，画的人物固好，其故事乃是《燃藜图》，也不看系何人所画，心中便有些不快。又有一副对联写的是：

世事洞明皆学问，人情练达即文章。

看此联极俗，用于此则极妙。盖作正因古今王孙公子，劈头先下金针。

如此画联，焉能入梦？

既看了这两句，纵然室宇精美，铺陈华丽，亦断断不肯在这里了，忙说："快出去，快出去！"秦氏听了笑道："这里还不好，可往那里去呢？不然往我屋里去罢。"宝玉点头微笑。有一嬷嬷说道："那里有个叔叔往侄儿的房里睡觉的礼？"秦氏笑道："嗳哟哟！不怕他恼，他能多大了，就忌讳这些个！上月你没看见我那个兄弟来了，虽然和宝叔同年，两个人若站在一处，只怕那一个还高些呢！"又伏下一人。随笔便出，得隙便入，精细之极！宝玉道："我怎么没见过？侯门少年纨绔，活跳下来。你带他来我瞧瞧。"众人笑道："隔着二三十里，那里带去？见的日子有呢。"说着，大家来至秦氏房中。刚至房门，便有一股细细的甜香袭了人来。此香名"引梦香"。宝玉便愈觉得眼饧骨软，连说："好香！"刻骨吸髓之情景，如何想得来，又如何写得来？　进房如梦境。入房向壁上看时，有唐伯虎画的《海棠春睡图》，妙图！两边有宋学士秦太虚写的一副对联，其联云：

伏下秦钟，妙！

　　嫩寒锁梦因春冷，艳极，淫极！芳气笼人是酒香。已入梦境矣！

案上设着武则天当日镜室中设的宝镜，设譬调侃耳。若真以为然，则又被作者瞒过。一边摆着飞燕立着舞过的金盘，盘内盛着安禄山掷过伤了太真乳的木瓜。上面设着寿阳公主于含章殿下卧的榻，悬的是同昌公主制的联珠帐。宝玉含笑连说："这里好！"摆设就合着他的意。秦氏笑道："我这屋子，大约神仙也可以住得了。"说着亲自展开了西子浣过的纱衾，移了红娘抱过的鸳枕。一路设譬之文，迥非《石头记》大笔所屑。别有他属，余所不知。于是，众奶母伏侍宝玉卧好，款款散去，只留下袭人、一个再见。媚人、二新出。晴雯、三新出，名妙而文。麝月四新出。尤妙！　看此四婢之名，则知历来小说难与并肩。四个丫鬟为伴。秦氏便吩咐小丫鬟们，好生在廊檐下看着猫儿狗儿打架。细极。

文至此，不知从何处想来！

那宝玉刚合上眼，便惚惚睡去，犹似秦氏在前，遂悠悠荡荡随了秦氏至一所在。此梦文情固佳，然必用秦氏引梦，又用秦氏出梦，竟不知立意何属。惟批书人知之。但见朱栏白石，绿树清溪，真是人迹希逢，飞尘不到。一篇《蓬莱赋》。宝玉在梦中欢喜，想道："这个去处有趣，我就在这里过一生，纵然失了家也愿意，强如天天被父母、师傅打去。"一句忙里点出小儿心性。正胡思之间，忽听山后有人作歌曰：

春梦随云散，开口拿"春"字，最紧要。飞花逐水流。二句比也。

寄言众儿女，何必觅闲愁。将通部人一喝。

宝玉听了是女子的声音。写出终日与女儿厮混最熟。歌音未息，早见那边走出一个人来，蹁跹袅娜，端的与人不同。有赋为证：

方离柳坞，乍出花房。但行处，鸟惊庭树；将到时，影度回廊。仙袂乍飘兮，闻麝兰之馥郁。荷衣欲动兮，听环珮之铿锵。靥笑春桃兮，云堆翠髻；唇绽樱颗兮，榴齿含香。纤腰之楚楚兮，回风舞雪；珠翠之辉辉兮，满额鹅黄。出没花间兮，宜嗔宜喜；徘徊池上兮，若飞若扬。蛾眉颦笑兮，将言而未语；莲步乍移兮，待止而欲行。羡彼之良质兮，冰清玉润；慕彼之华服兮，闪灼文章；爱彼之貌容兮，香培玉琢；美彼之态度兮，凤翥龙翔。其素若何？春梅绽雪。其洁若何？秋菊被霜。其静若何？松生空谷。其艳若何？霞映澄塘。其文若何？龙游曲沼。其神若何？月射寒江。应惭西子，实愧王嫱。吁！奇矣哉，生于孰地，来自何方？信矣乎，瑶池不二，紫府无双。果何人哉？如斯之美也！

按此书凡例，本无赞赋闲文。前有宝玉二词，今复见此一赋，何也？盖此二人，乃通部大纲，不得不用此套。前词却是作者别有深意，故见其妙。此赋则不见长，然亦不可无者也。

宝玉见是一个仙姑，喜的忙来作揖，笑问道：

“神仙姐姐，千古未闻之奇称，写来竟成千古未闻之奇语，故是千古未有之奇文。不知从那里来，如今要往那里去？我也不知这里是何处，望乞携带携带。”那仙姑笑道：“吾居离恨天之上，灌愁海之中，乃放春山遣香洞太虚幻境警幻仙姑是也。与首回中甄士隐梦景一照。司人间之风情月债，掌尘世之女怨男痴。因近来风流冤孽四字可畏。缠绵于此处，是以前来访察机会，布散相思。今忽与尔相逢，亦非偶然。此离吾境不远，别无他物，仅有自采仙茗一盏，亲酿美酒一瓮，素练魔舞歌姬数人，新填《红楼梦》仙曲十二支，点题，盖作者自云，所历不过红楼一梦耳。试随吾一游否？”宝玉听了，便忘了秦氏在何处，细极。竟随了仙姑至一所在，有石牌横建，上书“太虚幻境”四个大字。两边一副对联乃是：

假作真时真亦假，无为有处有还无。正恐观者忘却首回，故特将甄士隐梦景重一渲染。　士隐曾见此匾对，而僧道不能领入，留此回警幻邀宝玉后文。

转过牌坊，便是一座宫门，也横书四个大字，道是：孽海情天。又有一副对联，大书云：

厚地高天，堪叹古今情不尽；
痴男怨女，可怜风月债难偿。

宝玉看了，心下自思道：“原来如此。但不知何为‘古今之情’，又何为‘风月之债’，从今倒要领略领略。”宝玉只顾如此一想，不料早把些邪魔招入膏肓了。奇极，妙文！当下随了仙姑，进入二层门内，只见两边配殿，皆有匾额、对联，一时看不尽许多，惟见有处写的是："痴情司""结怨司""朝啼司""夜哭司""春感司""秋悲司"。虚陪六个。看了，因向仙姑道："敢烦仙姑引我到那各司中游玩游玩，不知可使得？"仙姑道："此各司中，皆贮的是普天之下所有的女子过去未来的簿册，尔凡眼尘躯，未便先知的。"宝玉听了，那里肯依，复央之再四。仙姑无奈说："也罢，就在此司内略随喜随喜罢了。"宝玉喜不自胜，抬头看这司的匾上，乃是"薄命司"三字。正文。两边对联写道是：

菩萨天尊，皆因僧道而有，以点俗人。独不许幻造太虚幻境，以警情者乎？观者恶其荒唐，余则喜其新鲜。

有修庙造塔祈福者，余今意欲起太虚幻境，以较修七十二司更有功德。

春恨秋悲皆自惹，花容月貌为谁妍？

宝玉看了，便知感叹。"便知"二字，是字法，最为紧要之至。进入门来，只见有十数个大厨，皆用封条封着。看那封条上，皆是各省地名。宝玉一心只拣自己的家乡封条看，遂无心看别省的了。只见那边厨上封条上大书七字云："金陵十二钗正册。"正文点题。宝玉因问："何为'金陵十二钗正册'？"警幻道："即贵省中十二冠首女子之册，故为'正册'。"宝玉道："常听人说，"常听"二字，神理极妙！金陵极大，怎么只十二个女子？如今单我们家里，上上下下就有几百女孩儿呢。”贵公子口声。警幻冷笑道：“贵省女子固多，不过择其紧要者录之。下边二厨，则又次之。余者庸常之辈，则无册可录矣。”宝玉听说，再看下首二厨上，果然一个写着“金陵十二钗副册”，又一个写着“金陵十二钗又副册”。宝玉便伸手先将“又副册”厨门开了，拿出一本册来，揭开一看，只见这首页上画着一幅画，又非人物，亦非山水，不过水墨滃染的满纸乌云浊雾而矣。后有几行字迹，写道是：

霁月难逢，彩云易散。心比天高，身为下贱。风流灵巧招人怨。寿夭多因毁谤生，多情公子空牵念。恰极之至。“病补雀金裘”回中，与此合看。

宝玉看了，又见后面画着一簇鲜花，一床破席，也有几句言词，写道是：

枉自温柔和顺，空云似桂如兰。
堪羡优伶有福，谁知公子无缘。骂死宝玉，却是自悔。

宝玉看了不解，遂掷下这个，又去开了“副册”厨门。拿起一本册来，揭开看时，只见画着一株桂花，下面有一池沼，其中水涸泥干，莲枯藕败。画后书云：

根并荷花一茎香，却是咏菱妙句。平生遭际实堪伤。
自从两地生孤木，拆字法。致使香魂返故乡。

宝玉看了仍不解，便又掷下，再去取“正册”看。只见头一页上便画着两株枯木，木上悬着一围玉带。又有一堆雪，雪下一股金簪。也有四句言词，道是：

可叹停机德，此句薛。　乐羊子妻事。堪怜咏絮才。此句林。

玉带林中挂，金簪雪里埋。寓意深远，皆非生其地之意。

宝玉看了仍不解，待要问时，情知他必不肯泄漏，待要丢下又不舍。遂又往后看时，只见画着一张弓，弓上挂一香橼。也有一首歌词云：

世之好事者，争传《推背图》之说。想前人断不肯煽惑愚迷，即有此说，亦非常人供谈之物。此回悉借其法，为儿女子数运之机，无可以供茶酒之物，亦无干涉政事。真奇想奇笔。

二十年来辨是非，榴花开处照宫闱。

三春争及初春景，显极。虎兕相逢大梦归。

后面又画着两人放风筝，一片大海，一只大船，船中有一女子掩面泣涕之状。也有四句写云：

才自精明志自高，生于末世运偏消。感叹句，自寓。

清明涕送江边望，千里东风一梦遥。好句。

后面又画几缕飞云，一湾逝水。其词曰：

富贵又何为？襁褓之间父母违。
展眼吊斜晖，湘江水逝楚云飞。

后面又画着一块美玉落在泥垢之中。其断语云：

欲洁何曾洁，云空未必空。
可怜金玉质，终陷淖泥中。

后面忽画一恶狼，追扑一美女，欲啖之意。其书云：

子系中山狼，得志便猖狂。好句。
金闺花柳质，一载赴黄粱。

后面便是一所古庙，里面有一美人在内看经独坐。其判云：

勘破三春景不长，缁衣顿改昔年妆。
可怜绣户侯门女，独卧青灯古佛旁。好句。

后面便是一片冰山，上有一只雌凤。其判曰：

凡鸟偏从末世来，都知爱慕此生才。
一从二令三人木，拆字法。哭向金陵事更哀。

后面又有一座荒村野店，有一美人在那里纺绩。其判曰：

　　事败休云贵，家亡莫论亲。非经历过者，此二句则云纸上谈兵。过来人那得不哭！
　　偶因济刘氏，巧得遇恩人。

诗后又画一盆茂兰，旁有一位凤冠霞帔的美人。也有判云：

　　桃李春风结子完，到头谁似一盆兰。
　　如冰水好空相妒，枉与他人作笑谈。
真心实话。

后面又画着高楼大厦，有一美人悬梁自缢。其判云：

　　情天情海幻情身，情既相逢必主淫。
　　漫言不肖皆荣出，造衅开端实在宁。

通部中笔笔贬宝玉，人人嘲宝玉，语语谤宝玉，今却于警幻意中忽写出此八字来，真是意外之意。此法，亦别书中所无。

宝玉还欲看时，那仙姑知他天分高明、性情颖慧，恐把仙机泄露，遂掩了卷册，笑向宝玉道："且随我去游玩奇景，是哄小儿语，细甚！何必在此打这闷葫芦！"为前文葫芦庙一点。

宝玉恍恍惚惚，不觉弃了卷册，是梦中景况，细极！又随了警幻来至后面。但见珠帘绣幕，画栋雕檐，说不尽那光摇朱户金铺地，雪照琼窗玉作宫。更见仙花馥郁，异草芬芳，真好个所在！已为省亲别墅画下图式矣！又听警幻笑道："你们快出来迎接贵客！"一语未了，只见房中又走出几个仙子来，皆是荷袂蹁跹，羽衣飘舞，姣若春花，媚如秋月。一见了宝玉，都怨谤警幻道："我们不知系何'贵客'，忙的接了出来！姐姐曾说，今日今时，必有绛珠妹子的生魂前来游玩，绛珠为谁氏？请观者细思首回。故我等久待，何故反引这浊物来污染这清净女儿之境？"宝玉听如此说，便唬得欲退不能退，果觉自形污秽不堪。贵公子不怒而反退，却是宝玉天外中一段情痴。

贵公子岂容人如此厌弃，反不怒而反欲退，实实写尽宝玉天分中一段情痴来。若是薛阿呆至此，闻是语，则警幻之辈共成齑粉矣。一笑！

奇笔摅奇文。作书者视女儿珍贵之至，不知今时女儿可知？余为作者痴心一哭，又为近之自弃自败之女儿一恨！

警幻忙携住宝玉的手，妙。警幻自是个多情种子。向众姊妹道："你等不知原委，今日原欲往荣府去接绛珠，适从宁府所过，偶遇宁、荣二公之灵，嘱吾云：'吾家自国朝定鼎以来，功名奕世，富贵传流，虽历百年，奈运终数尽不可挽回者。故近之子孙虽多，竟无一可以继业。这是作者真正一把眼泪。其中惟嫡孙宝玉一人，禀性乖张，生情怪谲，虽聪明灵慧略可望成，无奈吾家运数合终，恐无人规引入正。幸仙姑偶来，万望先以情欲声色等事，警其痴顽，或能使彼跳出迷人圈子，然后入于正路，亦吾兄弟之幸矣。’二公真无可奈何，开一觉世觉人之路也。如此嘱吾，故发慈心引彼至此。先以彼家上中下三等女子之终身册籍，令彼熟玩，尚未觉悟。故引彼再至此处，令其再历饮馔声色之幻，或冀将来一悟，亦未可知也。”一段叙出宁、荣二公，足见作者深意。

说毕，携了宝玉入室。但闻一缕幽香，竟不知所焚何物，宝玉遂不禁相问。警幻冷笑道：“此香尘世中既无，尔何能知？此香乃系诸名山胜境内初生异卉之精，合各种宝林珠树之油所制，细玩此句。名为‘群芳髓’。”好香。宝玉听了，自是羡慕。已而大家入座，小鬟捧上茶来。宝玉自觉清香味异，纯美非常，因又问何名。警幻道：“此茶出在放春山遣香洞，又以仙花灵叶上所带宿露而烹，此茶名曰‘千红一窟’。”隐“哭”字。宝玉听了，点头称赏。因看房内瑶琴、宝鼎、古画、新诗，无所不有，更喜窗下亦有唾绒，奁间时渍粉污。是宝玉心事。壁上亦有一副对联，书云：

“群芳髓”可对“冷香丸”。

幽微灵秀地，女儿之心，女儿之境。无可奈何天。两句尽矣。撰通部大书不难，最难是此等处。可知皆从无可奈何而有。

宝玉看毕，无不羡慕。因又请问众仙姑姓名。一名痴梦仙姑，一名钟情大士，一名引愁金女，一名度恨菩提，各各道号不一。少刻，有小鬟上来调桌安椅，设摆酒馔，真是：琼浆满泛玻璃盏，玉液浓斟琥珀杯。更不用再说那肴馔之胜。宝玉因闻得此酒清香甘冽，异乎寻常，又不禁相问。警幻道："此酒乃是百花之蕊，万木之汁，加以麟髓之醅，凤乳之曲酿成。因名为'万艳同杯'。"与"千红一窟"一对。隐"悲"字。宝玉称赏不迭。饮酒间，又有十二个舞女上来，请问演何词曲。警幻道："就将新制《红楼梦》十二支演上来。"舞女们答应了，便轻敲檀板，款按银筝，听他歌道是：

开辟鸿蒙……故作顿挫摇摆。

方歌了一句，警幻便说道："此曲不比尘世中所填传奇之曲，必有生旦净末之别，又有南北九宫之限。此或咏叹一人，或感怀一事，偶成一曲即可谱入管弦。若非个中人，三字要紧，不知谁是"个中人"？宝玉即"个中人"乎？然则石头亦"个中人"乎？作者亦系"个中人"乎？观者亦"个中人"乎？不知其中之妙。料尔亦未必深明此调。若不先阅其稿，后听其歌，翻成嚼蜡矣。"说毕，回头命小鬟取了《红楼梦》的原稿来递与宝玉。宝玉揭开，一面目视其文，一面耳聆其歌曰：

此语乃是作者自负之辞，然亦不为过谈。

警幻是个极会看戏人。近之大老观戏，必先翻阅角本，目睹其词，彼听彼歌，却从警幻处学来。

作者能处，惯于自站地步，又惯于擅起波澜，又惯于故为曲折，最是行文秘诀。

第一支〔红楼梦引子〕 开辟鸿蒙，谁为情种？非作者为谁？余又曰：亦非作者，乃石头耳？都只为风月情浓。趁着这奈何天、伤怀日、寂寥时，试遣愚衷。“愚”字自谦得妙！因此上，演出这怀金悼玉的《红楼梦》。读此几句，翻厌近之传奇中，必用开场付末等套，累赘太甚。

怀金悼玉，大有深意。

第二支〔终身误〕 都道是金玉良姻，俺只念木石前盟。空对着，山中高士晶莹雪；终不忘，世外仙姝寂寞林；叹人间，美中不足今方信。纵然是齐眉举案，到底意难平。

语句泼撒，不负自创北曲。

第三支〔枉凝眉〕 一个是阆苑仙葩，一个是美玉无瑕。若说没奇缘，今生偏又遇着他。若说有奇缘，如何心事终虚化？一个枉自嗟呀，一个空劳牵挂。一个是水中月，一个是镜中花。想眼中能有多少泪珠儿，怎经得秋流到冬尽，春流到夏！

宝玉听了此曲，散漫无稽，不见得好处。自批驳，妙极！但其声韵凄惋，竟能销魂醉魄。因此也不察其原委，问其来历，就暂以此释闷而已。此结是读“红楼”之要法。因又看下面道：

妙！设言世人亦应如此法，看此《红楼梦》一书，更不必追究其隐寓。

第四支〔恨无常〕喜荣华正好，恨无常又到。眼睁睁，把万事全抛；荡悠悠，把芳魂消耗。望家乡，路远山高。故向爹娘梦里相寻告：儿命已入黄泉，天伦呵，须要退步抽身早！悲险之至。

第五支〔分骨肉〕一帆风雨路三千，把骨肉家园齐来抛闪。恐哭损残年，告爹娘，休把儿悬念。自古穷通皆有定，离合岂无缘？从今分两地，各自保平安。奴去也，莫牵连。探卿声口如闻。

第六支〔乐中悲〕襁褓中，父母叹双亡。意真辞切。过来人见之，不免失声！纵居那绮罗丛，谁知娇养？幸生来，英豪阔大宽宏量，从未将儿女私情略萦心上。好一似，霁月光风耀玉堂。堪与湘卿作照。厮配得才貌仙郎，博得个地久天长，准折得幼年时坎坷形状。终久是云散高唐，水涸湘江。这是尘寰中消长数应当，何必枉悲伤？

悲壮之极，北曲中不能多得。

第七支〔世难容〕气质美如兰，妙卿实当得起。才华复比仙。天生成孤僻人皆罕。你道是啖肉食腥膻，绝妙曲文，填词中不能多见。视绮罗俗厌；却不知太高人愈妒，至语！过洁世同嫌。可叹这，青灯古殿人将老；辜负了，红粉朱楼春色阑。到头来，依旧是风尘肮脏违心愿。好一似，无瑕白玉遭泥陷；又何须，王孙公子叹无缘。

第八支〔喜冤家〕冤家上加一“喜”字，真新，真奇！中山狼，无情兽，全不念当日根由。一味的骄奢淫荡贪还构。觑着那，侯门艳质同蒲柳；作践的，公府千金似下流。叹芳魂艳魄，一载荡悠悠。题只十二钗，却无人不有，无事不备。

第九支〔虚花悟〕将那三春看破，桃红柳绿待如何？把这韶华打灭，觅那清淡天和。说什么，天上夭桃盛，此比恰甚。云中杏蕊多。到头来，谁见把秋捱过？则看那，白杨村里人呜咽，青枫林下鬼吟哦。更兼着，连天衰草遮坟墓。这的是，昨贫今富人劳碌，春荣秋谢花折磨。似这般，生关死劫谁能躲？闻说道，西方宝树唤婆娑，上结着长生果。末句开句收句。

第十支〔聪明累〕机关算尽太聪明，反算了卿卿性命。警拔之句。　喝醒大众，是极。生前心已碎，死后性空灵。家富人宁，终有个家亡人散各奔腾。枉费了，意悬悬半世心；好一似，荡悠悠三更梦。忽喇喇似大厦倾，昏惨惨似灯将尽。呀！一场欢喜忽悲辛。叹人世，终难定！见得到。

过来人睹此，宁不放声一哭！

第十一支〔留余庆〕留余庆，留余庆，忽遇恩人；幸娘亲，幸娘亲，积得阴功。劝人生，济困扶穷。休似俺那爱银钱、忘骨肉的狠舅奸兄！正是乘除加减，上有苍穹。

第十二支〔晚韶华〕镜里恩情，起得妙！更那堪梦里功名！那美韶华去之何迅！再休提绣帐鸳衾。只这带珠冠，披凤袄，也抵不了无常性命。虽说是，人生莫受老来贫，也须要阴骘积儿孙。气昂昂头戴簪缨，气昂昂头戴簪缨，光灿灿胸悬金印；威赫赫爵位高登，威赫赫爵位高登，昏惨惨黄泉路近。问古来将相可还存？也只是虚名儿与后人钦敬。

第十三支〔好事终〕画梁春尽落香尘。六朝妙句。擅风情，秉月貌，便是败家的根本。箕裘颓堕皆从敬，深意，他人不解。家事消亡首罪宁。宿孽总因情。是作者具菩萨之心，秉刀斧之笔，撰成此书。一字不可更，一语不可少。

第十四支〔收尾·飞鸟各投林〕收尾愈觉悲惨可畏。为官的，家业凋零；富贵的，金银散尽；二句先总宁、荣。有恩的，死里逃生；无情的，分明报应。欠命的，命已还；欠泪的，泪已尽。冤冤相报岂非轻，分离聚合皆前定。欲知命短问前生，老来富贵也真侥幸。看破的，遁入空门；痴迷的，枉送了性命。将通部女子一总。好一似食尽鸟投林，落了片白茫茫大地真干净！又照看葫芦庙。与树倒猢狲散反照。

歌毕，还要歌副曲。是极，香菱、晴雯辈岂可无，亦不必再。警幻见宝玉甚无趣味，自站地步。因叹："痴儿竟尚未悟！"那宝玉忙止歌姬不必再唱，自觉朦胧恍惚，告醉求卧。警幻便命撤去残席，送宝玉至一香闺绣阁之中。其间铺陈之盛，乃素所未见之物。更可骇者，早有一位女子在内，其鲜艳妩媚，有似乎宝钗；风流袅娜，则又如黛玉。难得双兼，妙极！正不知何意，忽警幻道："尘世中多少富贵之家，那些绿窗风月、绣阁烟霞，皆被淫污纨绔与那些流荡女子悉皆玷辱。真极。更可恨者，自古来多少轻薄浪子，皆以'好色不淫'为饰，又以'情而不淫'作案。"色而不淫"四字，已滥熟于各小说中，今却特贬其说，批驳出娇饰之非，可谓至切至当，亦可以唤醒众人，勿为前人之娇词所惑也。此皆饰非掩丑之语也。好色即淫，知情更淫。是以巫山之会，云雨之欢，皆由既悦其色，复恋其情所致也。色而不淫，今翻案。奇甚。吾所爱汝者，乃天下古今第一淫人也。"多大胆量，敢作如此之文。　不见下文，使人一惊，多大胆量，敢如此作文。

绛芸轩中诸事情景，由此而生。

宝玉听了，唬的忙答道："仙姑错了，我因懒于读书，家父母尚每垂训饬，岂敢再冒'淫'字？况且年纪尚小，不知'淫'字为何物。"警幻道："非也。淫虽一理，意则有别。如世之好淫者，不过悦容貌，喜歌舞，调笑无厌，云雨无时，恨不能尽天下之美女供我片时之趣兴，此皆皮肤滥淫之蠢物耳！说得恳切恰当之至。如尔则天分中生成一段痴情，吾辈推之为‘意淫’。二字新雅。‘意淫’二字，惟心会而不可口传，可神通而不能语达。按宝玉一生心性，只不过是“体贴”二字，故曰“意淫”。汝今独得此二字，在闺阁中固可为良友，然于世道中未免迂阔怪诡，百口嘲谤、万目睚眦。今既遇令祖宁、荣二公剖腹深嘱，吾不忍君独为我闺阁增光，见弃于世道。是以特引前来，醉以灵酒，沁以仙茗，警以妙曲，再将吾妹一人，乳名兼美妙，盖指薛、林而言也。字可卿者，许配与汝。今夕良时，即可成姻。不过令汝领略此仙闺幻境之风光尚然如此，何况尘境之情景哉？而今后万万解释，改悟前情，将谨勤有用的工夫，置身于经济之道。”说出此二句，警幻亦腐矣，然亦不得不然耳。说毕，便秘授以云雨之事，这是情之末了一着，不得不说破。推宝玉入帐。

那宝玉恍恍惚惚，依警幻所嘱之言，未免有阳台、巫峡之会。如此方免累赘。数日来，柔情缱绻，软语温存，与可卿难解难分。那日，警幻携宝玉、可卿闲游。至一个所在，但见荆榛遍地，略露心迹。狼虎同群，凶极！试问观者此系何处？忽尔大河阻路，黑水淌洋，又无桥梁可通，若有桥梁可通，则世路人情犹不算艰难。宝玉正自徬徨，只听警幻道：“宝玉休前进，作速回头要紧！”机锋。宝玉忙止步问道：“此系何处？”警幻道：“此即迷津也！深有万丈，遥亘千里，中无舟楫可通，可思。只有一个木筏，乃木居士掌舵，灰侍者撑篙，特用“形如槁木、心如死灰”句以消其念，可谓善于读矣。不受金银之谢，但遇有缘者渡之。尔今偶游至此，如堕落其中，则深负我从前一番以情悟道、守理衷情之言矣。”看他忽转笔作此语，则知此后皆是自悔。宝玉方欲回言，只听迷津内水响如雷，竟有一夜叉般怪物窜出，直扑而来。吓得宝玉汗下如雨，一面失声喊叫："可卿救我！可卿救我！"慌得袭人、媚人等上来扶起，拉手说："宝玉别怕，我们在这里！"接得无痕迹，历来小说中之梦，未见此一醒。

秦氏在外听见，连忙进来，一面说丫鬟们，好生看着猫儿狗儿打架，细，又是照应前文。又闻宝玉口中连叫"可卿救我"，云龙作雨，不知何为龙？何为云？何为雨？　奇奇怪怪之文，令人摸头不着，云龙作雨？不知何为龙？何为云？又何为雨矣？因纳闷道："我的小名，这里没人知道，他如何从梦里叫出来？"正是：

一场幽梦同谁近，千古情人独我痴。

将一部全盘点出几个，以陪衬宝玉，使宝玉从此倍偏，倍痴，倍聪明，倍潇洒，亦非突如其来。作者真妙心妙口，妙笔妙人。

第六回

贾宝玉初试雨云情　刘姥姥一进荣国府

风流真假一般看，借贷亲疏触眼酸。总是幻情无了处，银灯挑尽泪漫漫。

宝玉、袭人，亦大家常事耳，写得是已全领警幻意淫之训。此回借刘妪，却是写阿凤正传，并非泛文。且伏二递三递及巧姐之归着。

此刘妪一进荣国府，用周瑞家的，又过下回无痕，是无一笔写一人文字之笔。

题曰：

朝叩富儿门，富儿犹未足。
虽无千金酬，嗟彼胜骨肉。

却说秦氏因听见宝玉从梦中唤他的乳名，心中自是纳闷，又不好细问。彼时宝玉迷迷惑惑，若有所失。众人忙端上桂圆汤来，呷了两口，遂起身整衣。袭人伸手与他系裤带时，不觉伸手至大腿处，只觉冰凉一片粘湿，唬的忙退出手来，问是怎么了。宝玉红涨了脸，把他手一捻。袭人本是个聪明女子，年纪本又比宝玉大两岁，近来也渐通人事。今见宝玉如此光景，心中便觉察一半了，不觉也羞的红涨了脸面，存身分。遂不敢再问。既少通人事，无心者则再不复问矣。既问，则无限幽思，皆在于伏身之一笑，所以必当有偷试之一番。行文轻巧，皆出于自然，毫无一些勉强。妙极！仍旧理好衣裳，随至贾母处来，胡乱吃毕晚饭，过来这边。

袭人忙趁众奶娘、丫鬟不在旁时，另取出一件中衣来与宝玉换上。宝玉含羞央告道："好姐姐，千万别告诉别人！要紧！"袭人亦含羞笑问道："你梦见什么故事了？是那里流出来的些脏东西！"是必当问者，若不问则下文涉于唐突。宝玉道："一言难尽。"说着，便把梦中之事，细说与袭人听了。然后说至警幻所授云雨之情，羞的袭人掩面伏身而笑。试想。宝玉亦素喜袭人柔媚姣俏，遂强袭人同领警幻所训云雨之事。数句文，完一回题纲文字。袭人素知贾母已将自己与了宝玉的，今便如此，亦不为越理，写出袭人身分。遂和宝玉偷试一番，幸得无人撞见。自此宝玉视袭人更与别个不同，伏下晴雯。袭人侍宝玉更为尽职，一段小儿女之态，可谓追魂摄魄之笔。暂且别无话说。一句接住上回"红楼梦"大篇文字，另起本回正文。

按荣府中一宅中合算起来，人口虽不多，从上至下也有三四百丁。事虽不多，一天也有一二十件，竟如乱麻一般，并没个头绪可作纲领。正寻思从那一件事，自那一个人写起方妙，恰好忽从千里之外，芥豆之微，小小一个人家，因与荣府略有些瓜葛，略有些瓜葛，是数十回后之正脉也，真千里伏线。这日正往荣府中来，因此便就此一家说来，倒还是头绪。你道这一家姓甚名谁，又与荣府有甚瓜葛？诸公若嫌琐碎粗鄙呢，则快掷下此书，另觅好书去醒目；加杂世态，巧伏下文。若谓聊可破闷时，待蠢物妙谦，是石头口角。逐细言来。

方才所说这小小一家，姓王，乃本地人氏，祖上曾作过小小的一个京官，昔年曾与凤姐之祖、王夫人之父认识，因贪王家的势利，可怜！便连了宗，认作侄儿。与贾雨村遥遥相对。那时只有王夫人之大兄、凤姐之父，两呼两起，不过欲观者自醒。与王夫人随在京中的，只有此一门远族，余者皆不识认。强认亲的榜样。目今其祖已故，只有一个儿子，名唤王成。因家业萧条，仍搬出城外原乡中住去了。王成新近亦因病故，只有其子，小名狗儿，亦生一子，小名板儿。嫡妻刘氏，又生一女，名唤青儿。《石头记》中公勋世宦之家以及草莽庸俗之族，无所不有，自能各得其妙。一家四口，仍以务农为业。因狗儿白日间又作些生计，刘氏又操井臼等事，青、板姊弟两个无人看管，狗儿遂将岳母刘姥姥音老，出《偕声字笺》，称呼毕肖。接来一处过活。总是用逼进法。这刘姥姥乃是个久经世代的老寡妇，膝下又无儿女，只靠两亩薄田地度日，如今女婿接来养活，岂不愿意。遂一心一计，帮趁着女儿女婿过活起来。

因这年秋尽冬初，天气冷将上来，家中冬事未办，狗儿未免心中烦虑。贫苦人多有此等景象。吃了几杯闷酒，在家闲寻气恼，病此病人不少，请来看狗儿。刘

自“红楼梦”一回至此，则珍馐中之虀耳，好看煞！

氏不敢顶撞。因此刘姥姥看不过，乃劝道："姑夫，你别嗔着我多嘴。咱们村庄人，那一个不是老老诚诚的，多大碗吃多大的饭。能两亩薄田度日，方说的出来。你皆因年小时，托着你那老家的福，妙称，何肖之至！吃喝惯了，如今所以把持不住。有了钱，就顾头不顾尾，没了钱，就瞎生气，成个什么男子汉大丈夫了！此口气自何处得来？　为纨绔下针，却先从此等小处写来。　英雄失足，千古同慨，哭煞天下一切……（以下缺文）如今咱们虽离城住着，终是天子脚下，这长安城中遍地都是钱，只可惜没人会拿去罢了。在家跳蹋也没中用的。"狗儿听说，便急道："你老只会炕头儿上混说，难道叫我打劫、偷去不成？"古人有错用"盗"字之说，的是此句章本。刘姥姥道："谁叫你偷去呢？到底大家想方法儿裁度。不然，那银子钱自己跑到咱家来不成？"狗儿冷笑道："有法儿还等到这会子呢？我又没有收税的亲戚、骂死。作官的朋友，骂死。有什么法子可想的？便有，也只怕他们未必来理我们呢。"

刘姥姥道："这倒不然。谋事在人，成事在天。咱们谋到了，靠菩萨的保佑，有些机会，也未可知。我倒替你们想出一个机会来，当日你们原是和金陵王家四字便抵一篇世家传。连过宗的，二十年前他们看承你们还好。如今，自然是你们拉硬屎不肯去俯就他，故疏远起来。天下事无有不可为者。总因打不破，若打破时何事不能。请看刘姥姥一篇议论，便应解得些个才是。想当初，我和女儿还去过一遭。补前文之未到处。他家的二小姐着实响快会待人的，倒不拿大。如今现是荣国府贾二老爷的夫人，听得说，如今上了年纪，越发怜贫恤老，最爱斋僧敬道，舍米舍钱的。如今王府虽升了边任，只怕这二姑太太还认得咱们。你何不去走动走动，或者他念旧，有些好处，也未可定，只要他发一点好心，拔一根寒毛比咱们的腰还粗呢！”刘氏一旁接口道：“你老虽说得是，但只你我这样个嘴脸，怎么好到他门上去的。先不先，他们那些门上人也未必肯去通报，没的去打嘴现世。”“打嘴现世”等字，误尽多少苍生，也能成全多少事体。谁知狗儿名利心甚重，调侃语。听如此一说，心下便有些活动起来。又听他妻子这番话，便笑接道：“姥姥既如此说，况且当年你又见过这姑太太一次，何不你老人家明日就走一趟，先试试风头再说。”刘姥姥道：“嗳哟哟！口声如闻。可是说的‘侯门深似海’，我是个什么东西，他家人又不认得我，我去了也是白去的。”狗儿笑道：“不妨，我教你老一个法子。你竟带了外孙子小板儿，先去找陪房周瑞，若见了他，就有些意思了。这周瑞先时曾和我父亲交过一桩事，画出当日品行。我们极好的。”欲赴豪门，必先交其仆，写来一叹！刘姥姥道：“我也知道他的，只是许多时不走，知道他如今是怎么样，这也说不得了。你又是个男人，又这样个嘴脸，自然去不得。我们姑娘，年轻媳妇子也难卖头卖脚去，倒还是舍着我这付老脸去碰一碰。果然有些好处，大家都有益。便是没银子来，我也到那公府侯门见一见世面，也不枉我一生。”说毕，大家笑了一回，当晚计议已定。

次日天未明，刘姥姥便起来梳洗了，又将板儿教训几句。那板儿才亦五六岁的孩子，一无所知，听见带他进城逛音光，去声。游也。出《偕声字笺》。去，便喜的无不应承。于是刘姥姥带他进城，找至宁荣街，街名，本地风光，妙！来至荣府大门石狮子前，只见簇簇的轿马，刘姥姥便不敢过去，且弹弹衣服，又教了板儿几句话，然后彵到角门前。“彵”字神理。只见几个挺胸叠肚、指手画脚的人，世家奴仆，个个皆然，形容逼真。坐在大凳上说东谈西呢。不知如何想来？又为侯门三等豪奴写照。刘姥姥只得徯上来问：“太爷们纳福。”众人打量了他一会，便问是那里来的。刘姥姥陪笑道：“我找太太的陪房周大爷的，烦那位太爷替我请他出来。”那些人听了，都不揪采，半日方说道：“你远远的那墙角下等着，故套。一会子他们家有人就出来的。”内中有一年老的说道：“不要误他的事，何苦要他！”因向刘姥姥道：“那周大爷已往南边去了。他在后一带住着，他娘子却在家。你要找时，从这边绕到后街上转换法。写门上豪奴，不能尽是规矩，故用转换法，则不强硬而笔气自顺。后门上问就是了。”有年纪人诚厚，亦是自然之理。

刘姥姥听了谢过，遂携了板儿绕到后门上。只见门前歇着些生意担子，也有卖吃的，也有卖顽意物件的，闹烘烘三二十个孩子，在那里厮闹。如何想来，合眼如见。刘姥姥便拉住了一个道：“我问哥儿一声，有个周大娘，可在家么？”孩子道：“那个周大娘？我们这里周大娘有三个呢！还有两个周奶奶，不知是那一行当上的？”刘姥姥道：“是太太的陪房周瑞。”孩子道：“这个容易，你跟我来。”说着跳跳蹿蹿的引着刘姥姥进了后门。因女眷又是后门，故容易引入。至一院墙边，指与刘姥姥道：“这就是他家。”又叫道：“周大妈，有个老奶奶来找你呢。”

毕竟孩子口气。

周瑞家的在内听说，忙迎了出来，问："是那位？"刘姥姥忙迎上来问道："好呀，周嫂子！"周瑞家的认了半日，方笑道："刘姥姥，你好呀！你说说，能几年，我就忘了。如此口角，从何处出来。请家里来坐罢。"刘姥姥一壁走，一壁笑说道："你老是贵人多忘事，那里还记得我们了。"说着，来至房中。周瑞家的命雇的小丫头倒上茶来吃着，周瑞家的又问板儿："长的这么大了！"又问些别后闲语。再问刘姥姥："今日还是路过，还是特来的？"问的有情理。刘姥姥此时一团要紧事在心，有问，不得不答。递转递进，不敢陡然。看之令人可怜。而大英雄亦有若此者，所谓"欲图大事，不拘小节"。刘姥姥便说："原是特来瞧瞧你嫂子。二则，也请请姑太太的安。若可以领我见一见更好，若不能，便借重嫂子转致意罢了。"刘婆亦善于权变应酬矣。

周瑞家的听了，便猜着几分意思。只因昔年他丈夫周瑞争买田地一事，其中多得狗儿之力。今见刘姥姥如此而来，心中难却其意。在今世周瑞妇算是个怀情不忘的正人。二则，也要显弄自己体面，实有此等情理。听如此说，便笑说："姥姥你放心，自是有宠人声口。大远的诚心诚意的来了，岂有个不教你见个真佛去的！好口角。论理，人来客至回话，却不与我们相干。我们这里都是各占一枝儿，略将荣府中带一带。我们男的只管春秋两季地租子，闲时只

"也要显弄"句为后文作地步也，陪房本心本意实事。

带着小爷们出门就完了，我只管跟太太奶奶们出门的事。皆因你原是太太的亲戚，又拿我当个人，投奔了我来，我竟破个例给你通个信去。但只一件，姥姥有所不知，我们这里又比不得五年前了。如今太太竟不大管事了，都是琏二奶奶当家。你道这琏二奶奶是谁？就是太太的内侄女，当日大舅爷的女儿，小名凤哥的。”刘姥姥听了，罕问道：“原来是他！怪道呢，我当日就说他不错呢。我亦说不错。这等说来，我今儿还得见他了。”周瑞家的道：“这个自然的。如今太太事多心烦，有客来了，略可推得去的，也就推过去了，都是这凤姑娘周旋迎待。今儿宁可不见太太，理势必然。倒要见他一面，才不枉这里来一遭。”刘姥姥道：“阿弥陀佛！全仗嫂子方便了。”周瑞家的道：“说那里话。俗语说的：‘与人方便，自己方便。’不过用我说一句话罢了，害着我什么。”说着，便唤小丫头子到倒厅上，一丝不乱。悄悄的打听打听，老太太屋里摆了饭了没有。小丫头去了，这里二人又说些闲话。急忙中偏不就进去，又添一番议论，从中又伏下多少线索，方见得大家势派，出入不易，方见得周瑞家的处事详细，即至后文，放笔写凤姐，亦不唐突，仍用冷子兴说荣、宁旧笔法。刘姥姥因说：“这位凤姑娘今年大不过二十岁罢了，就这等有本事，当这样的家，可是难得的。”周瑞家的听了道：“嗐，我的姥姥，告诉不得你呢。这位凤姑娘年纪虽小，行事却比世人都大呢。如今出挑的美人一样的模样儿，少说些有一万个心眼子。再要赌口齿，十个会说话的男人也说他不过，回来你见了就信了。就只一件，待下人未免太严了些。”略点一句，伏下后文。说着，只见小丫头回来说：“老太太屋里已摆完了饭，二奶奶在太太屋里呢。”周瑞家的听了，连忙起身催着刘姥姥说："快走，快走。这一下来，他吃饭是一个空子，咱们先等着去，非身临其境者不知。若迟一步，回事的人也多了，难说话。有曰：富贵不还乡，如衣锦夜行。今日周瑞家的得遇刘姥姥，实可谓锦衣不夜行者。再歇了中觉，越发没了时候了。"写出阿凤勤劳冗杂，并骄矜珍贵等事来。说着，一齐下了炕，打扫打扫衣服，又教了板儿几句话，随着周瑞家的，逶迤往贾琏的住宅来。

写阿凤勤劳等事，然却是虚笔，故于后文不犯。

先到了倒厅，周瑞家的将刘姥姥安插在那里略等一等，自己先过影壁进了院门，知凤姐未下来，先找着了凤姐的一个心腹，通房大丫头着眼，这也是书中一要紧人。《红楼梦》内虽未见有名，想亦在"副册"内者也。名唤平儿的。名字真极，文雅则假。　三等奴仆，第次不乱。周瑞家的先将刘姥姥起初来历说明，细，盖平儿原不知此一人耳。又说："今日大远的特来请安。当日太太是常会的，今儿不可不见，所以我带了他进来了。等奶奶下来，我细细回明，奶奶想也不责备我莽撞的。"平儿听了，便作了主意：各有各自的身分。"叫他们进来，先在这里坐着就是了。"暗透平儿身分。周瑞家的听了，忙出去领他两个进入院来。

上了正房台矶，小丫头子打起了猩红毡帘，是冬日。才入堂屋，只闻一阵香扑了脸来，竟不辨是何香味，是刘姥姥鼻中。身子如在云端里一般。是刘姥姥身子。满屋里之物都是耀眼争光，使人头悬目眩。是刘姥姥头目。　　俱从刘姥姥目中看出。刘姥姥斯时，惟点头咂嘴念佛而已。六字尽矣，如何想来？　　是写府第奢华，还是写刘姥姥粗夯。大抵村舍人家见此等气象，未有不破胆惊心，迷魄醉魂者。刘姥姥犹能念佛，已自出人头地矣。于是来至东边这间屋内，乃是贾琏的女儿大姐儿睡觉之所。记清。　不知不觉，先到大姐寝室，岂非有缘。平儿站在炕沿边，打量了刘姥姥两眼，写豪门侍儿。只得字法。问个好让坐。刘姥姥见平儿遍身绫罗，插金带银，花容玉貌的，从刘姥姥心中目中略一写，非平儿正传。便当是凤姐儿了。毕肖。　　的真有是情理。才要称姑奶奶，忽听周瑞家的称他是平姑娘，又见平儿赶着周瑞家的称周大娘，方知不过是个有些体面丫头。于是让刘姥姥和板儿上了炕，平儿和周瑞家的对面坐在炕沿上，小丫头子斟上茶来吃茶。刘姥姥只听见咯当咯当的响声，大有似乎打箩柜筛面的一般，从刘姥姥心中意中，幻拟出奇怪文字。　小家气象。不免东瞧西望的。忽见堂屋中柱子上挂着一个匣子，底下又坠着一个秤砣般的一物，却不住的乱晃。从刘姥姥心中目中设譬拟想，真是镜花水月。刘姥姥心中想着："这是个什么爱物儿，有煞用呢？"正呆时，三字有劲。陡听得"当"的一声，又若金钟铜磬一般，不防倒唬的一展眼，写得出。接着又是一连八九下。细，是巳时。方欲问时，刘姥姥不认得，偏不令问明。只见小丫头子们一齐乱跑说："奶奶下来了。"即以奶奶下来了结局，是画云龙妙手。平儿与周瑞家的忙起身，命刘姥姥："只管坐着等，是时候我们来请你呢。"说着都迎出去了。

刘姥姥屏声侧耳默候。只听远远有人笑声，约有一二十妇人，衣裙悉率，写得侍仆妇。渐入堂屋，往那边屋内去了。又见两三个妇人，都捧着大漆捧盒，进这东边来等候。听见那边说了一声"摆饭”，渐渐人才散出，只有伺候端菜的几人。半日鸦雀不闻之后，忽见两个人抬了一张炕桌来，放在这边炕上。桌上碗盘森列，仍是满满的鱼肉在内，不过略动了几样。白描入神。板儿一见了，便吵着要肉吃，刘姥姥一巴掌打下他去，忽见周瑞家的笑嘻嘻走过来，招手儿叫他。刘姥姥会意，于是携了板儿下炕，至堂屋中，周瑞家的又和他唧咕了一会，方徜到这边屋内来。

只见门外錾铜钩上悬着大红撒花软帘，从门外写来。南窗下是炕，炕上大红毡条，靠东边板壁，立着一个锁子锦靠背与一个引枕，铺着金心绿闪缎大坐褥，傍边有银唾沫盒。那凤姐儿家常带着紫貂昭君套，围着攒珠勒子，穿着桃红撒花袄，石青刻丝灰鼠披风，大红洋绉银鼠皮裙，粉光脂艳，端端正正坐在那里。一段阿凤房室起居器皿家常正传，奢侈珍贵好奇货注脚，写来真是好看。手内拿着小铜火箸儿，拨手炉内的灰。至平，实至奇，稗官中未见此笔。　这一句是天然地设，非别文杜撰妄拟者。平儿站在炕沿边，捧着一个小小的填漆茶盘，盘内一小盖钟。凤姐儿也不接茶，也不抬头，神情宛肖。只管拨手炉内的灰，此等笔墨，真可谓追魂摄魄。慢慢的问道：“怎么还不请进来？”“还不请进来”五字，写尽天下富贵人待穷亲戚的态度。一面说，一面抬身要茶时，只见周瑞家的已带了两个人在地下站着了，这才忙欲起身。犹未起身，满面春风的问好，又嗔周瑞家的不早说。刘姥姥在地下已是拜了数拜，问姑奶奶安。凤姐忙说：“周姐姐，快搀住，不拜罢，请坐。我年轻，不大认得，可也不知是什么辈数，不敢称呼。”凡三四句一气读下，方是凤姐声口。周瑞家的忙回道：“这就是我才回的那个姥姥了。”凤姐云，“不敢称呼”。周瑞家的云，“那个姥姥”。凤姐点头。刘姥姥已在炕沿上坐下，板儿便躲在背后，百般的哄他出来作揖，他死也不肯。

凤姐笑道：二笑。“亲戚们不大走动，都疏远了。知道的呢，说你们弃厌我们，阿凤真真可畏可恶。不肯常来；不知道的那起小人，还只当我们眼里没人似的。”偏会如此写来，教人爱煞。刘姥姥忙念佛道：如闻。“我们家道艰难，走不起。来了这里没的给姑奶奶打嘴，就是管家爷们看着也不像。”凤姐笑道：三笑。“这话叫人没的恶心。不过借赖着祖父虚名，作个穷官儿罢了，谁家有什么？不过是个旧日的空架子。俗语说，‘朝廷还有三门子穷亲’呢，何况你我。”点醒多少势利鬼。说着，又问周瑞家的：“回了太太了没有？”一笔不肯落空，的是阿凤。周瑞家的道：“如今等奶奶的示下。”凤姐儿道：“你去瞧瞧，要是有人有事就罢，得闲呢，就回，看怎么说。”“看”之一字细极。周瑞家的答应着去了。

这里，凤姐叫人抓些果子与板儿吃。刚问些闲话时，就有家下许多媳妇管事的来回话。不落空，家务事却不实写，妙极，妙极！平儿回了，凤姐道：“我这里陪客呢，晚上再回。若有很要紧的，你就带进来现办。”平儿出去一会，进来说：“我都问了，没有什么紧事，我就叫他们散了。”凤姐儿点头。能事者故自不凡。只见周瑞家的回来，向凤姐道：“太太说了，今日不得闲，二奶奶陪着便是一样。多谢费心想着。白来逛逛呢便罢。若有甚说的，只管告诉二奶奶，都是一样。”刘姥姥道：“也没甚说的，不过是来瞧瞧姑太太、姑奶奶，也是亲戚们的情分。”周瑞家的道：周妇系真心为老妪也，可谓得方便。“没甚说的便罢，若有话，回二奶奶，是和太太一样的。”一面说，一面递眼色儿与刘姥姥。何如，余批不谬。

刘姥姥会意，未语先飞红的脸，开口告人难。欲待不说，今日又所为何来。只得忍耻说道："论理，今儿初次见姑奶奶，却不该说的，只是大远的奔了你老这里来，也少不的说了。"刚说到这里，只听得二门上小厮们回说："东府里小大爷进来了。"凤姐忙止刘姥姥不必说了。一面便问："你蓉大爷在那里呢？"惯用此等横云断山法。只听一路靴子脚响，进来了一个十七八岁的少年，面目清秀，身材夭娇，轻裘宝带，美服华冠。如纨绔写照。刘姥姥此时坐不是，立不是，藏没处藏。凤姐笑道："你只管坐着，这是我侄儿。"刘姥姥方扭扭捏捏，在炕沿上坐了。

老妪有忍耻之心，故后有招大姐之事，作者并非泛写。且为求亲靠友下一棒喝。

贾蓉笑道："我父亲打发我来求婶子，说上回老舅太太给婶子的那架玻璃炕屏，明日请一个要紧的客，借了略摆一摆就送过来的。"夹写凤姐好奖誉。凤姐儿道："说迟了一日，昨儿已经给了人了。"贾蓉听说，嘻嘻的笑着，在炕沿下半跪道："婶子若不借，又说我不会说话了，又挨一顿好打呢。婶子只当可怜侄儿罢！"凤姐笑道：又一笑，凡五。"也没见我们王家的东西都是好的不成？一般你们那里放着那些东西，只是看不见我的才罢。"贾蓉笑道："那里如这个好呢。只求开恩罢。"凤姐道："磞一点儿，你可仔细你的皮！"因命平儿拿了楼门钥匙，传几个妥当人来抬去。贾蓉喜的眉开眼笑，忙说："我亲自带了人拿去，别由他们乱磞。"说着便起身出去了。这里凤姐忽又想起一事来，便向窗外："叫蓉儿回来。"

外面几个人接声说："蓉大爷快回来。"贾蓉忙复身转来，垂手侍立，听何指示。那凤姐只管慢慢的吃茶，出了半日神，方笑道："罢了，你且去罢，试想且去以前的丰态，其心思用意，作者无一笔不巧，无一事不丽。晚饭后你来再说罢。这会子有人，我也没精神了。"贾蓉应了，方慢慢的退去。

传神之笔，写阿凤跃跃纸上。

这里刘姥姥心身方安，妙，却是从刘姥姥身边目中写来。　度至下回。方又说道："今日我带了你侄儿来，也不为别的，只因为他老子娘在家里，连吃的都没有。如今天又冷了，越想没个派头儿，只得带了你侄儿奔了你老来。"说着又推板儿道："你那爹在家怎么教你了，打发咱们作煞事来？只顾吃果子咧！"凤姐早已明白了，听他不会说话，因笑止道：又一笑，凡六。自刘姥姥来，凡笑五次，写得阿凤乖滑伶俐，合眼如立在前。　若会说话之人，便听他说了，阿凤厉害处正在此。问看官：常有将挪移借贷，已说明白了，彼仍推聋装哑，这人为阿凤若何。呵呵，一叹！"不必说了，我知道了。"因问周瑞家的道："这刘姥姥不知可用过饭没有呢？"刘姥姥忙道："一早就往这里赶咧，那里还有吃饭的工夫咧！"凤姐听说，忙命快传饭来。一时周瑞家的传了一桌客馔来，摆在东边屋内，过来带了刘姥姥和板儿过去吃饭。凤姐说道："周姐姐，好生让着些儿，我不能陪了。"于是过东边房里来。凤姐又叫过周瑞家的去，问他："方才回了太太，说了些什么？"周瑞家的道："太太说，他们家原不是一家子，不过因出一姓，当年又与太老爷在一处作官，偶然连了宗的，这几年来也不大走动。当时他们来一遭，却也没空了他们。今儿既来了，瞧瞧我们，是他的好意思，穷亲戚来看，是"好意思"。余又自《石头记》中见了，叹叹！也不可简慢了他。便是有什么说的，叫二奶奶裁度着就是了。"凤姐听了说道："我说呢，既是一家子，我如何连影儿也不知道。"

王夫人数语，令余几哭出。

说话时，刘姥姥已吃毕饭，拉了板儿过来，舔唇抹嘴的道谢。凤姐笑道："且请坐下，听我告诉你老人家。方才意思，我已知道了。若论亲戚之间，原该不待上门来就该有照应才是。点"不待上门就该有照应"数语，此亦于《石头记》再见话头。但如今家里杂事太烦，太太渐上了年纪，一时想不到也是有的。况是我近来接着管些事，都不大知道这些个亲戚们。二则外头看着这里烈烈轰轰的，殊不知大有大的艰难去处，说与人也未必信罢了。今儿你既老远的来了，又是头一次见我张口，怎好叫你空回去呢。也是《石头记》再见了，叹叹！可巧昨儿太太给我的丫头们作衣裳的二十两银子，我还没动呢，你们不嫌少就暂且拿了去罢。"凤姐能事，在能体王夫人的心，托故周全，无过不及之弊。

那刘姥姥先听见告艰难，只当是没有，心里便突突的。可怜，可叹！后来听见给他二十两，喜的浑身发痒起来，可怜，可叹！说道："嗳！我也是知道艰难的，但俗语说'瘦死的骆驼比马大'，凭他怎么样，你老拔根寒毛，比我们的腰还粗呢！"周瑞家的在傍听他说的粗鄙，只管使眼色止他。凤姐听了，笑而不睬，只命平儿把昨儿那包银子拿来，再拿一串钱来，这样常例亦再见。都送至刘姥姥跟前。凤姐乃道："这是二十两银子，暂且给这孩子做件冬衣罢。若不拿着，可真是怪我了。这串钱，雇了车子坐罢。改日无事，只管来逛逛，方是亲戚间的意思。天也晚了，也不虚留你们了，到家里该问好的问个好儿罢！"口角春风，如闻其声。一面说，一面就站起来了。刘姥姥只管千恩万谢，拿了银钱，随周瑞家的出来。至外厢房，周瑞家的方道："我的娘，你见了他，怎么倒不会说话了，开口就是'你侄儿'。我说句不怕你恼的话，便是亲侄儿，也要说和柔些，不自量者每每有之，而能不露圭角，形诸无事，凤姐亦可谓人豪矣。那蓉大爷，才是他的正紧侄儿呢。他怎么又跑出这么个侄儿来了！"与前眼色针对，可见文章中无一个闲字。　为财势一哭。刘姥姥笑道："我的嫂子，赧颜如见。我见了他，心眼里爱还爱不过来，那里还说上话了！"二人说着，又到周瑞家坐了片时，刘姥姥便要留下一块银与周瑞家的儿女买果子吃。周瑞家的如何放在眼里，执意不肯。刘姥姥感谢不尽，仍从后门去了。正是：

得意浓时易接济，受恩深处胜亲朋。

一进荣府一回，曲折顿挫，笔如游龙，且将豪华举止令观者已得大概。想作者应是心花欲开之候。

借刘妪入阿凤正文，送宫花写金玉初聚为引，作者真笔似游龙，变幻难测，非细究至再三再四，不记数，那能领会也。叹叹！

梦里风流，醒后风流，试问何真何假？刘姆乞谋，蓉儿借求，多少颠倒相酬？英雄反正用机筹，不是死生看守。

第七回

送宫花周瑞叹英莲　谈肄业秦钟结宝玉

苦尽甘来递转，正强忽弱谁明。惺惺自古惜惺惺，世运文章操劲。无缝机关难见，多才笔墨偏精。有情情处特无情，何是人人不醒。

题曰：

十二花容色最新，不知谁是惜花人？
相逢若问名何氏，家住江南姓本秦。

话说周瑞家的送了刘姥姥去后，便上来回王夫人话，不回凤姐，却回王夫人，不交代处正交代得清楚。谁知王夫人不在上房，问丫鬟们时，方知往薛姨妈那边闲话去了。文章只是随笔写来，便有流离生动之妙。周瑞家的听说，便转东角门出至东院，往梨香院来。刚至院门前，只见王夫人的丫鬟名金钏儿者，金钏、宝钗，互相映射。妙！和一个才留了头的小女孩儿站立台矶上顽。莲卿别来无恙否？见周瑞家的来了，便知有话回，因向内努嘴儿。画。

周瑞家的轻轻掀帘进去，只见王夫人和薛姨妈长篇大套的说些家务、人情等语。非此等事，不能长篇大套。周瑞家的不敢惊动，遂进里间来。总用双歧岔路之笔，令人估料不到之文。只见薛宝钗自入梨香，至此方写。穿着家常衣服，好，写一人换一付笔墨，另出一花样。头上只散挽着籫儿，坐在炕里边，伏在小炕几上，同丫鬟莺儿正描花样子呢。一幅绣窗仕女图。亏想得周到！见他进来，宝钗便放下笔转过身来，满面堆笑，让："周姐姐坐。"周瑞家的也忙陪笑问："姑娘好？"一面炕沿边坐了。因说："这有两三天也没见姑娘到那边逛逛去，只怕是你宝玉兄弟冲撞了你不成？"一人不漏，一笔不板。宝钗笑道："那里的话。只因我那种病又发了两天，所以且静养两日。"得空便入。周瑞家的道："正是呢，姑娘到底有什么病根儿，也该趁早儿请了大夫来，好生开个方子，认真吃几剂药，一势除了根才好。小小的年纪，倒坐下个病根，也不是顽的。"宝钗听说，便笑道："再不要提吃药。为这病请大夫吃药，也不知白花了多少银子钱呢！凭你什么名医、仙药，总不见一点儿效。后来还亏了一个秃头和尚，奇奇怪怪，真如云龙作雨，忽隐忽见，使人逆料不到。说专治无名之症，因请他看了。他说我这是从胎里带来的一股热毒，凡心偶炽，是以孽火齐攻。　"热毒"二字，画出富家夫妇图一时，遗害于子女，而可不谨慎。幸而我先天结壮，浑厚故也。假使颦、凤辈，不知又何如治之？还不相干。若吃凡药，是不中用的。他就说了一个海上方，又

"家常爱着旧衣裳"是也。

"那种病"，"那"字，与前二玉"不知因何"二"又"字，皆得天成地设之体，且省却多少闲文。所谓惜墨如金是也。

给了一包末药作引，异香异气的，不知是那里弄来的。他说发了时，吃一丸就好。倒也奇怪，这倒效验些。”卿不知从那里弄来，余则深知。是从放春山采来，以灌愁海水和成，烦广寒玉兔捣碎，在太虚幻境空灵殿上炮制配合者也。

周瑞家的因问道：“不知是个什么海上方儿？姑娘说了，我们也记着，说与人知道，倘遇见这样的病，也是行好的事。”宝钗见问，乃笑道：“不问这方儿还好，若问起这方儿，真真把人琐碎坏了。东西药料一概都有，现易得的，只难得‘可巧’二字：要春天开的白牡丹花蕊十二两，凡用“十二”字样，皆照应十二钗。　周岁十二月之象。夏天开的白荷花蕊十二两，秋天开的白芙蓉花蕊十二两，冬天开的白梅花蕊十二两。将这四样花蕊，于次年春分这日晒干，和在末药一处，一齐研好。又要雨水这日的雨水十二钱……”周瑞家的忙道：“嗳哟！这样说来这就得一二年的工夫。倘或雨水这日不下雨水，又怎处呢？”宝钗笑道：“所以了那里有这样可巧的雨，便没雨，也只好再等罢了。白露这日的露水十二钱，霜降这日的霜十二钱，小雪这日的雪十二钱。把这四样水调匀，和了丸药，再加蜂蜜十二钱，白糖十二钱，丸了龙眼大的丸子，盛在旧磁罐内，埋在花根底下。若发了病时，拿出来吃一丸，用十二分黄柏历着炎凉，知着甘苦，虽离别亦自能安，故名曰“冷香丸”。又以谓香可冷得，天下一切无不可冷者。煎汤送下。”末用黄柏，更妙！可知“甘苦”二字，不独十二钗，世皆同有者。

周瑞家的听了笑道：“阿弥陀佛，真巧死了人！等十年未必都这样巧呢！”宝钗道：“竟好，自他说了去后，一二年间，可巧都得了，好容易配成一料。如今从南带至北，现就埋在梨花树下。”“梨香”二字有着落，并未白白虚设。周瑞家的又道：“这药可有名字没有呢？”宝钗道：“有。一字句。这也是癞和尚说下的，叫作‘冷香丸’。”新雅奇甚。周瑞家的听了点头儿，因又说：“这病发了时，到底觉怎样？”宝钗道：“也不觉什么，只不过喘嗽些，吃一丸也就罢了。”以花为药，可是吃烟火人想得出者？诸公且不必问其事之有无，只据此新奇妙文，悦我等心目，便当浮一大白。

周瑞家的还欲说话时，了结得齐整。忽听王夫人问：“是谁在里头？”周瑞家的忙出去答应了，趁便回了刘姥姥之事。略待半刻，见王夫人无话，方欲退出，行文原只在一二字，便有许多省力处。不得此窍者，便在窗下百般扭捏。薛姨妈忽又笑道：“忽”字，“又”字，与“方欲”二字对射。“你且站住，我有一宗东西，你带了去罢！”说着便叫香菱。二字仍从“莲”上起来。盖“英莲”者，“应怜”也。“香菱”者，亦“相怜”之意。此是改名之英莲也。只听帘栊响处，方才和金钏儿顽的那个小女孩子进来了，问：“奶奶叫我作什么？”这是英莲天生成的口气。妙甚！薛姨妈道：“把那匣子里的花儿拿来。”香菱答应了，向那边捧了个小锦匣来。薛姨妈乃道：“这是宫里头作的新鲜样法，堆纱花十二支。昨儿我想起来，白放着可惜旧了，何不给他们姊妹们带去。昨儿要送去，偏又忘了。你今儿来的巧，就带了去罢。你家的三位姑娘，每人两支。下剩六支，送林姑娘两支，那四支给了凤哥儿罢。”妙文！今古小说中，可有如此口吻者！王夫人道：“留着给宝丫头带罢了，又想着他们。”薛姨妈道：“姨娘不知道，宝丫头古怪呢，“古怪”二字，正是宝卿身分。他从来不爱这些花儿粉儿的。”可知周瑞一回，正为宝、菱二人所有，正《石头记》得力处也。

说着，周瑞家的拿了匣子走出房门，见金钏儿仍在那里晒日阳。周瑞家的因问他道：“那香菱小丫头子，可就是时常说临上京时买的，为他打人命官司的那个小丫头子？”点醒从来。金钏道：“可不就是。”出名英莲。正说着，只见香菱笑嘻嘻的走来。周瑞家的便拉了他的手，细细的看了一回，因向金钏儿笑道：“倒好个模样儿，竟有些像咱们东府里蓉大奶奶的品格。”一击两鸣法，二人之美，并可知矣。再忽然想到秦可卿，何玄幻之极。假使说像荣府中所有之人，则死板之至。故远远以可卿之貌为譬，似极扯淡，然却是天下必有之情事。金钏儿笑道：“我也是这么说呢！”周瑞家的又问香菱：“你几岁投身到这里？”又问：“你父母今在何处？今年十几岁了？本处是那里人？”香菱听问，摇头说：“不记得了。”伤痛之极。必亦如此收住方妙。不然则又将作出香菱思乡一段文字矣。　　西施心痛之态，其时自己也还耐得，倒是旁人替伊为多少思虑不禁，无穷痛楚之香菱，其是乎，否乎？周瑞家的和金钏儿听了，倒反为他叹息伤感一回。

一时，周瑞家的携花至王夫人正房后来。原来近日贾母说，孙女们太多了，一处挤着倒不便，只留宝玉、黛玉二人在这边解闷，却将迎、探、惜三人移到王夫人这边房后三间小抱厦内居住，令李纨陪伴照管。不作一笔逸安之板矣。如今周瑞家的故顺路先往这里来。只见几个小丫头子都在抱厦内听呼唤默坐。迎春的丫头司棋与探春的丫鬟侍书，妙名！贾家四钗之环，暗以琴、棋、书、画四字列名，省力之甚，醒目之甚，却是俗中不俗处。二人正掀帘子出来，手里都捧着茶盘、茶钟。周瑞家的便知他姊妹在一处坐着，遂进入内房，只见迎春、探春二人正在窗下围棋。周瑞家的将花送上，说明原故。他二人忙住了棋，都欠身道谢，命丫鬟们收了。周瑞家的答应了，因说：“四姑娘不在房里，只怕在老太太那边呢。”丫鬟们道："在这屋里不是？"用画家三五聚散法写来，方不死板。周瑞家的听了，便往这边屋内来。只见惜春正同水月庵即馒头庵。的小姑子智能儿两个一处顽笑，总是得空便入，百忙又带出王夫人喜施舍等事，可知一支笔作千百支用。　又伏后文。见周瑞家的进来，惜春便问他何事。周瑞家的便将花匣打开，说明原故。惜春笑道："我这里正和智能儿说，我明儿也剃了头同他作姑子去呢，可巧又送了花儿来。若剃了头，把这花可带在那里！"触景生情，透漏身分。说着，大家取笑一回。惜春命丫鬟入画来收了。曰司棋，曰侍书，曰入画，后文补抱琴。琴、棋、书、画四字最俗，上添一虚字，则觉新雅。

闲闲一笔，却将后半部线索提动。

周瑞家的因问智能儿："你是什么时候来的？你师傅那秃歪剌往那里去了？"智能儿道："我们一早就来了，我师傅见过太太就往于老爷府里去了，叫我在这里等他呢。"又虚贴一个于老爷。可知所尚僧尼者，悉愚人也。周瑞家的又道："十五的月例香供银子可得了没有？"智能儿摇头儿说："不知道。"妙，年轻未任事也。一应骗布施、哄斋供诸恶，皆是老秃贼设局。写一种人，一种人活像。惜春听了，便问周瑞家的："如今各庙月例银子，是谁管着？"周瑞家的道："是余信管着。"明点"愚性"二字。　写家奴每相妒毒，人前有意倾陷。惜春听了笑道："这就是了。他师傅一来了，余信家的就赶上来，和他师傅咕唧了半日，想是就为这事了。"

一人不落，一事不忽，伏下多少后文，岂真为送花哉？

那周瑞家的又和智能儿劳叨了一回，便往凤姐处来。穿夹道从李纨后窗下过，细极！李纨虽无花，岂可失而不写者。故用此顺笔便墨，间三带四，使观者不忽。越西花墙出西角门，进入凤姐院中。走至堂屋，只见小丫头丰儿坐在凤姐房门槛上，见周瑞家的来了，连忙二字着紧。摆手儿，叫他往东屋里去。周瑞家的会意，慌的蹑手蹑脚的往东边房里来，只见奶子正拍着大姐儿睡觉呢。总不重犯，写一次有一次的新样文法。周瑞家的悄问奶子道："奶奶睡中觉呢？也该请醒了。"奶子摇头儿。有神理。正问着，只听那边一阵笑声，却有贾琏的声音。接着房门响处，平儿拿着大铜盆出来，叫丰儿舀水进去。妙文，奇想！阿凤之为人，岂有不着意于"风月"二字之理哉。若直以明笔写之，不但唐突阿凤声价，亦且无妙文可赏。若不写之，又万万不可。故只用"柳藏鹦鹉语方知"之法，略一皴染，不独文字有隐微，亦且不至污渎阿凤之英风俊骨。所谓此书无一不妙。平儿便进这边来，一见了周瑞家的，便问："你老人家又跑了来作什么？"周瑞家的忙起身，拿匣子与他，说送花一事。平儿听了，便打开匣子拿出四支，转身去了。半刻工夫手里又拿出两支来，攒花簇锦文字，故使人耳目眩乱。先叫彩明来，付他："送到那边府里，给小蓉大奶奶带去。"忙中更忙，又曰"密处不容针"，此等处是也。次后，方命周瑞家的回去道谢。

余素所藏仇十洲《幽窗听莺暗春图》，其心思笔墨已是无双。今见此阿凤一传，则觉画工太板。

周瑞家的这才往贾母这边来。穿过了穿堂，顶头忽见他女儿打扮着才从他婆家来。周瑞家的忙问：“你这会子跑来作什么？”他女儿笑道：“妈一向身上好？我在家里等了这半日，妈竟不出去，什么事情这样忙的不回家？我等烦了，自己先到了老太太跟前请了安了。这会子请太太安去。妈还有什么不了的差事？手里是什么东西？”周瑞家的笑道：“嗳！今儿偏偏的来了个刘姥姥，我自己多事，为他跑了半日。这会子又被姨太太看见了，送这几支花儿与姑娘奶奶们，这会子还没送清白呢！你这会子跑来，一定有什么事情的。”他女儿笑道：“你老人家倒会猜。实对你老人家说，你女婿前儿因多吃了两杯酒，和人分争起来，不知怎的被人放了一把邪火，说他来历不明，告到衙门里，要递解还乡。所以我来和你老人家商议商议，这个情分，求那一个可了事？”周瑞家的听了道：“我就知道呢，这有什么大不了的。你且家去等我，我送林姑娘的花儿去就回来家。此时太太、二奶奶都不得闲儿，你回去等我，这没有什么忙的。”他女儿听如此说，便回去了，还说：“妈，你好歹快来！”周瑞家的道：“是了，小人家没经过什么事情，就急的你这样子。”说着，便到黛玉房中去了。又生出一小段来，是荣、宁中常事，亦是阿凤正文。若不如此穿插，直用一送花到底，亦太死板，不是《石头记》笔墨矣。

谁知此时黛玉不在自己房中，却在宝玉房中，大家解九连环作戏。妙极，又一花样。此时二玉已隔房矣。周瑞家的进来笑道：“林姑娘，姨太太着我送花来与姑娘带！”宝玉听说，先便说：“什么花？拿来给我。”一面早伸手接过来了。瞧他夹写宝玉。开匣看时，原来是两支宫制堆纱新巧的假花。此处方一细写花形。黛玉只就宝玉手中看了一看，妙，看他写黛玉。便问道："还是单送我一个人的，还是别的姑娘们都有？"在黛玉心中，不知有何丘壑。周瑞家的道："各位都有了，这两支是姑娘的了。"黛玉再看了一看，冷笑道："我就知道，别人不挑剩下的，也不给我。替我道谢罢！"吾实不知黛卿胸中有何丘壑，"再看一看"上传神。周瑞家的听了，一声儿不言语。

余阅送花一回，薛姨妈云"宝丫头不喜这些花儿粉儿的"，则谓是宝钗正传。又至阿凤、惜春一段，则又知是阿凤正传。今又到颦儿一段，却又将阿颦之天性从骨中一写，方知亦系颦儿正传。小说中一笔作两三笔者有之，一事启两事者有之，未有如此恒河沙数之笔也。

宝玉便问道："周姐姐你作什么到那边去了？"周瑞家的因说："太太在那里，因回话去了，姨太太就顺便叫我带来了。"宝玉道："宝姐姐在家作什么呢，怎么这几日也不过来？"周瑞家的道："身上不大好呢。"宝玉听了，便和丫头们说："谁去瞧瞧？就说我和林姑娘打发来，"和林姑娘"四字着眼。问姨娘、姐姐安。问姐姐是什么病，吃什么药，论理我该亲自来的，就说才从学里来的，也着了些凉，异日再亲来。"说着，茜雪便答应去了。周瑞家的自去，无话。

余观"才从学里来"几句，忽追思昔日形景，可叹。想纨绔小儿，自开口云"学里"，亦如市俗人开口便云"有些小事"。然何常真有事哉。此掩饰推托之词耳。宝玉若不云"从学房里来凉着"，然则便云"因憨顽时凉着"者哉？写来一笑，继之一叹。

原来这周瑞家的女婿，便是雨村的好友冷子兴，着眼。近因卖古董和人打官司，故遣女人来讨情分。周瑞家的仗着主子的势利，把这些事也不放在心上，晚间只求求凤姐儿便完了。

至掌灯时分，凤姐已卸了妆，来见王夫人回话："今儿甄家又提甄家。送了来的东西，我已收了。不必细说方妙。咱们送他的，趁着他家有年下进鲜的船去，一并都交给他们带去了。”王夫人点头。凤姐又道：“临安伯老太太千秋的礼，已经打点了，太太派谁送去？”阿凤一生尖处。王夫人道：“你瞧谁闲着，不管打发两个女人去就完了，又来当什么正紧事问我。”虚描二事，真真千头万绪。纸上虽一回两回中，或有不能写到阿凤之事，然亦有阿凤在彼处手忙心忙矣。观此回可知。　　各自各自心计，在问答之间渺茫欲露。凤姐又笑道：“今儿珍大嫂子来请我明儿过去逛逛，明儿倒没有什么事。”王夫人道：“有事没事都害不着什么。每常他来请，有我们，你自然不便意，他既不请我们，单请你，可知是他诚心叫你散淡散淡，别辜负了他的心。便是有事，也该过去才是。”用人力者，当有此段心想。凤姐答应了。当下李纨、迎春等姊妹们亦曾定省毕，各自归房无话。

次日，凤姐儿梳洗了，先回王夫人毕，方来辞贾母。宝玉听了，也要逛去。凤姐只得答应着，立等换了衣服，姐儿两个坐了车，一时进入宁府。早有贾珍之妻尤氏与贾蓉之妻秦氏，婆媳两个引了多少姬妾、丫鬟、媳妇等接出仪门。那尤氏一见了凤姐，必先笑嘲一阵，一手携了宝玉，入上房来归坐。秦氏献茶毕，凤姐因说：“你们请我来作什么？有什么东西来孝敬就献上来，我还有事呢。”口头心头，惟恐人不知。尤氏、秦氏未及答话，地下几个姬妾先就笑说：“二奶奶今儿不来就罢，非把世态熟于胸中者，不能有如此妙文。既来了，就依不得二奶奶了。”正说着，只见贾蓉进来请安。宝玉因问：“大哥哥今日不在家？”尤氏道：“出城请老爷安去了。”又道：“可是你怪闷的，也坐在这里作什么？何不去逛逛？”

秦氏笑道：“今日巧，上回宝叔立刻要见见我兄弟，他今儿也在这里，想在书房里，宝叔何不去瞧一瞧？”宝玉听了，即便下炕欲出鲸卿，却先小妯娌闲闲一聚，随笔带出，不见一丝作造。

要走。尤氏、凤姐都忙说：“好生着，忙什么！”一面便吩咐人：“好生小心跟着，别委屈着他，倒比不得跟了老太太来，就罢了。”“委屈”二字极不通，都是至情，写愚妇至矣。凤姐儿道：“既这么着，何不请进这秦小爷来，我也瞧瞧。难道我就见不得他不成？”尤氏笑道：“罢，罢！可以不必见。他比不得咱们家的孩子们，偏会反衬，方显尊重。胡打海摔的惯了，卿家胡打海摔，不知谁家方珍怜珠惜？此极相矛盾，却极入情。盖大家妇人口吻如此。人家的孩子，都是斯斯文文惯了的。乍见了你这破落户，还被人笑话死了呢！”凤姐笑道：“普天下的人，我不笑话就罢，自负得起。竟叫这小孩子笑话我不成？”贾蓉笑道：“不是这话，他生的腼腆，没见过大阵仗儿，婶子见了没的生气。”凤姐啐道：“他是哪吒，我也要见一见，别放你娘的屁了，再不带去，看给你一顿好嘴巴子！”贾蓉笑嘻嘻的说：“我不敢强，就带他来。”说着，果然出去带进一个小后生来，较宝玉略瘦巧些，清眉秀目，粉面朱唇，身材俊俏，举止风流，似在宝玉之上，只是怯怯羞羞，有女儿之态，伏笔也，不可不知。腼腆含糊的向凤姐作揖问好。凤姐喜的先推宝玉，笑道：“比下去了！”不知从何处想来？便探身一把携了这孩子的手，就命他身傍坐下，慢慢问他年纪、读书等事，分明写宝玉，却先偏写阿凤。方知他学名唤秦钟。设云秦钟。古诗云：“未嫁先名玉，来时本姓秦。”二语便是此书大纲

此等处，写凤姐之放纵，是为后回伏线。

目、大比托、大讽刺处。早有凤姐的丫鬟媳妇们见凤姐初会秦钟，并未备得表礼来，遂忙过那边去告诉平儿。平儿素知凤姐与秦氏厚密，虽是小后生家，亦不可太俭，遂自作了主意，拿了一匹尺头、两个“状元及第”的小金锞子，交付与来人送过去。凤姐犹笑说“太简薄”等语。秦氏等谢毕。一时吃过饭，尤氏、凤姐、秦氏等抹骨牌，不在话下。一人不落。又带出强将手下无弱兵。

宝玉、秦钟二人随便起坐说话。淡淡写来。那宝玉只一见秦钟人品，心中便有所失，痴了半日，自己心中又起了呆意，乃自思道：“天下竟有这等人物！如今看来，我竟成了泥猪癞狗了。可恨我为什么生在这侯门公府之家，若也生在寒儒薄宦之家，早得与他交结，也不枉生了一世。我虽如此比他尊贵，这一句不是宝玉本意中语，却是古今历来膏粱纨绔之意。可知绫锦纱罗，也不过裹了我这根死木；美酒羊羔，也只不过填了我这粪窟泥沟。‘富贵’二字，不料遭我涂毒了。”一段痴情，翻“贤贤易色”一句筋斗。使此后朋友中，无复再敢假谈道义，虚论情常。　此是作者一大发泄处。秦钟自见了宝玉形容出众，举止不浮，“不浮”二字妙！秦卿目中所取，止在此。更兼金冠绣服，骄婢侈童，这二句是贬不是奖。此八字遮饰过多少魑魅纨绔，秦卿目中所鄙者。秦钟心中亦自思道所谓两情脉脉。：“果然这宝玉，怨不得人人溺爱他。可恨我偏生于清寒之家，不能与他耳鬓交结。可知‘贫富’二字限人，亦世间之大不快事。”“贫富”二字中，失却多少英雄朋友。　总是作者大发泄处，借此以伸多少不乐。二人一样的胡思乱想。作者又欲瞒过众人。忽又二字写小儿，得神。有宝玉问他读什么书。宝玉问读书，亦想不到之大奇事。秦钟见问，便因实而答。四字普天下朋友来看。二人你言我语，十来句后，越觉亲密起来。

一时摆上茶果吃茶，宝玉便说：“我们两个又不吃酒，把果子摆在里间小炕上，我们那里坐去，省得闹你们。”眼见得二人一身一体矣。于是二人进里间来吃茶。秦氏一面张罗与凤姐摆酒果，一面忙进来，嘱宝玉道：“宝叔，你侄儿年小，倘或言语不防头，你千万看着我，不要理他。他虽腼腆，却性子左强，不大随和些是有的。”实写秦钟，双映宝玉。　伏后文。宝玉笑道：“你去罢，我知道了。”秦氏又嘱了他兄弟一回，方去陪凤姐。

一时凤姐、尤氏又打发人来问宝玉：“要吃什么，外面有，只管要去。”宝玉只答应着，也无心在饮食，只问秦钟近日家务等事。宝玉问读书已奇，今又问家务，岂不更奇。秦钟因说：“业师于去年病故，家父又年纪老迈，贱疾在身，公务繁冗，因此尚未议及再延师一事。目下不过在家温习旧课而已，再读书一事，也必须有一二知己为伴，眼。　伏线。时常大家讨论，才能进益。”宝玉不待说完，便答道：“正是呢。我们家却有个家塾，合族中有不能延师的，便可入塾读书，子弟们中亦有亲戚在内，可以附读。我因上年业师回家去了，也现荒废着。家父之意，亦欲暂送我去，且温习着旧书，待明年业师上来，再各自在家亦可。家祖母因说：一则家学里子弟太多，生恐大家淘气，反不好。二则也因我病了几天，遂暂且耽搁着。如此说来，尊翁如今也为此事悬心。今日回去，何不禀明，就在我们这敝塾中来，我亦相伴，彼此有益，岂不是好事？”秦钟

真是可儿之弟。

笑道："家父前日在家提起延师一事，也曾提起这里的义学倒好，原要来和这里的亲翁商议引荐，因这里事忙，不便为这点小事来聒絮的。宝叔果然度小侄或可磨墨涤砚，何不速速作成，又彼此不致荒废，又可以常相谈聚，又可以慰父母之心，又可以得朋友之乐，岂不是美事！"痛快淋漓，以至于此。宝玉笑道："放心，放心！咱们回来先告诉你姐夫、姐姐和琏二嫂子。你今日回家就禀明令尊，我回去再回明家祖母，再无不速成之理。"二人计议一定，那天气已是掌灯时候，出来又看他们顽了一回牌。算账时，却又是秦氏、尤氏二人输了戏酒的东道，自然是二人输。言定后日吃这东道，一面又说了回话。

真是可卿之弟。

晚饭毕，因天黑了，尤氏因说："先派两个小子送了这秦相公去。"媳妇们传出去半日，秦钟告辞起身。尤氏问派了谁送去。媳妇们回说："外头派了焦大，恶恶而不能去，善善而不能用，所以流毒无穷。可胜叹哉！谁知焦大醉了，又骂呢！"可见骂非一次矣。尤氏、秦氏都道："偏又派他作什么！放着这些小子们，那一个派不得，偏要惹他去。"便奇。凤姐道："我成日家说你太软弱了，纵的家里人这样，还了得呢！"尤氏叹道："你难道不知这焦大的？连太爷都不理他的，你珍哥哥也不理他。只因他从小儿跟着太爷们出过三四回兵，从死人堆里把太爷背了出来，得了命，自己挨着饿，却偷了东西来给主子吃，两日没得水，得了半碗水给主子吃，他自喝马溺。不过仗着这些功劳情分，有祖宗时都另眼相待，如今谁肯难为他去。他自己又老了，又不顾体面，一味的咪酒。一吃醉了，无人不骂。我常说给管事的，不要派他差事，全当一个死的就完了，今儿又派了他。”有此功劳。实不可轻易摧折，亦当处之以道，厚其瞻养，尊其等次。送人回家，原非酬功之事。所谓汉之功臣不得保其首领者，我知之矣。凤姐道：“我何曾不知这焦大！倒是你们没主意，有这样，何不打发他远远的庄子上去就完了。”说着，因问：“我们的车可齐备了？”地下众人都应：“伺候齐了。”

这是为后协理宁国伏线。

凤姐亦起身告辞，和宝玉携手同行。尤氏等送至大厅，只见灯烛辉煌，众小厮都在丹墀侍立。那焦大又恃贾珍不在家，即在家亦不好怎样，更可以恣意的洒落洒落。因趁着酒兴，先骂大总管赖二，来了！　记清，荣府中则是赖大，又故意综错的妙。说他不公道，欺软怕硬，“有了好差事就派别人，像这样黑更半夜送人的事，就派我。没良心的忘八羔子，瞎充管家！你也不想想，焦大太爷跷起一支脚，比你的头还高呢！二十年头里的焦大太爷眼里有谁？别说你们这把子杂种忘八羔子们！”

正骂的兴头上，贾蓉送凤姐的车出去，众人喝他不听，贾蓉忍不得便骂了他两句，使人：“捆起来！等明日酒醒了，问他还寻死不寻死了！”可怜。

天下每每如此。那焦大那里把贾蓉放在眼里，反大叫起来，赶着贾蓉叫："蓉哥儿，来了。你别在焦大跟前使主子性儿。别说你这样儿的，就是你爹、你爷爷，也不敢和焦大挺腰子呢！不是焦大一个人，你们做官儿享荣华受富贵？你祖宗九死一生，挣下这个家业，到如今，不报我的恩，反和我充起主子来了！不和我说别的还可，忽接此焦大一段，真可惊心骇目。一字化一泪，一泪化一血珠。若再说别的，咱们白刀子进去红刀子出来！"是醉人口中文法。　一段借醉奴口角，闲闲补出宁、荣往事近故，特为天下世家一笑。凤姐在车上说与贾蓉："以后还不早打发了这没王法的东西！留在这里岂不是祸害？倘或亲友知道了，岂不笑话咱们这样的人家，连个王法规矩都没有。"贾蓉答应："是。"

众小厮见他太撒野不堪了，只得上来几个，揪翻捆倒，拖往马圈里去。焦大亦发连贾珍都说出来，乱嚷乱叫："我要往祠堂里哭太爷去。那里承望到如今生下这些畜牲来，每日家偷狗戏鸡，爬灰的爬灰，养小叔子的养小叔子，放笔痛骂一回，富贵之家，每罹此祸。我什么不知道？咱们胳膊折了往袖子里藏！"众小厮听他说出这些没天日的话来，唬的魂飞魄散。也不顾别的了，便把他捆起来，用土和马粪满满的填了他一嘴。

"不如意事常八九，可与人言无二三。"以二句批是段，聊慰石兄。

凤姐和贾蓉等也遥遥的闻得，便都装作听不

见。是极。宝玉在车上，见这般醉闹，倒也有趣，因问凤姐儿道："姐姐，你听他说'爬灰的爬灰'，什么是'爬灰'？"暗伏后来史湘云之问。凤姐听了，连忙立眉嗔目断喝道："少胡说！那是醉汉嘴里混唚，答得妙。你是什么样的人？不说不听见，还倒细问。等我回去回了太太，仔细捶你不捶你！"熙凤能事。唬的宝玉连忙央告："好姐姐，我再不敢说这话了。"凤姐亦忙回色哄道："好兄弟，这才是。等回去咱们回了老太太，打发人往家学里说明白了，请了秦钟家学里念书去要紧。"说着，自回荣府而来。要知端的，且听下回分解。正是：

不因俊俏难为友，正为风流始读书。原来不读书即蠢物矣。

焦大之醉，伏可卿之病至死。周妇之谈，势利之害真凶。作者具菩提心，于世人说法。

第八回

薛宝钗小恙梨香院　贾宝玉大醉绛芸轩

幻情浓处故多嗔，岂独顰儿爱妒人。莫把心思劳展转，百年事业总非真。

题曰：

古鼎新烹凤髓香，那堪翠斝贮琼浆。
莫言绮縠无风韵，试看金娃对玉郎。

话说凤姐和宝玉回家见过众人，宝玉先便回明贾母秦钟要上家塾之事，自己也有了个伴读的朋友，正好发奋。未必。又着实的称赞秦钟的人品行事，最使人怜爱。“怜爱”二字，写出宝玉真神。若是别个，断不肯透露。凤姐又在一旁帮着说凤姐帮话，是为秦氏。用意屈尽人情。“过日他还来拜老祖宗”等语，说的贾母喜悦起来。止此便十成了，不必繁文再表，故妙。偷度金针法。凤姐又趁势请贾母后日过去看戏。贾母虽年高，却极有兴头。为贾母写传。至后日，又有尤氏来请，遂携了王夫人、林黛玉、宝玉等过去看戏。至晌午，贾母便回来歇息了。叙事有法。若只管写看戏，便是一无见世面之暴发贫婆矣。写“随便”二字，兴高则往，兴败则回，方是世代封君正传。且“高兴”二字，又可生出多少文章来。王夫人本是好清静的，偏与邢夫人相犯，然却是各有各传。见贾母回来，也就回来了。然后凤姐坐了首席，尽欢至晚无话。细甚，交代毕。

却说宝玉因送贾母回来，待贾母歇了中觉，意欲还去看戏取乐，又恐扰的秦氏等人不便。全是体贴工夫。因想起近日薛宝钗在家养病，未去亲候，意欲去望他一望。若从上房后角门过去，又恐遇见别事缠绕，再或可巧遇见他父亲，本意正传，实是曩时苦恼。叹叹！更为不妥，细甚。宁可绕远路罢了。当下众嬷嬷、丫鬟伺候他换衣服，见他不换，仍出二门去了，众嬷嬷、丫鬟只得跟随出来。还只当他去那府中看戏，谁知到了穿堂，便往东向北绕厅后而去。偏顶头遇见了门下清客相公詹光、妙，盖“沾光”之意。单聘仁更妙，盖“善于骗人”之意。二人走来。一见了宝玉，便都笑着赶上来，一个抱住腰，一个携着手，都道：“我的菩萨哥儿！没理没伦，口气毕肖。我说作了好梦呢，好容易得遇见了你。”说着，请了安又问好，劳叨了半日，方才走开。老嬷嬷叫住，因问：“你二位爷是从老爷跟前来的不是？”为玉兄一人，却人人俱有心事。细致。他二人点头道：使人起遐思。“老爷在梦坡斋小书房里歇中觉呢，妙，梦遇坡之处也。不妨事的。”玉兄知己。一笑。一面说一面走了，说的宝玉也笑了。

一路用淡三色烘染行云流水之法，写出贵公子家常不即不离气致。经历过者则喜其写真。未经者恐不免嫌繁。

于是转弯向北，奔梨香院来。吃冷香丸，住梨香院。有趣。可巧银库房的总领名唤吴新登妙，盖云“无星戥”也。与仓上的头目名戴良，妙，盖云“大量”也。还有几个管事的头目共有七个人，从账房里出来。一见了宝玉，赶来都一齐垂手站住。独有一个买办名唤钱华的，亦“钱开花”之意。随事生情，因情得文。因他多日未见宝玉，忙上来打千儿请安，宝玉忙含笑携他起来。众人都笑说：“前儿在一处看见二爷写的斗方，字法越发好了，多早晚赏我们几张贴贴。”宝玉笑道：“在那里看见了？”众人道：“好几处都有，都称赞的了不得，侍奉上人者，无此等见识，无此等迎奉者，难乎免于厌弃。呜呼哀哉！还和我们寻呢！”宝玉笑道：“不值什么，你们说给我的小幺儿们就是了。”一面说，一面前走。众人待他过去，方都各自散了。未入梨香院，先故作若许波澜曲折。瞧他无意中又写出宝玉写字来。固是愚弄公子之闲文，然亦是暗逗宝玉历来文课事，不然后文岂不太突。

余亦受过此骗。今阅至此，赧然一笑。此时有三十年前向余作此语之人在侧，观其形，已皓首驼腰矣。乃使彼亦细听此数语，彼则潸然泣下，余亦为之败兴。

闲言少述，此处用此句最当。且说宝玉来至梨香院中，先入薛姨妈室中来，正见薛姨妈打点针黹与丫鬟们。宝玉忙请了安。薛姨妈忙一把拉了他，抱入怀内，笑说：“这么冷天，我的儿，难为你想着我！快上炕来坐着罢。”命人倒滚滚的茶来。宝玉因问：“哥哥不在家？”薛姨妈叹道：“他是没笼头的马，天天逛不了，那里肯在家一日。”宝玉道：“姐姐可大安了？”薛姨妈道：“可是呢，你前儿又想着打发人来瞧他。他在里间不是？你去瞧他，里间比这里暖和，那里坐着。作者何等笔法，“里间里”三字，恐文气不足，又贯之以“比这里暖和”，其笔真是神龙云中弄影，是必当进去的神理。我收拾收拾就进去和你说话儿。”宝玉听说，忙下了炕，来至里间门前，只见吊着半旧的红绸软帘。从门外看起，有层次。宝玉掀帘一迈步进去，先就看见薛宝钗坐在炕上做针线。头上挽着漆黑油光的鬈儿，蜜合色棉袄，玫瑰紫二色金银鼠比肩褂，葱黄绫棉裙，一色半新不旧，看来不觉奢华。唇不点而红，眉不画而翠，脸若银盆，眼如水杏。罕言寡语，人谓藏愚；安分随时，自云守拙。这方是宝卿正传。与前写黛玉之传一齐参看，各极其妙，各不相犯，使其人难其左右于毫末。宝玉一面看，一面口内问：“姐姐可大愈了？”宝钗抬头，与宝玉迈步针对。只见宝玉进来，此则神情尽在烟飞水逝之间，一展眼便失于千里矣。连忙起来含笑答说：“已经大好了，倒多谢记挂着。”说着，让他在炕沿上坐了。即命莺儿斟茶来，一面又问老太太、姨妈安，别的姊妹们都好。这是口中如此。一面看宝玉头上带着累丝嵌宝紫金冠，“一面”二，口中、眼中，神情俱到。额上勒着二龙抢珠金抹额，身上穿着秋香色立蟒白狐腋箭袖，系着五色蝴蝶鸾绦，项上挂着长命锁、记名符，另外有那一块落草时衔下来的宝玉。

画神鬼易，画人物难。写宝卿，正是写人之笔。若与黛玉并写更难。今作者写得一毫难处不见，且得二人真体实传，非神助而何。

宝钗因笑说道：“成日家说你的这玉，究竟未曾细细的赏鉴，我今儿倒要瞧瞧。”自首回至此，回回说有通灵玉一物，余亦未曾细细赏鉴，今亦欲一见。说着，便挪近前来。宝玉亦凑了上去，从项上摘了下来，递与宝钗手内。宝钗托于掌上，试问石兄，此一托，比在青埂峰下猿啼虎啸之声何如？只见大如雀卵，体。灿若明霞，色。莹润如酥，质。五色花纹缠护。文。这就是大荒山中青埂峰下的那块顽石的幻相。注明。后人曾有诗嘲云：

余代答曰：“遂心如意。”

女娲炼石已荒唐，又向荒唐演大荒。

失去幽灵真境界，幻来亲就臭皮囊。

二语可入道，故前引庄叟秘诀。

好知运败金无彩，堪叹时乖玉不光。

又夹入宝钗，不是虚图对的工。　　二语虽粗，本是真情，然此等诗只宜如此。为天下儿女一哭。

白骨如山忘姓氏，无非公子与红妆。

批得好，末二句似与题不切，然正是极贴切语。

那顽石亦曾记下他这幻相并癞僧所镌的篆文。今亦按图画于后，但其真体最小，方能从胎中小儿口中衔下。今若按其体画，恐字迹过于微细，使观者大废眼光，亦非畅事。故今只按其形式，无非略展放些规矩，使观者便于灯下醉中可阅。今注明此故，方无胎中之儿口有多大，怎得衔此狼犺蠢大之物等

又忽作此数语，以幻弄成真，以真弄成幻，真真假假，恣意游戏于笔墨之中。可谓狡猾之至。

作人要老诚，作文要狡猾。

语之谤。

通灵宝玉正面图式　　通灵宝玉反面图式

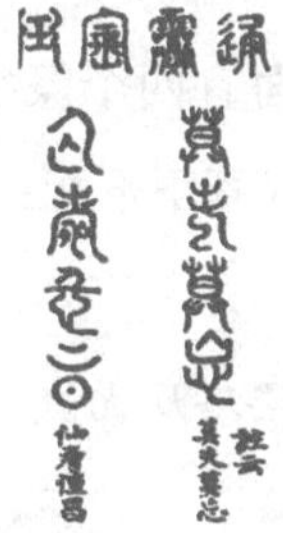

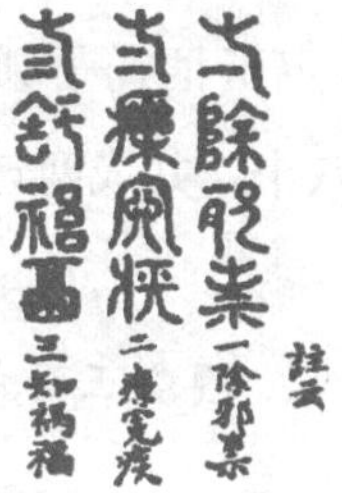

宝钗看毕，余亦想见其物矣，前回中总用草蛇灰线写法，至此方细细写出，正是大关节处。又从翻过正面来细看，可谓真奇之至。口内念道："莫失莫忘，仙寿恒昌。"念了两遍，是心中沉吟，神理。乃回头向莺儿笑道："你不去倒茶，也在这里发呆作什么？"请诸公掩卷合目想其神理，想其坐立之势，想宝钗面上口中。真妙！莺儿嘻嘻笑道："我听这两句话，倒像和姑娘的项圈上的两句话是一对儿。"又引出一个金项圈来。莺儿口中说出方妙。宝玉听了，忙笑说道："原来姐姐那项圈上也有八个字，补出素日眼中虽见，而实未留心。我也赏鉴赏鉴。"宝钗道："你别听他的话，没有什么字。"宝玉笑央："好姐姐，你怎么瞧我的呢？"宝钗被他缠不过，因说道："是个人给了两句吉利话儿，"是个"等字，移换得巧妙。其雅量尊重，在不言之表。所以錾上了，叫天天带着，不然

《石头记》立誓一笔不写一家文字。

恨颦儿不早来听此数语。若使彼闻之，不知又有何等妙论趣语，以悦我等心臆。

沉甸甸的有什么趣儿。”一句骂死天下浓妆艳饰，富贵中之脂妖粉怪。一面说，一面解了排扣，细。　　打开。好看煞人。从里面大红袄上，将那珠宝晶莹、黄金灿烂的璎珞掏将出来。按，璎珞者，头饰也。想近俗即呼为项圈者是矣。宝玉忙托了锁看时，果然一面有四个篆字，两面八个，共成两句吉谶。亦曾按式画下形相：

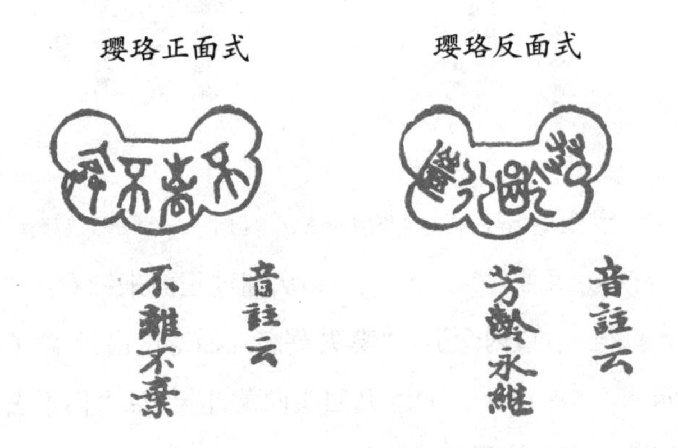

不离不弃，与莫失莫忘相对，所谓愈出愈奇。　　芳龄永继，又与仙寿恒昌一对，请合而读之。问诸公历来小说中，可有如此可巧奇妙之文，以换新眼目？　　合前读之，岂非一对？

宝玉看了，也念两遍，又念自己的两遍，因笑问：“姐姐这八个字，倒真与我的是一对。”余亦谓是一对，不知干支中四柱八字，可与卿亦对否？莺儿笑道：“是个癞头和尚送的。他说必须錾在金器上……”和尚在幻境中作如此勾当，亦属多事。宝钗不待说完，便嗔他“嗔”字一截，截得妙！不去倒茶，一面又问宝玉从那里

花看半开，酒饮微醉，此文字是也。

来。妙神，妙理，请观者自思。

宝玉与宝钗相近，只闻一阵阵凉森森、甜丝丝的幽香，这方是花香袭人正意。竟不知系何香气，遂问："姐姐熏的是什么香？我竟从未闻见过这味儿。"不知比群芳髓又何如。宝钗笑道："我最怕熏香，好好的衣服，熏的烟燎火气的。"真真骂死一干浓妆艳饰鬼怪。宝玉道："既如此，这是什么香？"宝钗想了一想，笑道："是了，是我早起吃了丸药的香气。"点冷香丸。宝玉笑道："什么丸药这么好闻？好姐姐，给我一丸尝尝。"仍是小儿语气。究竟不知别个小儿，只宝玉如此。宝钗笑道："又混闹了，一个药也是混吃的？"

一语未了，每善用此等转换法。忽听外面人说："林姑娘来了！"紧处愈紧，密不容针之文。话犹未了，林黛玉已摇摇二字画出身。的走了进来。一见了宝玉，便笑道："嗳哟，我来的不巧了！"奇文，我实不知颦儿心中是何丘壑。　怪急语。宝玉等忙起身笑让坐。宝钗因笑道："这话怎么说？"不得不问。黛玉笑道："早知他来，我就不来了。"更叫人急煞。宝钗道："我更不解这意。"黛玉笑道："要来时一群都来，要不来一个也不来。今儿他来了，明儿我再来，如此间错开了来着，岂不天天有人来了。强词夺理。　又一转换。若无此，则必有宝玉之穷究，而宝钗之重复，加长无味。此等文章是《西游记》的请观世音菩萨，菩萨一到，无不扫地完结者。也不至于太冷落，也不至于太热闹了。好点缀。姐姐如何反不解这意思？"吾不知颦儿以何物为心、为齿、为口、为舌。实不知胸中有何丘壑。

宝玉因见他外面罩着大红羽缎对衿褂子，岔开文字。繁章法，妙极，妙极！因问："下雪了么？"地下婆娘们道："下了这半日雪珠儿了。”宝玉道：“取了我的斗篷来了不曾？”黛玉便道：“是不是，我来了，你就该去了。”实不知有何丘壑？宝玉笑道：“我多早晚说要去了？不过是拿来预备着。”宝玉的奶母李嬷嬷因说道：“天又下雪，也好早晚的了，就在这里同姐姐妹妹一处顽顽罢，姨妈那里摆茶果子呢。我叫丫头去取了斗篷来，说给小幺儿们散了罢！”宝玉应允。李嬷嬷出去命小厮们都各散去不提。极力写嬷嬷周旋，是反衬下文。

这里薛姨妈已摆了几样细巧茶果留他们吃茶。是溺爱，非势利。宝玉因夸前日在那府里珍大嫂子的好鹅掌、鸭信。为前日秦钟之事，恐观者忘却，故忙中闲笔，重一渲染。薛姨妈听了，忙也把自己糟的取了些来与他尝。是溺爱，非夸富。　不写酒，先写糟，将糟引酒。宝玉笑道：“这个须得就酒才好。”薛姨妈便命人去灌了些上等的酒来。愈见溺爱。李嬷嬷便上来道：“姨太太，酒倒罢了。”宝玉笑央道：“好妈妈，我只吃一钟。”李嬷嬷道：“不中用！当着老太太、太太，那怕你吃一坛呢。想那日我眼错不见一会，不知是那一个没调教的，只图讨你的好儿，不管别人死活，给了你一口酒吃，葬送的我挨了两日骂。姨太太不知道，他性子又可恶，补出素日。吃了酒更弄性。有一日老太太高兴了，又尽着他吃，什么日子又不许他吃，何苦我白赔在里面。”浪酒闲茶，原不相宜。嬷嬷口气。薛姨妈笑道：“老货，二字如闻。你只放心吃

余最恨无调教之家，任其子侄肆行哺啜。观此则知大家风范。

你的去。我也不许他吃多了。便是老太太问，有我呢。”一面令小丫鬟：“来，让你奶奶们去，也吃杯搪搪雪气。”那李嬷嬷听如此说，只得和众人且去吃些酒水。

这里宝玉又说：“不必烫热了，我只爱吃冷的。”薛姨妈忙道：“这可使不得！吃了冷酒，写字手打飐儿。”酷肖。　点石成金。宝钗笑道：“宝兄弟，亏你每日家杂学旁收的，着眼，若不是宝卿说出，竟不知玉卿日就何业。难道就不知道酒性最热？若热吃下去，发散的就快。若冷吃下去，便凝结在内，以五脏去暖他，岂不受害？从此还不快不要吃那冷的呢。”知命知身，识理识性，博学不杂，庶可称为佳人。可笑别小说中一首歪诗，几句淫曲，便自佳人相许，岂不丑杀。宝玉听这话有情理，宝玉亦听的出有情理的话来，与前问读书家务，并皆大奇之事。便放下冷的，命人暖来方饮。

在宝卿口中说出玉兄学业，是作微露卸春挂之萌耳。是书勿看正面为幸。

黛玉磕着瓜子儿，只抿着嘴笑。实不知其丘壑，自何处设想而来。　笑的毒。可巧又用此二字。黛玉的小丫鬟雪雁走来，与黛玉送小手炉来。黛玉因含笑问他说：“谁叫你送来的？难为他费心，那里就冷死了我！”吾实不知何为心，何为齿、口、舌？雪雁道：“紫鹃姐姐鹦哥改名也。　又顺笔带出一个妙名来，洗尽春花、腊梅等套。怕姑娘冷，使我送来的。”黛玉一面接了，抱在怀中，笑道：“也亏你倒听他的话，我平日和你说的，全当耳旁风。怎么他说了你就依，比圣旨还快呢！”要知尤物方如此，莫作世俗中一味酸妒狮吼辈看去。 句句尖刺，可恨可爱，而句意毫无滞碍。宝玉听这话，知是黛玉借此奚落他，也无回复之词，只嘻嘻的笑了两阵罢了。这才好，这才是宝玉。宝钗素知黛玉是如此惯了的，也不去睬他。浑厚天成，这才是宝钗。薛姨妈因道：“你素日身子弱，禁不得冷的，他们记挂着你倒不好？”黛玉笑道：“姨妈不知道。又转出此等言语，令人疼煞黛玉，敬煞作者。幸亏是姨妈这里，倘或在别人家，人家岂不恼？好说就看的人家连个手炉也没有，巴巴的从家里送个来。不说丫头们太小心过余，还只当我素日是这等轻狂惯了呢。”用此一解，真可拍案叫绝。足见其以兰为心，以玉为骨，以莲为舌，以冰为神。真真绝倒天下之裙钗矣！薛姨妈道：“你是个多心的，有这样想，我就没这样心。”

说话时，宝玉已是三杯过去。李嬷嬷又上来拦阻。宝玉正在心甜意洽之时，和宝黛姊妹说说笑笑的，试问石兄，比当日青埂峰猿啼虎啸之声何如？那肯不吃？宝玉只得屈意央告：“好妈妈，我再吃两钟就不吃了。”李嬷嬷道：“你可仔细，老爷今儿在家，提防问你的书。”不入耳之言是也。 不合提此话。这是李嬷嬷激醉了的，无怪乎后文。一笑。宝玉听了此话，便心中大不自在，慢慢的放下酒，垂了头。画出小儿愁蹙之状，楔紧后文。黛玉先忙的说：“别扫大家的兴，舅舅二字指贾政也。若叫你，只说姨妈留着呢。这个妈妈，他吃了酒，又拿我们来醒脾了。”这方是阿颦真意对玉卿之文。一面悄推宝玉使他赌气，一面悄悄的咕哝说：“别理那老货，咱们只管乐咱们的。”那李嬷嬷也素知黛玉的，因说道：“林姐儿，如此之称，似不通，却是老妪真心道出。你不要助着他了，你倒劝劝他，只怕他还听些。”林黛玉冷笑道：“我为什么助着他？我也犯不着劝他！你这个妈妈太小心了，往常老太太又给他酒吃，如今在姨妈这里多吃一杯，料也不妨事。必定姨妈这里是外人，不当在这里的也未可知！”李嬷嬷听了，又是急，又是笑，说道：“真真这林姑娘说出一句话来，比刀子还尖，这算了什么呢！”是认不的真，是不忍认真。是爱极颦儿、疼煞颦儿之意。宝钗也忍不住，笑着把黛玉腮上一拧，我也欲拧。说道：“真真这个颦丫头的一张嘴，叫人恨又不是，喜欢又不是。”可知余前批不谬。恨不是，喜不是，写尽一晌含容之量。薛姨妈一面又说：“别怕，别怕！是接前老爷问书之语。我的儿，来了这里没好的你吃，别把这点子东西吓的存在心里，倒叫我不安。只管放心吃，都有我呢！越发吃了晚饭去，便醉了，便跟着我睡罢。”因命：“再热酒来，姨妈陪你吃两杯，可就吃饭罢。”二语不失长上之体，且收拾若干文，千斤力量。宝玉听了，方又鼓起兴来。

李嬷嬷因吩咐小丫头子们：“你们在这里小心着，我家去换了衣服就来。悄悄的回姨太太，家去换衣服，是含酸欲怒，悄悄回的光景，是不露怒。别任他的性，多给他吃。”说着便家去了。这里虽还有三四个婆子，都是不关痛痒的，写的到。见李嬷嬷走了，也都悄悄的自寻方便去了。只剩了两个小丫头子，乐得讨宝玉的欢喜。幸而薛姨妈千哄万哄的，只容他吃了两杯，就忙收过了。做了酸笋鸡皮汤，宝玉痛喝了两碗，吃了半碗饭碧粳粥。美粥名。一时薛、林二人也吃完了饭，又酽酽的潗上茶来，每人吃了两碗，薛姨妈方放下心。雪雁等三四个丫头已吃了饭，进来伺候。黛玉因问宝玉道：“你走不走？”妙问。　走不走，语言真是黛玉。宝玉乜斜倦眼道：醉意。“你要走，我和你一同走。”妙答。此等话，阿颦心中最乐。黛玉听说，遂起身道：“咱们来了这一日，也该回去了。还不知那边怎么找咱们呢！”说着，二人便告辞。

小丫头忙捧过斗笠来，不漏。宝玉便把头略低一低，命他带上。那丫头便将这大红猩毡斗笠一抖，才往宝玉头上一合，宝玉便说：“罢，罢！好蠢东西，你也轻些儿，难道没见过别人带过的？别人者，袭人、晴雯之辈也。让我自己带罢。”黛玉站在炕沿上道：“啰唆什么，过来，我瞧瞧罢。”知己最难逢，相逢意自同。花新水上香，花下水含红。宝玉忙就近前来，黛玉用手整理，轻轻笼住束发冠，将笠沿拽在抹额之上，将那一颗核桃大的绛绒簪缨扶起，颤巍巍露于笠外。整理已毕，端相了端相，说道：“好了，披上斗篷罢。”若使宝钗整理，颦卿又不知有多少文章。宝玉听了，方接了斗篷披上。薛姨妈忙道：“跟你们的妈妈都还没来呢，且略等等不是。”宝玉道：“我们倒去等他们，有丫头们跟着也够了。”伏笔。薛姨妈不放心，便命两个妇女跟随他兄妹方罢。他二人道了扰，一径回至贾母房中。

贾母尚未用晚饭，知是薛姨妈处来，更加欢喜。收的好极。正是写薛家母女。因见宝玉吃了酒，遂命他自回房去歇着，不许再出来了。因命人好生看侍着，忽想起跟宝玉的人来，遂问众人：“李奶子怎么不见？”细。　逼近。众人不敢直说家去了，有是事，大有是事。只说：“才进来的，想有事才去了。”宝玉踉跄回头道：“他比老太太还受用呢，问他作什么！没有他，只怕我还多活两日。”一面说，一面来至自己卧室，只见笔墨在案。晴雯先接出来，笑说道：如此找前文最妙，且无逗榫之迹。“好，好，要我研了那些墨，早起高兴，只写了三个字，丢下笔就走了，哄的我们等了一日。快来给我写完这些墨才罢。”憨，活现！余双圈不及。　补前文之未到。　娇痴婉转，自是不凡。引后文。宝玉忽然想起早起的事来，因笑道："我写的那三个字在那里呢？"晴雯笑道："这个人可醉了！你头过那府里去，嘱咐我贴在这门斗上的，这会子又这么问。我生怕别人贴坏了，全是体贴一人。我亲自爬高上梯的贴上，可儿，可儿！这会子还冻的手僵冷的呢。"可儿，可儿。写晴雯。是晴雯走下来，断断不是袭人、平儿、莺儿等语气。宝玉听了笑道：是醉笑。"我忘了。你的手冷，我替你渥着。"说着，便伸手携了晴雯的手，同仰首看门斗上新书的三个字。究竟不知是三个什么字。妙！何等景象！真是一幅教歌图。

是不作开门见山文字。

一时黛玉来了，宝玉便笑道："好妹妹，你别撒谎，你看这三个字那一个字好？"黛玉仰头看里间门斗上新贴了三个字，写着"绛芸轩"。出题妙！原来是这三字。照应绛珠。黛玉笑道："个个都好，怎么写的这么好了？明儿也替我写一个匾。"滑贼。宝玉嘻嘻的笑道："又哄我呢！"说着又问："袭人姐姐呢？"断不可少。晴雯向里间炕上努嘴。画。宝玉一看，只见袭人合衣睡着在那里。宝玉笑道："好！太渥早了些。"绛芸轩中事。因又问晴雯道："今儿我那府里吃早饭，有一碟子豆腐皮的包子，我想着你爱吃，和珍大奶奶说了，只说我留着晚上吃，叫人送过来的，你可吃了？"晴雯道："快别提。与犟儿抿着嘴儿笑的文字一样葫芦。一送了来，我知道是我的，偏我才吃了饭，就搁在那里。后来李奶奶来了，看见说：

‘宝玉未必吃了，嬷嬷们托大处，每每如此。拿来给我孙子吃去罢。’他就叫人拿了家去了。”奶母之倚势，亦是常情。奶母之昏愦，亦是常情。然特于此处细写一回，与后文袭卿之酥酪遥遥一对。足见晴卿不及袭卿远矣。余谓晴有林风，袭乃钗副，真真不错。接着茜雪捧上茶来，宝玉让“林妹妹吃茶”。众人笑说：“林妹妹早走了，三字是接上文口气而来，非众人之称。醉态逼真。还让呢。”

写蹵儿去，如此章法，从何设想。奇笔，奇文！

宝玉吃了半碗茶，忽又想起早起茶来，偏是醉人搜寻的出。细事，亦是真情。因问茜雪道：“早起滗了一碗枫露茶，与“千红一窟”遥映。我说过那茶是三四次后才出色的，这会子怎么又滗了这个来？”所谓闲茶是也。与前浪酒一般起落。茜雪道：“我原是留着的，那会子李奶奶来了，他要尝尝，就给他吃了。”又是李嬷，事有凑巧，如此类是。宝玉听了，将手中的茶杯只顺手是醉后，故用二字。非有心动气也。往地下一掷，“豁啷”一声，打个齑粉，泼了茜雪一裙子的茶，又跳起来问着茜雪道：“他是你那一门子的奶奶，你们这么孝敬他？不过是仗着我小时候吃过他几日奶罢了。真醉了。如今逞的他比祖宗还大了。如今我又吃不着奶了，白白的养着祖宗作什么。撵了出去，大家干净。”真真大醉了。说着，立刻便要去回贾母，撵他乳母。

按警幻情榜：宝玉系情不情。凡世间之无知无识，彼俱有一痴情去体贴。今加“大醉”二字于石兄，是因问包子，问茶，顺手掷杯，问茜雪，撵李嬷，乃一部中未有第二次事也。袭人数语，无言而止，石兄真大醉也。余亦云：实实大醉也。难辞醉闹，非薛蟠纨绔辈可比。

原来袭人实未睡着，不过故意装睡，引宝玉来怄他顽耍。只许郎看不近郎。真是妙法。先闻得说字、问包子等事，也还可不必起来。后来摔了茶钟，动了气，遂连忙起来断不可少之文。解释劝阻。早有贾母遣人来问是怎么了，袭人忙道："我才倒茶来，被雪滑倒了，失了手，砸了钟子。"现成之至。瞧他写袭卿为人。　　袭人另有一段居心，一番行止。一面又安慰宝玉道："你立意要撵他，也好，二字奇，使人一惊。我们也都愿意出去，先主取西川，方得立基业，而偏不肯取，大与此意同。不如趁势连我们一齐撵了。我们也好，你也不愁再有好的来伏侍你。"宝玉听了这话，方无了言语，被袭人等扶至炕上，脱换了衣服。不知宝玉口内还说些什么，只觉口齿绵缠，眼眉愈加饧涩，二字带出平素形像。忙伏侍他睡下。袭人伸手从他项上摘下那通灵玉来，用自己的手帕包好，塞在褥下，次日带时，便冰不着脖子。试问石兄，此一渥比青埂峰下松风明月如何？那宝玉就枕就睡着了。彼时李嬷嬷等已进来了。听见醉了，不敢前来再加触犯，只悄悄的打听睡了，方放心散去。交代清楚塞玉一段，又为"误窃"一回伏线。晴雯、茜雪二婢，又为后文先作一引。

次日醒来，以上已完正题。以下是后文引子，前文之余波。此回收法，与前数不同矣。就有人回："那边小蓉大爷带了秦相公来拜。"宝玉忙接了出来，领了拜见贾母。贾母见秦钟形容标致，举止温柔，堪陪宝玉读书，骄养如此，溺爱如此。心中十分欢喜，便留茶留饭。又命人带去见王夫人等。众人因素爱秦氏，今见了秦钟是这般的人品，也都欢喜，临去时都有表礼。

偷度金针法。最巧！

贾母又与了一个荷包，并一个金魁星，取“文星和合”之意。雅致。又嘱咐他道：“你家住的远，一时寒热饥饱不便，只管住在我这里，不必限定了。只和你宝叔在一处，别跟着那起不长进的东西学。”总伏后文。秦钟一一答应，回去禀知他父亲秦业。妙名！业者，孽也。盖云情因孽而生也。

作者今尚记金魁星之事乎？抚今思昔，肠断心摧。

这秦业现任营缮郎，官职更妙！设云因情孽而缮此一书之意。年近七十，夫人早亡。因当年无儿女，便向养生堂抱了一个儿子并一个女儿。谁知儿子又死了，一顿。只剩女儿，小名唤可儿，出名。秦氏究竟不知系出何氏，所谓寓褒贬、别善恶是也。秉刀斧之笔，具菩萨之心，亦甚难矣！如此写出，可见来历亦甚苦矣。又知作者是欲天下人共来哭此情字。长大时，生得形容袅娜，性格风流。四字便有隐意。《春秋》字法。因素与贾家有些瓜葛，故结了亲，许与贾蓉为妻。那秦业五旬之上方得了秦钟。因去岁业师亡故，未暇延请高明之士，只暂在家温习旧课。正思要和亲家去商议，指贾珍。送往他家塾中去，暂且不致荒废，可巧遇见了宝玉这个机会。又知贾家塾中现今司塾的是贾代儒，乃当今之老儒，随笔命名省事。秦钟此去，学业料必进益，成名可望，因此十分欢喜。只是宦囊羞涩，那贾府上上下下都是一双富贵眼睛，为天下读书人一哭、寒素人一哭！容易拿不出来。又恐误了儿子的终身大事，原来读书是终身大事。说不得东拼西凑的，父母之恩，昊天罔极。恭

写可儿出身自养生堂，是褒中贬。后死封龙禁尉，是贬中褒。灵巧一至于此。

恭敬敬四字可思，近之鄙薄师傅者来看。**封了二十四两贽见礼，**可知宦囊羞涩，与东拼西凑等样，是特为近日守钱虏而不使子弟读书之辈一大哭。**亲自带了秦钟，来代儒家拜见了。然后听宝玉上学之日，好一同入塾。**不想浪酒闲茶，一段金玉旖旎之文后，忽用此等寒瘦古拙之词收住，亦行文之大变体处，《石头记》多用此法，历观后文便知。**正是：**

> **早知日后闲争气，岂肯今朝错读书。**这是隐语微词，岂独指此一事哉。余则为读书正为争气，但此“争气”与彼“争气”不同。写来一笑。

一是先天衔来之玉，一是后天造就之金。金玉相合，是成万物之象，再遇水而过寒，虽有酒浆，岂能助火。因生出黛玉之讽刺，李嬷嬷之唠叨，晴雯、茜雪之嗔恼，故不得不收功静息，涵养性天，以待再举。识丹道者，当解吾意。

第九回

恋风流情友入家塾　起嫌疑顽童闹学堂

君子爱人以道，不能减牵恋之情。小人图谋以霸，何可逃侮慢之辱。幻境幻情，又造出一番晓妆新样。

话说秦业父子专候贾家的人来送上学择日之信。原来宝玉急于要和秦钟相遇，妙，不知是怎样相遇。却顾不得别的，遂择了后日一定上学。“后日一早请秦相公到我这里，会齐了一同前去。”打发了人送了信。

至是日一早，宝玉起来时，袭人早已把书笔文物包好，收拾得停停妥妥，坐在床沿上发闷。神理可思，忽又写小儿学堂中一篇文字，亦别书中之未有。　此等神理，方是此书的正文。见宝玉醒来，只得伏侍他梳洗。宝玉见他闷闷的，因笑问道：“好姐姐，开口断不可少此三字。你怎么又不自在了？难道怪我上学去丢的你们冷清了不成？”袭人笑道：“这是那里的话。读书是极好的事，不然就潦倒一辈子，终久怎么样呢？袭人方才的闷闷，此时的正论，请教诸公，设身处地，亦必是如此方是。真是曲尽情理，一字也不可少者。但只一件，只是念书的时节想着书，不念的时节想着家些。长亭之嘱，不过如是。别和他们一处顽闹，碰见老爷不是顽的。虽说是奋志要强，那工课宁可少些，一则贪多嚼不烂，二则身子也要保重。这就是我的意思，你可要体谅。”书正语细嘱一番，盖袭卿心中明知宝玉他并非真心奋志之人，袭人自别有说不出来之话。袭人说一句，宝玉应一句。袭人又道：“大毛衣服我也包好了，交出给小子们去了。学里冷，好歹想着添换，比不得家里有人照顾。脚炉手炉的炭也交出去了，你可着他们添。那一起懒贼，你不说，他们乐得不动，白冻坏了你。”宝玉道：“你放心，出外头我自己都会调停的。无人体贴，自己扶持。你们也别闷死在这屋里，长和林妹妹一处去顽笑着才好。”说着，俱已穿戴齐备，袭人催他去见贾母、贾政、王夫人等。宝玉又去嘱咐了晴雯、麝月等几句，这才是宝玉的本来面目。方出来见贾母，贾母也未免有几句嘱咐的话。然后去见王夫人，又出来书房中见贾政。

偏生这日贾政回家早些，若俗笔则又云不在家矣，试思若再不见，则成何文字哉？所谓不敢作安逸苟且塞责文字。正在书房中与相公清客们闲谈，忽见宝玉进来请安，回说上学里去，贾政冷笑道：“你如果再提‘上学’两个字，连我也羞死了。这一句才补出已往许多文字，是严父之声。依我的话，你竟顽你的去是正理。仔细站脏了我这地，靠脏了我的门！”画出宝玉的俯首挨壁之形象来。众清客相公们都早起身笑道：“老世翁何必又如此！今日世兄一去，三二年就可显身成名的了，断不似往年仍作小儿之态了。天也将饭时，世兄竟快请罢。”说着，便有两个年老的携了宝玉出去。

贾政因问：“跟宝玉的是谁？”只听外面答应了两声，早进来三四个大汉，打千儿请安。贾政看时，认得是宝玉的奶母之子，名唤李贵。因向他道：“你们成日家跟他上学，他到底念了些什么书！倒念了些流言混语在肚子里，学了些精致的淘气。等我闲一闲，先揭了你的皮，此等话似觉无味无理，然而作父母的到无可如何处，每多用此等法术，所谓百计经营，心力俱瘁者。再和那不长进的算账！”吓的李贵忙双膝跪下，摘了帽子，碰头有声，连连答应“是”。又回说：“哥儿已念到第三本《诗经》，什么‘呦呦鹿鸣，荷叶浮萍’，小的不敢撒谎。”说的满座哄然大笑起来。贾政也掌不住笑了。因说道：“那怕再念三十本《诗经》，也是掩耳偷铃，哄人而已。你去请学里太爷的安，就说我说了，什么《诗经》、古文，一概不用虚应故事，只是先把《四书》一气讲明背熟，是最要紧的。”李贵忙答应“是”，见贾政无话，方退出了。

此时宝玉独站在院外屏声静候，待他们出来，便忙忙的走了。李贵等一面掸衣服，一面说道：“哥儿听见了不曾？先要揭我们的皮呢！人家的奴才跟主子赚些好体面，我们这等奴才白陪着挨打受骂的。从此后也可怜见些才好。”可以谓能达主人之意，不辱君命。宝玉笑道：“好哥哥，你别委曲，我明儿请你。”李贵道：“小祖宗，谁敢望你请，只求听一句半句话就有了。”说着，又至贾母这边，秦钟已早来候着了，贾母正和他说话儿呢。此处便写贾母爱秦钟一如其孙，至后文方不突然。于是二人见过，辞了贾母。宝玉忽想起未辞黛玉，妙极！何顿挫之至，余已忘却。至此心神一畅，一丝不漏。因又忙至黛玉房中来作辞。彼时黛玉才在窗下对镜理妆，听宝玉说上学去，因笑道：“好，这一去，可定是要‘蟾宫折桂’去了。此写黛玉，差强人意。《西厢》双文，能不抱愧。我不能送你了。”宝玉道：“好妹妹，等我下了学再吃晚饭。和胭脂膏子也等我来再制。”劳叨了半日，方撤身去了。如此总一句更妙。黛玉忙又叫住问道：“你怎么不去辞辞你宝姐姐呢？”必有是语，方是黛玉。此又系黛玉平生之病。宝玉笑而不答，黛玉之间，宝玉之笑，两心一照，何等神工鬼斧文章！一径同秦钟上学去了。

原来这贾家之义学，离此也不甚远，不过一里之遥，原系始祖所立，恐族中子弟有贫穷不能请师者，即入此中肄业。凡族中有官爵之人，皆供给银两，按俸之多寡帮助，为学中之费。特共举年高有德之人为塾掌，专为训课子弟。创立者之用心，可谓至矣！如今宝、秦二人来了，一一的都互相拜见过，读起书来。自此以后，他二人同来同往，同坐同起，愈加亲密。又兼贾母爱惜，也时常的留下秦钟住上三天五日，与自己的重孙一般疼爱。因见秦钟不甚宽裕，更又助他些衣履等物。不上一月之工，秦钟在荣府便熟了。交待的清。宝玉终是不安本分之人，写宝玉总作如此笔。竟一味的随心所欲，因此又发了癖性，又特向秦钟悄说道：悄说之时何时。舍尊就卑何心，随心所欲何癖，相亲爱密何情。“咱们两个人一样的年纪，况又是同窗，以后不必论叔侄，只论弟兄朋友就是了。”先是秦钟不肯，当不得宝玉不依，只叫他“兄弟”，或叫他的表字“鲸卿”，秦钟也只得混着乱叫起来。

原来这学中虽都是本族人丁与些亲戚的子弟，俗语说的好：一龙生九种，九种各别。未免人多了，就有龙蛇混杂，下流人物在内。伏一笔。自宝、秦二人来了，都生的花朵儿一般的模样，又见秦钟腼腆温柔，未语面先红，怯怯羞羞，有女儿之风；宝玉又是天生成惯能作小服低，赔身下气，情性体贴，话语绵缠，凡四语十六字，上用“天生成”三字，真正写尽古今情种人也。因此二人更加亲厚，也怨不得那起同窗人起了疑，背地里你言我语，诟谇淫议布满书房内外。伏下文阿呆争风一回。

原来薛蟠自来王夫人处住后，便知有一家学，学中广有青年子弟，不免偶动了龙阳之兴，因此也假来上学读书，不过是三日打鱼，两日晒网，白送些束脩礼物与贾代儒，却不曾有一些儿进益，只图结交些契弟。谁想这学内就有好几个小学生，图了薛蟠的银钱吃穿，被他哄上手的，也不消多记。先虚写几个淫浪蠢物，以陪下文，方不孤不板。　　伏下金荣。更又有两个多情的小学生，此处用“多情”二字方妙。亦不知是那一房的亲眷，亦未考其名姓，一并隐其姓名，所谓具菩提之心，秉刀斧之笔。只因生得妩媚风流，满学中都送了他两个外号，一号“香怜”，一号“玉爱”。虽都有窃慕之意，将不利于孺子之心，诙谐得妙，又似李笠翁书中之趣语。只是都惧薛蟠的威势，不敢来沾惹。如今宝、秦二人一来了，见了他两个，也不免缱绻羡慕，亦因知系薛蟠相知，故未敢轻举妄动。香、玉二人心中，也一般的留情与宝、秦。因此四人心中虽有情意，只未发迹。每日一入学中，四处各坐，却八目勾留，或设言托意，或咏桑寓柳，遥以心照，却外面自为避人眼目。小儿之态活现，掩耳偷铃者亦然，世人亦复不少。不意偏又有几个滑贼看出形景来，都背后挤眉弄眼，或咳嗽扬声，又画出历来学中一群顽皮来。　　才子辈偏无不解之事。这也非止一日。

可巧这日代儒有事，早已回家去了，又留下一句七言对联命学生对了，明日再来上书。将学中之事，又命贾瑞暂且管理。又出一贾瑞。妙在薛蟠如今不大来学中应卯了，因此秦钟趁此和香怜挤眉弄眼，递暗号儿，二人假装出小恭，走至后院说体己话。秦钟先问他：“家里的大人可管你交朋友不管？”妙问！真真活跳出两个小儿来。一语未了，只听背后咳嗽了一声，太急了些，该再听他二人如何结局，正所谓小儿之态也。酷肖之极！二人唬的忙回头看时，原来是窗友名金荣者。妙名，盖云有金自荣，廉耻何益哉。香怜有些性急，羞怒相激，问他道："你咳嗽什么？难道不许我两个说话不成？"金荣笑道："许你们说话，难道不许我咳嗽不成？我只问你们，有话不明说，许你们这样鬼鬼祟祟的干什么故事？我可也拿住了，还赖什么！先得让我抽个头儿，咱们一声儿不言语，不然大家就奋起来。"秦、香二人急的飞红的脸，便问道："你拿住什么了？"金荣笑道："我现拿住了是真的。"说着，又拍着手笑嚷道："贴的好烧饼！你们都不买一个吃去？"秦钟、香怜二人又气又急，忙进来向贾瑞前告金荣，说金荣无故欺负他两个。

原来这贾瑞最是个图便宜没行止的人，每在学中以公报私，勒索子弟们请他，学中亦自有此辈，可为痛哭！后又附助着薛蟠，图些银钱酒肉，一任薛蟠横行霸道，他不但不去管约，反助纣为虐讨好儿。偏那薛蟠本是浮萍心性，今日爱东，明日爱西，近来又有了新朋友，把香、玉二人又丢开一边。就连金荣亦是当日的好朋友，自有了香、玉二人，便弃了金荣。近日连香、玉亦已见弃。故贾瑞也无了提携帮衬之人，不说薛蟠得新弃旧，只怨香、玉二人不在薛蟠前提携帮补他，无耻小人，真有此心。因此贾瑞、金荣等一干人，也正在醋妒他两个。今见秦、香二人来告金荣，贾瑞便更不自在起来，虽不好呵叱秦钟，却拿着香怜作法，反说他多事，着实抢白了几句。香怜反讨了没趣，连秦钟也讪讪的各归坐位去了。金荣越发得了意，摇头咂嘴的，口内还说许多闲话，玉爱偏又听了不忿，两个人隔座咕咕唧唧的角起口来。金荣只一口咬定说："方才明明的撞见他两个在后院子里亲嘴摸屁股，两个商议定了，一对一肏，撅草棍儿抽长短，谁长谁先干。”“怎么长短”四字，何等韵雅。何等浑含。俚语得文人提来，便觉有金玉为声之象。金荣只顾得意乱说，却不防还有别人。谁知早又触怒了一个，你道这个是谁？原来这一个名唤贾蔷，新而艳，得空便入。亦系宁府中之正派玄孙，父母早亡，从小儿跟着贾珍过活，如今长了十六岁，比贾蓉生的还风流俊俏。他弟兄二人最相亲厚，常相共处。宁府人多口杂，那些不得志的奴仆们，专能造言诽谤主人，因此不知又有什么小人诟谇谣诼之词。贾珍想亦风闻得些口声不大好，自己也要避些嫌疑，如今竟分与房舍，命贾蔷搬出宁府，自去立门户过活去了。此等嫌疑不敢认真搜查，悄为分计，皆以含而不露为文，真是灵活至极之笔。

这贾蔷外相既美，亦不免招谤，难怪小人之口。内性又聪明，虽然应名来上学，亦不过虚掩眼目而已，仍是斗鸡走狗，赏花玩柳。总恃着上有贾珍溺爱，贬贾珍最重。下有贾蓉匡助，贬贾蓉次之。因此族人谁敢来触逆于他？他既和贾蓉最好，今见有人欺负秦钟，如何肯依？如今自己要挺身出来报不平，心中且忖度一番，想道：这一忖度方是聪明人之心机，写得最好看，最细致。“金荣、贾瑞一干人，都是薛大叔的相知，向日我又与薛大叔相好，倘或我一出头，他们告诉了老薛，先曰薛大叔，次曰老薛，写尽骄侈纨绔。我们岂不伤和气？待要不管，如此谣言，说的大家没趣。如今何不用计制伏，又止息口声，又伤不了脸面。”想毕，也装作出小恭，走至外面，悄悄的把跟宝玉的书童名唤茗烟者又出一茗烟。唤到身边，如此这般，调拨他几句。如此便好，不必细述。

这茗烟乃是宝玉第一个得用的，且又年轻不谙世事，如今听贾蔷说金荣如此欺负秦钟，连他爷宝玉都干连在内，不给他个利害，下次越发狂纵难制了。这茗烟无故就要欺压人的，如今得了这个信，又有贾蔷助着，便一头进来找金荣，也不叫金相公了，只说："姓金的，你是什么东西！"贾蔷遂跺一跺靴子，故意整整衣服，看看日影儿说："是时候了。"遂先向贾瑞说，有事要早走一步。贾瑞不敢强他，只得随他去了。

这里茗烟先一把揪住金荣，问道："我们肏屁股不肏屁股，管你杂毛相干，横竖没肏你爹去就罢了！你是好小子，出来动一动你茗大爷！"豪奴辈，虽系主人亲故亦随便欺慢，即有一二不服气者，而豪家多是偏护家人。理之所无，而事之尽有，不知是何心思，实非凡常可能测略。唬的满屋中子弟都怔怔的痴望。贾瑞忙吆喝："茗烟不得撒野！"金荣气黄了脸，说："反了！奴才小子都敢如此，我只和你主子说。"便夺手要去抓打宝玉、秦钟。好看之极。尚未去时，从脑后"嗖"的一声，早见一方砚瓦飞来，好看好笑之极！并不知系何人打来的，幸未打着，却又打了傍人的座上，这座上乃是贾兰、贾菌。

这贾菌亦系荣府近派的重孙，先写一宁派，又写一荣派，互相错综得妙。其母亦少寡，独守着贾菌。这贾菌与贾兰最好，所以二人同桌而坐。谁知贾菌年纪虽小，志气最大，极是淘气不怕人的。要知没志气小儿，必不会淘气。他在座上冷眼看见金荣的朋友暗助金荣，飞砚来打茗烟，偏没打着茗烟，便落在他桌上，正打在面前，将一个磁砚水壶打了个粉碎，溅了一书黑水。这等忙，有此闲处用笔。贾菌如何依得，便骂："好囚攮的们，这不都动了手了么？"好听煞！骂着，也便抓起砚砖来要打回去。先瓦砚，次砖砚，转换得妙极！贾兰是个省事的，忙按住砚，极口劝道："好兄弟，不与咱们相干。"是贾兰口气。贾菌如何忍得住，便两手抱起书匣子来，照那边抡了去。先飞后抢，用字得神，好看之极。终是身小力薄，却抢不到那里，刚到宝玉、秦钟桌案上就落了下来。只听哗啷啷一声，砸在桌上，书本纸片等至于笔砚之物撒了一桌，又把宝玉的一碗茶也砸得碗碎茶流。好看之极，不打着别个，偏打着二人，亦想不到文章也。此书此等笔法，与后文踢着袭人、误打平儿是一样章法。贾菌便跳出来，要揪打那一个飞砚的。

金荣此时随手抓了一根毛竹大板在手，地狭人多，那里经得舞动长板。茗烟早吃了一下，乱嚷："你们还不来动手！"宝玉还有三个小厮，一名锄药，一名扫红，一名墨雨。这三个岂有不淘气的，一齐乱嚷："小妇养的，动了兵器了！"好听之极，好看之极！墨雨遂掇起一根门闩，扫红、锄药手中都是马鞭子，蜂拥而上。贾瑞急拦一回这个，劝一回那个，谁听他的话，肆行大闹。众顽童也有趁势帮着打太平拳助乐的，也有胆小藏在一边的，也有直立在桌上拍着手儿乱笑、喝着声儿叫打的。登时间鼎沸起来。燕青打擂台，也不过如此。

外边李贵等几个大仆人听见里边作起反来，忙都进来一齐喝住。问是何原故，众声不一，这一个如此说，那一个又如彼说。妙，如闻其声。李贵且喝骂了茗烟四个一顿，处治的好。撵了出去。秦钟的头上早撞在金荣的板上，打起一层油皮，宝玉正拿褂襟子替他揉呢，见喝住了众人，便命："李贵，收书，拉马来！我去回太爷去！我们被人欺负了，不敢说别的，守礼来告诉瑞大爷，瑞大爷反倒派我们的不是，听着人家骂我们，还调唆他们打我们，茗烟见人欺负我，他岂有不为我的，他们反打伙儿打了茗烟，连秦钟的头也打破了。还在这里念什么书！茗烟他也是为有人欺负我的。不如散了罢。"李贵劝道："哥儿不要性急。太爷既有事回家去了，这会子为这点子事去聒噪他老人家，倒显的咱们没理。依我的主意，那里的事情那里了结好，何必去惊动他老人家。劝的心思，有个太爷得知，未必然之。故巧为辗转，以结其局，而不失其体。这都是瑞大爷的不是，太爷不在这里，你老人家就是这学里的头脑了，众人看着你行事。众人有了不是，该打的打，该罚的罚，如何等闹到这步田地还不管？”贾瑞道：“我吆喝着都不听。”如闻。李贵笑道：“不怕你老人家恼我，素日你老人家到底有些不正经，所以这些兄弟才不听。就闹到太爷跟前去，连你老人家也是脱不过的。还不快作主意，撕罗开了罢。”宝玉道：“撕罗什么？我必是回去的！”秦钟哭道：“有金荣，我是不在这里念书的。”宝玉道：“这是为什么？难道有人家来的，咱们倒来不得？我必回明白众人，撵了金荣去。”又问李贵：“金荣是那一房的亲戚？”李贵想了一想道：“也不用问了，若问起那一房的亲戚来，更伤了兄弟们的和气。”

茗烟在窗外道：“他是东胡同子里璜大奶奶的侄儿。那是什么硬正仗腰子的，也来唬我们。璜大奶奶是他姑娘。你那姑妈只会打旋磨子，给我们琏二奶奶跪着借当头。可怜！开口告人，终身是玷。我眼里就看不起他那样的主子奶奶！”李贵忙断喝不止，说：“偏你这小狗肏的知道，有这些蛆嚼！”宝玉冷笑道：“我只当是谁的亲戚，原来是璜嫂子的侄儿，我就去问问他来！”说着便要走，叫茗烟进来包书。茗烟包着书，又得意道：“爷也不用自己去见，等我到他家，就说老太太有说的话问他呢，雇上一辆车拉进去，当着老太太问他，岂不省事？”又以贾母欺压，更妙！李贵忙喝道：“你要死！仔细回去我好不好先捶了你，然后再回老爷、太太，就说宝玉全是你调唆的。我这里好容易劝哄好了一半了，你又来生个新法子。你闹了学堂，不说变法儿压息了才是，倒要往大里闹！”茗烟方不敢作声儿了。

此时贾瑞也怕闹大了，自己也不干净，只得委曲着来央告秦钟，又央告宝玉。先是他二人不肯，后来宝玉说：“不回去也罢了，只叫金荣赔不是便罢。”金荣先是不肯，后来禁不得贾瑞也来逼他去赔不是，李贵等只得好劝金荣说：“原是你起的端，你不这样，怎得了局？”金荣强不得，只得与秦钟作了揖。宝玉还不依，偏定要磕头。贾瑞只要暂息此事，又悄悄的劝金荣说：“俗语说的好：‘杀人不过头点地。’你既惹出事来，少不得下点气儿，磕个头就完事了。”金荣无奈，只得进前来与秦钟磕头。且听下回分解。

此篇写贾氏学中，非亲即族，且学乃大众之规范，人伦之根本，首先悖乱，以至于此极，其贾家之气数，即此可知。挟用袭人之风流，群小之恶逆，一扬一抑，作者自必有所取。

第十回

金寡妇贪利权受辱　张太医论病细穷源

新样幻情欲收拾，可卿从此世无缘。和肝益气浑闲事，谁识今朝寻病源。

话说金荣因人多势众，又兼贾瑞勒令，陪了不是，给秦钟磕了头，宝玉方才不吵闹了。大家散了学，金荣回到家中，越想越气，说："秦钟不过是贾蓉的小舅子，又不是贾家的子孙，附学读书，也不过和我一样。他因仗着宝玉和他好，他就目中无人。他既是这样，就该行些正经事，人也没的说。他素日又和宝玉鬼鬼祟祟的，只当人都是瞎子，看不见。偏是鬼鬼祟祟者多，以为人不见其行，不知其心。今日他又去勾搭人，偏偏的撞在我眼睛里。就是闹出事来，我还怕什么不成？"

他母亲胡氏，听见他咕咕嘟嘟的说，因问道："你又要做什么闲事，好容易我望你姑妈说了，"好容易"三字，写尽天下迎逢要便宜苦恼。你姑妈千方百计的才向他们西府里的琏二奶奶跟前说了，你才得了这个念书的地方，若不是仗着人家，咱们家里还有力量请的起先生？况且人家学里，茶也是现成的，饭也是现成的。你这二年在那里念书，家里也省好大的嚼用呢！省出来的，你又爱穿件鲜明衣服。再者不是因你在那里念书，你就认得什么薛大爷了？那薛大爷一年不给不给，这二年也帮了咱们有七八十两银子。可怜妇人爱子，每每如此。自知所得者多，而不知所失者大，可胜叹者？你如今要闹出了这个学房，再要找这么个地方，我告诉你说罢，比登天的还难呢！如此弄银，若有金荣在，亦可得。你给我老老实实的顽一会子，睡你的觉去，好多着呢！”于是金荣忍气吞声，不多一时，他自去睡了。次日仍旧上学去了。不在话下。

且说他姑娘，原聘给的是贾家玉字辈的嫡派，名唤贾璜。但其族人那里皆能像宁、荣二府的富势，原不用细说。这贾璜夫妻守着些小的产业，又时常到宁、荣二府里去请请安，又会奉承凤姐儿并尤氏，所以凤姐儿、尤氏也时常资助资助他，方能如此度日。原来根由如此，大与秦钟不同。今日正遇天气晴明，又值家中无事，遂带了一个婆子，坐上车来家里走走，瞧瞧寡嫂并侄儿。

闲话之间，金荣的母亲偏提起昨日贾家学房里的那事，从头至尾，一五一十，都向他小姑子说了。这璜大奶奶不听则已，听了一时怒从心上起，说道：“这秦钟小崽子是贾门的亲戚，难道荣儿不是贾门的亲戚？这“贾门的亲戚”比那“贾门的亲戚”！人都别忒势利了。况且都作的是什么有脸的好事！狗仗人势者，开口便有多少必胜之谈。事要三思，免劳后悔。就是宝玉，也犯不上向着他到这个样。等我去到东府瞧瞧我们珍大奶奶，再向秦钟他姐姐说说，叫他评评这个理。”未必能如此说。这金荣的母亲听了这话，急的了不得，忙说道：“这都是我的嘴快，告诉了姑奶奶了，求姑奶奶别去，胡氏可谓善战。别管他们谁是谁非。不论谁是谁非，有钱就可矣。倘或闹起来，怎么在那里站得住？若是站不住，家里不但不能请先生，反倒在他身上添出许多嚼用来呢。”璜大奶奶听了，说道：“那里管得许多，你等我说了，看是怎么样！”也不容他嫂子劝，一面叫老婆子瞧了车，就坐上往宁府里来。何等气派，何等声势，真有射石饮羽之力，动天摇地，如项羽喑咤。

到了宁府，进了车门，到了东边小角门前下了车，进去见了贾珍之妻尤氏，也未敢气高，殷殷勤勤叙过寒温，说了些闲话，何故兴致索然？方问道：“今日怎么没见蓉大奶奶？”何不叫“秦钟的姐姐”？尤氏说道：“他这些日子不知是怎么着，经期有两个多月没来。叫大夫瞧了，又说并不是喜。那两日，到了下半天就懒待动，话也懒待说，眼神也发眩。我说他：‘你且不必拘礼，早晚不必照例上来，你就好生养养罢。就是有亲戚一家儿来，有我呢。就有长辈们怪你，等我替你告诉。’连蓉哥我都嘱咐了，我说：‘你不许累掯他，不许招他生气，叫他静静的养养就好了。只一丝不露。他要想什么吃，只管到我这里取来。倘或我这里没有，只管望你琏二婶子那里要去。倘或他有个好和歹，你再要娶这么一个媳妇，这么个模样儿，这么个性情的人儿，打着灯笼也没地方找去！’还有这么个好小舅子。他这为人行事，那个亲戚，那个一家的长辈不喜欢他？所以我这两日好不烦心，焦的我了不得。偏偏今日早晨他兄弟来瞧他，谁知那小孩子家不知好歹，看见他姐姐身上不大爽快，就有事也不当告诉他，别说是这么一点子小事，就是你受了一万分的委曲，也不该向他说才是。文笔之妙，妙至于此！本是璜大奶奶不忿来告，又偏从尤氏口中先出，确是秦钟之语，且是情理必然，形势逼近。孙悟空七十二变，未有如此灵巧活跳。谁知他们昨儿学房里打架，不知是那里附学来的一个人欺负了他了，眼前竟像不知者。里头还有些不干不净的话，都告诉了他姐姐。婶子，你是知道那媳妇的，虽则见了人有说有笑，会行事儿，他可心细，心又重，不拘听见个什么话儿，都要度量个三日五夜才罢。这病就是打这个秉性上头思虑出来的。今儿听见有人欺负了他兄弟，又是恼，又是气。恼的是那群混账狐朋狗友的扯是搬非、调三惑四的那些人；气的是他兄弟不学好，不上心念书，以致如此学里吵闹。他听了这事，今日索性连早饭也没吃。我听见了，我方到他那边安慰了他一会子，又劝解了他兄弟一会子。我叫他兄弟到那边府里找宝玉去了，我才看着他吃了半盏燕窝汤，我才过来了。婶子，你说我心焦不心焦？况且如今又没个好大夫，我想到他这病上，我心里倒像针扎了似的。你们知道有什么好大夫没有？”这会子金氏听了这话，心里当如何料理？实在令人悔杀从前高兴。天下事不得不预为三思，先为防渐。　作无意相问语，是逼近一分。非有此一句，则金氏犹不免当为分诉，一逼之下，实无可赘之词。

金氏听了这半日话，把方才在他嫂子家的那一团要向秦氏理论的盛气，早吓的都丢在爪洼国去了。又何必为金母着急。听见尤氏问他有知道的好大夫的话，连忙答道：“我们这么听着，实在也没见人说有个好大夫。如今听起大奶奶这个来，定不得还是喜呢，嫂子倒别教人混治。倘或认错了，这可是了不得的。”尤氏道：“可不是呢。”正是说话间，贾珍从外进来，见了金氏，便向尤氏问道：“这不是璜大奶奶么？”金氏向前给贾珍请了安，贾珍向尤氏说道：“让这大妹妹吃了饭去。”贾珍说着话就过那屋里去了。金氏此来，原要向秦氏说说秦钟欺负了他侄儿的事，听见秦氏有病，不但不能说，亦且不敢提了。况且贾珍、尤氏又待的很好，反转怒为喜，又说了一会子话儿，方家去了。金氏何面目再见江东父老？然而如金氏者，世不乏其人。

金氏去后，贾珍方过来坐下，问尤氏道："今日他来，有什么说的事情么？"尤氏答道："倒没说什么，一进来的时候，脸上倒像有些着了恼的气色似的，及说了半天话，又提起媳妇这病，他倒渐渐的气色平定了。你又叫让他吃饭，他听见媳妇这么病，也不好意思只管坐着，又说了几句闲话儿就去了，倒没求什么事。如今且说媳妇这病，你到那里寻一个好大夫来与他瞧瞧要紧，可别耽误了。现今咱们家走的这群大夫，那里要得，医毒，非止近世，从古有之。一个个都是听着人的口气儿，人怎么说，他也添几句文话儿说一遍。可倒殷勤的很，三四个人一日轮流着倒有四五遍来看脉。他们大家商量着立个方子，吃了也不见效，倒弄得一日换四五遍衣裳，坐起来见大夫，其实于病人无益。"贾珍说道："可是！这孩子也糊涂，何必脱脱换换的，倘再着了凉，更添一层病，那还了得。衣裳任凭是什么好的，可又值什么，孩子的身子要紧，就是一天穿一套新的也不值什么。我正进来要告诉你，方才冯紫英来看我，他见我有些抑郁之色，问我是怎么了，我才告诉他说，媳妇忽然身子有好大的不爽快，因为不得个好太医，断不透是喜是病，又不知有妨碍无妨碍，所以我这两日心里着实着急。冯紫英因说起他有一个幼时从学的先生，姓张名友士，学问最渊博的，更兼医理极深，且能断人的生死。为必能如此。　举荐人的通套，多是如此说。今年是上京给他儿子来捐官，现在他家住着呢。这么看来，竟是合该媳妇的病在他手里除灾亦未可知。父母之心，昊天罔极。我即刻差人拿我的名帖请去了。今日倘天晚了若不能来，明日想来一定来。况且冯紫英又即刻回家亲自去求他，务必叫他来瞧瞧。等这个张先生来瞧了再说罢。”

尤氏听了，心中甚喜，因说道：“后日是太爷的寿日，到底怎么办？”贾珍说道：“我方才到了太爷那里去请安，兼请太爷来家来受一受一家子的礼。太爷因说道：‘我是清净惯了的，我不愿意往你们那是非场中去闹去。你们必定说是我的生日，要叫我去受众人些头，莫过你把我从前注的《阴骘文》给我令人好好的写出来刻了，比叫我无故受众人的头还强百倍呢！倘或后日这两日一家子要来，你就在家里好好的款待他们就是了。也不必给我送什么东西来，连你后日也不必来。你要心中不安，你今日就给我磕了头去。倘或后日你要来，又跟随多少人来闹我，我必和你不依。’将写可卿之好事多虑。至于天生之文中转出好清静之一番议论，清新醒目，立见不凡。如此说了又说，后日我是再不敢去的了。且叫来升来，吩咐他预备两日的筵席。”尤氏因叫人叫了贾蓉来：“吩咐来升照旧例预备两日的筵席，要丰丰富富的。你再亲自到西府里去请老太太、大太太、二太太和你琏二婶子来逛逛。你父亲今日又听见一个好大夫，业已打发人请去了，想必明日必来。你可将他这些日子的病症细细的告诉他。”

贾蓉一一的答应着出去了，正遇着方才去冯紫英家请那张先生的小子回来了。因回道：“奴才方才到了冯大爷家，拿了老爷的名帖请那先生去。那先生说道：‘方才这里大爷也向我说了，但是今日拜了一天的客，才回到家，此时精神实在不能支持，就是去到府上也不能看脉。’他说等调息一夜，明日务必到府。医生多是推三阻四，拿腔作调。他又说，他‘医学浅薄，本不敢当此重荐，因我们冯大爷和府上的大人既已如此说了，又不得不去，你先替我回明大人就是了。大人的名帖实不敢当’。仍叫奴才拿回来了。哥儿替奴才回一声儿罢。”贾蓉转身复进去，回了贾珍尤氏的话，方出来叫了来升来，吩咐他预备两日的筵席的话。来升听毕自去照例料理，不在话下。

且说次日午间，人回道：“请的那张先生来了。”贾珍遂延入大厅坐下。茶毕，方开言道：“昨承冯大爷示知老先生人品学问，又兼深通医学，小弟不胜钦仰之至。”张先生道：“晚生粗鄙下士，本知见浅陋，昨因冯大爷示知，大人家第谦恭下士，又承呼唤，敢不奉命。但毫无实学，倍增颜汗。”贾珍道：“先生何必过谦。就请先生进去看看儿妇，仰仗高明，以释下怀。”

于是贾蓉同了进去，到了贾蓉居室，见了秦氏，向贾蓉说道：“这就是尊夫人了？”贾蓉道：“正是。请先生坐下，让我把贱内的病说一说，再看脉如何？”那先生道：“依小弟的意思，竟先看过脉，再说的为是。我是初造尊府的，本也不晓得什么，但是我们冯大爷务必叫小弟过来看看，小弟所以不得不来。如今看了脉息，看小弟说的是不是，再将这些日子的病势讲一讲，大家斟酌一个方儿，可用不可用，那时大爷再定夺。”贾蓉道：“先生实在高明，如今恨相见之晚，就请先生看一看脉息，可治不可治，以便使家父母放心。”于是家下媳妇们捧过大迎枕来，一面给秦氏拉着袖口，露出脉来，先生方伸手按在右手脉上，调息了至数，宁神细诊了有半刻的工夫，方换过左手，亦复如是。诊毕脉息，说道：“我们外边坐罢。”

贾蓉于是同先生到外间房里床上坐下，一个婆子端了茶来。贾蓉道：“先生请茶。”于是陪先生吃了茶，遂问道：“先生看这脉息，还治得治不得？”先生道：“看得尊夫人这脉息：左寸沉数，左关沉伏；右寸细而无力，右关需而无神。其左寸沉数者，乃心气虚而生火；左关沉伏者，乃肝家气滞血亏。右寸细而无力者，乃肺经气分太虚；右关需而无神者，乃脾土被肝木克制。心气虚而生火者，应现经期不调，夜间不寐。肝家血亏气滞者，必然肋下疼胀，月信过期，心中发热。肺经气分太虚者，头目不时眩晕，寅卯间必然自汗，如坐舟中。脾土被肝木克制者，必然不思饮食，精神倦怠，四肢酸软。据我看这脉息，应当有这些症候才对。或以这个脉为喜脉，则小弟不敢从其教也。”旁边一个贴身伏侍的婆子道：“何尝不是这样呢！真正先生说的如神，倒不用我们告诉了。如今我们家里现有好几位太医老爷瞧着呢，都不能的当真切的这么说。有一位说是喜，有一位说是病，这位说不相干，那位说怕冬至，总没有个准话儿。求老爷明白指示指示。”

那先生笑道：说是了，不觉笑，描出神情跳跃，如见其人。“大奶奶这个症候，可是那众位耽搁了。要在初次行经的日期就用药治起来，不但断无今日之患，而且此时已全愈了。如今既是把病耽误到这个地位，也是应有此灾。依我看来，这病尚有三分治得。吃了我的药看，若是夜里睡的着觉，那时又添了二分拿手了。据我看这脉息：大奶奶是个心性高强聪明不过的人。聪明特过，则不如意事常有。不如意事常有，则思虑太过。此病是忧虑伤脾，肝木特旺，恐不合其方，又加一番议论，一为合方药，一为夭亡证，无一字一句不前后照应者。经血所以不能按时而至。大奶奶从前的行经的日子问一问，断不是常缩，必是常长的，是不是？”这婆子答道：“可不是，从没有缩过，或是长两日三日，以至十日都长过。”先生听了道：

“妙啊，这就是病源了。从前若能够以养心调经之药服之，何至于此！这如今明显出一个水亏木旺的症候来。待用药看看。”于是写了方子，递与贾蓉，上写的是：

益气养荣补脾和肝汤

人　参 二钱	白　术 二钱 土炒	云　苓 三钱	熟　地 四钱
归　身 二钱 酒洗	白　芍 二钱 炒	川　芎 钱半	黄　芪 三钱
香附米 二钱 制	醋柴胡 八分	怀山药 二钱 炒	真阿胶 二钱 蛤粉炒
延　胡 钱半 酒炒	索　炙 八分	甘　草 八分	

引用建莲子七粒去心　　红枣二枚

贾蓉看了说：“高明的很！还要请教先生，这病与性命终久有妨无妨？”先生笑道：“大爷是最高明的人。人病到这个地位，非一朝一夕的症候，吃了这药也要看医缘了。依小弟看来，今年一冬是不相干的。总是过了春分，就可望全愈了。”贾蓉也是个聪明人，也不往下细问了。

于是贾蓉送了先生去了，方将这药方子并脉案都给贾珍看了，说的话也都回了贾珍并尤氏了。尤氏向贾珍说道：“从来大夫不像他说的这么痛快，想必用的药也不错。”贾珍道：“人家原不是混饭吃、久惯行医的人，因为冯紫英我们好，他好容易求了他来了。既有这个人，媳妇的病或者就能好了。他那方子上有人参，就用前日买的那一斤好的罢。”贾蓉听毕话，方出来叫人打药去，煎给秦氏吃。不知秦氏服了此药病势如何，下回分解。

欲速可卿之死，故先有恶奴之凶顽，而后及以秦钟来告，层层克入，点露其用心过当，种种文章逼之。虽贫女得居富室，诸凡遂心，终有不能不夭亡之道。我不知作者于着笔时何等妙心绣口，能道此无碍法语，令人不禁眼花缭乱。

第十一回

庆寿辰宁府排家宴　见熙凤贾瑞起淫心

幻景无端换境生，玉楼春暖述乖情。闹中寻静浑闲事，运得灵机属凤卿。

此回可卿梦阿凤，盖作者大有深意存焉。可惜生不逢时，奈何奈何！然必写出自可卿之意也，则又有他意寓焉。

荣、宁世家未有不尊家训者。虽贾珍尚奢，岂明逆父哉？故写敬老不管，然后恣意，方见笔笔周到。

诗曰：

一步行来错，回头已百年。
古今风月鉴，多少泣黄泉！

话说是日贾敬的寿辰，贾珍先将上等可吃的东西、稀奇些的果品，装了十六大捧盒，着贾蓉带领家下人等与贾敬送去。向贾蓉说道："你留神看太爷喜欢不喜欢，你就行了礼来。你说：'我父亲遵太爷的话未敢来，在家里率领合家都朝上行了礼了。'"贾蓉听罢，即率领家人去了。

这里渐渐的就有人来了。先是贾琏、贾蔷到来，先看了各处的座位，并问："有什么顽意儿没有？"家人答道："我们爷原算计请太爷今日来家来，所以并未敢预备顽意儿。前日听见太爷又不来了，现叫奴才们找了一班小戏儿并一档子打十番的，都在园子里戏台上预备着呢。"

次后邢夫人、王夫人、凤姐儿、宝玉都来了，贾珍并尤氏接了进去。尤氏的母亲已先在这里呢。大家见过了，彼此让了坐。贾珍、尤氏二人亲自递了茶，因说道："老太太原是老祖宗，我父亲又是侄儿，这样日子原不敢请他老人家。但是这个时候天气正凉爽，满园的菊花又盛开，请老祖宗过来散散闷，看着众儿孙热闹热闹，是这个意思。谁知老祖宗又不肯赏脸。"凤姐儿未等王夫人开口，先说道："老太太昨日还说要来着呢，因为晚上看着宝兄弟他们吃桃儿，老人家又嘴馋，吃了有大半个，此一问一答，即景生情，请教是真是假？非身经其事者，想不到，写不出。五更天的时候就一连起来了两次，今日早晨略觉身子倦些。因叫我回大爷，今日断不能来了，说有好吃的要几样，还要很烂的。"是。贾珍听了笑道："我说老祖宗是爱热闹的，今日不来，必定有个原故，若是这么着就是了。"

王夫人道："前日听见你大妹妹说，蓉哥儿媳妇儿身上有些不大好，到底是怎么样？"尤氏道："他这个病得的也奇。上月中秋还跟着老太太、太太们顽了半夜，回家来好好的。到了二十后，一日比一日觉懒，也懒待吃东西，这将近有半个多月了。经期又有两个月没来。"邢夫人接着说道："别是喜罢？"此书总是一幅《云龙图》。

正说着，外头人回道："大老爷、二老爷并一家子的爷们都来了，在厅上呢。"贾珍连忙出去了。

这里尤氏方说道："从前大夫也有说是喜的。昨日冯紫英荐了他从过学的一个先生，医道很好，瞧了说不是喜，竟是很大的一个症候。昨日开了方子，吃了一剂药，今日头眩的略好些，别的仍不见怎么样大见效。"凤姐儿道："我说他不是十分支持不住，今日这样的日子，再也不肯不扎挣着上来。"尤氏道："你是初三日在这里见他的，他强扎挣了半天，也是因你们娘儿两个好的上头，他才恋恋的舍不得去。"揣摩的极平常言语，来写无涯之幻景幻情，反作了悟之意。且又转至别处，真是月下梨花，几不能辨。凤姐儿听了，眼圈儿红了半天，半日方说道："真是'天有不测风云，人有旦夕祸福'。这个年纪，倘或就因这个病上怎么样了，人还活着有甚么趣儿！"大英雄多在此等处悟得，每能超凡入圣。

正说话间，贾蓉进来，给邢夫人、王夫人、凤姐儿前都请了安，方回尤氏道："方才我去给太爷送吃食去，并回说我父亲在家中伺候老爷们，款待一家子的爷们，遵太爷的话并未敢来。太爷听了甚喜欢，说：'这才是。'叫告诉父亲母亲好生伺候太爷太太们，叫我好生伺候叔叔婶子们并哥哥们。还说那《阴骘文》，叫急急的刻出来，印一万张散人。我将此话都回了我父亲了。我这会子得快出去打发太爷们并合家爷们吃饭。"凤姐儿说："蓉哥儿，你且站住。你媳妇今日到底是怎么着？"贾蓉皱皱眉说道："不好么！婶子回来瞧瞧去就知道了。"伏线自然。于是贾蓉出去了。

这里尤氏向邢夫人、王夫人道："太太们在这里吃饭阿，还是在园子里吃去好？小戏儿现预备在园子里呢！”王夫人向邢夫人道：“我们索性吃了饭再过去罢，也省好些事。”邢夫人道：“很好。”于是尤氏就吩咐媳妇婆子们快送饭来。门外一齐答应了一声，都各人端各人的去了。不多一时，摆上了饭。尤氏让邢夫人、王夫人并他母亲都上了坐，他与凤姐儿、宝玉侧席坐了。邢夫人、王夫人道：“我们来原为给大老爷拜寿，这不竟是我们来过生日来了么？”凤姐儿说道：“大老爷原是好养静的，已经修炼成了，也算得是神仙了。太太们这么一说，这就叫作‘心到神知’了。”此等趣语，亦不肯无着落。一句话说的满屋里的人都笑起来。

于是，尤氏的母亲并邢夫人、王夫人、凤姐儿都吃毕饭，漱了口，净了手，才说要往园子里去，贾蓉进来向尤氏说道：“老爷们并众位叔叔哥哥兄弟们也都吃了饭了。大老爷说家里有事，二老爷是不爱听戏又怕人闹的慌，都才去了。别的一家子爷们都被琏二叔并蔷兄弟让过去听戏去了。方才南安郡王、东平郡王、西宁郡王、北静郡王四家王爷，并镇国公牛府等六家，忠靖侯史府等八家，都差人持了名帖送寿礼来，俱回了我父亲，先收在账房里了，礼单都上上档子了。老爷的领谢的名帖都交给各来人了，各家来人也都照旧例赏了，众来人都让吃了饭才去了。母亲该请二位太太、老娘、婶子都过园子里坐着去罢。”人送寿礼，是为园子。回人去的去了，在的在，是为可以过园子里坐。园子里坐可以转入正文中之幻情，幻情里有乖情，而乖情初写偏不乖，真是慧心神手！尤氏道：“也是才吃完了饭，就要过去了。”

凤姐儿说：“我回太太，我先瞧瞧蓉哥儿媳妇，我再过去。”王夫人道：“很是。我们都要去瞧瞧他，倒怕他嫌闹的慌，为下文留地步。说我们问他好罢。”尤氏道：“好妹妹，媳妇听你的话，你去开导开导他，我也放心。你就快些过园子里来。”宝玉也要跟了凤姐儿去瞧秦氏去，王夫人道：“你看看就过去罢，那是侄儿媳妇。”于是尤氏请了邢夫人、王夫人并他母亲都过会芳园去了。

凤姐儿、宝玉方和贾蓉到秦氏这边来了。进了房门，悄悄的走到里间房门口，秦氏见了，就要站起来，凤姐儿说：“快别起来，看起猛了头晕。”知心每每如此。于是凤姐儿就紧走了两步，拉住秦氏的手，说道：“我的奶奶，怎么几日不见，就瘦的这么着了！”于是就坐在秦氏坐的褥子上。宝玉也问了好，坐在对面椅子上。贾蓉叫：“快倒茶来，婶子和二叔在上房还未喝茶呢！”

秦氏拉着凤姐儿的手，强笑道：“这都是我没福。这样人家，公公婆婆当自己的女孩儿似的待。正写幻情，偏作锥心刺骨语。呼渡河者三，是一意。婶娘的侄儿虽说年轻，却也是他敬我，我敬他，从来没有红过脸儿。就是一家子的长辈同辈之中，除了婶子倒不用说了，别人也从无不疼我的，也无不和我好的。这如今得了这个病，把我那要强的心一分也没了。公婆跟前未得孝顺一天，就是婶娘这样疼我，我就有十分孝顺的心，如今也不能够了。我自想着，未必熬的过年去呢！”

宝玉正眼瞅着那《海棠春睡图》并那秦太虚写的“嫩寒锁梦因春冷，芳气笼人是酒香”的对联，不觉想起在这里睡晌觉梦到“太虚幻境”的事来。正自出神，听得秦氏说了这些话，如万箭攒心，那眼泪不知不觉就流下来了。凤姐儿心中虽十分难过，但恐怕病人见了众人这个样儿反添心酸，倒不是来开导劝解的意思了。见宝玉这个样子，因说道：“宝兄弟，你忒婆婆妈妈的了。他病人不过是这么说，那里就到得这个田地了？况且能多大年纪的人，略病一病儿就这么想那么想的，这不是自己倒给自己添了病么？”贾蓉道：“他这病也不用别的，只是吃得些饮食就不怕了。”各人是各人伎俩，一丝不乱，一毫不遗。凤姐儿道：“宝兄弟，太太叫你快过去呢。你别在这里只管这么着，倒招的媳妇也心里不好，太太那里又惦着你。”因向贾蓉说道：“你先同你宝叔叔过去罢，为本。我还略坐一坐儿。”贾蓉听说，即同宝玉过会芳园来了。

这里凤姐儿又劝解了秦氏一番，又低低的说了许多衷肠话儿。尤氏打发人请了两三遍，凤姐儿才向秦氏说道：“你好生养着罢，我再来看你。合该你这病要好，所以前日就有人荐了这个好大夫来，再也是不怕的了。”秦氏笑道：“任凭神仙也罢，治得病治不得命。婶子，我知道我这病不过是挨日子。”凤姐儿说道：“你只管这么想着，病那里能好呢？总要想开了才是。况且听得大夫说，若是不治，怕的是春天不好呢。如今才九月半，还有四五个月的工夫，什么病治不好呢？咱们若是不能吃人参的人家，这也难说了；你公公婆婆听见治得好你，别说一日二钱人参，就是二斤也能够吃的起。好生养着罢，我过园子里去了。”秦氏又道：“婶子，恕我不能跟过去了，闲了的时候还求婶子常过来瞧瞧我，咱们娘儿们坐坐，多说几遭话儿。”凤姐儿听了，不觉得又眼圈儿一红，遂说道：“我得了闲儿必常来看你。”

于是凤姐儿带领跟来的婆子丫头并宁府的媳妇婆子们，从里头绕进园子的便门来。偏不独行，用此等反克文字。但只见：

黄花满地，白柳横坡。小桥通若耶之溪，曲径接天台之路。点明题目。石中清流激湍，篱落飘香；树头红叶翩翻，疏林如画。西风乍紧，初罢莺啼；暖日当暄，又添蛩语。遥望东南，建几处依山之榭；纵观西北，结三间临水之轩。笙簧盈耳，别有幽情。罗绮穿林，倍添韵致。

凤姐儿正自看园中的景致，一步步行来赞赏。猛然从假山石后走过一个人来，向前对凤姐儿说道："请嫂子安。"凤姐儿猛然见了，将身子望后一退，说道："这是瑞大爷不是？"贾瑞说道："嫂子连我也不认得了。不是我是谁？"凤姐儿道："不是不认得，猛然一见，不想到是大爷到这里来。"贾瑞道："也是合该我与嫂子有缘。作者何等心思，能在此等事想到如此出言。渐入之妙，无过于此。我方才偷出了席，在这个清净地方略散一散，不想就遇见嫂子也从这里来。这不是有缘么？"重点"有缘"二字，方是笔力。一面说着，一面拿眼睛不住的觑着凤姐儿。

凤姐儿是个聪明人，见他这个光景，如何不猜透八九分呢！因向贾瑞假意含笑道："怨不得你哥哥时常提你，说你很好。今日见了，听你说这几句话儿，就知道你是个聪明和气的人了。这会子我要到太太们那里去，不得和你说话儿，等闲了咱们再说话儿罢。"贾瑞道："我要到嫂子家里去请安，又恐怕嫂子年轻，不肯轻易见人。"凤姐儿假意笑道："一家子骨肉，说什么年轻不年轻的话。"贾瑞听了这话，再不想到今日得这个奇遇，那神情光景亦发不堪难看了。凤姐儿说道："你快入席去罢，仔细他们拿住罚你酒。"贾瑞听了，身上已木了半边，慢慢的一面走着，一面回过头来看。凤姐儿故意的把脚步放迟了些儿，见他去远了，心里暗忖道："这才是知人知面不知心呢，大英雄气概。作者以此命凤，其有为耶。那里有这样禽兽的人呢。他如果如此，几时叫他死在我的手里，他才知道我的手段！"

于是凤姐儿方移步前来。将转过了一重山坡，见两三个婆子慌慌张张的走来，见了凤姐儿，笑说道：别者必将遇贾瑞的事声张一番，以表清节。此文偏若无事，一则可以见熙凤非凡，一则可以见熙凤包含广大。"我们奶奶见二奶奶只是不来，急的了不得，叫奴才们又来请奶奶来了。"凤姐儿说道："你们奶奶就是这么急脚鬼似的。"凤姐儿慢慢的走着，问："戏唱了几出了？"那婆子回道："有八九出了。"

说话之间，已来到了天香楼的后门，见宝玉和一群丫头们在那里顽呢。凤姐儿说道："宝兄弟，别忒淘气了。"照应前文。有一个丫头说道："太太们都在楼上坐着呢，请奶奶就从这边上去罢。"

凤姐儿听了，款步提衣上了楼，见尤氏已在楼梯口等着呢。尤氏笑说道："你们娘儿两个忒好了，见了面总舍不得来了。你明日搬来和他住着罢。你坐下，我先敬你一钟。"于是凤姐儿在邢、王二夫人前告了坐，尤氏的母亲前周旋了一遍，仍同尤氏坐在一桌上吃酒听戏。尤氏叫拿戏单来，让凤姐儿点戏，凤姐儿说道："太太们在这里，我如何敢点。"邢夫人、王夫人说道："我们和亲家太太都点了好几出了，你点两出好的我们听。"凤姐儿立起身来答应了一声，方接过戏单，从头一看，点了一出《还魂》，一出《弹词》，递过戏单去说："现在唱的这《双官诰》，点下文。唱完了，再唱这两出，也就是时候了。"王夫人道："可不是呢，也该趁早叫你哥哥嫂子歇歇，他们又心里不静。"尤氏说道："太太们又不常过来，娘儿们多坐一会子去才有趣儿，天还早呢。”凤姐儿立起身来，望楼下一看，说：“爷们都往那里去了？”傍边一个婆子道：“爷们才到凝曦轩，带了打十番的那里吃酒去了。”凤姐儿说道：“在这里不便宜，背地里又不知干什么去了！”偏是爱吃酸醋。尤氏笑道：“那里都像你这么正经人呢！”

于是说说笑笑，点的戏都唱完了，方才撤下酒席，摆上饭来。吃毕，大家才出园子来，到上房坐下，吃了茶，方才叫预备车，向尤氏的母亲告了辞。尤氏率同众姬妾并家下婆子媳妇们方送出来；贾珍率领众子侄都在车傍侍立，等候着呢，见了邢夫人、王夫人道：“二位婶子明日还过来逛逛。”王夫人道：“罢了，我们今日整坐了一日，也乏了，明日歇歇罢。”于是都上车去了。贾瑞犹不时拿眼睛觑着凤姐儿。无有不足不尽处。贾珍等进去后，李贵才拉过马来，宝玉骑上，随了王夫人去了。这里贾珍同一家子的弟兄子侄吃过了晚饭，方大家散了。

次日，仍是众族人等闹了一日，不必细说。此后凤姐儿不时亲自来看秦氏。秦氏也有几日好些，也有几日仍是那样。贾珍、尤氏、贾蓉好不焦心。陪衬补足。

且说贾瑞到荣府来了几次，偏都遇见凤姐儿往宁府那边去了。这年正是十一月三十日冬至。到交节的那几日，贾母、王夫人、凤姐儿日日差人去看秦氏，回来的人都说：“这几日也没见添病，也不见甚好。”王夫人向贾母说：“这个症候，遇着这样大节不添病，就有好大的指望了。”贾母说：“可是呢，好个孩子，要是有些原故，可不叫人疼死。”说着，一阵心酸，叫凤姐儿说道：

“你们娘儿两个也好了一场，明日大初一，过了明日，你后日再去看一看他去。你细细的瞧瞧他那光景，倘或好些儿，你回来告诉我，我也喜欢喜欢。那孩子素日爱吃的，你也常叫人做些给他送过去。”凤姐儿一一的答应了。

到了初二日，吃了早饭，来到宁府，看见秦氏的光景，虽未甚添病，但是那脸上身上的肉全瘦干了。于是和秦氏坐了半日，说了些闲话儿，又将这病无妨的话开导了一番。秦氏说道：“好不好，春天就知道了。如今现过了冬至，又没怎么样，或者好的了，也未可知，婶子回老太太、太太放心罢。文字一变。人于将死时，也应有一变。昨日老太太赏的那枣泥馅的山药糕，我倒吃了两块，倒像克化的动似的。”凤姐儿说道：“明日再给你送来。我到你婆婆那里瞧瞧，就要赶着回去回老太太的话去。”秦氏道：“婶子替我请老太太、太太安罢。”

凤姐儿答应着就出来了，到了尤氏上房坐下。尤氏道：“你冷眼瞧媳妇是怎么样？”凤姐儿低了半日头，说道：“这实在没法儿了。你也该将一应的后事用的东西也该料理料理，冲一冲也好。”伏下文代办理丧事。尤氏道：“我也叫人暗暗的预备了。就是那件东西不得好木头，暂且慢慢的办罢。”于是凤姐儿吃了茶，说了一会子话儿，说道：“我要快回去回老太太的话去呢。”尤氏道：“你可缓缓的说，别吓着老太太。”凤姐儿道：“我知道。”

于是凤姐儿就回来了，到了家中，见了贾母，说：“蓉哥儿媳妇请老太太安，给老太太磕头，说他好些了，求老祖宗放心罢，他再略好些，还要给老祖宗磕头请安来呢。”贾母道：“你看他是怎么样？”凤姐儿说：“暂且无妨，精神还好呢。”“精神还好呢”五字，写得出神入化。贾母听了，沉吟了半日，因向凤姐儿说："你换换衣服，歇歇去罢。"

凤姐儿答应着出来，见过了王夫人，到了家中，平儿将烘的家常的衣服给凤姐儿换了。凤姐儿方坐下，问道："家里没有什么事么？"平儿方端了茶来，递了过去，说道："没有什么事。就是那三百银子的利银，旺儿媳妇送进来，陪。我收了。再有瑞大爷正。使人来打听奶奶在家没有，没他。他要来请安说话。"凤姐儿听了，哼了一声，说道："这畜生合该作死，看他来了怎么样！"平儿因问道："这瑞大爷是因什么只管来？"凤姐儿遂将九月里在宁府园子里遇见他的光景，他说的话，都告诉了平儿。平儿说道："癞蛤蟆想天鹅肉吃，没人伦的混账东西，起这个念头，叫他不得好死！"凤姐儿道："等他来了，我自有道理。"不知贾瑞来时作何光景。且听下回分解。

将可卿之病将死作幻情一劫，又将贾瑞之遇唐突作幻情一变。下回同归幻境，真风马牛不相及之谈，同范并趋，毫无滞碍，灵活之至，飘飘欲仙。默思作者其人之心，其人之形，其人之神，其人之文，必宋玉、子建一般心性，一流人物。

第十二回

王熙凤毒设相思局　贾天祥正照风月鉴

反正从来总一心，镜光至意两相寻。有朝敲破蒙头瓮，绿水青山任好春。

话说凤姐正与平儿说话，只见有人回说："瑞大爷来了。"凤姐急命"快请进来"。立意追命。贾瑞见往里让，心中喜出望外，急忙进来，见了凤姐，满面陪笑，如蛇。连连问好。凤姐儿也假意殷勤，让茶让坐。

贾瑞见凤姐如此打扮，亦发酥倒，因饧了眼问道："二哥哥怎么还不回来？"凤姐道："不知什么原故。"贾瑞笑道："别是路上有人绊住了脚了，旁敲远引。舍不得回来也未可知。"凤姐道："也未可知。男人家见一个爱一个也是有的。"这是钩。贾瑞笑道：如闻其声。"嫂子这话说错了，我就不这样。"渐渐入港。游鱼虽有入釜之志，无钩不能上岸。一上钩来，欲去亦不可得。凤姐笑道："像你这样的人能有几个呢。十个里也挑不出一个来。"贾瑞听了，喜的抓耳挠腮，又道：

勿作正面看为幸。畸笏。

“嫂子天天也闷的很。”凤姐道：“正是呢，只盼个人来说话解解闷儿。”贾瑞笑道：“我倒天天闲着，天天过来替嫂子解解闲闷可好不好？”凤姐笑道：“你哄我呢，你那里肯往我这里来。”贾瑞道：“我在嫂子跟前若有一点谎话，天打雷劈！只因素日闻得人说，嫂子是个利害人，在你跟前一点也错不得，所以唬住了我。如今见嫂子最是个有说有笑极疼人的，奇妙。我怎么不来？死了也愿意。”这倒不假。凤姐笑道：“果然你是个明白人，比贾蓉两个强远了。我看他那样清秀，只当他们心里明白，谁知竟是两个糊涂虫，反文着眼。一点不知人心。”

贾瑞听了这话，越发撞在心坎儿上，由不得又往前凑了一凑，写呆人痴性活现。觑着眼看凤姐带的荷包，然后又问带着什么戒指。凤姐悄悄道：“放尊重着，别叫丫头们看了笑话。”贾瑞如听纶音佛语一般忙往后退。凤姐笑道：“你该走了。”叫去正是叫来也。贾瑞道：“我再坐一坐儿。——好狠心的嫂子。”凤姐又悄悄的道：“大天白日，人来人往，你就在这里也不方便，你且去，等着晚上起了更你来，悄悄的在西边穿堂儿等我。”凡人在平静时，物来言至，无不照见。若迷于一事一物，虽风雷交作，有所不闻。即“穿堂儿”等之一语，府第非比凡常，关启门户，必要查看，且更夫仆妇势必往来，岂容人藏过于其间。只因色迷，闻声连诺，不能有回思之暇，信可悲夫。贾瑞听了，如得珍宝，忙问道：“你别

先写穿堂，只知房舍之大，岂料有许多用处。

哄我。但只那里人过的多，怎么好躲的？”凤姐道：“你只放心。我把上夜的小厮们都放了假，两边门一关，再没别人了。”贾瑞听了喜之不尽，忙忙的告辞而去，心内以为得手。未必。

盼到晚上，果然黑地里摸入荣府，趁掩门时，钻入穿堂。果见漆黑无一人，往贾母那边去的门户已锁，倒只有向东的门未关。贾瑞侧耳听着，半日不见人来，忽听咯噔一声，东边的门也倒关了。平平略施小计。贾瑞急的也不敢则声，只得悄悄的出来，将门撼了撼，关的铁桶一般。此大抵是凤姐调遣，不先为点明者，可以少许多事故，又可以藏拙。此时要求出去，亦不能够。南北皆是大房墙，要跳亦无攀援。这屋内又是过门风，空落落。现是腊月天气，夜又长，朔风凛凛，侵肌裂骨，一夜几乎不曾冻死。教导之法，慈悲之心尽矣，无奈迷徒不悟何！好容易盼到早晨，只见一个老婆子先将东门开了，进来去叫西门。贾瑞瞅他背着脸，一溜烟抱着肩跑了出来。幸而天气尚早，人都未起，从后门一径跑回家去。

可为偷情一戒。

原来贾瑞父母早亡，只有他祖父代儒教养。那代儒素日教训最严，不许贾瑞多走一步，生怕他在外吃酒赌钱，有误学业。今忽见他一夜不归，只料定他在外非饮即赌，嫖娼宿妓，展转灵活，一人不放，一笔不肖。那里想到这段公案！世人万万想不到，况老学究乎？因此气了一夜。贾瑞也捻着一把汗，少不得回

教训最严，奈其心何。一叹！

处处点父母痴心，子孙不肖。此书系自愧而成。

来撒谎，只说："往舅舅家去了，天黑了，留我住了一夜。"代儒道："自来出门，非禀我不敢擅出，如何昨日私自去了？据此亦该打，何况是撒谎。"因此，发恨到底打了三四十板，教令何尝不好，孽种故此不同。不许吃饭，令他跪在院内读文章，定要补出十天的工课来方罢。贾瑞直冻了一夜，今又遭了苦打，且饿着肚子，跪在风地里读文章，祸福无门，唯人自召。其苦万状。此时贾瑞前心犹是未改，四字是寻死之根。再想不到是凤姐捉弄他。

苦海无边，回头是岸。若个能回头也。叹叹！壬午春，畸笏。

过后两日，得了空，便仍来找凤姐。凤姐故意抱怨他失信，贾瑞急的赌身发誓。凤姐因见他自投罗网，可谓因人而使。少不得再寻别计令他知改，四字是作者明阿凤身分，勿得轻轻看过。故又约他道："今日晚上，你别在那里了。你在我这房后小过道子里那间空屋里等我，可别冒撞了。"伏的妙！贾瑞道："果真？"凤姐道："谁可哄你，你不信就别来。"紧一句。　大士心肠。贾瑞道："来，来，来。死也要来！"不差。凤姐道："这会子你先去罢。"贾瑞料定晚间必妥，未必。此时先去了。凤姐在这里便点兵派将，四字用得新，必有新文字好看。剩文最妙。设下圈套。

那贾瑞只盼不到晚上，偏生家里亲戚又来了，专能忙中写闲，狡猾之甚。直吃了晚饭才去，那天已有掌灯时候。又等他祖父安歇了，方溜进荣府，直往那夹道中屋子里来等着，热锅上的蚂蚁一般，有心人记着，其实苦恼。只是干转。左等不见人影，右听也没声响，心下自思："别是又不来了，又冻我一夜不成？"似醒非醒语。正自胡猜，只见黑魆魆的来了一个人，真到了。贾瑞便意定是凤姐，不管皂白，饿虎一般，等那人刚至门前，便如猫捕鼠的一般，抱住叫道："亲嫂子，等死我了。"说着，抱到屋里炕上就亲嘴扯裤子，满口里"亲娘""亲爹"的乱叫起来。丑态可笑。那人只不作声，好极。贾瑞拉了自己裤子，硬帮帮的就想顶入。将到矣。忽见灯光一闪，只见贾蔷举着个捻子照道："谁在屋里？"只见炕上那人笑道："瑞大叔要臊我呢！"贾瑞一见，却是贾蓉，奇绝。真臊的无地可入，亦未必真。不知要怎么样才好，回身就要跑，被贾蔷一把揪住道："别走！如今琏二婶已经告到太太跟前，好题目。说你无故调戏他。他暂用了个脱身计，哄你在这边等着，太太气死过去，好大题目！因此叫我来拿你。刚才你又拦住他，没的说，跟我去见太太！"

调戏还有有故，一笑！

贾瑞听了，魂不附体，只说："好侄儿，只说没有见我，明日我重重的谢你。"贾蔷道："你若谢我，放你不值什么，只不知你谢我多少？况且口说无凭，写一文契来。"贾瑞道："这如何落纸呢？"也知写不得，一叹！贾蔷道："这也不妨，写一个赌钱输了外人账目，借头家银若干两便罢。"贾瑞道："这也容易，只是此时无纸笔。"贾蔷道："这也容易。"

说罢，翻身出来，纸笔现成，二字妙。拿来贾瑞写。他两作好作歹，只写了五十两，然后画了押，可怜至此。好事者当自度。贾蔷收起来，然后撕逻贾蓉。贾蓉先咬定牙不依，只说："明日告诉族中的人评评理。"贾瑞急的至于叩头。此是加一倍法。贾蔷作好作歹的，也写了一张五十两欠契才罢。

贾蔷又道："如今要放你，我就担着不是。又生波澜。老太太那边的门早已关了，老爷正在厅上看南京的东西，那一条路定难过去。如今只好走后门。若这一走，倘或遇见了人，连我也完了。等我们先去哨探哨探，再来领你。这屋你还藏不得，少时就来堆东西，等我寻个地方。"说毕，拉着贾瑞，仍熄了灯，细。出至院外，摸着大台矶底下，说道："这窝儿里好，你只蹲着，别哼一声，我们来再动。"未必如此收场。说毕，二人去了。

贾瑞此时身不由己，只得蹲在那里。心下正盘算，只听头顶上一声响，嗗拉拉一净桶尿粪从上面直泼下来，可巧浇了他一身一头。这也未必不是预为埋伏者。总是慈悲设教，遇难教者不得不现三头六臂，并吃人心喝人血之相，以警戒之耳。贾瑞掌不住嗳哟了一声，忙又掩住口，更奇。不敢声张，满头满脸浑身皆是尿屎，冰冷打战。余料必新奇解恨文字收场，方是《石头记》笔力。只见贾蔷跑来叫："快走，快走！"贾瑞如得了命，三步两步从后门跑到家里。天已三更，只得叫门。开

瑞奴实当如是报之。此一节可入《西厢记》批评内十大快中。畸笏。

门人见他这般景况，问是怎的。少不得扯谎说："黑了，失脚掉在茅厕里了。"一面到了自己房中更衣洗濯，心下方想到是凤姐顽他，因此发一回恨。再想想凤姐的模样儿，欲根未断。又恨不得一时搂在怀内，一夜竟不曾合眼。孙行者非有紧箍儿，虽老君之炉，五行之山，何尝屈其一二。

此刻还不回头，真自寻死路矣。

自此满心想凤姐，只不敢往荣府去了。贾蓉两个又常常的来索银子，他又怕祖父知道，正是相思尚且难禁，更又添了债务；日间工课又紧，他二十来岁人，尚未娶亲，迩来想着凤姐，未免有那指头告了消乏等事；更兼两回冻恼奔波，写得历历病源，如何不死。因此三五下里夹攻，所谓步步紧。不觉就得了一病，心内发膨胀，口中无滋味，脚下如绵，眼中似醋，黑夜作烧，白昼常倦，下溺连精，嗽痰带血。诸如此症，不上一年，简捷之至。都添全了。于是不能支持，一头失倒，合上眼还只梦魂颠倒，满口乱说胡话，惊悸异常。百般请医疗治，诸如肉桂、附子、鳖甲、麦冬、玉竹等药，吃了有几十斤下去，也不见个动静。说得有趣。

倏又腊尽春回，这病更又沉重。代儒也着了忙，各处请医疗治，皆不见效。因后来吃"独参汤"，代儒如何有这力量，只得往荣府来寻。王夫人命凤姐秤二两给他。王夫人之慈若是。凤姐回说："前儿新近都替老太太配了药，那整的太太又说留着送杨提督的太太配药，偏生昨儿我已送了去了。”王夫人道：“就是咱们这边没了，你打发个人往你婆婆那边问问，或是你珍大哥哥那府里再寻些来，凑着给人家。吃好了，救人一命，也是你的好处。”夹写王夫人。凤姐听了，也不遣人去寻，只得将些渣末泡须凑了几钱，命人送去，只说太太送来的，只说。再也没了。然后回王夫人，只说：“都寻了来，共凑了有二两送去。”然便有二两“独参汤”，贾瑞固亦不能微好，又岂能望好？但凤姐之毒何如，是瑞之自失也。

那贾瑞此时要命心胜，无药不吃，只是白花钱，不见效。忽然这日有个跛足道人自甄士隐随君一去，别来无恙否？来化斋，口称专治冤业之症。贾瑞偏生在内就听见了，直着声叫喊如闻其声，吾不忍听也。说：“快请进那位菩萨来救我！”一面叫，一面在枕上叩首。如见其形，吾不忍看也。众人只得带了那道士进来。贾瑞一把拉住，连叫“菩萨救我！”人之将死，其言也哀。作者如何下笔？那道士叹道：“你这病非药可医，我有个宝贝与你，你天天看时，此命可保矣。”说毕，从褡裢中妙极，此褡裢犹是士隐所抢背者乎？取出一面镜子来凡看书人，从此细心体贴，方许你看，否则此书哭矣。——两面皆可照人，此书表里皆有喻也。镜把上面錾着“风月宝鉴”四字明点。——递与贾瑞道：“这物出自太虚幻境空灵殿上，警幻仙子所制，言此书原系空虚幻设。专治邪思妄动之症，毕真。有济世保生

与“红楼梦”呼应。

之功。毕真。所以带他到世上，单与那些聪明杰俊、风雅王孙等看照。所谓无能纨绔是也。千万不可照正面，观者记之，不要看这书正面，方是会看。　谁人识得此句？只照他的背面，记之。要紧，要紧！三日后吾来收取，管叫你好了。”说毕，佯常而去，众人苦留不住。

贾瑞收了镜子，想道：“这道士倒有意思，我何不照一照试试？”想毕，拿起“风月鉴”来，向反面一照，只见一个骷髅立在里面，所谓“好知青冢骷髅骨，就是红楼掩面人”是也。作者好苦心思。唬得贾瑞连忙掩了，骂：“道士混账，如何吓我！——我倒再照照正面是什么。”想着，又将正面一照，只见凤姐站在里面招手叫他。奇绝。　可怕是“招手”二字。贾瑞心中一喜，荡悠悠的觉得进了镜子，写得奇峭，真好笔墨。与凤姐云雨一番，凤姐仍送他出来。到了床上，“嗳哟”了一声，一睁眼，镜子从手里掉过来，仍是反面立着一个骷髅。此一句力如龙象，意谓，正面你方才已自领略了，你也当思想反面才是。贾瑞自觉汗津津的，底下已遗了一滩精。心中到底不足，又翻过正面来，只见凤姐还招手叫他，他又进去。如此三四次。到了这次，刚要出镜子来，只见两个人走来，拿铁锁把他套住，拉了就走。所谓醉生梦死也。贾瑞叫道：“让我拿了镜子再走！”可怜。大众齐来看此。　这是作书者之立意要写情种，故于此试一深写之。在贾瑞则是求仁而得仁，未尝不含笑九泉，虽死后亦不解脱者。悲矣！——只说了这句，就再不能说话了。

傍边伏侍贾瑞的众人，只见他先还拿着镜子照，落下来，仍睁开眼拾在手内，末后镜子落下来便不动了。众人上来看看，已没了气，身子底下冰凉渍湿一大滩精，这才忙着穿衣抬床。代儒夫妇哭的死去活来，大骂道士：“是何妖镜，此书不免腐儒一谤。若不早毁此物，凡野史俱可毁，独此书不可毁。遗害于世不小！”腐儒。遂命架火来烧，只听镜内哭道：“谁叫你们瞧正面了！你们自己以假为真，何苦来烧我？”观者记之。正哭着，只见那跛足道人从外面跑来，喊道：“谁毁‘风月鉴’，吾来救也！”说着直入中堂，抢入手内，飘然去了。

当下，代儒料理丧事，各处去报丧。三日起经，七日发引，寄灵于铁槛寺，所谓铁门限是也，先安一开路道之人，以备秦氏仙柩有方也。日后带回原籍。当下贾家众人齐来吊问，荣国府贾赦赠银二十两，贾政亦是二十两，宁国府贾珍亦有二十两，别者族中贫富不等，或三两五两，不可胜数。另有各同窗家分资，也凑了二三十两。代儒家道虽然淡薄，倒也丰丰富富完了此事。

谁知这年冬底，林如海的书信寄来，却为身染重疾，写书特来接林黛玉回去。须要林黛玉长住，偏要暂离。贾母听了，未免又加忧闷，只得忙忙的打点黛玉起身。宝玉大不自在，争奈父女之情，也不好拦劝。于是贾母定要贾琏送他去，仍叫带回来。一应土仪盘缠，不消烦说，自然要妥贴。作速择了日期，贾琏与林黛玉辞别了同人，带领仆从，登舟往扬州去了。要知端的，且听下回分解。

此回忽遣黛玉去者，正为下回可儿之文也。若不遣去，只写可儿、阿凤等人，却置黛玉于荣府，成何文哉！固必遣去方好。放笔写秦，方不脱发，况黛玉乃书中正人，秦为陪客，岂因陪而失正耶！后大观园方是宝玉、宝钗、黛玉等正紧文字，前皆系陪衬之文也。

儒家正心，道者炼心，释辈戒心，可见此心无有不到，无不能入者，独畏其入于邪而不反，故用心炼戒以缚之。请看贾瑞一起念，及至于死，专诚不二，虽经两次警教，毫无反悔，可谓痴子，可谓愚情。相乃可思，不能相而独欲思，岂逃倾颓。作者以此作一新样情种，以助解者生笑，以为痴者设一棒喝耳。

第十三回

秦可卿死封龙禁尉　王熙凤协理宁国府

生死穷通何处真，英明难遏是精神。微密久藏偏自露，幻中梦里语惊人。

贾珍尚奢，岂有不请父命之理。因敬□□□要紧，不问家事，故得恣意放为。□□□□□若明指一州名，似落《西游》□□□□□□□地，不待言可知，是光天□□□□□□□□矣。不云国名，更妙！□□□□□□□□□□义之乡也。直与□□□□□□□□□□□今秦可卿托□□□□□□□□□□□□理宁府，亦□□□□□□□□□□□□□凡□□□□□□□□□□□□□□□□□□□□□□□□□□□□□□□□在封龙禁尉写，乃褒中之贬。隐去天香楼一节，是不忍下笔也。

此回可卿梦阿凤，盖作者大有深意存焉。可惜生不逢时，奈何，奈何！然必写出自可卿之意也，则又有他意寓焉。

荣、宁世家，未有不尊家训者，虽贾珍尚奢，岂明逆父哉。故写敬老不管，然后恣意，方见笔笔周到。

诗云：

一步行来错，回头已百年。
古今风月鉴，多少泣黄泉！

话说凤姐自贾琏送黛玉往扬州去后，心中实在无趣。每到晚间，不过和平儿说笑一回，就胡乱睡了。“胡乱”二字奇。

这日夜间，正和平儿灯下拥炉倦绣，早命浓薰绣被，二人睡下，屈指算行程该到何处，所谓“计程今日到梁州”是也。不知不觉已交三鼓。平儿已睡熟了，凤姐方觉星眼微朦，恍惚只见秦氏从外走了进来，含笑说道：“婶婶好睡，我今儿回去，你也不送我一程！因娘儿们素日相好，我舍不得婶婶，故来别你一别。还有一件心愿未了，非告诉婶子，别人未必中用。”一语贬尽贾家一族空顶冠束带者。

凤姐听了，恍惚问道：“有何心愿？你只管托我就是了。”秦氏道：“婶婶，你是个脂粉队内的英雄，称得起！连那些束带顶冠的男子也不能过你，你如何连两句俗语也不晓得？常言‘月满则亏，水满则溢’；又道是‘登高必跌重’。如今我们家赫赫扬扬，已将百载，一日倘或乐极悲生，“倘或”二字，酷肖妇女口气。若应了那句‘树倒猢狲散’的俗语，岂不虚称了一世的诗书旧族了！”凤姐听了此话，心胸大

“树倒猢狲散”之语，全犹在耳，屈指三十五年矣。伤哉。宁不恸杀！

快，十分敬畏，忙问道："这话虑的极是，但有何法可以永保无虞？"非阿凤不明，盖今古名利场中患失之同意也。秦氏冷笑道："婶婶好痴也！否极泰来，荣辱自古周而复始，岂是人力能可保常的？但如今能于荣时筹画下将来衰时的世业，亦可谓常保永全了。即如今日诸事都妥，只有两件未妥，若把此事如此一行，则后日可保永全了。"

凤姐便问何事。秦氏道："目今祖茔虽四时祭祀，只是无一定的钱粮；第二，家塾虽立，无一定的供给。依我想来，如今盛时固不缺祭祀、供给，但将来败落之时，此二项有何出处？莫若依我定见，趁今日富贵，将祖茔附近多置田庄、房舍、地亩，以备祭祀供给之费皆出自此处，将家塾亦设于此。合同族中长幼，大家定了则例，日后按房掌管这一年的地亩、钱粮、祭祀、供给之事。如此周流，又无争竞，亦不有典卖诸弊。便是有了罪，凡物可入官，这祭祀产业连官也不入的。便败落下来，子孙回家读书务农，也有个退步，幻情文字中，忽入此等警句，提醒多少热心人。祭祀又可永继。若目今以为荣华不绝，不思日后，终非长策。眼见不日又有一件非常喜事，真是烈火烹油、鲜花着锦之盛。要知道，也不过是瞬息的繁华，一时的欢乐，"瞬息繁华，一时欢乐"二语，可共天下有志事业功名者同来一哭。但天生人非无所为，遇机会成事业，留名于后世者，亦

语语见道，字字伤心，读此一段，几不知此身为何物矣！松斋。

必有奇传奇遇，方能成不世之功。此亦皆苍天暗中扶助，虽有波澜，而无甚害，反觉其铮铮有声。其不成也，亦由天命。其奸人倾陷之计，亦非天命不能行。其繁华欢乐，亦自天命。人于其间，知天命而存好生之心，尽己力以周旋其间，不计其功之成与否，所谓心安而理尽，又何患乎一时瞬息。随缘遇缘，乌乎不可？

万不可忘了那‘盛筵必散’的俗语。此时若不早为后虑，临期只恐后悔无益矣。”凤姐忙问：“有何喜事？”秦氏道：“天机不可泄漏，伏的妙。只是我与婶子好了一场，临别赠你两句话，须要记着。”因念道：

三春去后诸芳尽，各自须寻各自门。

此句令批书人哭死。

不必看完，见此二句即欲堕泪！梅溪。

凤姐还欲问时，只听得二门上传事云板连叩四下，正是丧音。将凤姐惊醒，人回：“东府蓉大奶奶没了。”凤姐闻听，吓了一身冷汗，出了一回神，只得忙忙的穿衣服，往王夫人处来。

可从此批。

彼时合家皆知，无不纳罕，都有些疑心。那长一辈的想他素日孝顺，平一辈的想他素日和睦亲密，下一辈的想他素日慈爱，以及家中仆从老小想他素日怜贫惜贱、慈老爱幼之恩，八字乃为上人者当铭于五衷。莫不悲嚎痛哭者。老健。

（无不纳罕，都有些疑心）九个字写尽天香楼事，是不写之写。

松斋云：好笔力，此方是文字佳处。

闲言少叙。却说宝玉因近日林黛玉回去，剩得自己孤凄，也不和人顽耍，与凤姐反对。　淡淡写来，方是二人自幼气味相投，可知后文皆非突然文字。每到晚间，便索然睡了。如今从梦中听见说秦氏死了，连忙翻身爬起来，只觉心中似戳了一刀的不忍，“哇”的一声，喷出一口血来。宝玉早已看定，可继家务事者，可卿也。今闻死了，大失所望，急火攻心，焉得不有此血。为玉一叹！袭人等慌慌忙忙上来搀扶，问是怎么样，又要回贾母来请大夫。宝玉笑道：“不用忙，不相干，这是急火攻心，血不归经。”如何自己说出来了？　又淡淡抹去。说着便爬起来，要衣服换了，来见贾母，即时要过去。袭人见他如此，心中虽放不下，又不敢拦，只是由他罢了。贾母见他要去，因说：“才咽气的人，那里不干净；二则夜里风大，明早再去不迟。”宝玉那里肯依。贾母命人备车，多派跟从人役，拥护前来。

如在。总是淡描轻写，全无痕迹，方见得有生一来天分中自然所赋之性如此，非因色所感也。

一直到了宁国府前，只见府门洞开，两边灯笼照如白昼，乱烘烘人来人往，里面哭声摇山振岳。写大族之丧，如此起绪。宝玉下了车，忙忙奔至停灵之室，痛哭一番。然后见过尤氏。谁知尤氏正犯了胃疼旧疾，紧处愈紧，密处愈密。睡在床上。妙，非此何以出阿凤！然后又出来见贾珍。彼时贾代儒带领贾敕、贾效、贾敦、贾赦、贾政、贾琮、贾㻞、贾珩、贾珖、贾琛、贾琼、贾璘、贾蔷、贾菖、贾菱、贾芸、贾芹、贾蓁、贾萍、贾藻、贾蘅、贾芬、贾

所谓层峦叠翠之法也。野史中从无此法，即观者到此，亦为写秦氏未必全到，岂料更又写一尤氏哉！

芳、贾兰、贾菌、贾芝等都来了。将贾族约略一总，观者方不惑。贾珍哭的泪人一般，可笑！如丧考妣，此作者刺心笔也。正和贾代儒等说道："合家大小，远亲近友，谁不知我这媳妇比儿子还强十倍。如今伸腿去了，可见这长房内绝灭无人了。"说着又哭起来。众人忙劝道："人已辞世，哭也无益，且商议如何料理要紧。"淡淡一句，勾出贾珍多少文字来。贾珍拍手道："如何料理。不过尽我所有罢了！""尽我所有"，为媳妇是非礼之谈，父母又将何以待之？故前此有恶奴酒后狂言，及今复见此语，含而不露，吾不能为贾珍隐讳。

正说着，只见秦业、秦钟并尤氏的几个眷属伏后文。尤氏姊妹也都来了。贾珍便命贾琼、贾琛、贾璘、贾蔷四个人去陪客，一面吩咐去请钦天监阴阳司来择日，推准停灵七七四十九日，三日后开丧送讣闻。这四十九日，单请一百单八众禅僧在大厅上拜大悲忏，超度前亡后化诸魂，以免亡者之罪；另设一坛于天香楼上，删，却是未删之笔。是九十九位全真道士，打四十九日解冤洗业醮。然后停灵于会芳园中，灵前另有五十众高僧、五十众高道，对坛按七作好事。

那贾敬闻得长孙媳妇死了，因自为早晚就要飞升，可笑可叹！古今之儒，中途多惑老佛。王隐梅云："若能再加东坡十年寿，亦能跳出这圈子来。"斯言信矣！　"就要飞升"的"要"，用得的当。凡"要"者，则身心急切，急切之者，百事无成。正为后文作引线。如何肯又回家染了红尘，将前功尽弃呢？因此并不在意，只凭贾珍料理。

贾珍见父亲不管，亦发恣意奢华。看板时，几副杉木板皆不中用。可巧薛蟠来吊问，因见贾珍寻好板，便说道："我们木店里樯者，舟具也。所谓人生若泛舟而已。宁不可叹。

有一副，叫作什么樯木，出在潢海铁网山上，所谓迷津易堕，尘网难逃也。作了棺材，万年不坏。这还是当年先父带来，原系义忠亲王老千岁要的，因他坏了事，“坏了事”等字，毒极。写尽势利场中故套。就不曾拿去。现今还封在店里，也没人出价敢买。你若要，就抬来罢了。”贾珍听了，喜之不禁，即命人抬来。大家看时，只见帮底皆厚八寸，纹若槟榔，味若檀麝，以手扣之，玎珰如金玉。大家都奇异称赏。贾珍笑道：“价值几何？”薛蟠笑道：“拿一千两银子来，只怕也没处买去。什么价不价，的是阿呆兄口气。赏他们几两工银就是了。”贾珍听说，忙谢不尽，即命解锯糊漆。贾政因劝道：“此物恐非常人可享者，政老有深意存焉。殓以上等杉木也就是了。”夹写贾政。此时贾珍恨不能代秦氏之死，这话如何肯听。“代秦氏死”等句，总是填实前文。

写个个皆知，全无安逸之笔，深得《金瓶》壶奥。

因忽又听得秦氏之丫鬟名唤瑞珠者，见秦氏死了，补天香楼未删之文。他也触柱而亡。此事可罕，合族中人也都称赞。贾珍遂以孙女之理殡殓，一并停灵于会芳园之登仙阁。小丫鬟名宝珠者，因见秦氏身无所出，乃甘心愿为义女，誓任摔丧驾灵之任。贾珍喜之不禁，即时传下，从此皆呼宝珠为小姐。那宝珠按未嫁女之丧，在灵前哀哀欲绝。非恩惠爱人，那能如是。惜哉可卿，惜哉可卿！于是合族人丁并家下诸人，都各遵旧制行事，自不敢紊乱。两句写尽大家。　　转叠法，叙前文未及。

贾珍因想着贾蓉不过是个黉门监，又起波澜，却不突然。灵幡经榜上写时不好看，便是执事也不多，因此心下甚不自在。善起波澜。可巧这日正是首七第四日，早有大明宫掌宫内相戴权，妙，大权也。先备了祭礼遣人来，次后坐了大轿，打伞鸣锣，亲来上祭。贾珍忙接着，让至逗蜂轩献茶。轩名可思。贾珍心中打算定了主意，因而趁便就说要与贾蓉蠲个前程的话，戴权会意，因笑道："想是为丧礼上风光些。"得内相机括之快如此。贾珍忙笑道："老内相所见不差。"戴权道："事倒凑巧，正有个美缺。如今三百员龙禁尉短了两员，昨儿襄阳侯的兄弟老三来求我，现拿了一千五百两银子，送到我家里。你知道，咱们都是老相与，不拘怎么样，看着他爷爷的分上，胡乱应了。忙中写闲。还剩了一个缺，谁知永兴节度使冯胖子来求，要与他孩子蠲，我就没工夫应他。既是咱们的孩子要蠲，奇谈。画尽阉官口吻。快写个履历来。"贾珍听说，忙吩咐："快命书房里人恭敬写了大爷的履历来。"小厮不敢怠慢，去了一刻，便拿了一张红纸来与贾珍。贾珍看了，忙送与戴权。戴权看时，上面写道：

> 江南江宁府江宁县监生贾蓉，年二十岁。曾祖，原任京营节度使，世袭一等神威将军贾代化；祖，乙卯科进士贾敬；父，世袭三品爵威烈将军贾珍。

戴权看了，回手便递与一个贴身的小厮收了，说道："回来送与户部堂官老赵，说我拜上他，起一张五品龙禁尉的票，再给个执照，就把那履历填上，明儿我来兑银子送去。”小厮答应了，戴权也就告辞了。贾珍十分款留不住，只得送出府门。临上轿，贾珍因问：“银子还是我到部兑，还是一并送入老内相府中？”戴权道：“若到部里，你又吃亏了，不如平准一千二百银子，送到我家里就完了。”贾珍感谢不尽，只说：“待服满后，亲带小犬到府叩谢。”于是作别。

接着，又听喝道之声，原来是忠靖侯史鼎的夫人来了，史小姐湘云消息也。　伏下文史湘云。王夫人、邢夫人、凤姐等刚迎至上房，又见锦乡侯、川宁侯、寿山伯三家祭礼摆在灵前。少时，三家下轿，贾政等忙接上大厅。如此亲朋你来我去，也不能胜数。只这四十九日，就简去繁。宁国府街上一条白漫漫人来人往，是有服亲友并家下人丁之盛。花簇簇宦去官来。是来往祭吊之盛。

伏史湘云一笔。

贾珍命贾蓉次日换了吉服，领凭回来，灵前供用执事等物，俱按五品职例。灵牌疏上皆写“天朝诰授贾门秦氏恭人之灵位”。会芳园的临街大门洞开，现在两边起了鼓乐厅，两班青衣按时奏乐，一对对执事摆的刀斩斧齐。更有四面朱红销金大字牌对竖在门外，上面大书：

防护内廷紫禁道　　御前侍卫龙禁尉

对面高起着宣坛，僧道对坛榜文。榜上大书“世袭宁国公冢孙媳、防护内庭御前侍卫龙禁尉贾门秦氏恭人之丧。四大部州至中之地、奉天承运太平之国，总理虚无寂静教门僧录司正堂万虚、总理元始三一教门道录司正堂叶生等，敬谨修斋，朝天叩佛”，以及“恭请诸伽蓝、揭谛、功曹等神，圣恩普锡，神威远镇，四十九日消灾洗业平安水陆道场”诸如等语，余者亦不消烦记。

贾珍是乱费，可卿却实如此。

奇文。若明指一州名，似若《西游》之套，故曰至中之地，不待言可知是光天化日、仁风德雨之下矣。不云国名更妙，可知是尧街舜巷、衣冠礼义之乡矣。直与第一回呼应相接。

只是贾珍虽然此时心意满足，可笑。但里头尤氏又犯了旧疾，不能料理事务，惟恐各诰命来往，亏了礼数，怕人笑话，因此心中不自在。当下正忧虑时，因宝玉在侧问道：余正思如何高搁起玉兄了。“事事都算安贴了，大哥哥还愁什么？”贾珍见问，忙将里面无人的话说了出来。宝玉听说笑道：“这有何难，我荐一个人与你，荐凤姐须得宝玉，俱龙华会上人也。权理这一个月的事，管必妥当。”贾珍忙问：“是谁？”宝玉见座间还有许多亲友，不便明言，走至贾珍耳边说了两句。贾珍听了喜不自禁，连忙起身笑道：“果然安贴，如今就去。”说着拉了宝玉，辞了众人，便往上房里来。

可巧这日非正经日期，亲友来的少，里面不过几位近亲堂客，邢夫人、王夫人、凤姐并合族中的内眷陪坐。有人报说：“大爷进来了。”吓的众婆娘

“嗯”的一声，往后藏之不迭，数日行止可知。作者自是笔笔不空，批者亦字字留神之至矣。　素日行止可知。独凤姐款款站了起来。又写凤姐。贾珍此时也有些病症在身，二则过于悲痛了，因拄了拐踱了进来。邢夫人等因说道：“你身上不好，又连日事多，该歇歇才是，又进来做什么？”贾珍一面扶拐，扎挣着要蹲身跪下请安道乏。一丝不乱。邢夫人等忙叫宝玉搀住，命人挪椅子来与他坐。

贾珍断不肯坐，因勉强陪笑道：“侄儿进来有一件事要恳求二位婶婶并大妹妹。”邢夫人等忙问：“什么事？”贾珍忙笑道：“婶婶自然知道，如今孙子媳妇没了，侄儿媳妇偏又病倒，我看里头着实不成个体统。怎么屈尊大妹妹一个月，不见突然。在这里料理料理，阿凤此刻心痒矣。我就放心了。”邢夫人笑道：“原来为这个。你大妹妹现在你二婶子家，只和你二婶子说就是了。”王夫人忙道：“他一个小孩子家，三字愈令人可爱可怜。何曾经过这样事？倘或料理不清，反叫人笑话，倒是再烦别人好。”贾珍笑道：“婶子的意思侄儿猜着了，是怕大妹妹劳苦了。若说料理不开 —— 我包管必料理的开 —— 便是错一点儿，别人看着还是不错的。从小儿大妹妹顽笑着就有杀伐决断，阿凤身分。如今出了阁，又在那府里办事，越发历练老成了。我想了这几日，除了大妹妹再无人了。婶婶不看侄儿、侄儿媳妇的分上，只看死了的分上罢。”说着滚下泪来。有笔力。

王夫人心中怕的是凤姐儿未经过丧事，怕他料理不清，惹人笑话。今见贾珍苦苦的说到这步田地，心中已活了几分，却又眼看着凤姐出神。那凤姐素日最喜揽事办，好卖弄才干，虽然当家妥当，也因未办过婚丧大事，恐人还不服，巴不得遇见这事。今日见贾珍如此一来，他心中早已欢喜。先见王夫人不允，后见贾珍说的情真，王夫人有活动之意，便向王夫人道："大哥哥说的这么恳切，太太就依了罢。"王夫人悄悄的道："你可能么？"凤姐道："有什么不能的？王夫人是悄言，凤姐是响应，故称"大哥哥"。外面的大事大哥哥已经料理清了，已得三昧矣。不过是里头照管照管，便是我有不知道的，问问太太就是了。"胸中成见已有之语。王夫人见说的有理，便不则声。贾珍见凤姐允了，又陪笑道："也管不得许多了，横竖要求大妹妹辛苦辛苦。我这里先与妹妹行礼，等事完了，我再到那府里去谢。"说着，就作揖下去，凤姐儿还礼不迭。

贾珍便忙向袖中取了宁国府对牌出来，命宝玉送与凤姐，又说："妹妹爱怎么样就怎么样，要什么只管拿这个取去，也不必问我。只求别存心替我省钱，只要好看为上；二则也要同那府里一样待人才好，不要存心怕人抱怨。只这两件外，我再没不放心的了。"凤姐不敢就接牌，凡有本领者，断不越礼。接牌小事，而必待命于王夫人者，诚家道之规范，亦天下之规范也。看是书者，不可草草从事。只看着王夫人。王夫人道："你哥哥既这么说，你就照看照看罢了。只是别自作主意，有了事，打发人问你哥哥、嫂子要紧。"宝玉早向贾珍手里接过对牌来，强递与凤姐了。又问："妹妹还是住在这里，还是天天来呢？若是天天来，越发辛苦了。不如我这里赶着收拾出一个院落来，妹妹住过这几日倒安稳。"凤姐笑道："不用。二字句有神。那边也离不得我，倒是天天来的好。"贾珍听说，只得罢了。然后又说了一回闲话，方才出去。

一时女眷散后，王夫人因问凤姐："你今儿怎么样？"凤姐儿道："太太只管请回去，我须得先理出一个头绪来，才回去得呢。"王夫人听说，便先同邢夫人等回去，不在话下。

这里凤姐来至三间一所抱厦内坐了，因想：头一件是人口混杂，遗失东西；第二件，事无专执，临期推委；第三件，需用过废，滥支冒领；第四件，任无大小，苦乐不均；第五件，家人豪纵，有脸者不服钤束，无脸者不能上进。此五件实是宁国府中风俗，不知凤姐如何处治，且听下回分解。正是：五件事若能如法整理得当，岂独家庭，国家天下治之不难。

旧族后辈，受此五病者颇多，余家更甚。三十年前事见书于三十年后，令余悲恸血泪盈。

读五件事未完，余不禁失声大哭，三十年前作书人在何处耶？

金紫万千谁治国，裙钗一二可齐家。

此回只十页，因删去“天香楼”一节，少却四五页也。

“秦可卿淫丧天香楼”，作者用史笔也。老朽因有魂托凤姐贾家后事二件，嫡是安富尊荣坐享人能想得到处？其事虽未漏，其言其意则令人悲切感服，姑赦之，因命芹溪删去。

通回将可卿如何死故隐去，是大发慈悲心也。叹叹！壬午春。

借可卿之死，又写出情之变态，上下大小，男女老少，无非情感而生情。且又借凤姐之梦，更化就幻空中一片贴切之情。所谓寂然不动，感而遂通，所感之象，所动之萌，深浅诚伪，随种必报。所谓幻者此也，情者亦此也。何非幻，何非情，情即是幻，幻即是情，明眼者自见。

第十四回

林如海捐馆扬州城　贾宝玉路谒北静王

家书一纸千金重，勾引难防嘱下人。任你无双肝胆烈，多情念起自眉颦。

凤姐用彩明，因自识字不多，且彩明系未冠之童。

写凤姐之珍贵。写凤姐之英气。写凤姐之声势。写凤姐之心机。写凤姐之骄大。

昭儿回，并非林文、琏文，是黛玉正文。

牛，丑也。清属水，子也。柳拆卯字，彪拆虎字，寅字寓焉。陈即辰，翼火为蛇，巳字寓焉。马，午也。魁拆鬼，鬼金羊，未字寓焉。侯、猴同音，申也。晓鸣，鸡也，酉字寓焉。石即豕，亥字寓焉。其祖曰守业，即守夜也，犬字寓焉。此所谓十二支寓焉。

路谒北静王，是宝玉正文。

话说宁国府中都总管来升闻得里面委请了凤姐，因传齐同事人等说道："如今请了西府里琏二奶奶管理内事，倘或他来支取东西，或是说话，我们须要比往日小心些。每日大家早来晚散，宁可辛苦这一个月，过后再歇着，不要把老脸面丢了。此是都总管的话头。那是个有名的烈货，脸酸心硬，一时恼了，不认人的。”众人都道：“有理。”又有一个笑道：“论理，我们里面也须得他来整治整治，伏线在二十板之误差妇人。都特不像了。”正说着，只见来旺媳妇拿了对牌来领取呈文、京榜纸札，票上批着数目。众人连忙让坐倒茶，一面命人按数取纸来抱着，同来旺媳妇一路行来至仪门口，方交与来旺媳妇自己抱进去了。

宁府如此大家，阿凤如此身分，岂有使贴身丫头与家里男人答话交事之理呢？此作者忽略之处。

彩明系未冠小童，阿凤便于出入使令者，老兄并未前后看明是男是女，乱加批驳，可笑！

且明写阿凤不识字之故。壬午春。

凤姐即命彩明定造簿册。即时传来升媳妇，兼要家口花名册来查看，又限于明日一早传齐家人媳妇进来听差等语。大概点了一点数目单册，已有成见。问了来升媳妇几句话，便坐了车回家。一宿无话。

至次日，卯正二刻便过来了。那宁国府中婆娘媳妇闻得到齐，只见凤姐正与来升媳妇分派，众人不敢擅入，只在窗外听觑。传神之笔。只听凤姐与来升媳妇道：“既托了我，我就说不得要讨你们嫌了。先站地步。我可比不得你们奶奶好性儿，由着你们去。再不要说你们‘这府里原是这样的’，此话听熟了，一叹！　不要说，“原是这样”的话，破尽痼弊根底。这如今可要依着我，宛转得妙。行错我半点儿，管不得谁是有脸的，谁是没脸的，一例现清白处治。”说着，便吩咐彩明念花名册，按名一个一个的唤进来看视。量才而用之意。

一时看完了，便又吩咐道：“这二十个分作两班，一班十个，每日在里头单管人来客往倒茶，别的事不用他们管。这二十个也分两班，每日单管本家亲戚茶饭，别的事也不用他们管。这四十个人也分作两班，单在灵前上香添油，挂幔守灵，供饭供茶，随起举哀，别的事也不与他们相干。这四个人单在内茶房收管杯碟茶器，若少一件，便叫他四个描赔。这四个人单管酒饭器皿，少一件也是他四个描赔。这八个人单管监收祭礼。这八个人单管各处灯油、蜡烛、纸札，我总支了来，交与你八个，然后按我的定数再往各处去分派。这三十个每日轮流各处上夜，照管门户，监察火烛，打扫地方。这下剩的按着房屋分开，某人守某处，某处所有桌椅古董起，至于痰盒掸帚，一草一苗，或丢或坏，就和守这处的人算账描赔。来升家的每日揽总查看，或有偷懒的，赌钱吃酒的，打架拌嘴的，立刻来回我。你有徇情，经我查出，三四辈子的老脸就顾不成了。如今都有了定规，以后那一行乱了，只和那一行说话。素日跟我的，随身自有钟表，不论大小事，我是皆有一定的时辰。横竖你们上房里也有时辰钟，卯正二刻我来点卯，巳正吃早饭，凡有领牌、回事者，只在午初刻。戌初烧过黄昏纸，我亲到各处查一遍，回来上夜的交明钥匙。第二日还是卯正二刻过来。说不得咱们大家辛苦这几日，是协理口气，好听之至！　所谓先礼而后兵是也。事完，你们家大爷自然赏你们。”滑贼，好收煞！

说毕，又吩咐按数发与茶叶、油烛、鸡毛掸子、笤箒等物。一面又搬取家伙：桌围、椅搭、坐褥、毡席、痰盒、脚踏之类。一面交发，一面提笔登记，某人管某处，某人领某物，开得十分清楚。众人领了去，也都有了投奔，不似先时只拣便宜的做，剩下的苦差没个招揽。各房中也不能趁乱失迷东西，便是人来客往，也都安静了，不比先前正摆茶又去端饭，正陪举哀又顾接客。如这些无头绪、荒乱、推托、偷闲、窃取等弊，次日一概都蠲了。

写凤之心机。写凤之珍贵。写凤之英勇。写凤之骄大。

凤姐儿见自己威重令行，心中十分得意。因见尤氏犯病，贾珍又过于悲哀，不大进饮食，自己每日从那府里煎了各色细粥，精致小菜，命人送来劝食。贾珍也另外吩咐每日送上等菜到抱厦内，单与凤姐。那凤姐不畏勤劳，不畏勤劳者，一则任专而易办，一则技痒而莫遏。士为知己者死，不过勤劳，有何可畏。天天于卯正二刻就过来点卯理事，独在抱厦内起坐，不与众妯娌合群，便有堂客来往，也不迎会。

如此写得可叹可笑！

这日，正五七正五日上，那应佛僧正开方破狱，传灯照亡，参阎君，拘都鬼，筵请地藏王，开金桥，引幢幡；那道士们正伏章申表，朝三清，叩玉帝；禅僧们行香，放焰口，拜水忏。又有十三众青年尼僧，搭绣衣，靸红鞋，在灵前默诵接引诸咒，十分热闹。

那凤姐必知今日人客不少，在家中歇宿一夜，至寅正，平儿便请起来梳洗。及收拾完备，更衣盥手，喝了两口奶子糖粳粥，漱口已毕，已是卯正二刻了。来旺媳妇率领诸人伺候已久。凤姐出至厅前，上了车，前面打了一对明角灯，大书“荣国府”三个大字，款款来至宁府。

大门上，门灯朗挂，两边一色戳灯照如白昼，白茫茫穿孝仆从两边侍立。请车至正门上，小厮等退去，众媳妇上来揭起车帘。凤姐下了车，一手扶着丰儿，两个媳妇执着手把灯罩，簇拥着凤姐进来。宁府诸媳妇迎来请安接待。凤姐缓缓走入会芳园中登仙阁灵前，一见了棺材，那眼泪恰似断线珍珠，滚将下来。院中许多小厮垂手伺候烧纸。凤姐吩咐得一声："供茶，烧纸。"只听得一棒锣鸣，诸乐齐奏。早有人端过一张大圈椅来，谁家行事，宁不堕泪。放在灵前，凤姐坐了，放声大哭。于是里外男女上下，见凤姐出声，都忙接声嚎哭。一时贾珍、尤氏遣人来劝，凤姐方才止住。

来旺媳妇献茶漱口毕，凤姐方起身，别过族中诸人，自入抱厦内来。按名查点，各项人数，都已到齐，只有迎送亲客上的一人未到。须得如此，方见文章妙用。余前批非谬。即命传到，那人已张惶愧惧。凤姐冷笑道：凡凤姐恼时，偏偏用"笑"字，是章法。"我说是谁误了，原来是你！四字有神，是有名姓上等人口气。你原比他们有体面，所以才不听我的话。"那人道："小的天天来的早，只有今日醒了觉得早些，因又睡迷了，来迟了一步。求奶奶饶过这次。"正说着，只见荣国府中的王兴媳妇来了，偏用这等闲文间住。在前面探头。惯起波澜，惯能忙中写闲，又惯用曲笔，又惯综错。真妙！凤姐且不发放这人，却先问："王兴媳妇作什么？"的是凤姐作派。王兴媳妇巴不得先问他完了事，连忙进来说："领牌取线，打车轿网络。"是丧事中用物，闲闲写却。说着，将个帖儿递上去。凤姐命彩明念道："大轿两顶，小轿四顶，车四辆，共用大小络子若干根，用珠儿线若干斤。"凤姐听了，数目相合，便命彩明登记，取荣府对牌掷下。王兴家的去了。

凤姐方欲说话时，只见荣府的四个执事人进来，都是要支取东西领牌来的。凤姐命彩明要了帖儿念过，听了共四件。凤姐因指两件说道：“这两件开销错了，好看煞，这等文字。再算清了来取。”说着掷下帖子来，那二人扫兴而去。

凤姐因见张材家的在旁，又一顿挫。因问：“你有什么事？”张材家的忙取帖儿回说道：“就是方才车轿围作成，领取裁缝工银若干两。”凤姐听了，便收了帖子，命彩明登记。待王兴家的交过牌，得了买办的回押相符，然后方与张材家的去领。一面又命念那一个，是为宝玉外书房完竣，却从闲中又引出一件关系文字乎？支买纸料糊裱。凤姐听了，即命收帖儿登记，待张材家的缴清，又发与这人去了。

凤姐便说道：“明儿他也睡迷了，后儿我也睡迷了，接上文，一点痕迹俱无，且是仍与方才诸人说话神色口角。　接得紧，且无痕迹，是山断云连法也。将来都没有人了。本来要饶你，只是我头一次宽了，下次人就难管，不如开发的好。”登时放下脸来，喝命：“带出去，打二十大板！”一面又掷下宁府对牌：“出去说与来升，革他一月银米！”众人听了，又见凤姐眉立，二字如神。知是恼了，不敢怠慢，拖人的出去拖人，执牌传谕的忙去传谕。那人身不由己，已拖出去挨了二十大板，还要进来叩谢。凤姐道：“明儿再有误的打四十，后日的六十，有不怕打的，只管误！”说着吩咐：“散了罢！”

窗外众人听说，方各自执事去了。彼时荣国、宁国两处执事领牌交牌的人来往不绝，那抱愧被打之人含羞去了，又伏下文，非独为阿凤之威势，费此一段笔墨。这才知道凤姐的利害。众人不敢偷安，自此兢兢业业，执事保守，收拾得好！不在话下。

如今且说宝玉因见今日人众，忙中闲笔。恐秦钟受了委曲，因默与他商议，要同他往凤姐处来坐。秦钟道："他的事多，况且不喜人去，咱们去了，他岂不烦腻。"纯是体贴人情。宝玉道："他怎好腻我们！不相干，只管跟我来。"说着，便拉了秦钟，直至抱厦。凤姐才吃饭，见他们来了，便笑道："好长腿子，家常戏言，毕肖之至！快上来罢。"宝玉道："我们偏了。"凤姐道："在这边外头吃的，还是那边吃的？"宝玉道："这边同那些浑人吃什么！奇称，试问谁是清人？原是那边，我们两个同老太太吃了来的。"一面归坐。

凤姐吃毕饭，就有宁国府中的一个媳妇来领牌，为支取香灯事。凤姐笑道："我算着你们今日该来支取，总不见来，想是忘了，这会子到底来取。要忘了，自然是你们包出来，都便宜了我。"那媳妇笑道："何尝不是忘了！此妇亦善迎合。 下人迎合凑趣，毕真。方才想起来，再迟一步，也领不成了。"说毕，领牌而去。一时登记交牌。

秦钟因笑道："你们两府里都是这牌，倘或别人私弄一个，小人语。支了银子跑了，怎样？"凤姐笑道："依你说，都没王法了！"宝玉因道："怎么咱们家没人来领牌子做东西？"写不理家务公子之语。凤姐道："人家来领的时候，你还做梦呢！言甚是也。我且问你，你们这夜书多早晚才念呢？"补前文之未到。宝玉道："巴不得这如今就念才好，他们只是不快收拾出书房来，这也没法。"凤姐笑道："你请我一请，包管就快了。"宝玉道："你要快也不中用，他们该作到那里的，自然就有了。"凤姐笑道："便是他们作，也得要东西去，搁不住我不给对牌是难的。"宝玉听说，便猴向凤姐身上立刻要牌，说：诗中知有炼字一法，不期于《石头记》中多得其妙。"好姐姐，给出牌子来，叫他们要东西去。”凤姐道：“我乏的身上生疼，还搁的住你揉搓！你放心罢，今儿才领了纸裱糊去了，他们该要的还等叫去呢，可不傻了？”宝玉不信，凤姐便叫彩明查册子与宝玉看了。

正闹着，人回：“苏州去的人昭儿来了。”接得好。凤姐急命唤进来。昭儿打千请安。凤姐儿便问：“回来作什么？”昭儿道：“二爷打发回来的。林姑老爷是九月初三日巳时没的。二爷带了林姑娘同送林姑老爷的灵到苏州，暗写黛玉。大约赶年底就回来了。二爷打发小的来报个信请安，讨老太太示下，还瞧瞧奶奶家里好，叫把大毛衣服带几件去。”凤姐道：“你见过别人了没有？”昭儿道：“都见过了。”说毕，连忙退出。凤姐向宝玉笑道：此系无意中之有意，妙！“你林妹妹可在咱们家住长了。”宝玉道：“了不得，想来这几日他不知哭的怎么样呢！”说着，蹙眉长叹。凤姐见昭儿回来，因当着人未及细问贾琏，心中自是记挂，待要回去，争奈事情繁杂，一时去了，恐有延迟失误，惹人笑话。少不得耐到晚上回来，复命昭儿进来，细问一路平安信息。连夜打点大毛衣服，和平儿亲自检点包裹，再细细追想所需何物，“追想所需”四字，写尽能事者之所以能事者之底蕴。一并包藏交付。又细细吩咐昭儿：“在外好生小心伏侍，不要惹你二爷生气。时时劝他少吃酒，别勾引他认得混账女人，切心事耶。回来打折你的腿”等语。

犟儿方可长居荣府之文。

此一句最要紧。赶乱完了，天已四更将尽，此为病源伏线。总睡下又走了困，后文方不突然。不觉又是天明鸡唱，忙梳洗过宁府中来。

那贾珍因见发引日近，亲自坐了车，带了阴阳司吏，往铁槛寺来，踏看寄灵所在。又一一嘱咐住持色空，好生预备新鲜陈设，多请名僧，以备接灵使用。色空忙看晚斋。贾珍也无心茶饭，因天晚不得进城，就在净空处胡乱歇了一夜。次日早便进城料理出殡之事，一面又派人先往铁槛寺，连夜另外修饰停灵之处，并厨茶等项接灵人。

里面凤姐见日期在限，也预先逐细分派料理，一面又派荣府中车轿人从跟王夫人送殡，又顾自己送殡去占下处。目今正值缮国公诰命亡故，王、邢二夫人又去打祭送殡。西安郡王妃华诞送寿礼。镇国公诰命生了长男，预备贺礼。又有胞兄王仁连家眷回南，一面写家信禀叩父母，并带往之物。又有迎春染疾，每日请医服药，看医生启帖、症源、药案等事，亦难尽述。又兼发引在迩，因此忙的凤姐茶饭也没工夫吃得，坐卧不能清净。刚到了荣府，宁府的人又跟到荣府。既回到宁府，荣府的人又找到宁府。凤姐见如此，心中倒十分欢喜，并不偷安推托，恐落人褒贬，因此日夜不暇，筹画得十分的整肃，于是合族上下无不称赞者。总得好。

这日伴宿之夕，里面两班小戏并耍百戏的，与亲朋、堂客伴宿，尤氏犹卧于内寝。一应张罗款待，都是凤姐一人周全承应。合族中虽有许多妯娌，但或有羞口的，或有羞脚的，或有不惯见人的，或有惧贵怯官的，种种之类，都不及凤姐举止舒徐，言语慷慨，珍贵宽大，因此也不把众人放在眼内，挥霍指示，任其所为，目若无人。写秦氏之丧，却只为凤姐一人。一夜中灯明火彩，客送官迎，那百般热闹自不用说的。

至天明，吉时已到，一班六十四名青衣请灵，前面铭旌上大书：

“兆年不易之朝，永治太平之国”，奇甚，妙甚！

奉天洪建兆年不易之朝诰封一等宁国公冢孙妇防护内廷紫禁道御前侍卫龙禁尉享强寿贾门秦氏恭人之灵柩。

一应执事陈设，皆系现赶着新做出来的，一色光艳夺目。宝珠自行未嫁女之礼外，摔丧驾灵，十分哀苦。那时官客送殡的有：镇国公牛清之孙，现袭一等伯牛继宗。理国公柳彪之孙，现袭一等子柳芳。齐国公陈翼之孙，世袭三品威镇将军陈瑞文。治国公马魁之孙，世袭三品威远将军马尚。修国公侯晓明之孙，世袭一等子侯孝康。缮国公诰命亡故，其孙石光珠守孝，不曾来得。这六家与宁、荣二家，当日所称“八公”的便是。余者更有南安郡王之孙、西宁郡王之孙、忠靖侯史鼎、平原侯之孙世袭二等男蒋子宁、定城侯之孙世袭二等男兼京营游击谢鲸、襄阳侯之孙世袭二等男戚建辉、景田侯之孙五城兵马司裘良。余者锦乡伯公子韩奇、神武将军公子冯紫英、陈也俊、卫若兰等诸王孙公子，不可枚数。堂客算来亦共有十来顶大轿，三四十顶小轿，连家下大小轿车辆不下百十余乘，连前面各色执事、陈设、百耍，浩浩荡荡，一带摆三四里远。

走不多时，路旁彩棚高搭，设席张筵，和音奏乐，俱是各家路祭：第一座是东平王府祭棚，第二座是南安郡王祭棚，第三座是西宁郡王祭棚，第四座便是北静郡王祭棚。原来这四王，当日惟北静王功高，及今子孙犹袭王爵。现今北静王水溶年未弱冠，生得形容秀美，情性谦和。近闻宁国府冢孙妇告殂，因想当日彼此祖父相遇之情，同难同荣，未以异姓相视，因此不以王位自居，上日也曾探丧上祭，如今又设路奠，命麾下各官在此伺候。自己五更入朝，公事已毕，便换了素服，坐大轿鸣锣张伞而来，至棚前落轿。手下各官两旁拥侍，军民人众不得往还。一时只见宁府大殡浩浩荡荡，压地银山一般从北而至。早有宁府开路传事人看见，连忙回去报与贾珍。贾珍急命前面驻扎，同贾赦、贾政三人连忙迎来，以国礼相见。水溶在轿内欠身含笑答礼，仍以世交称呼接待，并不妄自尊大。贾珍道：

数字道尽声势。壬午春，畸笏老人。

“犬妇之丧，累蒙郡驾下临，荫生辈何以克当！”水溶笑道：“世交之谊，何出此言！”遂回头命长府官主祭代奠，贾赦等一旁还礼毕，复身又来谢恩。

忙中闲笔，点缀玉兄，方不失正文中之正人，作者良苦。壬午春，畸笏。

水溶十分谦逊，因问贾政道：“那一位是衔宝而诞者？几次要见一见，都为杂冗所阻，想今日是来的，何不请来一会？”贾政听说，忙回去，急命宝玉脱去孝服，领他前来。那宝玉素日就曾听得父兄亲友人等说闲话时，常赞水溶是个贤王，宝玉见北静王水溶，是为后文之伏线。且生得才貌双全，风流潇洒，每不以官俗国体所缚。每思相会，只是父亲拘束严密，无由得会，今见反来叫他，自是欢喜。一面走，一面早瞥见那水溶坐在轿内，好个仪表人材。不知近看时又是怎样，下回便知。

此回将大家丧事详细剔画，如见其气概，如闻其声音，丝毫不错，作者不负大家后裔。

写秦死之盛，贾珍之奢，实是却写得一个凤姐。

大抵事之不理，法之不行，多因偏于爱恶，幽柔不断。请看凤姐无私，犹能整齐丧事，况丈夫辈受职于庙堂之上，倘能奉公守法，一毫不苟，承上率下，何有不行。

第十五回

王熙凤弄权铁槛寺　秦鲸卿得趣馒头庵

欲显铮铮不避嫌，英雄每入小人缘。鲸卿些子风流事，胆落魂销已可怜。

宝玉谒北静王，辞对神色，方露出本来面目，迥非在闺阁中之形景。

北静王问玉上字果验否，政老对以未曾试过，是隐却多少捕风捉影闲文。

北静王论聪明伶俐，又年幼时为溺爱所累，亦大得病源之语。

凤姐中火，写纺线村姑，是宝玉闲花野景一得情趣。

凤姐另住，明明系秦、玉、智能幽事，却是为净虚钻营凤姐大大一件事作引。

秦、智幽情，忽写宝、秦事云：不知算何账目，未见真切，不曾记得，此系疑案，不敢纂创。是不落套中，且省却多少累赘笔墨。

昔安南国使有题一丈红句云："五尺墙头遮不得，留将一半与人看。"

话说宝玉举目见北静王水溶，头上戴着洁白簪缨银翅王帽，穿着江牙海水五爪坐龙白蟒袍，系着碧玉红鞓带，面如美玉，目似明星，真好秀丽人物！宝玉忙抢上来参见，水溶连忙从轿内伸出手来挽住。见宝玉戴着束发银冠，勒着双龙出海抹额，穿着白蟒箭袖，围着攒珠银带，面若春花，目如点漆。又换此一句，如见其形。水溶笑道："名不虚传，果然如'宝'似'玉'。"因问："衔的那宝贝在那里？"宝玉见问，连忙从衣内取了，递与过去。水溶细细的看了，又念了那上头的字，因问："果灵验否？"贾政忙道："虽如此说，只是未曾试过。"水溶一面极口称奇道异，一面理好彩绦，亲自与宝玉带上。钟爱之至。又携手问宝玉几岁，读何书。宝玉一一的答应。

八字道尽玉兄，如此等方是玉兄正文写照。壬午季春。

水溶见他言语清楚，谈吐有致，一面又向贾政笑道："令郎真乃龙驹凤雏，非小王在世翁前唐突，将来'雏凤清于老凤声'，未可量也。"妙极！开口便是西昆体，宝玉闻之，宁不刮目哉！贾政忙陪笑道："犬子岂敢谬承金奖。赖藩郡余祯，果如是言，谦的得体。亦荫生辈之幸矣。"水溶又道："只是一件，令郎如是资质，想老太夫人、夫人辈自然钟爱极矣，但吾辈后生，甚不宜钟溺，钟溺则未免荒失学业。昔小王曾陷此辙，想令郎亦未必不如是也。若令郎在家难以用功，不妨常到寒第。小王虽不才，却多蒙海上众名士凡至都者，未有不另垂青目。是以寒第高人颇聚。令郎常去谈会谈会，则学问可以日进矣。”贾政忙躬身答应。

水溶又将腕上一串念珠卸了下来，递与宝玉道：“今日初会，仓促竟无敬贺之物，此系前日圣上亲赐蕶苓香念珠一串，权为贺敬之礼。”宝玉连忙接了，回身奉与贾政。转出没调教。贾政与宝玉一齐谢过。于是贾赦、贾珍等一齐上来请回舆。水溶道：“逝者已登仙界，非碌碌你我尘寰中之人也。小王虽上叨天恩，虚邀郡袭，岂可越仙辆而进也？”贾赦等见执意不从，只得告辞谢恩回来。命手下掩乐停音，有层次，好看煞！滔滔然将殡过完，方让水溶回舆去了。不在话下。

且说宁府送殡，一路热闹非常，刚至城门前，又有贾赦、贾政、贾珍等诸同僚属下各家祭棚接祭，一一的谢过，然后出城，竟奔铁槛寺大路行来。彼时贾珍带贾蓉来到诸长辈前，让坐轿上马，因而贾赦一辈的各自上了车轿，贾珍一辈的也将要上马。凤姐因记挂着宝玉，千百件忙事内不漏一丝。　细心人自应如是。怕他在郊外纵性逞强，不服家人的话，贾政管不着这些小事，惟恐有个闪失，难见贾母。因此便命小厮来唤他，宝玉只得来到他的车前。凤姐笑道：“好兄弟，你是个尊贵人，女孩儿一样的人品，非此一句，宝玉必不依，阿凤真好才情。别学他们猴在马上。下来，咱们姐儿两个坐车，岂不好！”宝玉听说，便忙下了马，爬入凤姐车上，二人说笑前进。

不一时，只见从那边两骑马压地飞来，离凤姐车不远，一齐蹿下来，有气有声，有形有影。扶车回说：“这里有下处，奶奶请歇更衣。”凤姐急命请邢夫人、王夫人的示下。有次序。那人回来说：“太太们说不用歇了，叫奶奶自便罢。”凤姐听了，便命歇歇再走。众小厮听了，一带辕马，岔出人群，往北飞走。宝玉在车内急命请秦相公。那时秦钟正骑马随着他父亲的轿，忽见宝玉的小厮跑来，请他去打尖。秦钟看时，只见凤姐儿的车往北而去，后面拉着宝玉的马，搭着鞍笼，便知宝玉同凤姐坐车，自己也便带马赶上来，同入一庄门内。早有家人将众庄汉撵尽。那时庄人家无多房舍，婆娘们无处回避，只得由他们去了。那些村姑庄妇见了凤姐、宝玉、秦钟的人品衣服、礼数款段，岂有不爱看的？

一时凤姐进入茅堂，因命宝玉等先出去顽顽，宝玉等会意，因同秦钟出来，带着小厮们各处游顽。凡庄农动用之物，皆不曾见过。真，毕真。宝玉一见了锹、镢、镢、犁等物，皆以为奇，不知何项所使，其名为何。凡膏粱子弟齐来着眼。小厮在旁一一的告诉了名色，说明原委。宝玉听了，也盖因未见之故也。因点头叹道：“怪道古人诗上说，‘谁知盘中餐，粒粒皆辛苦’，正为此也。”聪明人自是一喝即悟。一面说，一面又至一间房前，只见炕上有个纺车，宝玉又问小厮们：“这又是什么？”小厮们又告诉他原委。宝玉听说，便上来拧转作耍，自为有趣。只见一个约有十七八岁的村庄丫头，跑了来乱嚷：“别动坏

写玉兄正文，总于此等处，作者良苦。壬午季春。

了！”天生地设之文。众小厮忙断喝拦阻。宝玉忙丢开手，陪笑说道：“我因为无见过这个，所以试他一试。”那丫头道：“你们那里会弄这个，站开了，如闻其声见其形。　　三字如闻。我纺与你瞧。”这丫头是技痒，是多情，是自己生活恐至损坏。宝玉此时一片心神，另有主张。秦钟暗拉宝玉，笑道：“此卿大有意趣。”忙中闲笔，却伏下文。宝玉一把推开，笑道：“该死的，的是宝玉性生之言。　　玉兄身分，本心如此。再胡说我就打了。”说着，只见那丫头纺起线来。宝玉正要说话时，只听那边老婆子叫道：“二丫头，快过来！”那丫头听见，丢下纺车，一径去了。宝玉怅然无趣。处处点“情”，又伏下一段后文。　　伏下文。

一“忙”字，二“陪笑”字，写玉兄是在女儿分上。壬午季春。

若说话，便不是《石头记》中文字也。

只见凤姐打发人来，叫他两个进去。凤姐洗了手，换衣服抖灰土，问他们换不换。宝玉不换，只得罢了。家下仆妇们将带着行路的茶壶茶杯、十锦屉盒、各样小食端来，凤姐等吃过茶，待他们收拾完备，便起身上车。外面旺儿预备下赏封，赏了本村主人。庄妇等来叩赏，凤姐并不在意，宝玉却留心看时，内中并无二丫头。妙在不见。一时上了车，出来走不多远，只见迎头二丫头怀里抱着他小兄弟，同着几个小女孩子说笑而来。妙在此时方见，错综之妙如此。宝玉恨不得下车跟了他去，料是众人不依的，少不得以目相送，争奈车轻马快，四字有文章。人生离聚，亦未尝不如此也。一时展眼无踪。

走不多时，仍又跟上了大殡。早有前面法鼓金铙、幢幡宝盖，铁槛寺接灵众僧齐至。少时，到入寺中，另演佛事，重设香坛，安灵于内殿偏室之中。宝珠安于寝室相伴。外面贾珍款待一应亲友，也有扰饭的，也有不吃饭而辞的，一应谢过乏，从公、侯、伯、子、男，一起一起的散去，至未末时分方散尽了。里面的堂客皆是凤姐张罗接待，先从显官诰命散起，也到晌午大错时方散尽了。只有几个亲戚是至近的，等做过三日安灵道场方去。那时邢、王二夫人知凤姐必不能回家，也便就要进城。王夫人要带宝玉去，宝玉乍到郊外，那里肯回去，只要跟凤姐住着。王夫人无法，只得交与凤姐便回来了。

原来这铁槛寺原是宁、荣二公当日修造，现今还是有香火地亩布施，以备京中老了人口，在此便宜寄放。其中阴阳两宅俱已预备妥贴，大凡创业之人，无有不为子孙深谋至细。奈后辈仗一时之荣显，犹自不足，另生枝叶，虽华丽过先，奈不常保，亦足可叹。争及先人之常保其朴哉，近世浮华子弟齐来着眼。好为送灵人口寄居。祖宗为子孙之心，细到如此。不想如今后辈人口繁盛，其中贫富不一，或性情参商。所谓“源远水则浊，枝繁果则稀”。余为天下痴心祖宗为子孙谋千年业者痛哭。有那家业艰难安分的，妙在艰难就安分，富贵则不安分矣。便住在这里了。有那上排场有钱势的，只说这里不方便，一定另外或村庄

《石头记》总于没要紧处闲闲一二笔写正文筋骨，看官当用巨眼，不为彼瞒过方好。壬午季春。

或尼庵寻个下处，为事毕宴退之所。真真辜负祖宗体贴子孙之心。即今秦氏之丧，族中诸人皆权在铁槛寺下榻，独有凤姐嫌不方便，不用说，阿凤自然不肯将就一刻的。因而早遣人来和馒头庵的姑子净虚说了，腾出两间房子来作下处。

原来这馒头庵就是水月寺，因他庵里做的馒头好，就起了这个浑号，离铁槛寺不远。前人诗云："纵有千年铁门限，终须一个土馒头。"是此意。故"不远"二字有文章。当下和尚工课已完，奠过晚茶，贾珍便命贾蓉请凤姐歇息。凤姐见还有几个妯娌陪着女亲，自己便辞了众人，带了宝玉、秦钟往水月庵来。原来秦业年迈多病，伏一笔。不能在此，只命秦钟等待安灵罢了。那秦钟便只跟着凤姐、宝玉，一时到了水月庵，净虚带领智善、智能两个徒弟出来迎接，大家见过。凤姐等来至净室更衣净手毕，因见智能儿越发长高了，模样儿越发出息了，因说道："你们师徒怎么这些日子也不往我们那里去？"净虚道："可是，这几天都没工夫，因胡老爷府里产了公子，太太送了十两银子来这里，叫请几位师傅念三日《血盆经》，忙的无个空儿，就无来请太太的安。"虚陪一个胡姓，妙！言是糊涂人之所为也。

不言老尼陪着凤姐，且说秦钟、宝玉二人正在殿上顽耍，因见智能过来，宝玉笑道："能儿来了。"秦钟道："理那个东西作什么？"宝玉笑道："你别弄鬼，那一日在老太太屋里，一个人没有，你搂着他作什么？这会子还哄我？"补出前文未到处。细思秦钟近日在荣府所为，可知矣。秦钟笑道："这可是没有的话。"宝玉笑道："有无有也不管你，你只叫住他倒碗茶来我吃，就丢开手。"秦钟笑道："这又奇了，你叫他倒去，还怕他不倒？何必要我说呢。"宝玉道：

“我叫他倒的是无情意的，不及你叫他倒的是有情意的。”总作如是等奇语。秦钟只得说道：“能儿倒碗茶来给我。”

那智能儿自幼在荣府走动，无人不识，因常与宝玉、秦钟顽笑。他如今大了，渐知风月，便看上了秦钟人物风流，那秦钟也极爱他妍媚，二人虽未上手，却已情投意合了。不爱宝玉，却爱秦钟，亦是各有情孽。今能儿见了秦钟，心眼俱开，走去倒了茶来。秦钟笑说：“给我。”如闻其声。宝玉叫：“给我！”智能儿抿嘴笑道：“一碗茶也来争，我难道手里有蜜！”一语毕肖，如闻其语，观者已自酥倒，不知作者从何着想？宝玉先抢得了，吃着，方要问话，只见智善来叫智能去摆茶碟子，一时来请他两个去吃茶果点心。他两个那里吃这些东西，坐一坐仍出来顽笑。

凤姐也略坐片时，便回至净室歇息，老尼相送。此时众婆娘媳妇见无事，皆陆续散了，自去歇息。跟前不过几个心腹常侍小婢，老尼便趁机说道：“我正有一事，要到府里求太太，先请奶奶一个示下。”凤姐因问何事。

老尼道：“阿弥陀佛！开口称佛，毕肖，可叹可笑！只因当日我先在长安县内善才庵内“才”字妙！出家的时节，那时有个施主姓张，是大财主。俱从“财”一字上发生。他有个女儿，小名金哥，那年都往我庙里来进香，不想遇见了长安府府太爷的小舅子李衙内。那李衙内一心看上，要娶金哥，打发人来求亲，不想金哥已受了原任长安守备的公子的聘礼。张家若退亲，又怕守备不依，因此说有了人家。谁知李公子执意不依，定要娶他女儿。张家正无计策，两处为难。不想守备家听了此信，也不管青红皂白，便来作践辱骂，说一个女儿许几家，偏不许退定礼，就要打官司告状起来。守备一闻便问，断无此理。此不过张家惧府尹之势，必先退定礼，守备方不从，或有之。此时老尼只欲与张家完事，故将此言遮饰，以便退亲，受张家之贿也。那张家急了，如何便急了，话无头绪，可知张家礼缺。此系作者巧摹老尼无头绪之语，莫认作者无头绪，正是神处奇处。摹一人，一人必到纸上活见。只得着人上京来寻门路，赌气偏要退定礼。如何？的是张家要与府尹攀亲。我想如今长安节度云老爷与府上最契，可以求太太与老爷说声，打发一封书去，求云老爷和那守备说一声，不怕那守备不依。若是肯行，张家连家孝敬也都情愿。”坏极妙极！若与府尹攀了亲，何惜张财不能再得。小人之心如此，良民遭害如此。凤姐听了笑道：“这事倒不大，五字是阿凤心迹。只是太太再不管这样的事。”老尼道：“太太不管，奶奶也可以主张了。”凤姐听说笑道：“我也不等银子使，口是心非，如闻如见。也不作这样的事。”净虚听了，打去妄想，半晌叹道：“虽如此说，一叹转出多少至恶不畏之文来。只是张家已知我来求府里，如今不管这事，张家不知道没工夫管这事，不希罕他的谢礼，倒像府里连这点子手段也没有的一般。”

闺阁营谋说事，往往被此等语惑了。

凤姐听了这话，便发了兴头，说道：“你是素日知道我的，从来不信什么阴司地狱报应的，批书人深知卿有是心，叹叹！凭是什么事，我说要行就行，你叫他拿三千两银子来，我就替他出这口气。”老尼听说，喜之不尽，忙说：“有，有，有！这个不难。”

对如是之奸尼，阿凤不得不如是语。

凤姐又道："我比不得他们，扯篷拉纤的图银子。欺人太甚。这三千银子不过是给打发说去的小厮作盘缠，使他赚几个辛苦钱，我一个钱也不要他的。便是三万两，我此刻也拿的出来。"阿凤欺人如此。老尼连忙答应，又说道："既如此，奶奶明日就开恩也罢了。"凤姐道："你瞧瞧我忙的，那一处少了我？既应了你，自然快快的了结。"老尼道："这点子事，在别人跟前就忙的不知怎么样，若是奶奶跟前，"若是奶奶"等语，陷害杀无穷英明豪烈者。誉而不喜，毁而不怒，或可逃此等术法。再添上些也不够奶奶一发挥的。只是俗语说的'能者多劳'。太太因大小事见奶奶妥贴，越性都推给奶奶了，奶奶也要保重金体才是。"一路话奉承的凤姐越发受用了，也不顾劳乏，更攀谈起来。总写阿凤聪明中的痴人。

实表奸淫尼庵之事如此。壬午季春。

谁想秦钟趁黑无人，来寻智能。刚到后面房中，只见智能独在房中洗茶碗，秦钟跑来便搂着亲嘴。智能急的跺着脚说："这算什么呢！再这么我就叫唤了。"秦钟求道："好人，我已急死了。你今儿再不依，我就死在这里。"智能道："你想怎样？除非等我出了这个牢坑，离了这些人，才依你。"秦钟道："这也容易，只是远水救不得近渴。"说着，一口吹了灯，满屋漆黑，将智能抱到炕上，此处写小小风流事，亦在人意外，谁知为小秦伏线，大有根据。就云雨起来。那智能百般挣挫不起，请问此等光景，是强是顺？

一片儿女之态，自与凡常不同。细极，妙极！又不好叫的，还是不肯叫。少不得依他了。正在得趣，只见一人进来，将他二人按住，也不则声。二人不知是谁，唬的不敢动一动。请掩卷细思，此刻形景真可喷饭。历来风月文字，可有如此趣味者？只听那人“嗤”的一声，掌不住笑了。二人听声，方知是宝玉。秦钟连忙起身抱怨道：“这算什么？”宝玉笑道：“你倒不依。咱们就叫喊起来。”羞的智能趁黑地跑了。宝玉拉了秦钟出来道：“你可还和我强？”秦钟笑道：“好人，前以二字称智能，今又称玉兄，看官细思。你只别嚷的众人知道，你要怎么样我都依你。”宝玉笑道：“这会子也不用说，等一会睡下，再细细的算账。”一时宽衣安歇的时节，凤姐在里间，秦钟、宝玉在外间，满地下皆是家下婆子打铺坐更。凤姐因怕通灵玉失落，便等宝玉睡下，命人拿来塞在自己枕边。宝玉不知与秦钟算何账目，未见真切，未曾记得，此系疑案，不敢纂创。忽又作如此评断，似自相矛盾，却是最妙之文。若不如此隐去，则又有何妙文可写哉。这方是世人意料不到之大奇笔。若通部中万万件细微之事俱备，《石头记》真亦太觉死板矣。故特用此二三件隐事，借石之未见真切，淡淡隐去，越觉得云烟渺茫之中，无限丘壑在焉。

若历写完，则不是《石头记》文字了。壬午季春。

一宿无话。至次日一早，便有贾母、王夫人打发人来看宝玉，又命多穿两件衣服，无事宁可回去。宝玉那里肯回去，又有秦钟恋着智能，调唆宝玉求凤姐再住一天。凤姐想了一想，一想便有许多好处，真好阿凤！凡丧仪大事虽妥，还有一半点小事未曾安插，可以指此再住一天，岂不又在贾珍跟前送了满情，二则又可以完净虚的那事，三则顺了宝玉的心，贾母听见，岂不欢喜？因有此三益，世人只云一举两得，独阿凤一举更添一。便向宝玉道："我的事都完了，你要在这里逛，少不得越性辛苦一日罢了，明日可是定要走的了。"宝玉听说，千姐姐万姐姐的央求："只住一日，明日必回去的。"于是又住了一夜。

凤姐便命悄悄将昨日老尼姑之事说与来旺儿。来旺儿心中俱已明白，急忙进城找着主文的相公，假托贾琏所嘱，修书一封，不细。连夜往长安县来。不过百里路程，两日工夫俱已妥协。那节度使名唤云光，久欠贾府之情，这一点小事，岂有不允之理，给了回书，旺儿回来，且不在话下。一语过下。

却说凤姐等又过一日，次日方别了老尼，着他三日后往府里去讨信。过至下回。那秦钟与智能百般不忍分离，背地里多少幽期密约，俱不用细述，只得含泪而别。凤姐又到铁槛寺中照望一番。宝珠执意不肯回家，贾珍只得派妇女相伴。后回再见。

请看作者写势利之情，亦必因激动。写儿女之情，偏生含蓄不吐。可谓细针密缝。其述说一段，言语形迹，无不逼真，圣手神文，敢不熏沐拜读？

第十六回

贾元春才选凤藻宫　秦鲸卿夭逝黄泉路

请看财势与情根，万物难逃造化门。旷典传来空好听，那如知己解温存。

幼儿小女之死，得情之正气，又为痴贪辈一针灸。凤姐恶迹多端，莫大于此件者，受赃婚以致人命。贾府连日闹热非常，宝玉无见无闻，却是宝玉正文。夹写秦、智数句，下半回方不突然。

黛玉回，方解宝玉为秦钟之忧闷，是天然之章法。平儿借香菱答话，是补菱姐近来着落。

赵妪讨情闲文，却引出通部脉络。所谓由小及大，譬如登高必自卑之意。细思大观园一事，若从如何奉旨起造，又如何分派众人，从头细细直写将来，几千样细事如何能顺笔一气写清。又将落于死板拮据之乡。故只用琏、凤夫妻二人一问一答，上用赵妪讨情作引，下文蓉、蔷来说事作收，余者随笔顺笔略一点染，则耀然洞彻矣。此是避难法。

大观园用省亲事出题，是大关键处，方见大手笔行文之立意。

借省亲事写南巡，出脱心中多少忆昔感今。

极热闹极忙中写秦钟夭逝，可知除“情”字，俱非宝玉正文。

大鬼小鬼论势利兴衰，骂尽攒炎附势之辈。

诗曰：……

却说宝玉见收拾了外书房，约定与秦钟读夜书。偏那秦钟秉性最弱，因在郊外受了些风霜，又与智能儿偷期绻缱，勿笑这样无能，却是写与人看。未免失于调养，回来时，便咳嗽伤风，懒进饮食，大有不胜之态。遂不敢出门，只在家中养息。为下文伏线。宝玉便扫了兴头，只得付于无可奈何，且自候静大愈时再约。所谓“好事多磨”也。脂砚。

那凤姐儿已是得了云光的回信，俱已妥协。老尼达知张家，果然那守备忍气吞声的收了前聘之物。谁知那个张财主虽如此爱势贪财，却养了一个知义多情的女儿，所谓“老鸦窝里出凤凰”。此女是在十二钗之外副者。闻得父母退了亲事，他便一条绳索悄悄的自缢了。那守备之子闻得金哥自缢，他也是个极多情的，遂也投河而死。不成双美满夫妻。只落得张李两家没趣，真是人财两空。这里凤姐却坐享了三千两，如何消缴，造业者不知，自有知者。王夫人等连一点消息也不知道。自此凤姐胆识愈壮，以后有了这样的事，便恣意的作为起来。也不消多记。一段收拾过。阿凤心机胆量，真与雨村是对乱世之奸雄。后文不必细写其事，则知其平生之作为。回首时无怪乎其惨痛之态，使天下痴心人同来一警，或可期共入于恬然自得之乡矣。

一日正是贾政的生辰，宁、荣二处人丁都齐集庆贺，闹热非常。忽有门吏忙忙进来，至席前报说：“有六宫都太监夏老爷来降旨。”吓得贾赦、贾政等一干人不知是何消息，忙止了戏文，撤去酒席，摆香案，启中门跪接。早见六宫都监夏守忠乘马而至，前后左右又有许多内监跟从。那夏守忠也并不曾负诏捧敕，至檐前下马，满面笑容走至厅上，南面而立，口内说：“特旨，立刻宣贾政入朝，在临敬殿陛见。”说毕，也不及吃茶，便乘马去了。贾政等不知是何兆头，只得急忙更衣入朝。

泼天喜事，却如此开宗，出人意料外之文也。壬午季春。

贾母等合家人等心中皆惶惶不定，不住的使人飞马来往报信。有两个时辰工夫，忽见赖大等三四个管家喘吁吁跑进仪门报喜，又说“奉老爷命，速请老太太带领太太等进朝谢恩”等语。那时贾母正心神不定，在大堂廊下伫立。慈母爱子写尽，回廊下伫立，与“日暮倚庐仍怅望”对景。余掩卷而泣。邢夫人、王夫人、尤氏、李纨、凤姐、迎春姊妹以及薛姨妈等皆在一处，听如此信至，贾母便唤进赖大来细问端的。赖大禀道：“小的们只在临敬门外伺候，里头的信息一概不能得知。后来还是夏太监出来道喜，说咱家大小姐晋封为凤藻宫尚书，加封贤德妃。后来老爷出来，亦如此吩咐小的。如今老爷又往东宫去了，速请老太太领着太太们去谢恩。”

“日暮倚庐仍怅望”，南汉先生句也。

贾母等听了方心神安定，不免又都洋洋喜气盈腮，字眼留神，亦人之常情。于是都按品大妆起来。贾母带领邢夫人、王夫人、尤氏一共四乘大轿入朝。

贾赦、贾珍亦换了朝服，带领贾蓉、贾蔷奉侍贾母大轿前往。于是宁、荣二处上下里外，莫不欣然踊跃，秦氏生魂，先告凤姐矣。个个面上皆有得意之状，言笑鼎沸不绝。

忽然接水月庵，似大脱泄，及读至后，方知紧收此大段，有如歌急调迫之际，忽闻戛然檀板截断，真见其大力量处，却便于写宝玉之文。

凡用宝玉收拾，俱是大关键。

谁知近日水月庵的智能私逃进城，好笔仗，好机轴！找至秦钟家下看视秦钟，不意被秦业知觉，将智能逐出，将秦钟打了一顿，自己气的老病发作，三五日光景呜呼死了。秦钟本自怯弱，又值带病未愈受了笞打，今见老父气死，此时悔痛无及，更又添了许多症候。因此宝玉心中怅然如有所失，虽闻得元春晋封之事，亦未解得愁闷。眼前多少热闹文字不写，却从万人意外撰出一段悲伤，是别人不屑写者，亦别人之不能处。贾母等如何谢恩，如何回家，亲朋如何来庆贺，宁、荣两处近日如何热闹，众人如何得意，独他一个皆视有如无，毫不曾介意。的的真真宝玉。因此众人嘲他越发呆了。欲发呆了。　大奇至妙之文，却用宝玉一人，连用五“如何”，隐过多少繁华势利等文。试思若不如此，必至种种写到，其死板拮据，琐碎杂乱，何可胜哉？故只借宝玉一人如此一写，省却多少闲文，却有无限烟波。

且喜贾琏与黛玉回来，先遣人来报信，明日就可到家，宝玉听了，方略有些喜意。不如此，后文秦钟死去，将何以慰宝玉？细问原由，方知贾雨村亦进京陛见，皆由王子腾累上保本，此来候补京缺，与贾琏是同宗弟兄，又与黛玉有师徒之谊，故同路作伴而来。林如海已葬入祖坟了，诸事停妥，贾琏方进京的。本该出月到家，因闻得元春喜信，遂昼夜兼程而进，一路俱各平安。宝玉只问得黛玉“平安”二字，余者也就不在意了。又从天外写出一段离合来，总为掩过宁、荣二处许多琐细闲笔，处处交代清楚，方好起大观园也。

好容易三字是宝玉心中。盼至明日午错，果报：“琏二爷和林姑娘进府了。”见面时彼此悲喜交接，未免又大哭一阵，后又致喜庆之词。世界上亦如此，不独书中瞬息，观此便可省悟。宝玉心中品度黛玉，越发出落的超逸了。黛玉又带了许多书籍来，忙着打扫卧室，安插器具，又将些纸笔等物分送宝钗、迎春、宝玉等人。宝玉又将北静王所赠鹡鸰香串珍重取出来，转赠黛玉。黛玉说：“什么臭男人拿过的，我不要他！”遂掷而不取。宝玉只得收回，暂且无话。略一点黛玉性情，赶忙收住，正留为后文地步。

且说贾琏自回家参见过众人，回至房中，正值凤姐近日多事之时，无片刻闲暇之工，补阿凤二句，最不可少。见贾琏远路归来，少不得拨冗接待。写得尖利刻薄。房内无外人，便笑道：“国舅老爷大喜！国舅老爷一路风尘辛苦。娇音如闻，俏态如见，少年夫妻常事，的确有之。小的听见昨日的头起报马来报，说今日大驾归府，略预备了一杯水酒掸尘，却是为下文作引。不知可赐光谬领否？”贾琏笑道：“岂敢，岂敢！多承，多承！”一言答不上，蠢才，蠢才！一面平儿与众丫鬟参拜毕，献茶。

贾琏遂问别后家中的事，又谢凤姐操持劳碌。凤姐道：“我那里照管得这些事！见识又浅，口角又夯，心肠又直率，人家给个棒槌，我就认作‘针’。脸又软，搁不住人给两句好话，心里就慈悲了。况且又无经历过大事，胆子又小，太太略有些不自在，此等文字，作者尽力写来，欲诸公认识阿凤，好看后文，勿为泛泛看过。

就吓得我连觉也睡不着了。我苦辞了几回，太太又不容辞，倒反说我图受用了，不肯习学了。殊不知我是捻着一把汗儿呢。一句也不敢多说，一步也不敢多走。你是知道的，咱们家所有的这些管家奶奶们，那一位是好缠的？独这一句不假。错一点儿，他们就笑话打趣，偏一点儿，他们就指桑说槐的抱怨。坐山观虎，借剑杀人，引风吹火，站干岸儿，推倒油瓶不扶，都是全挂子武艺。况且我年纪轻，头等不压众，怨不得不放我在眼里。更可笑三字是得意口气。那府里忽然蓉儿媳妇死了，珍大哥又再三再四的在太太跟前跪着讨情，只要请我帮他几日。我是再四推辞，太太断不依，只得从命。依旧被我闹了个马仰人翻，更不成个体统。得意之至口气。至今珍大哥还抱怨后悔呢！你这一来了，明儿你见了他，好歹描补描补，就说我年纪小，原没见过世面，谁叫大爷错委他的。”阿凤之弄琏兄，如弄小儿，可怕可畏！若生于小户，落在贫家，琏兄死矣！正说着，又用断法方妙。盖此等文断不可无，亦不可太多。只听外间有人说话，凤姐便问：“是谁？”平儿进来回道：“姨太太打发香菱妹子来问我一句话，我已经说了，打发他回去了。”贾琏笑道：“正是呢，方才我见姨妈去，不防和一个年轻的小媳妇子撞了个对面，生的好齐整模样。酒色之徒。我疑惑咱家并无此人，说话时因问姨妈，谁知就是上京来买的那小丫头，名叫香菱的，竟与薛大

阿凤之待琏兄，如弄小儿，可思之至。

傻子作了房里人，开了脸，越发出挑的标致了。那薛大傻子真玷辱了他。”垂涎如见。试问兄，宁有不玷平儿乎？凤姐道：“嗳，如闻。往苏杭走了一趟回来，也该见些世面了，这“世面”二字，单指女色也。还是这么眼馋肚饱的。你要爱他，不值什么，我去拿平儿换了他来如何？奇谈，是阿凤口中有此等语句。那薛老大又一样称呼，各得神理。也是‘吃着碗里望着锅里’，这一年来的光景，他为要香菱不能到手，补前文之未到，且并将香菱身分写出。和姨妈打了多少饥荒。也因姨妈看着香菱的模样儿好还是末则，其为人行事，却又比别的女孩儿不同，温柔安静，差不多的主子姑娘也跟他不上呢。何曾不是主子姑娘，盖卿不知来历也。作者必用阿凤一赞，方知莲卿尊重不虚。故此摆酒请客的费事，明堂正道的与他作了妾。过了没半月，也看的马棚风一般了，我倒心里可惜了的。”一段纳宠之文，偏于阿凤口中补出，亦奸猾幻妙之至！一语未了，二门上小厮传报：“老爷在大书房等二爷呢。”贾琏听了，忙忙整衣出去。

用平儿口头谎言，写补菱卿一项实事，并无一丝痕迹，而有作者有多少机括。

这里凤姐乃问平儿：“方才姨妈有什么事，巴巴的打发香菱来？”必有此一问。平儿笑道：“那里来的香菱，是我借他暂撒个谎。卿何尝谎言，的是补菱姐正文。奶奶说说，旺儿嫂子越发连个承算也没了。”此处系平儿捣鬼。说着，又走至凤姐身边，如闻如见。悄悄说道：“奶奶的那利钱银子，迟不送来，早不送来，这会子二爷在家，他且送这个来了。总是补遗。幸亏我在堂屋里撞见，不然时走了来回奶奶，二爷倘或问奶奶是什么利钱，奶奶自然不肯瞒二爷的，少不得照实告诉二爷。平姐欺看书人了。可儿可儿，凤姐竟被他哄了。我们二爷那脾气，油锅里的钱还要找出来花呢，听见奶奶有了这个梯己，他还不放心的花了呢！所以我赶着接了过来，叫我说了他两句，谁知奶奶偏听见了问，我就撒谎说香菱了。”一段平儿的见识作用，不枉阿凤生平刮目，又伏下多少后文，补尽前文未到。凤姐听了笑道：“我说呢！姨妈知道你二爷来了，忽喇八的反打发个房里人来了，原来你这蹄子肏鬼！”疼极反骂。

说话时贾琏已进来，凤姐便命摆上酒馔来，夫妻对坐。凤姐虽善饮，却不敢任兴，百忙中又点出大家规范，所谓无不周详，无不贴切。只陪着贾琏。一时贾琏的乳母赵嬷嬷走来，贾琏与凤姐忙让他一同吃酒，令其上炕去。赵嬷嬷执意不肯。平儿等早已炕沿下设下一杌子，又有一小脚踏，赵嬷嬷在脚踏上坐了。贾琏向桌上拣两盘肴馔与他放在杌上自吃。凤姐又道：“妈妈很咬不动那个，倒没的矼了他的牙。”何处着想？却是自然有的。因向平儿道：“早起我说那一碗火腿炖肘子很烂，正好给妈妈吃，你怎么不取去赶着叫他们热来？”又道：“妈妈，你尝一尝你儿子带来的惠泉酒。”补点不到之文，像极！赵嬷嬷道：“我喝呢，奶奶也喝一钟。怕什么？只不要过多了就是了。宝玉之李嬷，此处偏又写一赵嬷，特犯不犯。先有梨香院一回，今又写此一回，两两遥对，却无一笔相重，一事合掌。我这会子跑了来，倒也不为酒饭，倒有一件正紧事，奶奶好歹记在心里，疼顾我些罢。我们这爷，只是嘴里说的好，到了跟前就忘了我们。幸亏我从小儿奶了你这么大。我也老了，有的是那两个儿子，你就另眼照看他们些，别人也不敢呲牙儿的。为蔷、蓉作引。我还再四的求了你几遍，你答应的倒好，到如今还是燥屎。有是乎？这如今又从天上跑出这样一件大喜事来，那里用不着人？所以倒是来求奶奶是正紧。靠着我们爷，只怕我还饿死了呢。”

凤姐笑道：“妈妈你放心，两个奶哥哥都交给我。你从小儿奶的，你还有什么不知道他那脾气的？拿着皮肉倒往那不相干的外人身上贴。可是现放着奶哥哥，那一个不比人强？你疼顾照看他们，谁敢说个‘不’字儿？没的白便宜了外人。会送情。我这话也说错了，我们看着是‘外人’，你却看着是‘内人’一样呢！”可儿，可儿。说的满屋里人都笑了。赵嬷嬷也笑个不住，又念佛道：“可是屋子里跑出青天来了。若说‘内人’‘外人’这些混账事，我们爷是没有，千真万真是没有，一笑！　有是语，像极，毕肖。乳母护子。不过是脸软心慈，搁不住人求两句罢了。”凤姐笑道：“可不是呢，有‘内人’求的，他才慈软呢，他在咱们娘儿们跟前才是刚硬呢！”赵嬷嬷笑道：“奶奶说的太尽情了，我也乐了，再吃一杯好酒，从此我们奶奶做了主，我就没的愁了。”

贾琏此时没好意思，只是讪笑吃酒，说“胡说”二字——“快盛饭来，吃碗子还要往珍大爷那边去商议事呢！”凤姐道：“可是，别误了正事。才刚老爷叫你说什么？”一段赵妪讨情闲文，却引出通部脉络。所谓由小及大，譬如登高必自卑之意。细思大观园一事，若从如何奉旨起造，又如何分派众人，从头细细直写将来，几千样细事，如何能顺笔一气写清，又将落于死板拮据之乡。故只用琏、凤夫妻二人一问一答，上用赵妪讨情作引，下用蓉、蔷来说事作收，余者随笔顺笔略一点染，则耀然洞彻矣。此是避难法。贾琏道：“就为省亲。”二字醒眼之极，却只如此写来。凤姐忙问道：“忙”字最要紧，特于阿凤口中出此字，可知事关巨要，是书中正眼矣。“省亲的事竟准了不成？”问得珍重，可知是万人大观园用省亲事出题，是大关键事，方见大手笔行文之立意。畸笏。

意外之事。贾琏笑道：“虽不十分准，也有八分准了。”如此故顿一笔更妙，见得事关重大，非一语可了者，亦是大篇文章，抑扬顿挫之至。凤姐笑道：“可见当今的隆恩，历来听书看戏，古时从来未有的。”于闺阁中作此语，直与《击壤》同声。赵嬷嬷又接口道：“可是呢，我也老糊涂了。我听见上上下下吵嚷了这些日子，什么省亲不省亲的，我也不理论他去，如今又说省亲，到底是怎么个原故？”补近日之事，启下回之文。贾琏道：“如今当今体贴万人之心，世上至大莫如‘孝’字，想来父母儿女之性，皆是一理，不是贵贱上分别的。大观园一篇大文，千头万绪，从何处写起。今故用贾琏夫妻问答之间，闲闲叙出，观者已省大半，后再用蓉、蔷二人重一渲染，便省却多少赘瘤笔墨。此是避难法。当今自为日夜侍奉太上皇、皇太后，尚不能略尽孝意，因见宫里嫔妃、才人等皆是入宫多年，以致抛离父母音容，岂有不思想之理？在儿女思想父母，是分所应当。想父母在家，若只管思念儿女，竟不能一见，倘因此成疾致病，甚至死亡，皆由朕躬禁锢，不能使其遂天伦之愿，亦大伤天和之事。故启奏太上皇、皇太后，每月逢二六日期，准其椒房眷属入宫，请候看视。于是太上皇、皇太后大喜，深赞当今至孝纯仁，体天格物。因此二位老圣人又下旨意，说椒房眷属入宫，未免有国体仪制，母女尚不能惬怀。竟大开方便之恩，特降谕诸椒房贵戚，除二六日入宫之恩外，凡有重宇别院之家，可以驻

赵嬷一问，是文章家进一步门庭法则。

自政老生日用降旨截住，贾母等进朝如此热闹，用秦业死岔开，只写几个“如何”，将泼天喜事交代完了。紧接黛玉回，琏、凤闲话，以老妪勾出省亲事来，其千头万绪合榫贯连，无一毫痕迹。如此等，是书多多，不能枚举。想兄在青埂峰上经煅炼后，参透重关，至恒河沙数，如否？余曰：万不能有此机括，有此笔力，恨不得面问果否。叹叹！丁亥春，畸笏叟。

跸关防之处，不妨启请内廷銮舆入其私第，庶可略尽骨肉私情，天伦中之至性。此旨一下，谁不踊跃感戴？现今周贵人的父亲已在家里动了工了，修盖省亲别院呢。又有吴贵妃的父亲吴天佑家，也往城外踏看地方去了。又一样布置。这岂不有八九分了？”

赵嬷嬷道：“阿弥陀佛！原来如此。这样说，咱们家也要预备接咱们大小姐了？”文忠公之嬷。贾琏道：“这何用说呢！不然，这会子忙的是什么？”一段闲谈中补出多少文章，真是费长房“壶中天地”也！凤姐笑道：“若果如此，我可也见个大世面了。可恨我小几岁年纪，若早生二三十年，如今这些老人家也不薄我没见世面了。忽接入此句，不知何意，似属无谓。说起当年太祖皇帝仿舜巡的故事，比一部书还热闹，既知舜巡，而又说热闹，此妇人女子口头也。我偏没造化赶上。”不用忙，往后看。赵嬷嬷道：“嗳哟哟，那可是千载希逢的！那时候我才记事儿，咱们贾府正在姑苏、扬州一带监造海舫，修理海塘，只预备接驾一次，又要瞒人。把银子都花的淌海水似的！说起来——”又截得好。凤姐忙接道：“忙”字妙！上文“说起来”必未完，粗心看去，则说疑阙，殊不知正传神处。“我们王府也预备过一次。那时老爷爷单管各国进贡朝贺的事，凡有的外国人来，都是我们家养活。点出阿凤所有外国奇玩等物。粤、闽、滇、浙所有的洋船货物，都是我们家的。”

赵嬷嬷道：“那是谁不知道的？如今还有个口号儿呢，说，‘东海少了白玉床，龙王来请江南王’，这说的就是奶奶府上了。应前“葫芦案”。还有如今现在江南的甄家，甄家正是大关键，大节目，勿作泛泛口头语看。嗳哟哟，口气如闻。好势派！独他家接驾四次，点正题正文。若不是我们亲眼看见，告诉谁谁也不信的。别讲银子成了土泥，极力一写，非夸也，可想而知。凭是世上所有的，没有不是堆山塞海的，‘罪过可惜’四个字，真有是事，经过见过。竟顾不得了。”凤姐道：“我常听见我们太爷们也这样说，岂有不信的。对证。只纳罕他家怎么就这么富贵呢？”赵嬷嬷道：“告诉奶奶一句话，也不过是拿着皇帝家的银子往皇帝身上使罢了！是不忘本之言。谁家有那些钱买这个虚热闹去？”最要紧语。人苦不自知，能作是语者，吾未尝见。

正说的热闹，王夫人又打发人来瞧凤姐吃了饭不曾。凤姐便知有事等他，忙忙的吃了半碗饭，漱口要走。好顿挫。又有二门上小厮们回：“东府里蓉、蔷二位哥儿来了。”贾琏才漱了口，平儿捧着盆盥手，见他二人来了，便问：“什么话？快说。”凤姐且止步稍候，听他二人回些什么。

贾蓉先回说：“我父亲打发我来回叔叔，老爷们已经议定了，从东边一带借着东府里花园起简净之至。园基乃一部之主，必当如此写清。转至北边，一共丈量准了，三里半大，可以盖造省亲别院了。已经传人画图样去了，后一图伏线，大观园系玉兄与十二钗之太虚玄境，岂不草索。明日就得。叔叔才回家，未免劳乏，不用过我们那边去，应前贾琏口中。有话明日一早再请过去面议。”贾琏笑着说道：“多谢大爷费心体谅，我就从命不过去了。正紧是这个主意才省事，盖的也容易，若采置别处地方去，那更费事，且到不成体统。你回去说，这样很好，若老爷们再要改时，全仗大爷谏阻，万不可另寻地方。明日一早，我给大爷请安去，再议细话。”贾蓉忙应几个“是”。园已定矣。贾蔷又近前回说：“下姑苏割聘教习，“画蔷”一回伏线。采买女孩子，置办乐器行头等事，大爷派了侄儿，凡各物事，工价重大，兼伏隐着“情”字者，莫如此件。故园定后便先写此一件，余便不必细写矣。带领着来管家两个儿子，还有单聘仁、卜固修两个清客相公一同前往，所以命我来见叔叔。”贾琏听了，将贾蔷打量了打量，有神。笑道：“你能在这一行么？勾下文。这个事虽不甚大，里头大有藏掖的。”射利人微露心迹。　射利语，可叹是亲侄。贾蔷笑道：“只好学习着办罢了。”贾蓉在身傍灯影下悄拉凤姐的衣襟，凤姐会意，因笑道：“你也太操心了，难道大爷比咱们还不会用人？偏你又怕他不在行了，谁都是在行的？孩子们已长的这么大了，‘没吃过猪肉，也看见过猪跑’。大爷派他去，原不过是个坐纛旗儿，难道认真的叫他去讲价钱、会经纪去呢！依我说就很好。”贾琏道：“自然是这样，并不是我驳回，少不得替他筹算筹算。”因问：“这项银子动那一处的？”贾蔷道：“才也议到这里。赖爷爷说，此等称呼，令人酸鼻。　好称呼。竟不用从京里带下去，江南甄家还收着我们五万银子。明日写一封书信，会票我们带去，先支三万，下剩二万存着，等置办花烛彩灯并各色帘栊帐幔的使费。”贾琏点头道：“这个主意好。”

《石头记》中多作心传神会之文，不必道明，一道明白，便入庸俗之套。

凤姐便向贾蔷道：再不略让一步，正是阿凤一生短处。“既这样，我有两个在行妥当人，你就带他们去办，这个便宜了你呢。”贾蔷忙陪笑道：“正要和婶子讨两个人呢，写贾蔷乖处。这可巧了。”因问名字，凤姐便问赵嬷嬷。彼时赵嬷嬷已听呆了话，平儿忙笑推他，他才醒悟过来，真是强将手下无弱兵。至精至细。忙说：“一个叫赵天梁，一个叫赵天栋。”凤姐道：“可别忘了，我可干我的去了。”说着便出去了。贾蓉忙赶出来，又悄悄向凤姐道：“婶子要带什么东西？”凤姐笑道：有神。“别放你娘的屁，我的东西还没处撂呢，像极，的是阿凤。希罕你们鬼鬼祟祟的？”说着，已经去了。阿凤欺人处如此。忽又写到利弊，真令人一叹！

从头至尾，细看阿凤之待蓉、蔷，可为一体一党，然尚作如此语欺蓉，其待他人可知矣。

这里贾蔷也悄问贾琏要什么东西，顺便织来孝敬叔叔。贾琏笑道：“你别兴头，才学着办事，倒先学会这把戏。我短了什么少不得写信去告诉你，又作此语，不犯阿凤。且不要论到这里。”说毕，打发他二人去了。接着回事的人来，不止三四次，贾琏害乏，便传与二门上，一应不许传报，俱等明日料理。凤姐至三更时分方下来安歇，一宿无话。好文章，一句内隐两处若许事情。

次日早贾琏起来，见过贾赦、贾政，便往宁府中来，合同老管事人等，并几位世交门下清客相公，审察两府地方，缮画省亲殿宇，一面参度办理人丁。自此后，各行匠役齐集，一总。金银铜锡以及土木砖瓦之物，搬运移送不歇。先令匠役拆宁府会芳园墙垣楼阁，直接入荣府东大院中。荣府东边所有下人一带群房尽已拆去。当日宁、荣二宅虽有一小巷界断不通，然这小巷亦系私地，并非官道，故可以连属。补明，使观者如身临足到。会芳园本是从北角墙下引来一股活水，今亦无烦再引。园中诸景，最要紧是水，亦必写明方妙。余最鄙近之修造园亭者，徒以顽石土堆为佳，不知引泉一道。甚至丹青，惟知乱作山石树木，不知画泉之法，亦是恨事。其山石树木虽不敷用，贾赦住的乃是荣府旧园，其中竹树山石以及亭榭栏杆等物，皆可挪就前来。如此两处又甚近，凑来一处，省得许多财力，纵亦不敷，所添亦有限。全亏一个老明公号山子野者，妙号。随事生名。一一筹画起造。

贾政不惯于俗务，这也少不得的一节文字，省下笔来好作别样。只凭贾赦、贾珍、贾琏、赖大、来升、林之孝、吴新登、詹光、程日兴等几人安插摆布。凡堆山凿池，起楼竖阁，种竹栽花，一应点景之事，又有山子野制度。下朝闲暇，不过各处看望看望，最要紧处合贾赦商议商议便罢了。贾赦只在家高卧，有芥豆之事，贾珍等或自去回明，或写略节；或有话说，便传呼贾琏、赖大等来领命。贾蓉单管打造金银器皿。好差。贾蔷已起身往姑苏去了。贾珍、赖大等又点人丁，开册籍，监工等事，一笔不能写到，不过是喧阗热闹非常而已，暂且无话。

且说宝玉近因家中有这等大事，贾政不来问他的书，心中是件畅事。一笔不漏。无奈秦钟之病一日重似一日，也着实悬心，不能乐业。“天下本无事，庸人自扰之”。世上人各各如此，又非此情钟意功。这日一早起来才梳洗完毕，意欲回了贾母去望候秦钟。忽见茗烟在二门照壁前探头缩脑，宝玉忙出来问他作什

偏于大热闹处写大不得意之文，却无丝毫牵强，且有许多令人笑不了、哭不了、叹不了、悔不了，惟以大白酬我作者。壬午季春，畸笏。

么。茗烟道："秦相公不中用了！"从茗烟口中写出，省却多少闲文。宝玉听说，唬了一跳，忙问道："我昨儿才瞧了他来了，点常去。还明明白白的，怎么就不中用了？"茗烟道："我也不知道，才刚是他家的老头子来特告诉我的。"宝玉听了，忙转身回明贾母。贾母吩咐："好生派妥当人跟去，到那里尽一尽同窗之情就回来，不许多耽搁了。"

宝玉听了，忙忙的更衣出来，车犹未备，顿一笔，方不板。急的满厅乱转。一时催促的车到，忙上了车，李贵、茗烟等跟随，来至秦钟门首，悄无一人，目睹萧条景况。遂蜂拥至内室，唬的秦钟的两个远房婶子并几个弟兄都藏之不迭。妙！这婶母、兄弟是特来等分绝户家私的。不表可知。

此时秦钟已发过两三次昏了，移床易箦多时矣。余亦欲哭。宝玉一见，便不禁失声。李贵忙劝道："不可，不可，秦相公是弱症，未免炕上挺扛的骨头不受用，李贵亦能道此等语。所以暂且挪下来松散些。哥儿如此，岂不反添了他的病？"宝玉听了方忍住。近前见秦钟面如白蜡，宝玉叫道："鲸兄！宝玉来了。"连叫三声，秦钟不睬。宝玉又道："宝玉来了！"

《石头记》一部中，皆是近情近理必有之事，必有之言，又如此等荒唐不经之谈间亦有之。是作者故意游戏之笔，聊以破色取笑，非如别书认真说鬼话也。

那秦钟早已魂魄离身，只剩得一口悠悠余气在胸，正见许多鬼判持牌提索来捉他。看至此一句令人失望，再看至后面数语，方知作者故意借世俗愚谈愚论设譬，喝醒天下迷人，翻成千古未见之奇文奇笔。那秦钟魂魄那里就肯去，又记念着家中无人掌管家务，扯淡之极，令人发一大笑。余谓诸公莫笑，且请再思。又记挂着父母还有留积下的三四千两银子，更属可笑，更可痛哭。又记挂着智能尚无下落，忽从死人心中补出活人原由，更奇，更奇！因此百般求告鬼判。无奈这些鬼判都不肯徇私，反叱咤秦钟道："亏你还是读过书的人，岂不知俗语说的：'阎王叫你三更死，谁敢留你到五更。'我们阴间上下都是铁面无私的，不比你们阳间写杀了。瞻情顾意，有许多的关碍处。"

可想鬼不读书，信已哉。

正闹着，那秦钟的魂魄忽听见"宝玉来了"四字，又央求道："列位神差，略发慈悲，让我回去，合这一个好朋友说一句话就来的。"众鬼道："又是什么好朋友？"秦钟道："不瞒列位，就是荣国公孙子，小名宝玉的。"都判官听了，先就唬慌起来，忙喝骂鬼使道："我说你们放回了他去走走罢，你们断不依我的话，如今只等他请出个运旺时盛的人来才罢。"如闻其声，试问谁曾见都判来？观此则又见一都判跳出来，调侃世情固深，然游戏笔墨一至于此，真可压倒古今小说。这才算是小说。众鬼见都判如此，也都忙了手脚，一面又抱怨道："你老人家先是那等雷霆电雹，原来见不得'宝玉'二字。调侃"宝玉"二字极妙！　大可发笑。依我们愚见，他是阳间，我们是阴间，怕他也无益于我们。"神鬼也讲有益无益。都判道："放屁！俗语说的好，'天下官管天下的事'，阴阳并无二理。更妙。

世人见"宝玉"而不动心者为谁。

愈不通愈妙，愈错会意愈奇。脂砚。别管他阴也罢，阳也罢，敬着点没错了的。”名曰捣鬼。众鬼听说，只得将秦魂放回……哼了一声，微开双目，见宝玉在侧，乃勉强叹道：“怎么不肯早来？千言万语，只此一句。再迟一步，也不能见了。”宝玉忙携手垂泪道：“有什么话留下两句。”只此句便足矣。秦钟道：“并无别话。以前你我见识自为高过世人，我今日才知自误。谁不悔迟。以后还该立志功名，以荣耀显达为是。”此刻无此二语，亦非玉兄之知己。说毕，便长叹一声，萧然长逝。若是细述一番，则不成《石头记》之文矣。下回分解。

观者至此，必料秦钟另有异样奇语，然却只以此二语为嘱，试思若不如此为嘱，不但不近人情，亦且太露穿凿，读此则知全是悔迟之恨。

大凡有势者，未尝有意欺人，奈群小蜂起，浸润左右，伏首下气，奴颜婢膝，或激或顺，不计事之可否，以要一时之利。有势者自任豪爽，斗露才华，未审利害，高下其手，偶有成就，一试再试，习以为常，则物理人情皆所不论。又财货丰余，衣食无忧，则所乐者必旷世所无。要其必获，一笑百万，是所不惜。其不知排场已立，收敛实难，从此勉强，至成蹇窘。时衰运败，百计颠翻，昔年豪爽，今朝指背。此千古英雄同一慨叹者。大抵作者发大慈大悲愿，欲诸公开巨眼，得见毫微，塞本穷源，以成无碍极乐之至意也。

第十七回至十八回

大观园试才题对额　荣国府归省庆元宵

此回宜分二回方妥。

宝玉系诸艳之冠，故大观园对额必得玉兄题跋，且暂题灯匾联上，再请赐题，此千妥万当之章法。

诗曰：

　　豪华虽足羡，离别却难堪。

　　博得虚名在，谁人识苦甘？好诗，全是讽刺。近之谚云："又要马儿好，又要马儿不吃草。"真骂尽无厌贪痴之辈。

话说秦钟既死，宝玉痛哭不已，李贵等好容易劝解半日方住，归时犹是凄恻哀痛。贾母帮了几十两银子，外又另备奠仪，宝玉去吊纸。七日后便送殡掩埋了，别无述记。只有宝玉日日思慕感悼，然亦无可如何了。每于此等文后，便用此语作结，是板定大章法，亦是此书大旨。惯用此等章法。

又不知历几何时，年表如此写，亦妙。这日贾珍等来回贾政："园内工程俱已告竣，大老爷已瞧过了，只等老爷瞧了，或有不妥之处再行改造，好题匾额对联的。”贾政听了，沉思一会，说道：“这匾额对联倒是一件难事。论理该请贵妃赐题才是，然贵妃若不亲睹其景，大约亦必不肯妄拟。若直待贵妃游幸过再请题，偌大景致，若干亭榭，无字标题，也觉寥落无趣，任有花柳山水，也断不能生色。”众清客在旁笑答道：“老世翁所见极是。如今我们有个愚见：各处匾额对联断不可少，亦断不可定名，如今且按其景致，或两字，三字，四字，虚合其意，拟了出来，暂且做灯匾联悬了。待贵妃游幸时，再请定名，岂不两全？”贾政等听了都道：“所见不差。我们今日且看看去，只管题了，若妥当便用，不妥时，然后将雨村请来，令他再拟。”点雨村，照应前文。众人笑道：“老爷今日一拟定佳，何必又待雨村？”贾政笑道：“你们不知，我自幼于花鸟山水题咏上就平平，是纱帽头口气。如今上了年纪，且案牍劳烦，于这怡情悦性文章上更生疏了，纵拟了出来，不免迂腐古板，反不能使花柳园亭生色，似不妥协，反没意思。”众清客笑道：“这也无妨。我们大家看了公拟，各举其长，优则存之，劣则删之，未为不可。”贾政道：“此论极是。且喜今日天气和暖，大家去逛逛。”音光，字去声，出《谐声字笺》。说着起身，引众人前往。贾珍先去园中知会众人。

政老情字如此写。壬午季春，畸笏。

可巧近日宝玉因思念秦钟，忧戚不尽，贾母常命人带他到园中来戏耍，现成榫楔，一丝不费力，若特唤出宝玉来，则成何文字？此时亦才进去，忽见贾珍走来，向他笑道："你还不出去，老爷就来了。"宝玉听了，带着奶娘小厮们，一溜烟就出园来。不肖子弟来看形容，余初看之，不觉怒焉。盖谓作者形容余幼年往事，因思彼亦自写其照，何独余哉！信笔书之，供诸大众同一发笑。方转过弯，顶头贾政引众客来了，躲之不及，只得一边站了。贾政近因闻得塾掌称赞宝玉专能对对联，虽不喜读书，偏倒有些歪才情似的，如此顺笔写来，然却是宝玉正传。今日偶然撞见这机会，便命他跟来。如此偶然方妙，若特特唤来题额，真不成文矣。宝玉只得随往，尚不知何意。

贾政刚至园门前，只见贾珍带领许多执事人来，一旁侍立。贾政道："你且把园门都关上，我们先瞧了外面再进去。"是行家看法。贾珍听说，命人将门关了。贾政先秉正看门。只见正门五间，上面桶瓦泥鳅脊，那门栏窗槅皆是细雕新鲜花样，并无朱粉涂饰，一色水磨群墙，门雅，墙雅，不落俗套。下面白石台矶，凿成西番草花样。左右一望，皆雪白粉墙，下面虎皮石，随势砌去，果然不落富丽俗套，自是欢喜。遂命开门，只见迎面一带翠嶂挡在面前。掩隐好极。众清客都道："好山，好山！"贾政道："非此一山，一进来园中所有之景，悉入目中，则有何趣？"众人道："极是。非胸中大有丘壑，焉想及此！"说毕，往前一望，见白石崚嶒，想入其中，一时难辨方向，用"前""后""这边""那边"等字，正是不辨东西。或如鬼怪，或如猛兽，纵横拱立，上面苔藓成斑，藤萝掩映，曾用两处旧有之园所改，故如此写方可，细极！其中微露羊肠小径。好景界，山子野精于此技。此是小径，非行车辇通道，今贾政原欲游览其景，故指此等处写之，想其通路大道，自是堂堂冠冕气象，无庸细写者也，后于省亲之时，已得知矣。贾政道："我们就从此小径游去，回来由那一边出去，方可遍览。”说毕，命贾珍在前引导，自己扶了宝玉，逶迤进入山口。此回乃一部之纲绪，不得不细写，尤不可不细批注。盖后文十二钗书，出入来往之境方不能错乱，观者亦如身临足到矣。今贾政虽进的是正门，却行的是僻路，按此一大园，羊肠鸟道，不止几百十条，穿东度西，临山过水，万勿以今日贾政所行之径，考其方向基址。故正殿反于末后写之，足见未由大道而往，乃逶迤转折而经也。　宝玉此刻已料定吉多凶少。抬头忽见山上有镜面白石一块，新奇。正是迎面留题处。留题处便精，不必限定凿金镂银一色恶俗，赖及枣梨之力。贾政回头笑道：“诸公请看，此处题以何名方妙？”众人听说，也有说该题“叠翠”二字，也有说该题“锦嶂”的，又有说“赛香炉”的，又有说“小终南”的，种种名色，不止几十个。

原来众客心中早知贾政要试宝玉的功业进益何如，只将些俗套来敷衍。宝玉亦料定此意。补明，好！贾政听了，便回头命宝玉拟来。宝玉道：“尝闻古人有云，‘编新不如述旧，刻古终胜雕今’。未闻古人说此两句，却又似有者。况此处并非主山正景，原无可题之处，不过是探景一进步耳。此论却是。莫若直书‘曲径通幽处’，这句旧诗在上，倒还大方气派。”众人听了都赞道：“是极！二世兄天分高，才情远，不似我们读腐了书的。”贾政笑道：“不当谬奖，他年小，不过以一知充十用，取笑罢了，再俟选拟。”

说着进入石洞来，只见佳木茏葱，奇花烂灼，一带清流，从花木深处曲折泻于石隙之下。这水是人力引来做的。再进数步，渐向北边，细极！后文所以云进贾母卧房后之角门，是诸钗日相来往之境也。后文又云诸钗所居之处，只在西北一带，最近贾母卧室之后，皆从此“北”字而来。平坦宽豁，两边飞楼插空。雕甍绣槛，皆隐于山坳树杪之间。俯而视之，则清溪泻雪，石磴穿云，前已写山至宽处，此则由低处至高处，各景皆遍。白石为栏，环抱池沿，石桥三港，兽面衔吐，桥上有亭。前已写山写石，今则写池写楼，各景皆遍。贾政与诸人上了亭子，倚栏坐了，此亭大抵四通八达，为诸小径之咽喉要路。因问："诸公以何题此？"诸人都道："当日欧阳公《醉翁亭记》有云'有亭翼然'，就名'翼然'。"贾政笑道："'翼然'虽佳，但此亭压水而成，还须偏于水题方称。依我拙裁，欧阳公之'泻出于两峰之间'，竟用他这一个'泻'字。"有一客道："是极，是极。竟是'泻玉'二字妙！"贾政拈髯寻思，因抬头见宝玉侍侧，便笑命他也拟一个来。

宝玉听说，连忙回道："老爷方才所议已是。但是如今追究了去，似乎当日欧阳公题酿泉，用一'泻'字则妥，今日此泉若亦用'泻'字，则觉不妥。况此处虽云省亲驻跸别墅，亦当入于应制之例，用此等字眼，亦觉粗陋不雅，求再拟较此蕴藉含蓄者。"贾政笑道："诸公听此论若何？方才众人编新，你又说不如述古。如今我们述古，你又说粗陋不妥。你且说你的来我听。"宝玉道："有用'泻玉'二字，则莫若'沁芳'二字，岂不新雅。"果然。真新雅。贾政拈髯点头不语。众人都忙迎合，赞宝玉才情不凡。贾政道："匾上二字容易，再作一副七言对联来。"宝玉听说，立于亭上，四顾一望，便机上心来，乃念道：

（拈髯点头不语）六字是严父大露悦容也。壬午春。

绕堤柳借三篙翠，要紧，贴切水字。隔岸花分一脉香。恰极，工极，绮靡秀媚，香奁正体。

贾政听了，点头微笑。众人先称赞不已。

于是出亭过池，一山一石，一花一木，莫不着意观览。浑写两句，已见经行处愈远，更至北一路矣。忽抬头看见前一带粉垣，里面数楹修舍，有千百竿翠竹遮映。众人都道："好个所在！"于是大家进入，此方可为颦儿之居。只见入门便是曲折游廊，不犯超手游廊。阶下石子漫成甬路。上面小小两三间房舍，一明两暗，里面都是合着地步打就的床几椅案。从里间房内又得一小门，出去则是后院，有大株梨花兼着芭蕉。又有两间小小退步。后院墙下忽开一隙，得泉一派，开沟仅尺许，灌入墙内，绕阶缘屋至前院，盘旋竹下而出。贾政笑道："这一处还罢了，一处。若能月夜坐此窗下读书，不枉虚生一世。"说毕，看着宝玉，唬的宝玉忙垂了头。点一笔。

众客忙用话开释，客不可不有。又说道："此处的匾该题四个字。"贾政笑问："那四字？"一个道是"淇水遗风"。贾政道："俗。"余亦如此。又一个是"睢园雅迹"。贾政道："也俗。"贾珍笑道："还是宝玉兄弟拟一个来。"贾政道："他未曾作，知子者莫如父。先要议论人家的好歹，可见就是个轻薄人。"众客道："议论的极是，其奈他何？"贾政忙道："休如

又换一章法。壬午春。

此纵了他。”因命他道：“今日任你狂言乱道，先设议论来，然后方许你作。又一格式，不然，不独死板，且亦大失严父素体。方才众人可有使得的？”宝玉见问，答道：“都似不妥。”明知是故意要他搬驳议论，落得肆行施展。贾政冷笑道：“怎么不妥？”宝玉道：“这是第一处行幸之处，必须颂圣方可。若用四字的匾，又有古人现成的，何必再作？”贾政道：“难道‘淇水’‘睢园’不是古人的？”宝玉道：“这太板腐了。莫若‘有凤来仪’四字。”果然，妙在双关暗合。众人都哄然叫妙。贾政点头道：“畜生，畜生，可谓‘管窥蠡测’矣。”因命：“再题一联来。”宝玉便念道：

于作诗文时，虽政老亦有如此令旨，可知严父亦无可奈何也，不学纨绔来看。畸笏。

宝鼎茶闲烟尚绿，“尚”字妙极，不必说竹，然恰恰是竹中精舍。幽窗棋罢指犹凉。“犹”字妙，“尚绿”“犹凉”四字，便如置身于森森万竿之中。

贾政摇头说道：“也未见长。”说毕，引众人出来。方欲走时，忽又想起一事来，不板。因问贾珍道：“这些院落房宇此一顿少不得。并几案桌椅都算有了，还有那些帐幔帘子并陈设玩器古董，可也都是一处一处合式配就的？”大篇长文，不如此顿，则成何话说？贾珍回道：“那陈设的东西早已添了许多，自然临期合式陈设，帐幔帘子，昨日听见琏兄弟说还不全。那原是一起工程之时就画了各处的图样，量准尺寸，就打发人办去的。想必昨日得了一半。”补出近日忙冗，千头万绪景况。贾政听了，便知此事不是贾珍的首尾，便命人去唤贾琏。

一时贾琏赶来，写出忙冗景况。贾政问他共有几种，现今得了几种，尚欠几种。贾琏见问，忙向靴桶内取靴掖内装的一个纸折略节来，细极！从头至尾，誓不作一笔逸安苟且之笔。看了一看，回道：“妆、一字一句。蟒、绣、堆、刻丝、弹墨，二字一句。并各色绸绫大小幔子一百二十架，昨日得了八十架，下欠四十架。帘子二百挂，昨日俱得了。外有猩猩毡帘二百挂，金丝藤红漆竹帘二百挂，墨漆竹帘二百挂，五彩线络盘花帘二百挂，每样得了一半，也不过秋天都全了。椅搭、桌围、床裙、桌套，每分一千二百件，也有了。”

一面走，一面说，是极。倏尔青山斜阻，“斜”字细，不必拘定方向。诸钗所居之处，若稻香村、潇湘馆、怡红院、秋爽斋、蘅芜苑等，都相隔不远，究竟只在一隅，然处置得巧妙，使人见其千丘万壑，恍然不知所穷。所谓会心处不在乎远，大抵一山一水、一木一石，全在人之穿插布置耳。转过山怀中，隐隐露出一带黄泥筑就矮墙，墙头皆用稻茎掩护。配的好。有几百株杏花，如喷火蒸霞一般。里面数楹茅屋。外面却是桑、榆、槿、柘，各色树稚新条，随其曲折，编就两溜青篱。篱外山坡之下，有一土井，旁有桔槔辘轳之属。下面分畦列亩，佳蔬菜花，漫然无际。阅至此，又笑别部小说中一万个花园中，皆是牡丹亭、芍药圃，雕栏画栋、琼榭朱楼，略不差别。

贾政笑道：“倒是此处有些道理，固然系人力穿凿，此时一见，未免勾引起我归农之意。极热中偏以冷笔点之，所以为妙。我们且进去歇息歇息。”说毕，方欲进篱门去，忽见路旁有一石碣，真妙真新。亦为留题之备。更恰当，若有悬额之处，或再用镜面石，岂复成文哉？忽想到“石碣”二字，又托出许多郊野气色来，一肚皮千丘万壑，只在这石碣上。众人笑道："更妙！更妙！此处若悬匾待题，则田舍家风一洗尽矣。立此一碣，又觉生色许多，赞得是。这个篾翁有些意思。非范石湖田家之咏不足以尽其妙。"客不可不养。贾政道："诸公请题。"众人道："方才世兄有云，'编新不如述旧'，此处古人已道尽矣，莫若直书'杏花村'妙极！"贾政听了，笑向贾珍道："正亏提醒了我。此处都妙极，只是还少一个酒幌。明日竟作一个，不必华丽，就依外面村庄的式样作来，用竹竿挑在树梢。"贾珍答应了，又回道："此处竟还不可养雀鸟，只是买些鹅鸭鸡类，才都相称了。"贾政与众人都道："更妙。"贾政又向众人道："'杏花村'固佳，只是犯了正名，村名直待请名方可。"众客都道："是呀！如今虚的，便是什么字样好？"

大家想着，宝玉却等不得了，又换一格方不板。也不等贾政的命，忘情有趣。便说道："旧诗有云：'红杏梢头挂酒旗。'如今莫若'杏帘在望'四字。"妙在一"在"字。众人都道："好个'在望'！又暗合'杏花村'的意。"宝玉冷笑道：忘情最妙。"村名若用'杏花'二字，则俗陋不堪了。又有古人诗云，'柴门临水稻花香'，何不就用'稻香村'的妙？"众人听了，亦发哄声拍手道："妙！"贾政一声断喝："无知的业障！你能知道几个古人，能记得几首熟诗？也敢在老先生前卖弄！你方才那些胡说的，不过是试你的清浊，

爱之至，喜之至，故作此语。

作者至此，宁不笑杀？壬午春。

取笑而已，你就认真了！”

说着引人步入茆堂，里面纸窗木榻，富贵气象一洗皆尽。贾政心中自是欢喜，却瞅宝玉道：“此处如何？”众人见问，都忙悄悄的推宝玉，教他说好。宝玉不听人言，便应声道：“不及‘有凤来仪’多矣。”公然自定名，妙！贾政听了道：“无知的蠢物，你只知朱楼画栋，恶赖富丽为佳，那里知道这清幽气象。终是不读书之过！”宝玉忙答道：“老爷教训的固是，但古人常云‘天然’二字，不知何意？”

众人见宝玉牛心，都怪他呆痴不改。今见问“天然”二字，众人忙道：“别的都明白，如何连‘天然’不知。‘天然’者，天之自然而有，非人力之所成也。”宝玉道：“却又来！此处置一田庄，分明见得人力穿凿扭捏而成。远无邻村，近不负郭，背山山无脉，临水水无源，高无隐寺之塔，下无通市之桥，峭然孤出，似非大观。争似先处有自然之理，得自然之气，虽种竹引泉，亦不伤于穿凿。古人云‘天然图画’四字，正畏非其地而强为地，非其山而强为山，虽百般精而终不相宜……”未及说完，贾政气的喝命：“叉出去！”刚出去，又喝命：“回来！”命再题一联：“若不通，一并打嘴！”宝玉只得念道：

所谓“奈何他不得”也，呵呵。畸笏。

新涨绿添浣葛处，采《诗》颂圣，最恰当。

好云香护采芹人。采《风》采《雅》都恰当。然冠冕中又不失香奁格调。

贾政听了摇头说："更不好。"一面引人出来，转过山坡，穿花度柳，抚石依泉，过了荼蘼架，再入木香棚，越牡丹亭，度芍药圃，入蔷薇院，出芭蕉坞，盘旋曲折。略用套语一束，与前顿破格不板。忽闻水声潺湲，泻出石洞，上则萝薜倒垂，下则落花浮荡。仍是沁芳溪矣。究竟基址不大，全是曲折掩隐之巧可知。众人都道："好景，好景！"贾政道："诸公题以何名？"众人道："再不必拟了，恰恰乎是'武陵源'三个字。"贾政笑道："又落实了，而且陈旧。"众人笑道："不然就用'秦人旧舍'四字也罢了。"宝玉道："这越发过露了，'秦人旧舍'说避乱之意，如何使得？莫若'蓼汀花溆'四字。"贾政听了，更批胡说。

于是要进港洞时，又想起有船无船。贾珍道："采莲船共四只，座船一只，如今尚未造成。"贾政笑道："可惜不得入了。"贾珍道："从山上盘道亦可以进去。"说毕，在前导引，大家攀藤抚树过去。只见水上落花愈多，其水愈清，溶溶荡荡，曲折萦纡。池边两行垂柳杂着桃杏，遮天蔽日，真无一些尘土。忽见柳阴中又露出一个折带朱栏板桥来，此处才见一朱粉字样，绿柳红桥，此等点缀亦不可少。后文写芦雪广则曰"蜂腰板桥"，都施之得宜，非一幅死稿也。度过桥去，诸路可通，补四字，细极，不然后文宝钗来往则将日日爬山越岭矣。记清此处，则知后文宝玉所行常径非此处也。便见一所清凉瓦舍，一色水磨砖墙，清瓦花堵，那大主山所分之脉，两见大主山，稻香村又云怀中不写主山，而主山处处映带，连络不断可知矣。皆穿墙而过。好想。贾政道："此处这所房子无味的很。”故先顿此一笔，使后文愈觉生色。未扬先抑之法。盖钗、颦对峙，有甚难写者。因而步入门时，忽迎面突出插天的大玲珑山石来，四面群绕各式石块，竟把里面所有房屋悉皆遮住，而且一株花木也无。更奇妙。只见许多异草：或有牵藤的，或有引蔓的，或垂山巅，或穿石隙，甚至垂檐绕柱，萦砌盘阶，更妙！或如翠带飘飖，或如金绳盘屈，或实若丹砂，或花如金桂，味芬气馥，非花香之可比。前三处皆还在人意之中，此一处则今古书中未见之工程也。连用几“或”字，是从昌黎《南山诗》中学得。贾政不禁道：“有趣！前有“无味”二字，及云“有趣”二字，更觉生色，更觉重大。只是不大认识。”有的说是薜荔藤萝。贾政道：“薜荔藤萝不得如此异香。”宝玉道：“果然不是。这些之中也有藤萝薜荔，那香的是杜若蘅芜。那一种大约是茝兰，这一种大约是清葛，那一种是金葼草，这一种是玉蕗藤，红的自然是紫芸，绿的定是青芷。金葼草见《字汇》，玉蕗见《楚辞》，“菎蕗杂于黀蒸”，茝、葛、芸、芷，皆不必注，见者太多。此书中异物太多，有人生之未闻未见者，然实系所有之物，或名差理同者亦有之。想来《离骚》《文选》等书上所有的那些异草，也有叫作什么藿蒳姜荨的，也有叫作什么纶组紫绛的，还有石帆、水松、扶留等样，左太冲《吴都赋》。又有叫什么绿荑的，还有什么丹椒、蘼芜、风连。以上《蜀都赋》。如今年深岁改，人不能识，故皆像形夺名，渐渐的唤差了，也是有的。”自实注一笔，妙！未及说完，贾政喝道：“谁问你来！”又一样止法。唬的宝玉倒退，不敢再说。

贾政因见两边俱是超手游廊，便顺着游廊步入，只见上面五间清厦连着卷棚，四面出廊，绿窗油壁，更比前几处清雅不同。贾政叹道：“此轩中煮茶操琴，亦不必再焚名香矣。前二处，一日月下读书，一曰勾引起归农之意，此则操琴煮茶，断语皆妙。此造已出意外，诸公必有佳作新题，以颜其额，方不负此。”众人笑道：“再莫若‘兰风蕙露’贴切了。”贾政道：“也只好用这四字。其联若何？”一人道：“我倒想了一对，大家批削改正。”念道是：

麝兰芳霭斜阳院，杜若香飘明月洲。

众人道：“妙则妙矣，只是‘斜阳’二字不妥。”那人道：“古人诗云：‘蘼芜满手泣斜晖。’”众人道：“颓丧，颓丧。”又一人道：“我也有一联，诸公评阅评阅。”因念道：

三径香风飘玉蕙，一庭明月照金兰。此二联皆不过为钓宝玉之饵，不必认真批评。

贾政拈髯沉吟，意欲也题一联。忽抬头见宝玉在旁，不敢则声，因喝道：“怎么你应说话时又不说了？还要等人请教你不成！”宝玉听说，便回道：“此处并没有什么兰麝、明月、洲渚之类，若要这样着迹起来，就题二百联也不能完。”贾政道：“谁按着你的头，叫你必定说这些字样呢？”宝玉道：“如此说匾上则莫若‘蘅芷清芬’。对联则是：吟成豆蔻才犹艳，睡足酴醾梦也香。”实佳。

贾政笑道：“这是套的‘书成蕉叶文犹绿’，不足为奇。”众客道：“李太白‘凤凰台’之作，全套‘黄鹤楼’，只要套得妙。这一位篾翁更有意思。如今细评起来，方才这一联，竟比‘书成蕉叶’犹觉幽娴活泼。视‘书成’之句，竟似套此而来。”贾政笑道：“岂有此理！”

说着，大家出来。行不多远，则见崇阁巍峨，层楼高起，面面琳宫合抱，迢迢复道萦纡，青松拂檐，玉栏绕砌，金辉兽面，彩焕螭头。贾政道：“这是正殿了，想来此殿在园之正中，按园不是殿方之基，西北一带通贾母卧室后，可知西北一带是多宽出一带来的，诸钗始便于行也。只是太富丽了些。”众人都道：“要如此方是，虽然贵妃崇节尚俭，天性恶繁悦朴，写出贾妃身分天性。然今日之尊，礼仪如此，不为过也。”一面说，一面走，只见正面正面，细。现出一座玉石牌坊来，上面龙蟠螭护，玲珑凿就。贾政道：“此处书以何文？”众人道：“必是‘蓬莱仙境’方妙。”贾政摇头不语。

一路顺顺逆逆，已成千丘万壑之景，若不有此一段大江截住，直成一盆景矣。作者从何落笔着想？

宝玉见了这个所在，心中忽有所动，寻思起来，倒像那里曾见过的一般，却一时想不起那年月日的事了。仍归于葫芦一梦之太虚玄境。贾政又命他作题，宝玉只顾细思前景，全无心于此了。众人不知其意，只当他受了这半日的折磨，精神耗散，才尽词穷了。再要考难逼迫，着了急，或生出事来，倒不便。遂忙都劝贾政：“罢，罢，明日再题罢了。”贾政心中也怕贾母不放心，一笔不漏。遂冷笑道：“你这畜生，也竟有不能之时了。也罢，限你一日，明日若再不能，我定不饶。这是要紧一处，更要好生作来！”

说着，引人出来，再一观望，原来自进门起，所行至此，才游了十之五六。总住，妙！伏下后文所补等处，若都入此回写完，不独太繁，使后文冷落，亦且非《石头记》之笔。又值人来回，有雨村处遣人回话。又一紧，故不能终局也。此处渐渐写雨村亲切，正为后文地步，伏脉千里，横云断岭法。贾政笑道：“此数处不能游了。虽如此，到底从那一边出去，纵不能细观，也可稍览。”说着引客行来，至一大桥前，见水如晶帘一般奔入。原来这桥便是通外河之闸，引泉而入者。写出水源，要紧之极。近之画家着意于山，若不讲水，又造园圃者，惟知弄莽憨顽石壅笨冢，辄谓之景，皆不知水为先着。此园大概一描，处处未尝离水，盖又未写明水之从来，今终补出，精细之至。贾政因问：“此闸何名？”宝玉道：“此乃沁芳泉之正源，就名‘沁芳闸’。”究竟只一脉，赖人力引导之功，园不易造，景非泛写。贾政道：“胡说，偏不用‘沁芳’二字。”此以下皆系文终之余波，收的方不突。

于是一路行来，或清堂茅舍，或堆石为垣，或编花为牖，或山下得幽尼佛寺，或林中藏女道丹房，或长廊曲洞，或方厦圆亭，贾政皆不及进去，伏下栊翠庵、芦雪广、凸碧山庄、凹晶溪馆、暖香坞等诸处，于后文一断一断补之，方得云龙作雨之势。因说半日腿酸，未尝歇息，忽又见前面又露出一所院落了来，贾政笑道：“到此可要进去歇息歇息了。”说着，一径引人绕着碧桃花，怡红院如此写来，用无意之笔，却是极精细文字。穿过一层竹篱花障编就的月洞门，未写其居，先写其境。俄见粉墙环护，绿柳周垂。与“万竿修竹”遥映。

问卿此居比大荒山若何？

贾政与众人进去，一入门，两边都是游廊相接。院中点衬几块山石，一边种着数本芭蕉；那一边乃是一棵西府海棠，其势若伞，丝垂翠缕，葩吐丹砂。众人赞道："好花，好花！从来也见过许多海棠，那里有这样妙的。"贾政道："这叫作'女儿棠'，妙名！乃是外国之种，俗传系出'女儿国'中，出自政老口中，奇特之至。云彼国此种最盛，亦荒唐不经之说罢了。"政老应如此语。众人笑道："然虽不经，如何此名传久了。"宝玉道："大约骚人咏士以此花之色红晕若施脂，轻弱似扶病，体贴的切，故形容的妙！大近乎闺阁风度，所以以'女儿'命名。想因被世间俗恶听了，他便以野史纂入为证，以俗传俗，以讹传讹，都认真了。"不独此花，近之谬传者不少，不能悉道，只借此花数语驳尽。众人都摇身赞妙。一面说话，一面都在廊外抱厦下打就的榻上坐了。至阶又至檐，不肯轻易写过。贾政因问："想几个什么新鲜字来题此？"一个道："'蕉鹤'二字最妙。"又一个道："'崇光泛彩'方妙。"贾政与众人都道："好个'崇光泛彩'！"宝玉也道："妙极！"又叹："只是可惜了。"众人问："如何可惜？"宝玉道："此处蕉棠两植，其意暗蓄'红''绿'二字在内。若只说蕉，则棠无着落；若只说棠，蕉亦无着落。固有蕉无棠不可，有棠无蕉更不可。"贾政道："依你如何？"宝玉道："依我题'红香绿玉'四字，方两全其妙。"贾政摇头道："不

十字，若海棠有知，必深深谢之。

好，不好。”

说着引人进入房内，只见这几间房内收拾的与别处不同，特为青埂峰下凄凉，与别处不同耳。竟分不出间隔来的。新奇希见之式。原来四面皆是雕空玲珑木板，或“流云百蝠”，或“岁寒三友”，或山水人物，或翎毛花卉，或集锦，或博古，花样周全之极，然必用下文者，正是作者无聊，撰出新异笔墨，使观者眼目一新。所谓集小说之大成，游戏笔墨，雕虫之技，无所不备。可谓善戏者矣。又供诸人同同一戏，妙极！或卍福卍寿（万福万寿），前金玉篆文，是可考正篆，今则从俗花样，真是醒睡魔，其中诗词雅谜以及各种风俗学文一概不必究，只据此等处，便是一绝。各种花样，皆是名手雕镂，五彩销金嵌宝的。至此方见一朱彩之处，亦必如此式方可。可笑近之园庭，行动便以粉油从事。一槅一槅，或有贮书处，或有设鼎处，或安置笔砚处，或供花设瓶、安放盆景处。其槅各式各样，或天圆地方，或葵花蕉叶，或连环半璧。真是花团锦簇，剔透玲珑。倏尔五色纱糊就，竟系小窗。倏尔彩绫轻覆，竟系幽户。精工之极！且满墙满壁，皆系随依古董玩器之形抠成的槽子，诸如琴、剑、悬瓶、悬于壁上之瓶也。桌屏之类，虽悬于壁，却都是与壁相平的。皆系人意想不到、目所未见之文。若云拟编虚想出来，焉能如此。　一段极清极细，后文鸳鸯瓶、紫玛瑙碟、西洋酒、令自行船等文，不必细表。众人都赞：“好精致想头！难为怎么想来。”谁不如此赞。

原来贾政等走了进来，未进两层，便都迷了旧路，左瞧也有门可通，右瞧又有窗暂隔，及到了跟前，又被一架书挡住。回头再走，又有窗纱明透，门径可行。及至门前，忽见迎面也进来了一群人，都与自己形相一样，却是一架玻璃大镜相照。及转过镜去，石兄迷否？一发见门子多了。所谓“投投是道”是也。贾珍笑道：“老爷随我来，从这门出去便是后院。从后院出去，倒比先近了。”说着又转了两层纱厨锦槅，果得一门出去。此方便门也。院中满架蔷薇、宝相，转过花障，则见清溪前阻。又写水。众人咤异：“这股水又是从何而来？”贾珍遥指道：“原从那闸起流至那洞口，从东北山坳里引到那村庄里，又开一道岔口引到西南上，共总流到这里，仍旧合在一处，从那墙下出去。”众人听了都道：“神妙之极！”于怡红总一园之看，是书中大立意。说着，忽见大山阻路，众人都道：“迷了路了。”贾珍笑道：“随我来。”仍在前导引。众人随他，直由山脚边忽一转，便是平坦宽阔大路，众善归缘，自然有平坦大道。豁然大门前见。可见前进来是小路径，此云“忽一转”，便是平坦宽阔之正甬路也。细极。众人都道：“有趣，有趣。真搜神夺巧之至！”于是大家出来。

以上可当《大观园记》。

跟到书房。贾政忽想起他来，方喝道：“你还不去？难道还逛不足！冤哉，冤哉！也不想逛了这半日，老太太必悬挂着。快进去，疼你也白疼了。”如此去法，大家严父风范，无家法者不知。宝玉听说，方退了出来。

至院外，就有跟贾政的几个小厮上来拦腰抱住，都说：“今儿亏我们，老爷才喜欢，老太太打发人出来问了几遍，都亏我们回说喜欢；下人口气毕肖。不然，若老太太叫你进去，就不得展才了。人人都说你才那些诗比世人的都强，今儿得了这样的彩头，该赏我们了。”宝玉笑道：“每人一吊钱。”众人道：“谁没见那一吊钱！钱亦有没用处。把这荷包赏了罢。”说着，一个上来解荷包，那一个就解扇囊，不容分说，将宝玉所佩之物尽行解去。又道：“好生送上去罢。”一个抱了起来，几个围绕，好收煞！送至贾母二门前。那时贾母已命人看了几次，众奶娘丫鬟跟上来，见过贾母，知不曾难为着他，心中自是欢喜。

少时袭人倒了茶来，见身边佩物一件无存，袭人在玉兄一身，无时不照察到。因笑道：“带的东西又是那起没脸的东西们解了去了。”林黛玉听说，走来瞧瞧，果然一件无存，因向宝玉道：“我给你的那个荷包又起楼阁。也给他们了？你明儿再想我的东西，可不能够了！”说毕，赌气回房，将前日宝玉所烦他作的那个香袋儿——才做了一半，赌气拿过来就铰。宝玉见他生气，便知不妥，忙赶过来，早剪破了。宝玉已见过这香囊，虽尚未完，却十分精巧，费了许多工夫。今见无故剪了，却也可气。因忙把衣领解了，从里面红袄襟上将黛玉所给的那荷包解了下来，递与黛玉瞧道：“你瞧瞧这是什么？我那一回把你的东西给人了？”林黛玉见他如此珍重，带在里面，按理论之，则是天下本无事，庸人自扰之。若以儿女子之情论之，则事必有之事，必有之理。又系今古小说中不能写到写得，谈情者亦不能说出讲出，情痴之至文也。可知是怕人拿去之意，因此又自悔莽撞，未见皂白就剪了香袋，情痴之至，若无此悔，便是一庸俗小性之女子矣。因此又愧又气，低头一言不发。宝玉道：“你也不用剪，我知道你是懒待给我东西。我连这荷包奉还，何如？”说着，掷向他怀中便走。这却难怪。黛玉见如此，越发气起来，声咽气堵，又汪汪的滚下泪来，怒之极，正是情之极。拿起荷包来又剪。宝玉见他如此，忙回身抢住，笑道："好妹妹，饶了他罢！"这方是宝玉。黛玉将剪子一摔，拭泪说道："你不用同我好一阵歹一阵的，要恼，就撂开手。这当了什么！"说着，赌气上床，面向里倒下拭泪。禁不住宝玉上来"妹妹"长"妹妹"短赔不是。

前面贾母一片声找宝玉，众奶娘丫鬟们忙回说："在林姑娘房里呢。"贾母听说道："好，好，好！让他姊妹们一处顽顽罢。才他老子拘了他这半天，让他开心一会子罢。只别叫他们拌嘴，不许扭了他。"众人答应着。黛玉被宝玉缠不过，只得起来道："你的意思不叫我安生，我就离了你。"说着往外就走。宝玉笑道："你到那里，我跟到那里。"一面仍拿起荷包来带上。黛玉伸手抢道："你说不要了，这会子又带上，我也替你怪臊的！"说着，"嗤"的一声又笑了。宝玉道："好妹妹，明儿另替我作个香袋儿罢！"黛玉道："那也只瞧我高兴罢了。"一面说，一面二人出房，到王夫人上房中去了，一段点过二玉公案，断不可少。可巧宝钗亦在那里。

此时王夫人那边热闹非常，四字特补近日千忙万冗，多少花团锦簇文字。原来贾蔷已从姑苏采买了十二个女孩子，并聘了教习，以及行头等事来了。那时薛姨妈另迁于东北上一所幽静房舍居住，将梨香院早已腾挪出来，另行修理了，就令教习在此教演女戏。又另派家中旧有曾演学过歌唱的女人们——如今皆已皤然老妪了，又补出当日宁、荣在世之事，所谓此是末世之时也。着他们带领管理。就令贾蔷总理其日用出入银钱等事，以及诸凡大小所需之物料账目。补出女戏一段，又伏一案。

又有林之孝家的来回："采访聘买得十个小尼姑、小道姑有了，连新作的二十分道袍也有了。外有一个带发修行的，本是苏州人氏，祖上也是读书仕宦之家，因生了这位姑娘自小多病，买了许多替身儿皆不中用，足的这位姑娘亲自入了空门，方才好了，所以带发修行，今年才十八岁，法名妙玉。

妙玉，世外人也。故笔笔带写，妙极，妥极！畸笏。

妙卿出现。至此细数十二钗，以贾家四艳再加薛、林二冠有六。去秦可卿有七，再凤有八，李纨有九，今又加妙玉，仅得十人矣。后有史湘云与熙凤之女巧姐儿者，共十二人。雪芹题曰《金陵十二钗》，盖本宗《红楼梦》十二曲之义。后宝琴、岫烟、李纹、李绮皆陪客也，《红楼梦》中所谓"副十二钗"是也。又有又副册三断词，乃晴雯、袭人、香菱三人而已。余未多及，想为金钏、玉钏、鸳鸯、茜雪、平儿等人无疑矣。观者不待言可知，故不必多费笔墨。如今父母俱已亡故，身边只有两个老嬷嬷，一个小丫头伏侍。文墨也极通，经文也不用学了，模样儿又极好。因听见长安都中有观音遗迹并贝叶遗文，去岁随了师父上来，因此方使妙卿入都。现在西门外牟尼院住着。他师父极精演先天神数，于去冬圆寂了。妙玉本欲扶灵回乡的，他师父临寂遗言，说他'衣食起居不宜回乡，在此净居，后来自然有你的结果'，所以他竟未回。"王夫人不等回完便说："既这样，我们何不接了他来？"林之孝家的回道："请他，他说，'侯门公府必以贵势压人，我再不去

树处引十二钗，总未的确，皆系漫拟也，至末回警幻情榜，方知正副、再副及三四副芳讳。壬午季春，畸笏。

的。’”补出妙卿身世不凡，心性高洁。王夫人笑道：“他既是官宦小姐，自然骄傲些，就下个帖子请他何妨？”林之孝家的答应了出去，命书启相公写请帖去请妙玉。次日遣人备车轿去接等后话，暂且搁过，此时不能表白。补尼道一段，又伏一案。

当下又有人回，工程上等着糊东西的纱绫，请凤姐去开楼拣纱绫。又有人来回，请凤姐开库，收金银器皿。连王夫人并上房丫鬟等众，皆一时不得闲的。宝钗便说：“咱们别在这里碍手碍脚，找探丫头去。”说着，同宝玉、黛玉往迎春等房中来闲顽，无话。

王夫人等日日忙乱，直到十月将尽，幸皆全备。各处监管都交清账目。各处古董文玩皆已陈设齐备。采办鸟雀的，自仙鹤、孔雀以及鹿、兔、鸡、鹅等类，悉已买全，交与园中各处像景饲养。贾蔷那边也演出二十出杂戏来，小尼姑、道姑也都学会了念几卷经咒。贾政方略觉心意宽畅，好极，可见智者居心，无一时弛息。又请贾母等进园，色色斟酌，点缀妥当，再无一些遗漏不当之处了，于是贾政方择日题本。至此方完大观园工程公案，观者则为大观园废尽精神，余则为若许笔墨。却只因一个葬花冢。本上之日，奉朱批准奏：“次年正月十五上元之日，恩准贾妃省亲。”贾府领了此恩旨，亦发昼夜不闲，年也不曾好生过的。一语带过，是以“岁首祭宗祀，元宵开家宴”一回，留在后文细写。

展眼元宵在迩。自正月初八日，就有太监出来先看方向：何处更衣，何处燕坐，何处受礼，何处开宴，何处退息。又有巡察地方总理关防太监等，带了许多小太监出来，各处关防，挡围幕，指示贾宅人员何处退，何处跪，何处进膳，何处启事，种种仪注不一。外面又有工部官员并五城兵备道打扫街道，撵逐闲人。贾赦等督率匠人扎花灯烟火之类，至十四日，俱已停妥。这一夜，上下通不曾睡。

至十五日五鼓，自贾母等有爵者，皆按品服大妆。园内各处，帐舞蟠龙，帘飞彩凤，金银焕彩，珠宝争辉，是元宵之夕，不写灯月，而灯光月色满纸矣。鼎焚百合之香，瓶插长春之蕊，抵一篇大赋。静悄无人咳嗽。有此句方足。贾赦等在西街门外，贾母等在荣府大门外。街头巷口，俱系围幕挡严。正等的不耐烦，忽一太监坐大马而来，有是礼。贾母忙接入，问其消息。太监道："早多着呢！未初刻用过晚膳，未正二刻还到宝灵宫拜佛，暗贴王夫人，细！酉初刻进大明宫领宴看灯，方请旨，只怕戌初才起身呢。"凤姐听了道："既这么着，老太太、太太且请回房，自然当家人先说话。等是时候再来也不迟。"于是贾母等暂且自便，园中悉赖凤姐照理。又命执事人，带领太监们去吃酒饭。一时传人一担一担的挑进蜡烛来，各处点灯。方点完时，忽听外边马跑之声。静极故闻之，细极。一时，有十来个太监都喘吁吁跑来拍手儿。画出内家风范，《石头记》最难之处，别书中摸不着。这些太监会意，难得他写的出，是经至之人也。都知道是"来了，来了"，各按方向站住。贾赦领合族子侄在西街门外，贾母领合族女眷在大门外迎接。

半日静悄悄的，忽见一对红衣太监骑马缓缓的走来，形容毕肖。至西街门下了马，将马赶出围幕之外，便垂手面西站住。形容毕肖。半日又是一对，亦是如此。少时，便来了十来对，方闻得隐隐细乐之声。一对对龙旌凤翣，雉羽夔头，又有销金提炉焚着御香。然后一把曲柄七凤黄金伞过来，便是冠袍带履。又有随侍太监捧着香珠、绣帕、漱盂、拂尘等类。一队队过完，后面方是八个太监抬着一顶金顶金黄绣凤版舆，缓缓行来。贾母等连忙路旁跪下，一丝不乱。早飞跑过几个太监来扶起贾母、邢夫人、王夫人来。那版舆抬进大门，入仪门往东去，到一所院落门前，有执拂太监跪请下舆更衣。于是抬舆入门，太监等散去，只有昭容、彩嫔等引领元春下舆。只见院内各色花灯烂灼，元春目中。皆系纱绫扎成，精致非常。上面有一匾灯，写着“体仁沐德”四字。元春入室，更衣毕复出，上舆进园。只见园中香烟缭绕，花彩缤纷，处处灯光相映，时时细乐声喧。说不尽这太平气象，富贵风流。——此时自己回想当初在大荒山中，青埂峰下，那等凄凉寂寞，若不亏癞僧、跛道二人携来到此，又安得能见这般世面。本欲作一篇《灯月赋》《省亲颂》，以志今日之事，但又恐入了别书的俗套。按此时之景，即作一赋一赞，也不能形容得尽其妙，即不作赋赞，其豪华富丽，观者诸公亦可想而知矣。所以倒是省了这工夫纸墨，且说正经的为是。自“此时”以下，皆石头之语，真是千奇百怪之文。

如此繁华盛极，花团锦簇之文，忽用石兄自语截住，是何笔力！令人安得不拍案叫绝。是阅历来诸小说中，有如此章法乎？

且说贾妃在轿内看此园内外如此豪华，因默默叹息奢华过费。忽又见执拂太监跪请登舟，贾妃乃下舆。只见清流一带，势如游龙，两边石栏上皆系水晶玻璃各色风灯，点的如银光雪浪；上面柳杏诸树虽无花叶，然皆用通草、绸绫、纸绢依势作成，粘于枝上的，每一株悬灯数盏；更兼池中荷荇凫鹭之属，亦皆系螺蚌、羽毛之类作就的。诸灯上下争辉，真系玻璃世界，珠宝乾坤。船上亦系各种精致盆景诸灯，珠帘绣幕，桂楫兰桡，自不必说。已而入一石港，港上一面匾灯，明现着“蓼汀花溆”四字。按此四字并“有凤来仪”等处，皆系上回贾政偶然一试宝玉之课艺才情耳，何今日认真用此匾联？况贾政世代诗书，来往诸客屏侍座陪者，悉皆才技之流，岂无一名手题撰，竟用小儿一戏之辞苟且搪塞？真似暴发新荣之家，滥使银钱，一味抹油涂朱，毕则大书“前门绿柳垂金锁，后户青山列锦屏”之类，则以为大雅可观，岂《石头记》中通部所表之宁荣贾府所为哉！据此论之，竟大相矛盾了。诸公不知，待蠢物将原委说明，大家方知。石兄自谦，妙！可代答云，岂敢。

驳得好。

《石头记》惯用特犯不犯之笔，真令人惊心骇目读之。

当日这贾妃未入宫时，自幼亦系贾母教养，后来添了宝玉，贾妃乃长姊，宝玉为弱弟，贾妃之心上念母年将迈，始得此弟，是以怜爱宝玉，与诸弟待之不同。且同随祖母，刻未暂离。那宝玉未入学堂之先，三四岁时，已得贾妃手引口传，批书人领过此教，故批至此竟放声大哭，俺先姊先逝太早，不然余何得为废人耶！教授了几本书、数千字在腹内了，其名分虽系姊弟，其情状有如母子。自入宫后，时时带信出来与父母说："千万好生扶养，不严不能成器，过严恐生不虞，且致父母之忧。"眷念切爱之心，刻未能忘。前日贾政闻塾师背后赞宝玉偏才尽有，贾政未信，适巧遇园已落成，令其题撰，聊一试其情思之清浊。其所拟之匾联虽非妙句，在幼童为之，亦或可取。即另使名公大笔为之，固不费难，然想来倒不如这本家风味有趣。转得好！更使贾妃见之，知系其爱弟所为，有是论。亦或不负其素日切望之意。一驳一解，跌宕摇曳之至，且写得父母兄弟体贴恋爱之情，淋漓痛切，真是天伦至情。因有这段原委，故此竟用了宝玉所题之联额。那日虽未曾题完，后日亦曾补拟。一句补前文之不暇，启文之苗裔，至后文凹晶馆黛玉口中又一补。所谓"一击空谷，八方皆应"。

闲文少述，且说贾妃看了四字，笑道："'花溆'二字便妥，何必'蓼汀'？"侍座太监听了，忙下小舟登岸，飞传与贾政。贾政听了，即忙移换。每的周到可悦。一时舟临内岸，复弃舟上舆，便见琳宫绰约，桂殿巍峨。石牌坊上明显"天仙宝境"四字，不得不用俗。贾妃忙命换"省亲别墅"四字。妙，是特留此四字与彼自命。于是进入行宫，但见庭燎烧空，"庭燎"最恰。香屑布地，火树琪花，金窗玉槛。说不尽帘卷虾须，毯铺鱼獭，鼎飘麝脑之香，屏列雉尾之扇。真是：

金门玉户神仙府，桂殿兰宫妃子家。

贾妃乃问："此殿何无匾额？"随侍太监跪启曰："此系正殿，外臣未敢擅拟。"贾妃点头不语。礼仪太监跪请升座受礼，两陛乐起。礼仪太监二人引贾赦、贾政等于月台下排班，殿上昭容传谕曰："免。"太监引贾赦等退出。又有太监引荣国太君及女眷等自东阶升月台上排班，一丝不乱，精致大方，有如欧阳公九九。昭容再谕曰："免。"于是引退。

茶已三献，贾妃降座，乐止。退入侧殿更衣，方备省亲车驾出园。至贾母正室，欲行家礼，贾母等俱跪止不迭。贾妃满眼垂泪，方彼此上前厮见，一手搀贾母，一手搀王夫人，三个人满心里皆有许多话，只是俱说不出，只管呜咽对泣。《石头记》得力擅长，全是此等地方。邢夫人、李纨、王熙凤，迎、探、惜三姊妹等，俱在旁围绕，垂泪无言。半日，贾妃方忍悲强笑，安慰贾母、王夫人道："当日既送我到那不得见人的去处，好容易今日回家娘儿们一会，不说说笑笑，反倒哭起来！一会子我去了，又不知多早晚才来。"说到这句，不禁又哽咽起来。追魂摄魄，《石头记》传神模影，全在此等地方，他书中不得有此见识。邢夫人等忙上来解劝，说完不可，不先说不可，说之不痛不可，最难说者是此时贾妃口中之语，只如此一说，方千贴万妥，一字不可更改，一字不可增减，入情入神之至。贾母等让贾妃归座，又逐次一一见过，又不免哭泣一番。然后东西两府掌家执事人丁在厅外行礼，及两府掌家执事媳妇领丫鬟等行礼毕。贾妃因问："薛姨妈、宝钗、黛玉因何不见？"谅前信息皆知，故有此问。王夫人启曰："外眷无职，未敢擅入。"所谓诗书世家，守礼如此。偏是暴发，骄妄自大。贾妃听了，忙命快请。又谦之如

非经历过如何写得出！壬午春。

此，真是好界好人物。一时薛姨妈等进来，欲行国礼，亦命免过，上前各叙阔别寒温。又有贾妃原带进宫去的丫鬟抱琴等上来叩见，前所谓贾家四钗之环，暗以琴棋书画排行，至此始全。贾母等连忙扶起，命人别室款待。执事太监及彩嫔、昭容各侍从人等，宁国府及贾赦那宅两处自有人款待，只留三四个小太监答应。母女姊妹深叙些离别情景及家务私情。“深”字妙。

又有贾政至帘外问安，贾妃垂帘行参等事。又隔帘含泪谓其父曰：“田舍之家，虽齑盐布帛，终能聚天伦之乐。今虽富贵已极，骨肉各方，然终无意趣！”贾政亦含泪启道：“臣，草莽寒门，鸠群鸦属之中，岂意得征凤鸾之瑞。此语犹在耳。今贵人上锡天恩，下昭祖德，此皆山川日月之精奇，祖宗之远德钟于一人，幸及政夫妇。且今上启天地生物之大德，垂古今未有之旷恩，虽肝脑涂地，臣子岂能得报于万一！惟朝乾夕惕，忠于厥职外，愿我君万寿千秋，乃天下苍生之同幸也。贵妃切勿以政夫妇残犁为念，懑愤金怀，更祈自加珍爱，惟业业兢兢，勤慎恭肃以侍上，庶不负上体贴眷爱如此之隆恩也。”贾妃亦嘱“只以国事为重，暇时保养，切勿记念”等语。

贾政又启：“园中所有亭台轩馆，皆系宝玉所题。如果有一二稍可寓目者，请别赐名为幸。”元妃听了宝玉能题，便含笑说：“果进益了。”贾政退出。贾妃见宝、林二人亦发比别姊妹不同，真是姣花软玉一般。因问：“宝玉为何不进见？”至此方出宝玉。贾母乃启：“无谕，外男不敢擅入。”元妃命快引进来。小太监出去引宝玉进来。先行国礼毕，元妃命他进前，携手揽于怀内，作书人将批书人哭坏了。又抚其头颈笑道：“比先竟长了好些……”一语未终，泪如雨下。只此一句，便补足前面许多文字。

尤氏、凤姐等上来启道：“筵宴齐备，请贵妃游幸。”元妃等起身，命宝玉导引，遂同诸人步至园门前。早见灯光火树之中，诸般罗列非常。进园来先从“有凤来仪”“红香绿玉”“杏帘在望”“蘅芷清芬”等处，登楼步阁，涉水缘山，百般眺览徘徊。一处处铺陈不一，一桩桩点缀新奇。贾妃极加奖赞，又劝：“以后不可太奢，此皆过分之极。”已而至正殿，谕免礼，归座大开筵宴。贾母等在下相陪，尤氏、李纨、凤姐等亲捧羹把盏。

元妃乃命传笔砚伺候，亲搦湘管，择其几处最喜者赐名。按其书云：

“顾恩思义”匾额

“天地启宏慈，赤子苍头同感戴。

古今垂旷典，九州万国被恩荣。”此一匾一联书于正殿。是贾妃口气。

“大观园”园之名

“有凤来仪”赐名曰“潇湘馆”

“红香绿玉”改作“怡红快绿”即名曰“怡红院”

“蘅芷清芬”赐名曰“蘅芜苑”

“杏帘在望”赐名曰“浣葛山庄”

正楼曰“大观楼”，东面飞楼曰“缀锦阁”，西面斜楼曰“含芳阁”，更有“蓼风轩”“藕香榭”雅而新。“紫菱洲”“荇叶渚”等名。又有四字的匾额十数个，诸如：“梨花春雨”“桐剪秋风”“荻芦夜雪”

等名，此时悉难全记。故意留下秋爽斋、凸碧山堂、凹晶溪馆、暖香坞等处，为后文另换眼目之地步。又命旧有匾联，俱不必摘去。于是先题一绝云：

衔山抱水建来精，多少工夫筑始成。

天上人间诸景备，芳园应锡大观名。诗却平平，盖彼不长于此也。故只如此。

写毕，向诸姊妹笑道："我素乏捷才，且不长于吟咏，妹辈素所深知。今夜聊以塞责，不负斯景而已。异日少暇，必补撰《大观园记》，并《省亲颂》等文，以记今日之事。妹辈亦各题一匾一诗，随才之长短，亦暂吟成，不可因我微才所缚。且喜宝玉竟知题咏，是我意外之想。此中'潇湘馆''蘅芜苑'二处，我所极爱，次之'怡红院''浣葛山庄'，此四大处必得别有章句题咏方妙。前所题之联虽佳，如今再各赋五言律一首，使我当面试过，方不负我自幼教授之苦心。"宝玉只得答应了，下来自去构思。

迎、探、惜三人之中，要算探春又出于姊妹之上，然自忖亦难与薛、林争衡，只一语，便写出宝、黛二人，又写出探卿知己知彼，伏下后文多少地步。只得勉强随众塞责而已。李纨也勉强凑成一律。不表薛、林可知。贾妃先挨次看姊妹们的，写道是：

旷性怡情　匾额　迎春

园成景备特精奇，奉命羞题额旷怡。

谁信世间有此境，游来宁不畅神思。

万象争辉　匾额　探春

名园筑出势巍巍，奉命何惭学浅微。

精妙一时言不出，果然万物生光辉。

文章造化　匾额　惜春

山水横拖千里外，楼台高起五云中。

园修日月光辉里，景夺文章造化功。更牵强，三首之中，还算探卿略有作意，故后文写出许多意外妙文。

文采风流　匾额　李纨

秀水明山抱复回，风流文采胜蓬莱。起妙。

绿裁歌扇迷芳草，红衬湘裙舞落梅。凑成。

珠玉自应传盛世，神仙何幸下瑶台。

名园一自邀游幸，未许凡人到此来。此四诗列于前，正为滃托下韵也。

凝晖钟瑞　匾额　便有含蓄。薛宝钗

芳园筑向帝城西，华日祥云笼罩奇。

高柳喜迁莺出谷，修篁时待凤来仪。恰极。

文风已著宸游夕，孝化应隆归省时。

睿藻仙才盈彩笔，自惭何敢再为辞。好诗，此不过颂圣应酬耳，犹未见长，以后渐知。

世外仙源　**匾额**　落思便不与人同。林黛玉

名园筑何处，仙境别红尘。

借得山川秀，添来景物新。所谓信手拈来无不是，阿颦自是一种心思。

香融金谷酒，花媚玉堂人。

何幸邀恩宠，宫车过往频。末二首是应制诗。余谓宝、黛此作未见长，何也。盖后文别有惊人之句也。在宝卿有生不屑为此，在黛卿实不足一为。

贾妃看毕，称赏一番。又笑道："终是薛、林二妹之作与众不同，非愚姊妹可同列者。"原来林黛玉安心今夜大展奇才，将众人压倒，这却何必，然尤物方如此。不想贾妃只命一匾一咏，倒不好违谕多作，只胡乱作一首五言律应景罢了。请看前诗，却云是胡乱应景。彼时宝玉尚未作完，只刚作了"潇湘馆"与"蘅芜苑"二首，正作"怡红院"一首，起草内有"绿玉春犹卷"一句。宝钗转眼瞥见，便趁众人不理论，急忙回身悄推他道："他因不喜'红香绿玉'四字，此"他"字指贾妃。改了'怡红快绿'。你这会子偏用'绿玉'二字，岂不是有意和他争驰了？况且蕉叶之说也颇多，再想一个字改了罢。"宝玉见宝钗如此说，便拭汗道：想见其构思之苦，方是至情，最厌近之小说中满纸"神童""天分"等语。"我这会子总想不起什么典故出处来。"宝钗笑道："你只把'绿玉'的'玉'字改

这样章法，又是不曾见过的。

作‘蜡’字就是了。”宝玉道：“‘绿蜡’可有出处？”好极！宝钗见问，悄悄的咂嘴点头笑道：媚极，韵极！“亏你，今夜不过如此，将来金殿对策，你大约连‘赵钱孙李’都忘了呢！有得宝卿奚落，但就谓宝卿无情，只是较阿颦施之特正耳。唐钱珝咏芭蕉诗头一句‘冷烛无烟绿蜡干’，你都忘了不成？”此等处便用硬证实处，最是大力量，但不知是何心思，是从何落想，穿插到如此玲珑锦绣地步！　乃翁前何多敏捷，今见乃姐，何反迟钝，未免怯才，拘紧人所必有之耳。宝玉听了，不觉洞开心臆，笑道：“该死，该死！现成眼前之物，偏倒想不起来了，真可谓‘一字师’了。从此后我只叫你师父，再不叫姐姐了。”宝钗亦悄悄的笑道：“还不快作上去，只管姐姐妹妹的。谁是你姐姐，那上头穿黄袍的才是你姐姐，你又认我这姐姐来了。”一面说笑，因说笑又怕他耽延工夫，遂抽身走开了。一段忙中闲文，已是好看之极，出人意外。宝玉只得续成，共有了三首。

如此穿插，安得不令人拍案叫绝！壬午季春。

此时林黛玉未得展其抱负，自是不快。因见宝玉独作四律，大费神思，何不代他作两首，也省他些精神不到之处。写黛卿之情思，待宝玉却又如此，是与前文特犯不犯之处。想着，便也走至宝玉案旁，悄问：“可都有了？”宝玉道：“才有了三首，只少‘杏帘在望’一首了。”黛玉道：“既如此，你只抄录前三首罢，赶你写完那三首，我也替你作出这首了。”说毕，低头一想，早已吟成一律，瞧他写阿颦，只如此，便

偏又写一样，是何心意构思而得？畸笏。

纸团送递，系应童生秘诀，黛卿自何处学得，一笑！丁亥春。

妙极！便写在纸条上，搓成个团子，掷在他跟前。姐姐做试官，尚用枪手，难怪世间之代倩多耳。宝玉打开一看，只觉此首比自己所作的三首高过十倍，真是喜出望外，这等文字，亦是观书者望外之想。遂忙恭楷呈上。贾妃看道：

有凤来仪　　臣　宝玉谨题

秀玉初成实，堪宜待凤凰。起便拿得住。

竿竿青欲滴，个个绿生凉。

迸砌妨阶水，妙句，古云：竹密何妨水过。今偏翻案。穿帘碍鼎香。

莫摇清碎影，好梦昼初长。

蘅芷清芬

蘅芜满净苑，萝薜助芬芳。“助”字妙，通部书所以皆善练字。

软衬三春草，柔拖一缕香。刻画入妙。

轻烟迷曲径，冷翠滴回廊。甜脆满颊。

谁谓池塘曲，谢家幽梦长。

怡红快绿

深庭长日静，两两出婵娟。双起双敲，读此首始信前云“有蕉无棠不可，有棠无蕉更不可”等批。非泛泛妄批驳他人，到自己身上则无能为之论也。

绿蜡春犹卷，本是"玉"字，此遵宝卿改，似较"玉"字佳。　是蕉。红妆夜未眠。是海棠。

凭栏垂绛袖，是海棠之情。倚石护青烟。是芭蕉之神，何得如此工恰自然，真是好诗，却是好书。

对立东风里，双收。主人应解怜。归到主人，方不落空。王梅隐云："咏物体又难双承双落，一味双拿则不免牵强。"此首可谓诗题两称，极工极切，极流离妩媚。

杏帘在望

杏帘招客饮，在望有山庄。分题作，一气呵成，格调熟练，自是阿颦口气。

菱荇鹅儿水，桑榆燕子梁。阿颦之心臆才情，原与人别，亦不是从读书中得来。

一畦春韭绿，十里稻花香。

盛世无饥馁，何须耕织忙！以幻入幻，顺水推舟，且不失应制，所以称阿颦。

贾妃看毕，喜之不尽，说："果然进益了！"又指"杏帘"一首为前三首之冠，遂将"浣葛山庄"改为"稻香村"。如此服善，妙。又命探春另以彩笺誊录出方才一共十数首诗，出令太监传与外厢。贾政等看了，都称颂不已。贾政又进《归省颂》。元春

仍用玉兄前拟"稻香村"，却如此幻笔幻体，文章之格式至矣，尽矣。壬午春。

又命以琼酥金脍等物赐与宝玉并贾兰。百忙中点出贾兰，一人不落。此时贾兰极幼，未达诸事，只不过随母依叔行礼，故无别传。贾环从年内染病未痊，自有闲处调养，故亦无传。补明，方不遗失。

那时贾蔷带领十二个女戏在楼下正等的不耐烦，只见一太监飞来说："作完了诗，快拿戏目来！"贾蔷急将锦册呈上，并十二个花名单子。少时，太监出来，只点了四出戏：第一出，《豪宴》。《一捧雪》中，伏贾家之败。第二出，《乞巧》。《长生殿》中，伏元妃之死。第三出，《仙缘》。《邯郸梦》中，伏甄宝玉送玉。第四出，《离魂》。《牡丹亭》中，伏黛玉死。　所点之戏剧伏四事，乃通部书之大过节、大关键。

贾蔷忙张罗扮演起来。一个个歌欺裂石之音，舞有天魔之态。虽是妆演的形容，却作尽悲欢的情状。二句毕矣。刚演完了，一太监执一金盘糕点之属进来问："谁是龄官？"贾蔷便知是赐龄官之物，喜的忙接了，何喜之有？伏下后面许多文字，只用一"喜"字。命龄官叩头。太监又道："贵妃有谕，说'龄官极好，再作两出戏，不拘那两出就是了'。"贾蔷忙答应了，因命龄官作《游园》《惊梦》二出。龄官自为此二出原非本角之戏，执意不作，定要作《相约》《相骂》二出。《钗钏记》中，总隐后文不尽风月等文。　按近之俗语云：能养千军，不养一戏。盖甚言优伶之不可养之意也。大抵一班之中，此一人技业稍优出众，此一人则拿腔作势，辖众恃能，种种可恶，使主人逐之不舍，责之不可。虽欲不怜，而实不能不怜。虽欲不爱，而实不能不爱。余历梨园子弟广矣，各各皆然。亦曾与惯养梨园诸世家兄弟谈议及此，众皆知其事，而皆不能言。今阅《石头记》至"原非本角之戏，执意不作"二语，便见其恃能压众，乔酸姣妒，淋漓满纸矣。复至"情悟梨香院"一回，更将和盘托出，与余三十年前目睹身亲之人现形于纸上。使言《石头记》之为书，情之至极，言之至恰，然非领略过乃事，迷陷过乃情，即观此，茫然嚼蜡，亦不知其神妙也。贾蔷扭他不过，如何反扭他不过，其中隐许多文字。只得依他作了。贾妃甚喜，命“不可难为了这女孩子，好生教习”，可知尤物了。额外赏了两匹宫缎，两个荷包并金银锞子、食物之类。又伏下一个尤物，一段新文。

然后撤筵，将未到之处复又游玩。忽见山环佛寺，忙另盥手进去，焚香拜佛，又题一匾云“苦海慈航”。寓通部人事，一篇热文，却如此冷收。又额外加恩与一班幽尼女道。

少时，太监跪启：“赐物俱齐，请验等例。”乃呈上略节。贾妃从头看了，俱甚妥协，即命照此遵行。太监听了，下来一一发放。原来贾母的是金、玉如意各一柄，沉香拐拄一根，伽楠念珠一串，“富贵长春”宫缎四匹，“福寿绵长”宫绸四匹，紫金“笔锭如意”锞十锭，“吉庆有鱼”银锞十锭。邢夫人、王夫人二分，只减了如意、拐、珠四样。贾敬、贾赦、贾政等每分御制新书二部，宝墨二匣，金、银爵各二只，表礼按前。宝钗、黛玉诸姊妹等，每人新书一部，宝砚一方，新样格式金银锞二对。宝玉亦同此。此中忽夹上宝玉，可思。贾兰则是金银项圈二个，金银锞二对。尤氏、李纨、凤姐等皆金银锞四锭，表礼四端。外表礼二十四端，清钱一百串，是赐与贾母、王夫人及诸姊妹房中奶娘众丫鬟的。贾珍、贾琏、贾环、贾蓉等，皆是表礼一分，金锞一双。其余彩缎百端，金银千两，御酒华筵，是赐东西两府凡园中管理工程、陈设、答应及司戏、掌灯诸人的。外有清钱五百串，是赐厨役、优伶、百戏、杂行人丁的。

众人谢恩已毕。执事太监启道：“时已丑正三刻，请驾回一回离合悲欢夹写之文，真如山阴道上，令人应接不暇，尚有许多忙中闲、闲中忙小波澜，一丝不漏，一笔不苟。

銮。”贾妃听了，不由的满眼又滚下泪来，却又勉强堆笑，拉住贾母、王夫人的手，紧紧的不忍释放，使人鼻酸。再四叮咛：“不须记挂，好生自养。如今天恩浩荡，一月许进内省视一次，见面是尽有的，何必伤惨。倘明岁天恩仍许归省，万不可如此奢华靡费了！”妙极之谶，试看别书中专能故用一不祥之语为谶，今偏不然，只有如此现成一语，便是不再之谶。只看他用一“倘”字，便隐讳，自然之至。贾母等已哭的哽噎难言了。贾妃虽不忍别，怎奈皇家规范，违错不得，只得忍心上舆去了。这里诸人好容易将贾母、王夫人安慰解劝，搀扶出园去了。正是——

好将富贵回头看，总有文章如意难。零落机缘君记去，黄金万斗大观摊。

此回铺排，非身经历，开巨眼，伸大笔，则必有所滞罣牵强，岂能如此触处成趣！立后文之根，足本文之情者，且借象说法，学我佛阐经，代天女散花，以成此奇文妙趣，惟不得与四才子书之作者同时讨论臧否，为可恨耳。

第十九回

情切切良宵花解语　意绵绵静日玉生香

彩笔辉光若转环，情心魔态几千般。写成浓淡兼深浅，活现痴人恋恋间。

话说贾妃回宫，次日见驾谢恩，并回奏归省之事，龙颜甚悦，又发内帑彩缎金银等物，以赐贾政及各椒房等员，补还一句，细，方见省亲不独贾家一门也。不必细说。

且说荣宁二府中因连日用尽心力，真是人人力倦，各各神疲，又将园中一应陈设动用之物，收拾了两三天方完。第一个凤姐事多任重，别人或可偷安躲静，独他是不能脱得的。二则本性要强，不肯落人褒贬，只扎挣着与无事的人一样。伏下病源。

第一个宝玉是极无事最闲暇的。偏这日一早，袭人的母亲又亲来回过贾母，接袭人家去吃年茶，晚间才得回来。一回一回各生机轴，总在人意想之外。因此，宝玉只和众丫头们掷骰子赶围棋作戏。写出正月光景。正在房内顽的没兴头，忽见丫头们来回说："东府珍大爷来请过去看戏，放花灯。"宝玉听了，便命换衣裳。才要去时，忽又有贾妃赐出糖蒸酥酪来。总是新正妙景。宝玉想上次袭人喜吃此物，便命留与袭人了，自己回过贾母，过去看戏。

谁想贾珍这边唱的是《丁郎认父》《黄伯央大摆阴魂阵》，更有《孙行者大闹天宫》《姜子牙斩将封神》等类的戏文。真真热闹。倏尔神鬼乱出，忽又妖魔毕露。甚至于扬幡过会，号佛行香，锣鼓喊叫之声远闻巷外。形容克剥之至，弋阳腔能事毕矣。　阅至此则有如耳内喧哗，目中撩乱。后文至隔墙闻“袅晴丝”数曲，则有如魂随笛转，魄逐歌销，形容一事，一事毕真，石头是第一能手矣。满街之人个个都赞：“好热闹戏，别人家断不能有的。”必有之言。宝玉见繁华热闹到如此不堪的田地，只略坐了一坐，便走开各处闲耍。先是进内去和尤氏和丫鬟姬妾说笑了一回，便出二门来。

尤氏等仍料他出来看戏，遂也不曾照管。贾珍、贾琏、薛蟠等只顾猜枚行令，百般作乐，也不理论，纵一时不见他在座，只道在里边去了，故也不问。至于跟宝玉的小厮们，那年纪大些的，知宝玉这一来了，必是晚间才散，因此偷空也有去会赌的，也有往亲友家去吃年茶的，更有或嫖或饮的，都私散了，待晚间再来；那小些的，都钻进戏房里瞧热闹去了。

宝玉见一个人没有，因想：“这里素日有个小书房，名……，内曾挂着一轴美人，极画的得神。今日这般热闹，想那里自然……，那美人也自然是寂寞的，天生一段痴情，所谓“情不情”也。须得我去望慰他一回。”极不通极胡说中写出绝代情痴，宜乎众人谓之疯傻。想着，便往书房里来，刚到窗前，闻得房内有呻吟之韵，宝玉倒唬了一跳，敢是美人活了不成？又带出小儿心意，一丝不落。乃乍着胆子，舔破窗纸向内一看：那轴美人却不曾活，却是茗烟按着一个女孩子，也干那警幻所训之事。宝玉禁不住大叫：“了不得！”一脚踹进门去，将那两个唬开了，抖衣而颤。

茗烟见是宝玉，忙跪求不迭。宝玉道："青天白日，这是怎么说？开口便好。珍大爷知道，你是死是活？"一面看那丫头，虽不标致，倒还白净，些微亦有动人处，羞的脸红耳赤，低首无言。宝玉跺脚道："还不快跑！"此等搜神夺魄，至神至妙处，只在囫囵不解中得。一语提醒了那丫头，飞也似去了。宝玉又赶出去叫道："你别怕，我是不告诉人的。"活宝玉，移之他人不可。急的茗烟在后叫："祖宗，这是分明告诉人了！"宝玉因问："那丫头十几岁了？"茗烟道："大不过十六七岁了。"宝玉道："连他的岁属也不问问，别的自然越发不知了，可见他白认得你了。可怜，可怜！"按此书中写一宝玉，其宝玉之为人，是我辈于书中见而知有此人，实未目曾亲睹者。又写宝玉之发言，每每令人不解，宝玉之生性，件件令人可笑。不独于世上亲见这样的人不曾，即阅今古所有之小说传奇中，亦未见这样的文字。于颦儿处更为甚，其囫囵不解之中实可解，可解之中又说不出理路。合目思之，却如真见一宝玉，真闻此言者，移之第二人万不可，亦不成文字矣，余阅《石头记》中至奇至妙之文，全在宝玉、颦儿至痴至呆囫囵不解之语中，其诗词雅谜酒令、奇衣奇食奇玩等类，固他书中未能，然在此书中评之，犹为二着。又问名字叫什么。茗烟大笑道："若说出名字来话长，真真新鲜奇文，竟是写不出来的。若都写的出来，何以见此书中之妙。脂砚。据他说，他母亲养他的时节，做了个梦，又一个梦，只是随手成趣耳。梦见得了一匹锦，上面是五色富贵不断头卍字的花样，千奇百怪之想，所谓牛溲马勃皆至药也，鱼鸟昆虫皆妙文也。天地间无一物不是妙物，无一物不可不成文，但在人意拾取耳，此皆信手拈来，随笔成趣，大游戏，大慧悟，大解脱之妙文也。所以他的名字叫作卍儿。"音万。宝玉听了笑道："真也新奇，想必他将来有些造化。"说着，沉思一会。

茗烟因问："二爷为何不看这样的好戏？"宝玉道："看了半日，怪烦的，出来逛逛，就遇见你们了。这会子作什么呢？"茗烟欸欸笑道：欸，音希，欸欸，笑貌。"这会子没人知道，我悄悄的引二爷往城外逛逛去，一会子再往这里来，他们就不知道了。"茗烟此时，只要掩饰方才之过，故设此以悦宝玉之心。宝玉道："不好，仔细花子拐了去。便是他们知道了，又闹大了，不如往熟近些的地方去，还可就来。"茗烟道："熟近地方，谁家可去？这却难了。"宝玉笑道："依我的主意，咱们竟找你花大姐姐去，瞧他在家作什么呢。"妙！宝玉心中早安了这着。但恐茗烟不肯引去耳，恰遇茗烟私行淫媾，为宝玉所协，故以城外引以悦其心，宝玉始说出往花家去。非茗烟适有罪所协，万不敢如此私引出外。别家子弟尚不敢私出，况宝玉哉！况茗烟哉！文字榫楔，细极。茗烟笑道："好，好！倒忘了他家。"又道："若他们知道了，说我引着二爷胡走，要打我呢！"必不可少之语。宝玉道："有我呢。"茗烟听说，拉了马，二人从后门就走了。

幸而袭人家不远，不过一半里路程，展眼已到门前。茗烟先进去，叫袭人之兄花自芳。随姓成名，随手成文。彼时袭人之母接了袭人与几个外甥女儿，一树千枝，一源万派，无意随手，伏脉千里。几个侄女儿来家，正吃果茶。听见外面有人叫"花大哥"，花自芳慌出去看时，见是他主仆两个，唬的惊疑不止，连忙抱下宝玉来，在院内嚷道："宝二爷来了！"别人听见还可，袭人听了，也不知为何，忙跑出来迎着宝玉，一把拉着问："你怎么来了？"宝玉笑道："我怪闷的，来瞧瞧你作什么呢。"袭人听了，才放下心来，精细周到。嗐了一声，笑道：转至"笑"字，妙神！"你也忒胡闹了，该说，说得是。可作什么来呢！"一面又问茗烟："还有谁跟来？"细。茗烟笑道：

“别人都不知，就只我们两个。”袭人听了，复又惊慌，是必有之神理，非特故作顿挫。说道：“这还了得，倘或碰见了人，或是遇见了老爷，街上人挤车碰，马轿纷纷的，若有个闪失，也是顽得的！你们的胆子比斗还大。都是茗烟调唆的，回去我定告诉嬷嬷们打你。”该说，说的更是。脂砚。茗烟撅了嘴道：“二爷骂着打着，叫我引了来，这会子推到我身上。我说别来罢，——不然我们还去罢。”茗烟贼。花自芳忙劝：“罢了，已是来了，也不用多说了。只是茅檐草舍，又窄又脏，爷怎么坐呢？”

袭人之母也早迎了出来，袭人拉了宝玉进去。宝玉见房中三五个女孩儿见他进来，都低了头，羞惭惭的。花自芳母子两个百般怕宝玉冷，又让他上炕，又忙另摆果桌，又忙倒好茶。连用三“又”字，上文一个“百般”，神理活现。脂砚。袭人笑道：“你们不用白忙，妙！不写袭卿忙，正是忙之至，若一写袭人忙，便是庸俗小派了。我自然知道，果子也不用摆，也不敢乱给东西吃。”至敬至情。　如此至微至小中，便带出家常情，他书写不及此。一面说，一面将自己的坐褥拿了铺在一个炕上，宝玉坐了。用自己的脚炉垫了脚，向荷包内取出两个梅花香饼儿来，又将自己的手炉掀开焚上，仍盖好，放与宝玉怀内，然后将自己的茶杯斟了茶，送与宝玉。叠用四“自己”字，写得宝、袭二人素日如何亲洽，如何尊荣，此时一盘托出。盖素日身居侯府绮罗锦绣之中，其安富尊荣之宝玉，亲密浃洽、勤慎委婉之袭人，是分所应当不必写者也。今于此一补，更见其二人平素之情义，且暗透此回中所有母女兄长欲为赎身、角口等未到之过文。

彼时他母兄已是忙另齐齐整整摆上一桌子果品来。袭人见总无可吃之物，补明宝玉自幼何等娇贵，以此一句留与下部后数十回“寒冬噎酸齑，雪夜围破毡”等处对看，可为后生过分之戒，叹叹！因笑道：“既来了，没有空去之理，好歹尝一点儿，也是来我家一趟。”得意之态，是才与母兄较争以后之神理，最细。说着便拈了几个松子穰，惟此品稍可一拈，别品便大错了。吹去细皮，用手帕托着送与宝玉。

宝玉看见袭人两眼微红，粉光融滑，八字画出才收泪之一女儿，是好形容，且是宝玉眼中意中。因悄问袭人："好好的哭什么？”袭人笑道："何尝哭？才迷了眼揉的。”因此便遮掩过了。伏下后文，所补未到多少文字。当下宝玉穿着大红金蟒狐腋箭袖，外罩石青貂裘排穗褂。袭人道："你特为往这里来，又换新服，他们指晴雯、麝月等。就不问你往那去的？”必有是问。阅此则又笑尽小说中无故家常穿红挂绿绮绣绫罗等语，自谓是富贵语，究竟反是寒酸话。宝玉笑道："珍大爷那里去看戏换的。”袭人点头，又道："坐一坐就回去罢，这个地方不是你来的。”宝玉笑道："你就家去才好呢，我还替你留着好东西呢！”生员切己之事。袭人悄笑道："悄悄的，叫他们听着什么意思。”想见二人来日情常。　追魂。一面又伸手从宝玉项上将通灵玉摘了下来，向他姊妹们笑道："你们见识见识。时常说起来都当希罕，不可少之文。恨不能一见，今儿可尽力瞧了再瞧。什么希罕物儿，也不过是这么个东西。”行文至此，固好看之极，且勿论，按此言固是袭人得意之语，盖言你等所稀罕不得一见之宝，我却常守常见，视为平物。然余今窥其用意之旨，则是作者借此正为贬玉原非大观者也。说毕，递与他们传看了一

自“一把拉住”至此诸形景动作，袭卿有意微露绛芸轩中隐事也。

遍，仍与宝玉挂好，又命他哥哥去或雇一乘小轿，或雇一辆小车，送宝玉回去。花自芳道："有我去送，骑马也不妨了。"只知保重耳。袭人道："不为不妨，为的是碰见人。"细极。

花自芳忙去雇了一顶小轿来，众人也不敢相留，只得送宝玉出去。袭人又抓果子与茗烟，又把些钱与他买花炮放，教他："不可告诉人，连你也有不是。"细密。一直送宝玉至门前，看着上轿，放下轿帘，花、茗二人牵马跟随。来至宁府街，茗烟命住轿，向花自芳道："须等我同二爷还到东府里混一混，才好过去的，不然人家就疑惑了。"花自芳听说有理，忙将宝玉抱出轿来，送上马去。宝玉笑说："倒难为你了。"公子口气。于是仍进后门来，俱不在话下。

却说宝玉自出了门，他房中这些丫鬟们都越性恣意的顽笑，也有赶围棋的，也有掷骰抹牌的，磕了一地瓜子皮。偏奶母李嬷嬷拄拐进来给贾母请安，瞧瞧宝玉。见宝玉不在家，丫头们只顾顽闹，十分看不过，人人都看不过，独宝玉看得过。因叹道："自从我出去了，不大进来，你们越发没个样儿了。说得是，原该说。别的妈妈们越不敢说你们了。补明好。宝玉虽不吃乳，岂无伴从之媪妪哉！那宝玉是个丈八的灯台，照见人家，照不见自家的，用俗语入，妙。只知嫌人家脏。这是他的屋子，由着你们糟蹋，越不成体统了。"所以为今古未有之一宝玉。这些丫头们明知宝玉不讲究这些，二则李嬷嬷已是告老解事出去的了，调侃入微，妙，妙！如今管他们不着，因此只顾顽，并不理他。那李嬷嬷还只管问"宝玉如今一顿吃多少饭""什么时辰睡觉"等语。可叹！丫头们总胡乱答应，有的说"好一个讨厌的货"。实在有的。　入神！

李嬷嬷又问道："这盖碗里是酥酪，怎不送与我去？我就吃了罢。"说毕，拿匙就吃。写龚钟奶姆，便是龚钟奶姆。一个丫头道："快别动，那是说了给袭人留着的，过下无痕。回来又惹气了，照应茜雪枫露茶前案。你老人家自己承认，别带累我们受气。"这等话声口，必是晴雯无疑。李嬷嬷听了，又气又愧，便说道："我不信他这样坏了，别说我吃了一碗牛奶，就是再比这个值钱的，也是应该的。难道待袭人比我还重？难道他不想想怎么长大了？我的血变的奶，吃的长这么大。如今我吃他一碗牛奶，他就生气了？我偏吃了，看怎么样！你们看袭人不知怎样，那是我手里调理出来的毛丫头，什么阿物儿！"虽暂委屈唐突袭卿，然亦怨不得李媪。一面说，一面赌气将酥酪吃尽。又一丫头笑道："他们不会说话，怨不得你老人家生气，宝玉还时常送东西孝敬你老去，岂有为这个不自在的？"听这声口，必是麝月无疑。李嬷嬷道："你们也不必妆狐媚子哄我，打量上次为茶撵茜雪的事我不知道呢。照应前文，又用一"撵"，屈杀宝玉，然在李媪心中口中毕肖。明儿有了不是，我再来领！"说着，赌气去了。过至下回。

少时，宝玉回来，命人去接袭人。只见晴雯躺在床上不动，娇态已惯。宝玉因问："敢是病了？再不然输了？"秋纹道："他倒是赢的。谁知李老太太来了，混输了，他气的睡去了。"宝玉笑道："你别和他一般见识，由他去就是了。"说着，袭人已来，彼此相见。袭人又问宝玉何处吃饭，多早晚回来，又代母妹问诸同伴姊妹好。一时换衣卸妆，宝玉命取酥酪来，丫鬟们回说："李奶奶吃了。"宝玉才要说话，袭人便忙笑道："原来是留的这个，多谢费心。前儿我吃的时候好吃，吃过了好肚子疼，足闹的吐了才好。他吃了倒好，搁在这里倒白糟蹋了。与前文应失手碎钟遥对。通部袭人皆是如此，一丝不错。我只想风干栗子吃，你替我剥栗子，我去铺床。”必如此方是。

宝玉听了信以为真，方把酥酪丢开，取栗子来，自向灯前检剥。一面见众人不在房中，乃笑问袭人道：“今儿那个穿红的是你什么人？”若是见过女儿之后，没有一段文字，便不是宝玉，亦非《石头记》矣。袭人道：“那是我两姨妹子。”宝玉听了，赞叹了两声。这一赞叹，又是令人囫囵不解之语，只此便抵过一大篇文字。袭人道：“叹什么？只一“叹”字，便引出“花解语”一回来。我知道你心里的缘故，想是说他那里配红的。”补出宝玉素喜红色，这是激语。宝玉笑道：“不是，不是。那样的不配穿红的，谁还敢穿？活宝玉。我因为见他实在好的很，怎么也得他在咱们家就好了。”妙谈妙意。袭人冷笑道：“我一个人是奴才命罢了，难道连我的亲戚都是奴才命不成？定还要拣实在好的丫头才往你家来。”妙答！宝玉并未说“奴才”二字，袭人连补“奴才”二字，最是劲节，怨不得作此语。宝玉听了，忙笑道：“你又多心了。我说往咱们家来，必定是奴才不成？勉强如闻。说亲戚就使不得？”更强。　这样妙文，何处得来？非目见身行，岂能如此的确。袭人道：“那也搬配不上。”说的是。

宝玉便不肯再说，只是剥栗子。袭人笑道：“怎么不言语了，想是我才冒撞冲犯了你，明儿赌气花几两银子，买他们进来就是了。”总是故意激他。宝玉笑道：“你说的话，怎么叫我答言呢？我不过是赞他好，正配生在这深堂大院里，没的我们这种浊物妙号！后文又曰“须眉浊物”之称，今古未有之一人，始有此今古未有之妙称妙号！倒生在这里！”这皆宝玉意中心中确实之念，非前勉强之词。所以谓今古未有之一人耳。听其囫囵不解之言，察其幽微感触之心，审其痴妄委婉之意，皆今古未见之人，亦是未见之文字。说不得贤，说不得愚，说不得不肖，说不得善，说不得恶，说不得正大光明，说不得混账恶赖，说不得聪明才俊，说不得庸俗，又说不得好色好淫，说不得情痴情种，恰恰只有一颦儿可对，令他人徒加评论，总未摸着他二人是何等脱胎，何等心臆，何等骨肉！余阅此书，亦爱其文字耳，实亦不能评出此二人终是何等人物。后观“情榜”评曰“宝玉情不情”“黛玉情情”，此二评自在评痴之上，亦属囫囵不解，妙甚！袭人道：“他虽没这造化，倒也是娇生惯养的呢，我姨爹姨娘的宝贝，如今十七岁，各样的嫁妆都齐备了，明年就出嫁。”所谓不入耳之言也。宝玉听了“出嫁”二字，不禁又嗐了两声。宝玉心思另是一样，余前评可见。正是不自在，又听袭人叹道：袭人亦叹，自有别论。“只从我来这几年，姊妹们都不得在一处，如今我要回去了，他们又都去了。”

宝玉听这话内有文章，余亦如此。不觉吃一惊，余亦吃惊。忙丢下栗子，问道：“怎么，你如今要回去了？”袭人道：“我今儿听见我妈和哥哥商议，教我再耐烦一年，明年他们上来，就赎我出去的呢。”即余今日，尤难为情，况当日之宝玉哉！宝玉听了这话，越发怔了，因问：“为什么要赎你？”袭人道：“这话奇了，我又比不得是你这里的家生子儿，一家子都在别处，独我一个人在这里，怎么是个了局？”说得极是。宝玉道：“我不叫你去也难。”是头一句驳，故用贵公子声口，无理。袭人道：“从来没这道理。便是朝廷宫里，也有个定例，或几年一选，几年一入，也没有个长远留下人的理，别说你了。”一驳，更有理。

宝玉想一想，果然有理。自然。又道：“老太太不放你也难。”第二层，仗祖母溺爱，更无理。袭人道：“为什么不放？我果然是个最难得的，或者感动了老太太、太太，宝玉并不提王夫人，袭人偏自补出，周密之至。必不放我出去的，设或多给我们家几两银子留下我，然或有之。其实我也不过是个平常的人，此等语言，便是袭卿心事。比我强的多而且多。自我从小儿来了，跟着老太太，先伏侍了史大姑娘几年，百忙中又补出湘云来，真是七穿八达，得空便入。如今又伏侍了你几年。如今我们家来赎，正是该叫去的，只怕连身价也不要，就开恩叫我去呢。若说为伏侍的你好，不叫我去，断然没有的事。那伏侍的好，是分内应当的，这却是真心话。不是什么奇功。我去了，仍旧有好的来了，不是没了我就不成事。”再一驳，更精细，更有理。　反敲。

宝玉听了这些话，竟是有去的理，无留的理，自然。心内越发急了，原当急。因又道：“虽然如此说，我只一心留下你，不怕老太太不和你母亲说，多多给你母亲些银子，他也不好意思接你了。”急心肠，故入于霸道无理。　三字入神。袭人道：“我妈自然不敢强。且漫说和他好说，又多给银子，就便不好和他说，一个钱也不给，安心要强留下我，他也不敢不依。但只是咱们家从没干过这倚势仗贵霸道的事。这比不得别的东西，因为你喜欢，加十倍利弄了来给你，那卖的人不得吃亏，可以行得。如今无故平空留下我，于你又无益，反叫我们骨肉分离，这件事老太太、太太断不肯行的。”三驳不独更有理，且又补出贾府自家慈善宽厚等事。宝玉听了，思忖半晌，正是思忖“只有去理，实无留理”。乃说道：“依你说，你是去定了？”自然。袭人道：“去定了。”口气像极。宝玉听了，自思道：“谁知这样一个人，这样薄情无义。”余亦如此见疑。乃叹道：“早知道都是要去的，“都是要去的”，妙。可谓触类旁通，活是宝玉。我就不该弄了来。上古至今及后世有情者，同声一哭。临了剩我一个孤鬼儿。”可谓见首知尾，活是宝玉。说着，便赌气上床睡去了。又到无可奈何之时了。

原来袭人在家，听见他母兄要赎他回去，补前文。他就说至死也不回去的。又说："当日原是你们没饭吃，就剩我还值几两银子，若不叫你们卖，没有个看着老子娘饿死的理。补出袭人幼时艰辛苦状，与前文之香菱、后文之晴雯大同小异，自是又副十二钗中之冠，故不得不补传之。　孝女，义女。如今幸而卖到这个地方，可谓不幸中之幸。吃穿和主子一样，又不朝打暮骂。况且如今爹爹虽没了，你们却又整理的家成业就，复了元气。若果然还艰难，孝女，义女。把我赎出来，再多掏澄几个钱，也还罢了，其实又不难了。这会子又赎我作什么？权当我死了，可怜，可怜。再不必起赎我的念头。"我也要哭。因此哭闹了一阵。以上补在家今日之事，与宝玉问哭一句针对。　同心同志，更觉幸遇。

他母兄见他这般坚执，自然必不出来的了，况且原是卖倒的死契，明仗着贾宅是慈善宽厚之家，不过求一求，只怕身价银一并赏了，还是有的事呢。又夹带出贾府平素施为来，与袭人口中针对。二则贾府中从不曾作践下人，铁槛寺凤卿受赂，令人怅恨。只有恩多威少的，伏下多少后文。且凡老少房中所有亲侍的女孩子们，更比待家下众人不同，平常寒薄人家的小姐，也不能那样尊重的，又伏下多少后文，先一句是传中陪客，此一句是传中本旨。因此他母子两个，也就死心不赎了。既如此，何得袭人又作前语以愚宝玉，不知何意，且看后文。次后忽然宝玉去了，他二人又是那般景况，一件闲事一句闲文皆无，警甚。他母子二人心下更明白了，越发石头落了地，而且是意外之想，彼此放心，再无赎念了。一段情结。脂砚。

如今且说袭人自幼见宝玉性格异常，四字好，所谓说不得好，又说不得不好也。其淘气憨顽自是出于众小儿之外，更有几件千奇百怪口不能言的毛病儿。只如此说更好，所谓“说不得聪明贤良，说不得痴呆愚昧”也。近来仗着祖母溺爱，父母亦不能十分严紧拘管，更觉放荡弛纵，四字妙评。脂砚。任性恣情，四字更好，亦不涉于恶，亦不涉于淫，亦不涉于骄，不过一味任性耳。最不喜务正。这还是小儿同病。每欲劝时，料不能听，今日可巧有赎身之论，故先用骗词以探其情，以压其气，以此法游刃，有何不可解之牛。然后好下箴规。原来如此。今见他默默睡去了，知其情有不忍，气已馁堕。不独解语，亦且有智。自己原不想栗子吃的，只因怕为酥酪又生事故，亦如茜雪之茶等事，可谓贤而多智术之人。是以假以栗子为由，混过宝玉不提就完了。于是命小丫头子们将栗子拿去吃了，自己来推宝玉。只见宝玉泪痕满面，袭人便笑道：正是无可奈何之时。　不知何故，我亦掩涕。“这有什么伤心的。你果然留我，我自然不出去了。”宝玉见这话有文章，宝玉不愚。便说道：“你倒说说，我还要怎么留你？我自己也难说了。”二人素常情义。袭人笑道：“咱们素日好处，再不用说，但今日你安心留我，不在这上头，我另说出两三件事来，你果然依了我，就是你真心留我了，刀搁在脖子上，以此等心，行此等事，昭昭苍天，岂无明见。我也是不出去的了。”

宝玉忙笑道：“你说，那几件？我都依你，好姐姐，好亲姐姐，叠二语，活见从纸上走一宝玉下来，如闻其呼见其笑。别说两三件，就是两三百件，我也依。两三百不成话，却是宝玉口中。只求你们同看着我，守着我，等我有一日化成了飞灰，脂砚斋所谓“不知是何心思，始得口出此等不成话之至奇至妙之话”，诸公请如何解得？如何评论？　所劝者正为此，偏于劝时一犯，妙甚！飞灰还不好，灰还有形有迹，还有知识。灰还有知识，奇之不可甚言矣，余则谓人尚无知识者多多。——等我化成一股轻烟，风一吹便散了的时候，你们也管不得我，我也顾不得你们了。那时凭我去，我也凭你们爱那里去就去了。”是聪明，是愚昧，是小儿淘气？余皆不知，只觉悲感难言，奇瑰愈妙。　人人皆以宝玉为痴，孰不知世人比宝玉更痴。话未说完，急的袭人忙握他的嘴，说：“好好的，正为劝你这些，倒更说的狠了。”宝玉忙说道：“再不说这话了。”只说今日一次，呵呵，玉兄，玉兄，你到底哄的那一个？袭人道：“这是头一件要改的。”宝玉道：“改了，再要说，你就拧嘴。还有什么？”

袭人道：“第二件，你真喜读书也罢，假喜也罢，新鲜，真新鲜。只是在老爷跟前或在别人跟前，你别只管批驳诮谤，只作出个喜读书的样子来，宝玉又诮谤读书人，恨此时不能一见如何诮谤。　所谓开方便门。也教老爷少生些气，在人前也好说嘴。大家听听，可是丫鬟说的话？他心里想着，我家代代读书，只从有了你，不承望你不喜读书，已经他心里又气又愧了。而且背前背后，乱说那些混话。凡读书上进的人，你就起个名字，叫作‘禄蠹’。二字从古未见，新奇之至，难怨世人谓之可杀，余却最喜。又说只除‘明明德’外无书，都是前人自己不能解圣人之书，便另出己意，混编纂出来的。宝玉目中犹有“明明德”三字，心中犹有“圣人”二字，又素日皆作如是等语，宜乎人人谓之疯傻不肖。这些话，怎么怨得老爷不气，不时时打你？叫别人怎么想你？”宝玉笑道：“再不说了。那原是那小时不知天高地厚，信口胡说，如今再不敢说了。又作是语，说不得不乖觉，然又是作者瞒人之处也。还有什么？”

袭人道：“再不可毁僧谤道，一件，是妇女心意。调脂弄粉。二件，若不如此，亦非宝玉。还有更要紧的一件，忽又作此一语。再不许吃人嘴上擦的胭脂了，此一句是闻所未闻之语，宜乎其父母严责也。与那爱红的毛病儿。”宝玉道：“都改都改，再有什么快说！”袭人笑道：“再也没有了，只是百事检点些，不任意任情的就是了。总包括尽矣，其所谓“花解语”者，大矣，不独冗冗为儿女之分也。你若果都依了，便拿八人轿也抬不出我去了。”宝玉笑道：“你在这里长远了，不怕没八人轿你坐。”袭人冷笑道：“这我可不希罕的，有那个福气，没有那个道理，纵坐了，也没甚趣。”调侃不浅，然在袭人能作是语，实可爱、可敬、可服之至，所谓“花解语”也。　真正逼人。

二人正说着，只见秋纹走进来说：“快三更了，该睡了。方才老太太打发嬷嬷来问，我答应睡了。”宝玉命取表来照应前凤姐之文。看时，果然针已指到亥正，表则是表的写法，前形容自鸣钟则是自鸣钟，各尽其神妙。方从新盥漱，宽衣安歇，不在话下。

“花解语”一段，乃袭卿满心满意将玉兄为终身得靠，千妥万当故有是。余阅至此，余为袭卿一叹！丁亥春，畸笏叟。

至次日清晨，袭人起来，便觉身体发重，头疼目胀，四肢火热，先时还扎挣的住，次后捱不住，只要睡着，因而和衣躺在炕上。过下引线。宝玉忙回了贾母，传医诊视，说道：“不过偶感风寒，吃一两剂药疏散疏散就好了。”开方去后，令人取药来煎好，刚服下去，命他盖上被渥汗，宝玉自去黛玉房中来看视。为下文留地步。

彼时黛玉自在床上歇午，丫鬟们皆出去自便，满屋内静悄悄的，宝玉揭起绣线软帘，进入里间，只见黛玉睡在那里，忙去上来推他道："好妹妹，才住了"好姐姐"，又闻"好妹妹"，大约宝玉一日之中，一时之内，此六个字未曾暂离口角，妙甚！才吃了饭，又睡觉。"将黛玉唤醒，若是别部书中写此时之宝玉，一进来便生不轨之心，突萌苟且之念，更有许多贼形鬼状等丑态邪言矣。此却反推唤醒他，毫不在意，所谓"说不得淫荡"是也。黛玉见是宝玉，因说道："你且出去逛逛，我前儿闹了一夜，今儿还没有歇过来，补出娇怯态度。浑身酸疼。"宝玉道："酸疼事小，睡出来的病大，我替你解闷儿，混过困去就好了。"宝玉又知养身。黛玉只合着眼说道："我不困，只略歇歇儿，你且别处去闹会子再来。"宝玉推他道："我往那去呢？见了别人就怪腻的。"所谓只有一颦可对，亦属怪事。

黛玉听了，"嗤"的一声笑道："你既要在这里，那边去老老实实的坐着，咱们说话儿。"宝玉道："我也歪着。"黛玉道："你就歪着。"宝玉道："没有枕头。绵缠密秘入微。咱们在一个枕头上。"更妙，渐逼渐近，所谓"意绵绵"也。黛玉道："放屁！如闻。外头不是枕头？拿一个来枕着。"宝玉出至外间，看了一看，回来笑道："那个我不要，也不知是那一个脏老婆子的。"黛玉听了，睁开眼，睁眼。起身起身。笑道：笑。"真真你就是我命中的'天魔星'，妙语，妙之至，想见其态度。请枕这一个。"说着，将自己枕的推与宝玉，又起身将自己的再拿了一个来，自己枕了，二人对面倒下。

黛玉因看见宝玉左边腮上有钮扣大小的一块血渍，便欠身凑近前来，以手抚之细看，想见其缠绵态度。又道："这又是谁的指甲刮破了？"妙极，补出素日。宝玉侧身，一面躲，一面笑道：对"推醒"看。"不是刮的，只怕是才刚替他们淘澥胭脂膏子，搵上了一点儿。"遥与后文平儿于怡红院晚妆时对照。说着，便找手帕子要揩拭，黛玉便用自己的帕子替他揩拭了。想见情之脉脉，意之绵绵。口内说道：“你又干这些事了。又是劝戒语。干也罢了，一转细极，这方是颦卿，不比别人一味固执死劝。必定还要带出幌子来。便是舅舅看不见，别人看见了，又当奇事新鲜话儿去学舌讨好儿，补前文之未到，伏后文之线脉。吹到舅舅耳朵里，又该大家不干净惹气。”“大家”二字何妙之至，神之至，细腻之至，乃父责其子，纵加以笞楚，何能使大家不干净哉！今偏大家不干净，则知贾母如何管孙责子，迁怒于众，及自己心中多少抑郁难堪难禁，代忧代痛，一齐托出。

宝玉总未听见这些话，可知昨夜情切切之语，亦属行云流水矣。只闻得一股幽香，却是从黛玉袖中发出，闻之令人醉魂酥骨。却像似淫极，然究竟不犯一些淫意。宝玉一把便将黛玉的袖子拉住，要瞧笼着何物。黛玉笑道：“冬寒十月，口头语，犹在寒冷之时。谁带什么香呢？”宝玉笑道：“既然如此，这香是那里来的？”黛玉道：“连我也不知道，正是，按谚云：“人在气中忘气，鱼在水中忘水。”余今续之曰：“美人忘容，花则忘香。”此则黛玉不知自骨肉中之香同。想必是柜子里头的香气，衣服上熏染的也未可知。”有理。宝玉摇头道：“未必，这香的气味奇怪，不是那些香饼子、香毬子、香袋子的香。”自然。黛玉冷笑道：“冷笑”便是文章。“难道我也有什么‘罗汉’‘真人’给我些奇香不成？便是得了奇香，也没有亲哥哥亲兄弟弄了花儿、朵儿、霜儿、雪儿替我炮制，活颦儿，一丝不错。我有的是那些俗香

一句描写玉，刻骨刻髓，至已尽矣。壬午春。

罢了。”

宝玉笑道：“凡我说一句，你就拉上这么些，不给个利害，也不知道。从今儿可不饶你了。”说着翻身起来，将两只手呵了两口，活画。　情景如画。便伸手向黛玉膈肢窝内两胁下乱挠。黛玉素性触痒不禁，宝玉两手伸来乱挠，便笑的喘不过气来，口里说：“宝玉！你再闹，我就恼了。”如见如闻。宝玉方住了手，笑问道：“你还说这些不说了？”黛玉笑道：“再不敢了。”一面理鬓画。笑道：“我有奇香，你有‘暖香’没有？”奇问。

宝玉见问，一时解不来，一时原难解，终逊黛卿一等，正在此等处。因问：“什么‘暖香’？”黛玉点头叹笑道：画。“蠢才！蠢才！你有玉，人家就有金来配你。人家有‘冷香’，你就没有‘暖香’去配？”宝玉方听出来，的是颦儿，活画。然这是阿颦一生心事，故每不禁自及之。宝玉笑道：“方才求饶，如今更说狠了。”说着，又去伸手，黛玉忙笑道：“好哥哥，我可不敢了。”宝玉笑道：“饶便饶你，只把袖子我闻一闻。”说着，便拉了袖子笼在面上，闻个不住。黛玉夺了手道：“这可该去了。”宝玉笑道：“去？不能。咱们斯斯文文的躺着说话儿。”说着复又倒下，黛玉也倒下，用手帕子盖上脸。画。宝玉有一搭没一搭先一总。的说些鬼话，黛玉只不理。宝玉问他几岁上京，路上见何景致古迹，扬州有何遗迹故事，土俗民风。黛玉只不答。

宝玉只怕他睡出病来，原来只为此故，不暇旁人嘲笑，所以放荡无忌处不特此一件耳。便哄他道：“嗳哟，你们扬州衙门里有一件大故事，你可知道？”像个说故事的。黛玉见他说的郑重，又且正言厉色，只当是真事，因问：“什么事？”宝玉见问，便忍着笑顺口诌道：又哄我看书人。“扬州有一座黛山，山上有个林子洞。”黛玉笑道：“就是扯谎。山名洞名，颦儿已知之矣。自来也没听见这山。”宝玉道：“天下山水多着呢，你那里知道这些不成。等我说完了，你再批评。”不先了此句，可知此谎再诌不完的。黛玉道：“你且说。”

宝玉又诌道：“林子洞里原来有群耗子精，那一年腊月初七日，老耗子升座议事。耗子亦能升座且议事，自是耗子有赏罚有制度矣，何今之耗子犹穿壁啮物，其升座者置而不问哉。因说：‘明日乃是腊八，世上人都熬腊八粥。如今我们洞中果品短少，须得乘此打劫些来方妙。’议的是这事，宜乎为鼠矣。　　难道耗子也要腊八粥吃，一笑。乃拔令箭一枝，遣一能干的小耗，原来能于此者便是小鼠。前去打听。一时小耗回报，各处察访打听已毕，惟有山下庙里果米最多。庙里原来最多，妙妙！老耗问：‘米有几样？果有几品？’小耗道：‘米豆成仓，不可胜记。果品有五种：一红枣，二栗子，三落花生，四菱角，五香玉。’老耗听了大喜，即时点耗前去。乃拔令箭问：‘谁去偷米？’一耗便接令去偷米。又拔令箭问：‘谁去偷豆？’又一耗接令去偷豆。然后一一的都各领令去了。玉兄也知琐碎，以抄近为妙？只剩了香玉一种，因又拔令箭问：‘谁去偷香玉？’只见一个极小极弱的小耗应道，玉兄玉兄，唐突颦儿了。‘我愿去偷香玉。’老耗并众耗看他这样，恐不谙练，且怯懦无力，都不准他去。小耗道：‘我虽年小身弱，却是法术无边，口齿伶俐，机谋深远。凡三句暗为黛玉作评，讽的妙！此去管比他们偷的还巧呢！’众耗忙问：‘如何比他们巧呢？’小耗道：‘我不学他们直偷，我只摇身一变，不直偷，可畏可怕。也变成个香玉，作意从此透露。滚在香玉堆里，使人看不出，听不见，却暗暗的用分身法搬运，渐渐的就搬运尽了。可怕可畏。岂不比直偷硬取的巧些？’果然巧，而且最毒，直偷者可防，此法不能防矣，可惜这样才情，这样学术，却只一耗耳。众耗听了都道：‘妙却妙，只是不知怎么个变法，你先变个我们瞧瞧。’小耗听了，笑道：‘这个不难，等我变来。’说毕，摇身说‘变’，竟变了一个最标致美貌的一位小姐。奇文怪文。众耗忙笑道，‘变错了，变错了。原说变果子的，如何变出小姐来？’余亦说变错了。小耗现形笑道：‘我说你们没见识面，只认得这果子是“香玉”，却不知盐课林老爷的小姐，才是真正的香玉呢。’”前面有试才题对额，故紧接此一篇无稽乱话，前无则可，此无则不可，盖前系宝玉之懒为者，此系宝玉不得不为者，世人诽谤无碍，奖誉不必。

“玉生香”是要与“小恙梨香院”对看，愈觉生动活泼，且前以黛玉，后以宝钗，特犯不犯，好看煞！丁亥春，畸笏叟。

黛玉听了，翻身爬起来，按着宝玉笑道：“我把你烂了嘴的！我就知道你是编我呢！”说着，便拧的宝玉连连央告，说：“好妹妹，饶我罢，再不敢了。我因为闻你香，忽然想起这个故典来。”黛玉笑道：“饶骂了人，还说是故典呢。”

一语未了，只见宝钗走来，妙！　不犯梨香院。笑问：“谁说故典呢？我也听听。”黛玉忙让坐，笑道：“你瞧瞧有谁！他饶骂了人，还说是故典。”宝钗笑道：“原来是宝兄弟，怨不得他，他肚子里的故典原多，妙讽。只是可惜一件，妙转。凡该用故典之时，他偏就忘了。更妙！有今日记得的，前儿夜里的芭蕉诗就该记得，眼面前的倒想不起来。别人冷的那样，你急的只出汗。与前“拭汗”二字针对，不知此书何妙至如此。有许多妙谈妙语机锋诙谐，各得其时，各尽其理，前梨香院黛玉之讽，则偏而趣，此则正而趣，二人真是对手，两不相犯。这会子偏又有记性了。”黛玉听了笑道：“阿弥陀佛！到底是我的好姐姐。你一般也遇见对子了，可知一还一报，不爽不错的。”刚说到这里，只听宝玉房中一片声嚷，吵闹起来。正是——

若知宝玉真性情者，当留心此回，其于袭人何等留连，其于画美人事何等古怪，其遇茗烟事何等怜惜，其于黛玉何等保护。再袭人之痴忠，画人之惹事，茗烟之屈奉，黛玉之痴情，千态万状，笔力劲尖，有水到渠成之象。无微不至。真画出一个上乘智慧之人。入于魔而不悟，甘心堕落，且影出诸魔之神通，亦非泛泛，有势不能轻登彼岸之形。凡我众生掩卷自思，或于身心少有补益。小子妄谈，诸公莫怪。

第二十回

王熙凤正言弹妒意　林黛玉俏语谑娇音

智慧生魔多象，魔生智慧方深。智魔寂灭万缘根，不解智魔作甚。

话说宝玉在林黛玉房中说“耗子精”，宝钗撞来，讽刺宝玉元宵不知“绿蜡”之典，三人正在房中互相讥刺取笑。那宝玉正恐黛玉饭后贪眠，一时存了食，或夜间走了困，皆非保养身体之法。云宝玉亦知医理，却只是在颦、钗等人前方露，亦如后回许多明理之语，只在闺前现露三分。越在雨村等经济人前，如痴如呆，实令人可恨。但雨村等视宝玉不是人物，岂知宝玉视彼等更不是人物，故不与接谈也。宝玉之情痴，真乎，假乎？看官细评。幸而宝钗走来，大家谈笑，那林黛玉方不欲睡，自己才放了心。忽听他房中嚷起来，大家侧耳听了一听，林黛玉先笑道：“这是你妈妈和袭人叫喊呢。那袭人也罢了，你妈妈再要认真排场他，可见老背晦了。”袭卿能使颦卿一赞，愈见彼之为人矣，观者诸公以为如何？

宝玉忙要赶过来，宝钗忙一把拉住道：的是宝钗行事。“你别和你妈妈吵才是，他老糊涂了，倒要让他一步为是。”宝钗如何，观者思之。宝玉道：“我知道了。”说毕走来，只见李嬷嬷拄着拐棍，在当地骂袭人：“忘了本的小娼妇，我抬举起你来，活像过时奶妈骂丫头，在袭卿身上去叫下撞天屈来。这会子我来了，你大模大样的躺在炕上，见我来也不理一理。一心只想妆狐媚子哄宝玉，看这句几把批书人吓杀了。哄的宝玉不理我，幸有此二句，不然我石兄、袭卿扫地矣。听你们的话。你不过是几两臭银子买来的毛丫头，这屋里你就作耗，如何使得！好不好拉出去，配一个小子，虽写得酷肖，然唐突我袭卿，实难为情。看你还妖精似的哄宝玉不哄！”若知“好事多魔”，方会作者之意。袭人先只道李嬷嬷不过为他躺着生气，少不得分辨说“病了，才出汗，蒙着头，原没看见你老人家”等语。后来只管听他说“哄宝玉，妆狐媚”，又说“配小子”等，由不得又愧又委曲，禁不住哭起来。

宝玉虽听了这些话，也不好怎样，少不得替袭人分辨病了吃药等话，又说：“你不信，只问别的丫头们。”李嬷嬷听了这话，益发气起来了，说道：“你只护着那起狐狸，那里认得我了，叫我问谁去？真有是语。谁不帮着你呢？真有是事。谁不是袭人拿下马来的！冤枉，冤哉！我都知道那些事，囫囵语，难解。我只和你在老太太、太太跟前去讲讲。我把你奶了这么大，奶妈拿手话。到如今吃不着奶了，把我丢在一旁，逞着丫头们要我的强。”一面说，一面也哭起来。彼时黛玉、宝钗等也走过来劝说：“妈妈，你老人家担待他们一点子就完了。”李嬷嬷见他二人来了，四字，嬷嬷是看重二人身分。便拉住诉委屈，将当

特为乳母传照，暗伏后文倚势奶娘线脉。《石头记》无闲文并虚字在此。壬午孟夏。畸笏老人。

茜雪至“狱神庙”方呈正文。袭人正文标目曰：“花袭人有始有终。”余只见有一次，誊清时，与“狱神庙慰宝玉”等五六稿被借阅者迷失。叹叹！丁亥夏。畸笏叟。

日吃茶，茜雪出去，与昨日酥酪等事，唠唠叨叨说个不清。好极，妙极，毕肖极！

可巧凤姐正在上房算完输赢账，听得后面声嚷，便知是李嬷嬷老病发了，排揎宝玉的人。正值他今儿输了钱，找上文。迁怒于人，有是争竞事。便连忙赶过来，拉了李嬷嬷笑道：“好妈妈，别生气，大节下，老太太才喜欢了一日。你是个老人家，别人高声，你还要管他们呢，难道你反不知道规矩，在这里嚷起来，叫老太太生气不成？你只说谁不好，阿凤两提老太太，是叫老妪想，袭卿是老太太的人。况又双关大体。勿泛泛看去。我替你打他。我家里烧的滚热的野鸡，快来跟我吃酒去。”何等现成，何等自然。的是凤卿笔法。一面说，一面拉着走，又叫：“丰儿，替你李奶奶拿着拐棍子，一丝不漏。擦眼泪的手帕子。”

那李嬷嬷脚不沾地跟了凤姐走了，一面还说：“我也不要这老命了，越性今儿没了规矩，闹一场子，讨个没脸，强如受那娼妇蹄子的气。”后面宝钗、黛玉随着，见凤姐儿这般，都拍手笑道：“亏这一阵风来，把个老婆子撮了去了。”批书人也是这样说，看官将一部书中人一一想来，收拾文字非阿凤俱有琐细引迹事。《石头记》得力处俱在此。宝玉点头叹道：“这又不知是那里的账，只拣软的排揎。昨儿又不知是那个姑娘得罪了，上在他账上了。”

一句未了，晴雯在旁笑道：“谁又不疯了，得罪他作什么！便得罪了他，就有本事承任，不犯带累别人！”袭人一面哭，一面拉宝玉道：“为我得罪了一个老奶奶，你这会子又为我得罪这些人，这还不够我受的，还只是拉别人。”宝玉见他这般病势，又添了这些烦恼，连忙忍气吞声，安慰他仍旧睡下出汗，又见他汤烧火热，自己守他，歪在旁边，劝他只养着病，别想着这些没要紧的事生气。袭人冷笑道：“要为这些事生气，这屋里一刻还站不得了呢。实言，非谬语也。但只是天长日久，只管这样，可叫人怎么样才好呢？时常我劝你，别为着我们得罪人，你只顾一时为我们那样，他们都记在心里，遇着坎儿，说的好说不好听，从“狐媚子”等语来。实实好语，的是袭卿。大家什么意思？”一面说，一面禁不住流泪。又怕宝玉烦恼，只得又勉强忍着。

一段特为怡红袭人、晴雯、茜雪三鬟之性情、见识、身分而写。己卯冬夜。

一时杂使的老婆子煎了二和药来。宝玉见他才有汗意，不肯叫他起来，自己便端着，就枕与他吃了，即命小丫头子们铺炕。袭人道：“你吃饭不吃饭，到底老太太、太太跟前坐一会子，心中时时刻刻正意语也。和姑娘们顽一会子再回来。我就静静的躺一躺也好。”宝玉听说，只得替他去了簪环，看他躺下，自往上房来。

同贾母吃毕饭，贾母犹欲同那几个老管家嬷嬷斗牌解闷。宝玉垫着袭人，便回至房中，见袭人朦朦睡去。自己要睡，天色尚早。彼时晴雯、绮霰、秋纹、碧痕都寻热闹，找鸳鸯、琥珀等耍戏去了，独见麝月一个人在外间房里灯下抹骨牌。宝玉笑问道："你怎么不同他们顽去？"麝月道："没有钱。"宝玉道："床底下堆着那么些，还不够你输的？"麝月道："都顽去了，这屋里交给谁呢？正文。那一个又病了，满屋里上头是灯，地下是火。灯节。那些老妈妈子们，老天拔地伏侍一天，也该叫他们歇歇。小丫头子们也是伏侍了一天，这会子还不叫他们顽顽去？所以让他们都去罢，我在这里看着。"

麝月闲闲无语，令余酸鼻，正所谓对景伤情。丁亥夏。畸笏。

宝玉听了这话，公然又是一个袭人。因笑道："我在这里坐着，你放心去罢。"岂敢？每于如此等处，石兄何常轻轻放过，不介意来？亦作者欲瞒看官，又被批书人看出，呵呵！麝月道："你既在这里，越发不用去了。咱们两个说话顽笑岂不好？"全是袭人口气，所以后来代任。宝玉笑道："咱两个作什么呢？怪没意思的。也罢了，早上你说头上痒痒，这会子没什么事，我替你篦头罢。"麝月听见便道："就是这样。"说着，将文具镜匣搬来，卸去钗钏，打开头发，宝玉拿了篦子替他一一的梳篦。金闺细事如此写。只篦了三五下，只见晴雯忙忙走进来。原为取钱，一见了他两个，便冷笑道："哦，交杯盏还没吃呢，倒上头了！"虽谑语，亦少露怡红细事。宝玉笑道："你来，我也替你篦一篦。"晴雯道："我没那么大福。"说着拿了钱，便摔帘子出去了。

宝玉在麝月身后，麝月对镜，二人在镜内相视。此系石兄得意处。宝玉便向镜内笑道："满屋里就只是他磨牙。"麝月听说，忙向镜中摆手，好看趣。宝玉会意。忽听"唿"的一声帘子响，晴雯又跑进来问道：麝月摇手为此，可儿可儿。"我怎么磨牙了？好看煞。咱们倒得说说。"麝月道："你去你的罢，又来问人了。"晴雯笑道："你又护着，你们那瞒神弄鬼的，找上文。我都知道，等我捞回本儿来再说话。"说着一径出去了。闲闲一段儿女口舌，却写麝月一人。有袭人出嫁之后，宝玉、宝钗身边还有一人，虽不及袭人周到，亦可免微嫌小敝等患，方不负宝钗之为人也。故袭人出嫁后云"好歹留着麝月"一语，宝玉便依从此话，可见袭人虽去，实未去也。写晴雯之疑忌，亦为下文跌扇角口等文伏脉，却又轻轻抹去，正见此时都在幼时，虽微露其疑忌，见得人各禀天真之性，善恶不一。往后渐大渐生心矣。但观者凡见晴雯诸人则恶之，何愚也哉！要知自古及今，愈是尤物，其猜忌妒愈甚，若一味浑厚大量涵养，则有何可令人怜爱护惜哉？然后知宝钗、袭人等行为，并非一味蠢拙古板，以女夫子自居。当绣幕灯前，绿窗月下，亦颇有或调或妒、轻俏艳丽等说，不过一时取乐买笑耳，非切切一味妒才嫉贤也。是以高诸人百倍，不然宝玉何甘心受屈于二女夫子哉！看过后文则知矣。故观书诸君子不必恶晴雯，正该感晴雯金闺绣阁中生色方是。这里宝玉通了头，命麝月悄悄的伏侍他睡下，不肯惊动袭人，一宿无话。

娇憨满纸，令人叫绝。壬午九月。

至次日清晨起来，袭人已是夜间发了汗，觉得轻省了些，只吃些米汤静养。宝玉放了心，因饭后走到薛姨妈这边来闲逛。彼时正月内，学房中放年学，闺阁中忌针，却都是闲时，贾环也过来顽，正遇见宝钗、香菱、莺儿三个赶围棋作耍，贾环见了也要顽。宝钗素习看他亦如宝玉，并没他意，今儿听他要玩，让他上来坐了一处，一磊十个钱，头一回自己赢了，心中十分欢喜。后来接连输了几盘，便有些着急。赶着这盘正该自己掷骰子，若掷个七点便赢，若掷个六点，下该莺儿掷三点就赢了。因拿起骰子来，狠命一掷，一个作定了五，那一个乱转。莺儿拍着手只叫“幺”，娇憨如此。　好看煞。贾环便瞪着眼，“六七八”混叫，那骰子偏生转出幺来。贾环急了，伸手便抓起骰子来，然后就拿钱，说是个六点。更也好看。莺儿便说：“分明是个幺。”宝钗见贾环急了，便瞅莺儿说道：“越大越没规矩，难道爷们还赖你？酷肖。还不放下钱来呢！”莺儿满心委曲，见宝钗说，不敢则声，只得放下钱来，口内嘟囔说：“一个作爷的，还赖我们这几个钱，连我也不在眼里。前儿我和宝爷玩，倒卷帘法，实写幼时往事。可伤！他输了那些，也没着急。下剩的钱，还是几个小丫头子们一抢，他一笑就罢了。”宝钗不等说完，连忙断喝。贾环道：“我拿什么比宝玉呢？你们怕他，都和他好，都欺负我不是太太养的。”蠢

写环兄先赢，亦是天生地设现成文字。己卯冬夜。

驴。说着便哭了。观者至此，有不卷帘厌看者乎？余替宝卿实难为情。宝钗忙劝他："好兄弟，快别说这话，人家笑话你。"又骂莺儿。

正值宝玉走来，见了这般形况，问："是怎么了？"贾环不敢则声。宝钗素知他家规矩，凡作兄弟的，都怕哥哥，大族规矩原是如此，一丝儿不错。却不知那宝玉是不要人怕他的。他想着：弟兄们一并都有父母教训，何必我多事，反生疏了。况且我是正出，他是庶出，饶这样还有人背后谈论，此意不呆。还禁得辖治他了。更有个呆意思存在心里。你道是何呆意？因他自幼姊妹丛中长大，亲姊妹有元春、探春，伯叔的有迎春、惜春，亲戚中又有史湘云、林黛玉、薛宝钗等诸人。他便料定原来天生人为万物之灵，凡山川日月之精秀，只钟于女儿，须眉男子不过是些渣滓浊沫而已。因有这个呆念在心，把一切男子都看成混沌浊物，可有可无。只是父亲叔伯兄弟中，因孔子是亘古第一人说下的，不可忤慢，只得要听他这句话。听了这一个人之话，岂是呆子？由你自己说罢，我把你作极乖的人看。所以，弟兄之间，不过尽其大概的情理就罢了，并不想自己是丈夫，须要为子弟之表率。是以贾环等都不怕他，却怕贾母，才让他三分。

又用讳人语瞒着看官。己卯冬辰。

如今宝钗恐怕宝玉教训他，倒没意思，便连忙替贾环掩饰。宝玉道："大正月里哭什么？这里不好，你别处顽去。你天天念书，倒念糊涂了。比如这件东西不好，横竖那一件好，就弃了这件取那个。难道你守着这个东西哭一会子就好了不成？你原是来取乐顽的，既不能取乐，就往别处去再寻乐顽一会子。难道这算取乐顽了不成？倒招自己烦恼，不如快去为是！”呆子都会立这样意，说这样话。贾环听了，只得回来。

赵姨娘见他这般，因问：“又是那里垫了踹窝来了？”多事人等口谈吐。一问不答，毕肖。再问时贾环便说：“同宝姐姐顽的，莺儿欺负我，赖我的钱，宝玉哥哥撵我来了。”赵姨娘啐道：“谁叫你上高抬盘去了？下流没脸的东西，那里顽不得，谁叫你跑了去讨没意思！”

正说着，可巧凤姐在窗外过，都听在耳内，便隔窗说道：“大正月又怎么了？环兄弟小孩子家，一半点儿错了，你只教导他，说这些没味儿的话作什么！凭他怎么去，还有太太老爷管他呢，就大口啐他？反得了理了。他现是主子，不好了，横竖有教导他的人，与你什么相干？所谓贬中褒，想赵姨即不畏阿凤，亦无可回答。环兄弟出来，跟我顽去。”

嫡嫡是彼亲生，句句竟成正中贬，赵姨实难答言。至此方知题标用“弹”字甚妥协。己卯冬夜。

贾环素日怕凤姐比怕王夫人更甚，听见叫他，忙唯唯的出来。赵姨娘也不敢则声。“弹妒意”正文。

凤姐向贾环道：“你也是个没气性的，时常说给你，要吃要喝，要顽要笑，只爱同那一个姐姐妹妹哥哥嫂子顽，就同那个顽。你不听我的话，反叫这些人教的歪心邪意，狐媚子霸道的。借人发脱，好阿凤！好口齿！句句正言正理，赵姨安得不抿翅低头，静听发挥？批至此不禁一大白，又大白矣！自己不尊重，要往下流走，安着坏心，还只管怨人家偏心。输了几个钱？转得好。就这么个样儿？”贾环见问，只得诺诺的回说：“输了一二百。”凤姐道：“亏你还是爷，输了一二百钱就这样。”回头叫丰儿：“去取一吊钱来，作者当记一大百乎？笑笑。姑娘们都在后头顽呢，把他送了顽去。收拾得好。你明儿再这么下流狐媚子，我先打了你，打发人告诉学里，皮不揭了你的！为你这个不尊重，又一折笔，更觉有味。恨的你哥哥牙根痒痒，不是我拦着，窝心脚把你的肠子窝出来！”喝命：“去罢！”本来面目，断不可少。贾环诺诺的跟了丰儿，得了钱，三字写着环哥。自己和迎春等顽去，不在话下。一段大家子奴妾吆吻，如见如闻，正为下文五鬼作引也。余为宝玉肯效凤姐一点余风，亦可继荣宁之盛，诸公当为如何？

且说宝玉正和宝钗顽笑，忽见人说：“史大姑娘来了。”妙极！凡宝玉、宝钗正闲相遇时，非黛玉来，即湘云来，是恐泄漏文章之精华也。若不如此，则宝玉久坐忘情，必被宝卿见弃，杜绝后文成其夫妇时无可谈旧之情，有何趣味哉？宝玉听了，抬身就走。宝钗笑道：“等着，咱们两个一齐走，瞧瞧他去。”说着下了炕，同宝玉一齐来至贾母这边。只见史湘云大笑大说的，见他两个来，忙

“等着”二字，大有神情，看官闭目熟思，方知趣味，非批书人谩拟也。己卯冬夜。

问好厮见。写湘云又一笔法，特犯不犯。正值林黛玉在旁，因问宝玉："在那里的？"宝玉便说："在宝姐姐家的。"黛玉冷笑道："我说呢，亏在那里绊住，总是心中事语，故机括一动，随机而出。不然早就飞了来了。"宝玉笑道："只许同你顽，替你解闷儿？不过偶然去他那里一趟，就说这话。"林黛玉道："好没意思的话！去不去管我什么事？我又没叫你替我解闷儿！还许你从此不理我呢！"说着，便赌气回房去了。

宝玉忙跟了来，问道："好好的又生气了，就是我说错了，你到底也还坐在那里，和别人说笑一会子。又来自己纳闷。"林黛玉道："你管我呢！"宝玉笑道："我自然不敢管你，只没有个看着你自己作贱了身子呢。"林黛玉道："我作贱坏了身子，我死，与你何干？"宝玉道："何苦来？大正月里，死了活了的。"林黛玉道："偏说死！我这会子就死。你怕死，你长命百岁的，如何！"宝玉笑道："要像只管这样闹，我还怕死呢？倒不如死了干净。"黛玉忙道："正是了，要是这样闹，不如死了干净。"宝玉道："我说我自己死了干净，别听错了话赖人。"正说着，宝钗走来道："史大妹妹等你呢。"说着，便推宝玉走了。此时宝钗尚未知他二人心性，故来劝，后文察其心性，故掷之不闻矣。这里黛玉越发气闷，只向窗前流泪。没两盏茶的工夫，宝玉仍来了。盖宝玉亦是心中只有黛玉，见宝钗难却其意，故暂随彼去，以完宝钗之情。故少坐仍来也。林黛玉见了，越发抽抽噎噎的哭个不住。宝玉见了这样，知难挽回，打叠起千百样的款语温言来劝慰，不料自己未张口，石头惯用如此笔仗。只见黛玉先说道："你又来作什么？横竖如今有人和你顽，比我又会念，又会作，又会写，又会说笑，又怕你生气，拉了你去，你又作什么来？死活凭我去罢了。”宝玉听了，忙上来悄悄的说道：“你这么个明白人，难道连‘亲不间疏，先不僭后’也不知道？八字足可消气。我虽糊涂，却明白这两句话，头一件，咱们是姑舅姊妹，宝姐姐是两姨姊妹，论亲戚，他比你疏。第二件，你先来，咱们两个一桌吃，一床睡，长的这么大了，他是才来的，岂有个为他疏你的？”林黛玉啐道：“我难道为叫你疏他？我成了个什么人了呢！我为的是我的心。”宝玉道：“我也为的是我的心，难道你就知你的心，不知我的心不成？”此二语不独观者不解，料作者亦未必解，不但作者未必解，想石头亦不解。不过述宝、林二人之语耳。石头既未必解，宝、林此刻更自己亦不解，皆随口说出耳。若观者必欲要解，须自揣自身是宝、林之流，则洞然可解。若自料不是宝、林之流，则不必求解矣。万不可记此二句不解，错谤宝、林及石头作者等人。

林黛玉听了，低头一语不发，半日说道：“你只怨人行动嗔怪了你，你再不知道你自己怄人难受。就拿今日天气比，分明今儿冷的这样，你怎么倒反把个青肷披风脱了呢？”真真奇绝妙文。真如羚羊挂角，无迹可求。此等奇妙，非口中笔下可形容出者。宝玉笑道：“何尝不穿着？见你一恼，我一炮燥，就脱了。”林黛玉叹道：“回来伤了风，又该饿着吵吃的了。”一语仍归儿女本传，却又轻轻抹去也。

二人正说着，只见湘云走来，笑道：“二哥哥，

明明写湘云来是正文，只用二三答言，反接写玉、林小角口，又用宝钗岔开，仍不了局。再用千句柔言，百般温态，正在情完未完之时，湘云突至，“谑娇音”之文才见。真真“卖弄有家私”之笔也。丁亥夏，畸笏叟。

林姐姐，你们天天一处顽，我好容易来了，也不理我一理儿。”黛玉笑道：“偏是咬舌子爱说话，连个‘二’哥哥也叫不出来，只是‘爱’哥哥‘爱’哥哥的。回来赶围棋儿，又该着你闹‘幺爱三四五’了。”宝玉笑道：“你学惯了他，明儿连你还咬起来呢！”可笑近之野史中，满纸羞花闭月、莺啼燕语，殊不知真正美人方有一陋处。如太真之肥、飞燕之瘦、西子之病，若施于别个，不美矣。今见“咬舌”二字加以湘云，是何大法手眼，敢用此二字哉？不独见陋，且更学轻俏娇媚，俨然一娇憨湘云立于纸上。掩卷合目思之，其“爱”“厄”娇音，如入耳内。然后将满纸莺啼燕语之字样，填粪窖可也。史湘云道：“他再不放人一点儿，专挑人的不好。你自己便比世人好，也不犯着见一个打趣一个。指出一个人来，你敢挑他，我就伏你。”黛玉忙问：“是谁？”湘云道：“你敢挑宝姐姐的短处，就算你是好的。我算不如你，他怎么不及你呢？”黛玉听了，冷笑道：“我当是谁，原来是他，我那里敢挑他呢？”宝玉不等说完，忙用话岔开。湘云笑道：“这一辈子我自然比不上你，我只保佑着明儿得一个咬舌的林姐夫，时时刻刻你可听‘爱’‘厄’去。阿弥陀佛，那才现在我眼里！”说的众人一笑，湘云忙回身跑了。要知端详，下回分解。

此作者放笔写，非褒钗贬颦也。己卯冬夜。

此回文字重作轻抹。得力处是凤姐拉李嬷嬷

去，借环哥弹压赵姨。细致处宝钗为李嬷劝宝玉，安慰环哥，断喝莺儿。至急为难处是宝、颦论心。无可奈何处是“就拿今日天气比”，黛玉冷笑道：“我当谁，原来是他。”冷眼最好看处是宝钗、黛玉看凤姐拉李嬷，云“这一阵风”；玉、麝一节；湘云到，宝玉就走，宝钗笑说等着；湘云大笑大说；颦儿学咬舌；湘云念佛跑了数节，可使看官于纸上能耳闻目睹其音其形之文。

有客题《红楼梦》一律，失其姓氏，惟见其诗意骇警，故录于斯：

自执金矛又执戈，自相戕戮自张罗。
茜纱公子情无限，脂砚先生恨几多。
是幻是真空历遍，闲风闲月枉吟哦。
情机转得情天破，情不情兮奈我何！

凡是书题者不可此为绝调，诗句警拔，且深知拟书底里。惜乎失名矣。

第二十一回

贤当得起袭人娇嗔箴宝玉　俏平儿软语救贾琏

按此回之文固妙，然未见后卅回，犹不见此之妙。此曰“娇嗔箴宝玉”“软语救贾琏”。后曰“薛宝钗借词含讽谏，王熙凤知命强英雄”。今只从二婢说起，后则直指其主，然今日之袭人、之宝玉，亦他日之袭人、他日之宝玉也。今日之平儿、之贾琏，亦他日之平儿、他日之贾琏也。何今日之玉犹可箴，他日之玉已不可箴耶？今日之琏犹可救，他日琏已不可救耶？箴与谏无异也，而袭人安在哉？宁不悲乎！救与强无别也，甚矣。今因平儿救，此日阿凤英气何如是也？他日之强，何身微运蹇，展眼何如彼耶？人世之变迁如此，光阴倏尔如此！

今日写袭人，后文写宝钗。今日写平儿，后文写阿凤。文是一样情理，景况光阴，事却天壤矣。多少恨泪，洒出此两回书。

此回袭人三大功，直与宝玉一生三大病映射。

话说史湘云跑了出来，怕林黛玉赶上，宝玉在后忙说：“仔细绊跌了，那里就赶上了？”林黛玉赶到门前，被宝玉叉手在门框上拦住，笑劝道：“饶他这一遭罢。”林黛玉搬着手说道：“我若饶过云儿，再不活着！”湘云见宝玉拦住门，料黛玉不能出来，写得湘云与宝玉又亲厚之极，却不见疏远黛玉，是何情思耶？便立住脚，笑道："好姐姐，饶我这一遭罢。"恰值宝钗来在湘云身后，也笑道："我劝你两个看宝兄弟分上，都丢开手罢。"好极，妙极！玉、颦、云三人已难解难分，插入宝钗云"我劝你两个看宝玉兄弟分上"，话只一句，便将四人一齐笼住，不知孰远孰近，孰亲孰疏，真好文字。黛玉道："我不依，你们是一气的，都戏弄我不成？"话是颦儿口吻，虽属尖利，真实堪爱堪怜。宝玉劝道："谁敢打趣你？你不打趣他，他焉敢说你？"好，二"你"字连二"他"字，华灼之至。四人正难分解，好，前三人，今忽四人，俱是书中正眼，不可少矣。有人来请吃饭，方往前边来。好文章。正是闺中女儿口角之事，若只管谆谆不已，则成何文矣！

那天早又有掌灯时分，王夫人、李纨、凤姐、迎、探、惜等都往贾母这边来，大家闲话了一回，各自归寝。湘云仍往黛玉房中安歇。前文黛玉未来时，湘云、宝玉则随贾母。今湘云已去，黛玉既来，年岁渐成，宝玉各自有房，黛玉亦各有房，故湘云自应同黛玉一处也。宝玉送他二人到房，那天已二更多时，袭人来催了几次，方回自己房中来睡。

次日天明时，便披衣靸鞋，往黛玉房中来。不见紫鹃、翠缕二人，只见他姊妹两个尚卧在衾内。那林黛玉写黛玉身分。严严密密裹着一幅杏子红绫被，安稳合目而睡。一个睡态。那史湘云却一把青丝拖于枕畔，被只齐胸，一弯雪白的膀子掠于被外，又带着两个金镯子。又一个睡态。写黛玉之睡态，俨然就是娇弱女子，可怜！湘云之态，则俨然是个娇态女儿，可爱！真是人人俱尽，个个活跳。吾不知作者胸中埋伏多少裙钗！宝玉见了叹道："叹"字奇。除玉卿外，世人见之，自曰喜也。"睡觉还是不老实！回来风吹了，又嚷肩窝疼了。"一面说，一面轻轻的替他盖上。

林黛玉早已醒了，不醒不是黛玉了。觉得有人，就猜着定是宝玉，因翻身一看，果中其料。因说道："这早晚就跑过来作什么？"宝玉笑道："这天还早呢？你起来瞧瞧。"黛玉道："你先出去，让我们起来。"一丝不乱。宝玉听了，转身出至外边。

黛玉起来叫醒湘云，二人都穿了衣服。宝玉复又进来，坐在镜台旁边。只见紫鹃、雪雁进来伏侍梳洗，湘云洗了面，翠缕便拿残水要泼。宝玉道："站着，我趁势洗了就完了，省得又过去费事。"说着便走过来，弯腰洗了两把。妙在"两把"。紫鹃递过香皂去，宝玉道："这盆里的就不少，此等用心淫极，请看却自不淫，非世之凡夫俗子得梦见者，真雅极趣极。不用搓了。"再洗了两把，便要手巾。在怡红何其费事多多！翠缕道："还是这个毛病儿，多早晚才改。"冷眼人旁点，一丝不漏。

宝玉也不理，忙忙的要过青盐擦了牙，漱了口，完毕，见湘云已梳完了头，便走过来，笑道："好妹妹，替我梳上头罢。"湘云道："这可不能了。"宝玉笑道："好妹妹，你先时怎么替我梳了呢？"湘云道："如今我忘了，怎么梳呢？"宝玉道："横竖我不出门，又不带冠子勒子，不过打几根散辫子就完了。"说着，又千妹妹万妹妹的央告。逼近情态。湘云只得扶他的头过来，一一梳篦。在家不戴冠，并不总角，只将四围短发编成小辫，往顶心发上归了

"忘了"二字，在娇憨口中自是应声而出，捉笔人却从何处设想而来，成此天然对答。壬午九月。

总，编一根大辫，红绦结住。自发顶至辫梢，一路四颗珍珠，下面有金坠脚。

湘云一面编着，一面说道："这珠子只三颗了，这一颗不是的，梳头亦有文字，前已叙过，今将珠子一穿插，却天生有是事。我记得是一样的，怎么少了一颗？"宝玉道："丢了一颗。"湘云道："必定是外头去掉下来，不防被人拣了去，倒便宜他。"妙谈。"倒便宜他"四字，是大家千金口吻。近日多用"可惜了的"四字，今失一珠，不闻此四字，妙极是极！　是湘云口气。黛玉一旁盥手，纯用画家烘染法。冷笑道："也不知是真丢了，也不知是给了人镶什么戴去了！"有神理，有文章。　是黛玉口气。宝玉不答，因镜台两边俱是妆奁等物，顺手拿起来赏玩，何赏玩也？写来奇特。不觉又顺手拈了胭脂，意欲要往口边送，是袭人劝后余文。因又怕史湘云说，好极！的是宝玉也。正犹豫间，湘云果在身后看见，一手掠着辫子，便伸手来"拍"的一下从手中将胭脂打落，说道："这不长进的毛病儿，前翠缕之言，并非白写。多早晚才改过！"

"倒便宜他"四字与"忘了"二字是一气而来，得一侯府千金白描矣。畸笏。

一语未了，只见袭人进来，看见这般光景，知是梳洗过了，只得回来自己梳洗。忽见宝钗走来，因问道："宝兄弟那去了？"袭人含笑道："宝兄弟那里还有在家的工夫！"宝钗听说，心中明白。又听袭人叹道："姊妹们和气，也有个分寸礼节，也没个黑家白日闹的！凭人怎么劝，都是耳旁风。"宝钗听了，心中暗忖道："倒别看错了这个丫头，听他说话，倒有些识见。"此是宝卿初试，以下渐成知己。盖宝卿从此心察得袭人果贤女子也。宝钗便在炕上坐了，好！逐回细看，宝卿待人接物，不疏不亲，不远不近。可厌之人，亦未见冷淡之态形诸声色；可喜之人，亦未见醴密之情形诸声色。今日"便在炕上坐了"，盖深取袭卿矣。二人文字，此回为始，详批于此，诸公请记之。慢慢的闲言中，套问他年纪家乡等语，留神窥察，其言语志量，深可敬爱。四字包罗许多文章笔墨，不似近之开口便云"非诸女子之可比"者，此句大坏。然袭人故佳矣。不书此句，是大手眼。

一时宝玉来了，宝钗方出去。奇文！写得钗、玉二人形景，较诸人皆近，何也？宝玉之心，凡女子前不论贵贱，皆亲密之至，岂于宝钗前反生远心哉？盖宝钗之行止，端肃恭严，不可轻犯，宝玉欲近之而恐一时有渎，故不敢狎犯也。宝钗待下愚尚且和平亲密，何反于兄弟前有远心哉？盖宝玉之形景已泥于闺阁，近之则恐不逊，反成远离之端也。故二人之远，实相近之至也。至颦儿于宝玉实近之至矣，却远之至也。不然后文如何凡较胜角口诸事皆出于颦哉？以及宝玉砸玉，颦儿之泪枯，种种孽障，种种忧忿，皆情之所陷，更何辩哉！　此一回将宝玉、袭人、钗、颦、云等行止大概一描，已启后大观园中文字也。今详批于此，后久不忘矣。　钗与玉，远中近；颦与玉，近中远，是要紧两大般。不可粗心看过。宝玉便问袭人道："怎么宝姐姐和你说的这么热闹，见我进来就跑了？"此问必有。

我则以宝钗之去，因袭人之言不得不去。问一声不答，再问时，袭人方道："你问我么，我那里知道你们的原故。"宝玉听了这话，见他脸上气色非往日可比，便笑道："怎么动了真气？"宝玉如此。袭人冷笑道："我那里敢动气！只是从今以后别进这屋子了，横竖有人伏侍你，再别来支使我，我仍旧还伏侍老太太去。"一面说，一面便在炕上合眼倒下。醋妒妍憨假态，至矣，尽矣。观者但莫认真此态为幸。

是醋是谏，不敢拟定，似在可否之间。宝玉见了这般景况，深为骇异，好！可知未尝见袭人之如此技艺也。禁不住赶来劝慰。那袭人只管合了眼不理。与颦儿前番娇态如何？愈觉可爱犹甚。宝玉无了主意，因见麝月进来，偏麝月来，好文章。便问道："你姐姐怎么了？"如见如闻。麝月道："我知道么？问你自己便明白了。"又好麝月！　溺入者每受侮谩而不顾。宝玉听说，呆了一回，自觉无趣，便起身叹道："不理我？罢，我也睡去。"说着便起身下炕，到自己床上歪下。

袭人听他半日无动静，微微的打鼾，料他睡着，真乎？诈乎？便起身拿一领斗篷来，替他刚压上，只听"忽"的一声，文是好文，唐突我袭卿，吾不忍也。不可少。宝玉便掀过去，也仍合目装睡。写得烂漫。袭人明知其意，便点头冷笑道："你也不用生气，从此后我只当哑子，再不说你一声儿，如何？"宝玉禁不住起身问道："我又怎么了？你又劝我。你劝我也罢了，才刚又没见你劝我，一进来你就不理我，赌气睡了，我还摸不着是为什么。这会子你又说我恼了，这是委屈了石兄。　是神理。我何尝听见你劝我什么话了。"袭人道："你心里还不明白？还等我说呢！"亦是囫囵语，却从有生以来肺腑中出，千斤重。

《石头记》每用囫囵语处，无不精绝奇绝，且总不觉相犯。壬午九月，畸笏。

正闹着，贾母遣人来叫他吃饭，方往前边来，胡乱吃了半碗，仍回自己房中。只见袭人睡在外头炕上，麝月在旁边抹骨牌。宝玉素知麝月与袭人亲厚，一并连麝月也不理，揭起软帘自往里间来。麝月只得跟进来，宝玉便推他出去，说："不敢惊动你们。"麝月只得笑着出来，唤两个小丫头进来。宝玉拿一本书歪着看了半天，斗凑得巧。因要茶，抬头只见两个小丫头在地下站着，一个大些儿的，生得十分水秀，二字奇绝。多少娇态包括一尽。今古野史中无有此文也。宝玉便问："你叫什么名字？"那丫头便说："叫蕙香。"也好。宝玉便问："是谁起的？"蕙香道："我原叫芸香的，原俗。是花大姐姐改了叫蕙香。"宝玉道："正经该叫'晦气'罢了，什么蕙香呢！"好极，趣极！又问："你姊妹几个？"蕙香道："四个。"宝玉道："你第几？"蕙香道："第四。"宝玉道："明儿就叫'四儿'，不必什么'蕙香''兰气'的，那一个配比这些花？没的玷辱了好名好姓。""花袭人"三字在内，说的有趣。一面说，一面命他倒了茶来吃。袭人和麝月在外间听了，抿嘴而笑。一丝不漏。好精神。

这一日，宝玉也不大出房，此是袭卿第一功劳也。　"不大出房"四字，见宝玉是真情种。也不和姊妹丫头等厮闹，此是袭卿第二功劳也。自己闷闷的，只不过拿着书解闷，或弄笔墨，此虽未必成功，较往日终有微补小益，所谓袭卿有三大功也。　可怜可爱。也不使唤众人，只叫四儿答应。谁知四儿是个聪敏乖巧不过的丫头，又是一个有害无益者。作者一生为此所误，批者一生亦为此所误，于开卷凡见如此人，世人故为喜，余反抱恨。盖四字误人甚矣。被误者深感此批。见宝玉用他，他变尽方法笼络宝玉。他好，但不知袭卿之心思何如？

至晚饭后，宝玉因吃了两杯酒，眼饧耳热之际，若往日则有袭人等大家喜笑有兴，今日却冷清清的一人对灯，好没兴趣。待要赶了他们去，又怕他们得了意，以后越发来劝。宝玉恶劝，此是第一大病也。若拿出做上的规矩来镇唬，似乎无情太甚。宝玉重情不重礼，此是第二大病也。说不得横心只当他们死了，横竖自然也要过的。便权当他们死了，毫无牵挂，反能恬然自悦。因命四儿剪烛烹茶，自己看了一回《南华经》，此意却好，但袭卿辈不应如此弃也。宝玉之情，今古无人可比，固矣，然宝玉有情极之毒，亦世人莫忍为者，看至后半部则洞明矣。此是宝玉第三大病也。宝玉有此世人莫忍为之毒，故后文方有"悬崖撒手"一回。若他人得宝钗之妻、麝月之婢，岂能弃而为僧哉？玉一生偏僻之处。　此是宝玉大智慧、大力量处，别个不能，我也不能。正看至《外篇·胠箧》一则，其文曰：

故绝圣弃知，大盗乃止；擿玉毁珠，小盗不起；焚符破玺，而民朴鄙；掊斗折衡，而民不争；殚残天下之圣法，而民始可与论议。擢乱六律，铄绝竽瑟，塞瞽旷之耳，而天下始人含其聪矣；灭文章，散五采，胶离朱之目，而天下始人含其明矣；毁绝钩绳而弃规矩，攦工倕之指，而天下始人有其巧矣。以上语本《庄子》。

看至此，意趣洋洋，趁着酒兴，不禁提笔续曰：敢续！

焚花散麝，而闺阁始人含其劝矣。奇。戕宝钗之仙姿，灰黛玉之灵窍，丧减情意，

趁着酒兴，不禁而续，是作者自站地步处，谓余何人耶，敢续《庄子》？然奇极怪极之笔，从何设想，怎不令人叫绝？己卯冬夜。

这亦暗露玉兄闲窗净几、不寂不离之工业。壬午孟夏。

而闺阁之美恶始相类矣。彼含其劝，则无参商之虞矣。戕其仙姿，无恋爱之心矣；灰其灵窍，无才思之情矣。彼钗、玉、花、麝者，皆张其罗而穴其隧，见得透彻，恨不守此。人人同病。所以迷眩缠陷天下者也。直似庄老，奇甚怪甚！

续毕，掷笔就寝。头刚着枕，便忽睡去，一夜竟不知所之，直至天明方醒。此犹是袭人余功也。想每日每夜，宝玉自是心忙身忙口忙之极，今则怡然自适。虽此一刻，于身心无所补益，能有一时之闲闲自若，亦岂非袭卿之所使然耶？翻身看时，只见袭人和衣睡在衾上。神极之笔。试思袭人不来同卧亦不成文字，来同卧更不成文字。却云“和衣衾上”，正是来同卧不来同卧之间，何神奇文，妙绝矣！　好袭人！真好石头，记得真；真好述者，述不错；真好批者，批得出！宝玉将昨日的事已付与度外，更好！可见玉卿的是天真烂熳之人也，近之所谓“呆公子”，又曰“老好人”，又曰“无心道人”是也。殊不知尚古淳风。便推他说道：“起来好生睡，看冻着了。”

原来袭人见他无晓夜和姊妹们厮闹，若直劝他，料不能改，故用柔情以警之，料他不过半日片刻仍复好了，不想宝玉一旦夜竟不回转，自己反不得主意，直一夜没好生睡得。今忽见宝玉如此，料他心意回转，便越性不睬他。宝玉见他不应，便伸手替他解衣，刚解开了钮子，被袭人将手推开，又自扣了。好看煞！宝玉无法，只得拉他的手笑道：“你到底怎么了？”连问几声，袭人睁眼说道：“我也不怎么，你睡醒了，你自过那边房里去梳洗，再迟了就赶不上。”说得好痛快。宝玉道：“我过那里去？”问得更好。袭人冷笑道：“你问我，三字如闻。我知道？你爱往那里去，就往那里去。从今咱们两个丢开手，省得鸡声鹅斗，叫别人笑。横竖那边腻了，过来这边，又有个什么‘四儿’‘五儿’伏侍。我们这起东西，可是‘白玷辱了好名好姓’的。”宝玉笑道：“你今儿还记着呢！”非浑一纯粹，那能至此？袭人道：“一百年还记着呢！比不得你，拿着我的话当耳旁风，夜里说了，早起就忘了。”这方是正文，直勾起“花解语”一回文字。宝玉见他娇嗔满面，情不可禁，又用幻笔，瞒过看官。便向枕边拿起一根玉簪来，一跌两段，说道：“我再不听你说，就同这个一样。”迎头一棒。袭人忙的拾了簪子，说道：“大清早起，这是何苦来！撞心儿盟誓，教人听了折柔肠，好些不忍！听不听什么要紧，已留后文地步。也值得这种样子。”宝玉道：“你那里知道我心里急！”袭人笑道：自此方笑。“你也知道着急么，可知我心里怎么样？快起来洗脸去罢。”说着二人方起来梳洗。结得一星渣滓全无，且合怡红常事。

为续《庄子因》数句，真是“打破胭脂阵，坐透红粉关”，另开生面之文，无可评处。

宝玉往上房去后，谁知黛玉走来，见宝玉不在房中，因翻弄案上书看，可巧翻出昨儿的《庄子》来。看至所续之处，不觉又气又笑，不禁也提笔续书一绝云：

又借阿颦诗自相鄙驳，可见余前批不谬。己卯冬夜。

无端弄笔是何人？作践南华《庄子因》。

不悔自己无见识，却将丑语怪他人。

骂得痛快，非颦儿不可，真好颦儿，真好颦儿，好诗！若云知音者，颦儿也。至此方完“箴玉”半回。 不

宝玉不见诗，是后文余步也，《石头记》得力所在。丁亥夏，畸笏叟。

用宝玉见此诗，若长若短，亦是大手法。

写毕，也往上房来见贾母，后往王夫人处来。

谁知凤姐之女大姐病了，正乱着请大夫来诊脉。大夫便说："替夫人、奶奶们道喜，姐儿发热是见喜了，并非别症。"王夫人、凤姐听了，忙遣人问："可好不好？"医生回道："病虽险，却顺，倒还不妨。在"子嗣艰难"化出。预备桑虫、猪尾要紧。"

凤姐听了，登时忙将起来，一面打扫房屋，供奉痘疹娘娘，一面传与家人忌煎炒等物，一面命平儿打点铺盖衣服与贾琏隔房，一面又拿大红尺头与奶子丫头亲近人等裁衣。几个"一面"，写得如见其景。外面又打扫净室，款留两个医生轮流斟酌诊脉下药，十二日不放家去。贾琏只得搬出外书房来斋戒，此二字内生出许多事来。凤姐与平儿都随着王夫人日日供奉娘娘。写尽母氏为子之心。

那个贾琏只离了凤姐便要寻事，独寝了两夜，便十分难熬，便暂将小厮们内有清俊的选来出火。不想荣国府内有一个极不成器破烂酒头厨子，名唤多官，今是多多也。妙名。人见他懦弱无能，都唤他作"多浑虫"。更好。今之浑虫更多也。因他自小父母替他在外娶了一个媳妇，今年方二十来往年纪，生得有几分人才，见者无不羡爱。他生性轻浮，最喜拈花惹草。多

赵香梗先生《秋树根偶谭》内，兖州少陵台有子美祠，为郡守毁为己祠。先生叹子美生遭丧乱，奔走无家，孰料千百年后数椽片瓦犹遭贪吏之毒手，甚矣，才人之厄也！因改公《茅屋为秋风所破歌》数句，为少陵解嘲："少陵遗像太守欺无力，忍能对面为盗贼。公然折克非己祠，旁人有口呼不得。梦归来兮闻叹息，白日无光天地黑。安得旷宅千万间，太守取之不尽生欢颜，公祠免毁安如山。"读之令人感慨悲愤，心常耿耿。壬午九月。因索书甚迫，姑志于此，非批《石头记》也。

浑虫又不理论，只是有酒有肉有钱，便诸事不管了，所以荣、宁二府之人都得入手。因这个媳妇美貌异常，轻浮无比，众人都呼他作“多姑娘儿”。更妙。

如今贾琏在外熬煎，往日也曾见过这媳妇，失过魂魄，只是内惧娇妻，外惧娈宠，不曾下得手。那多姑娘儿也曾有意于贾琏，只恨没空。今闻贾琏挪在外书房来，他便没事也要走两趟去招惹。惹的贾琏似饥鼠一般，少不得和心腹的小厮们计议，合同遮掩谋求，多以金帛相许。小厮们焉有不允之理？况都和这媳妇是好友，一说便成。

是夜二鼓人定，多浑虫醉昏在炕，贾琏便溜了来相会，进门一见其态，早已魂飞魄散，也不用情谈款叙，便宽衣动作起来。谁知这媳妇有天生的奇趣，一经男子挨身，便觉遍身筋骨瘫软，淫极。亏想得出。使男子如卧棉上；如此境界，自胜西方、蓬莱等处。更兼淫态总为后文宝玉一篇作引。浪言，压倒娼妓，诸男子至此岂有惜命者哉！凉水灌顶之句。那贾琏恨不得连身子化在他身上。亲极之语，趣极之语。那媳妇故作浪语，在下说道：“你家女儿出花儿，供着娘娘，你也该忌两日，倒为我脏了身子。快离了我这里罢。”淫妇勾人，惯加反语，看官着眼。贾琏一面大动，一面喘吁吁答道：“你就是娘娘，我那里管什么娘娘？”乱语不伦，的是有之。那媳妇越浪，贾琏越丑态毕露。可以喷饭。一时事毕，着眼，再从前看，如何光景。两个又海誓

一部书中，只有此一段丑极太露之文，写于贾琏身上，恰极当极。己卯冬夜。

看官熟思，写珍、琏辈，当以何等文方妥方恰也？壬午孟夏。

山盟，难分难舍，此种文字亦不可少，请看者自度。此后遂成相契。趣文，“相契”作如此用，“相契”扫地矣。

一日大姐毒尽瘢回，好快日子吓！十二日后送了娘娘，合家祭天祀祖，还愿焚香，庆贺放赏已毕，贾琏仍复搬进卧室。见了凤姐，正是俗语云“新婚不如远别”，更有无限恩爱，自不必烦絮。隐得好。

次日早起，凤姐往上屋去后，平儿收拾贾琏在外的衣服铺盖，不承望枕套中抖出一绺青丝来。平儿会意，忙拽在袖内，好极！不料平儿大有袭卿之身分，可谓何地无材，盖造际有别耳。便走至这边房内来，拿出头发来向贾琏笑道：“这是什么？”好看之极。贾琏看见着了忙，也有今日。抢上来要夺，平儿便跑，被贾琏一把揪住，按在炕上，掰手要夺，口内笑道：“小蹄子，你不趁早拿出来，我把你膀子撅折了。”无情太甚。　此等人口中，只好说此等话。平儿笑道：“你就是没良心的，我好意瞒着他来问，你倒赌狠！你只赌狠，等他回来我告诉他，有是语，恐卿口不应。看你怎么着。”贾琏听说，忙陪笑央求道：“好人，赏我罢，彼此用强用霸。我再不赌狠了。”好听好看之极，迥不犯袭卿。

此段系书中情之瑕疵，写为阿凤生日泼醋回及“夭风流”宝玉悄看晴雯回作引，伏线千里外之笔也。丁亥夏，畸笏。

一语未了，只听凤姐声音进来。惊天骇地之文，如何？不知下文怎样了结，使贾琏及观者一齐丧胆。　《石头记》大法小法，累累如是，并不为厌。贾琏听见，松了手不是，还要抢又不是，只叫：“好人，别叫他知道。”平儿刚起身，凤姐已走进来，命平儿快开匣子，替太太找样子。平儿忙答应了找时，凤姐见了贾琏，忽然想起来，便问平儿："拿出去的东西都收进来了么？"平儿道："收进来了。"凤姐道："可少什么没有？"平儿道："我也怕丢了一两件，细细的查了查，也不少。"凤姐道："不少就好，只是别多出来罢。"奇。　看至此，宁不拍案叫绝？平儿笑道："不丢万幸，谁还添出来呢？"可儿可儿，卿亦明知故说耳。凤姐冷笑道："这半个月难保干净，或者有相厚的丢下的东西：戒指、汗巾、香袋儿，再至于头发、指甲，都是东西。"好阿凤，令人胆寒。一席话，说的贾琏脸都黄了。

贾琏在凤姐身后，只望着平儿杀鸡抹脖使眼色儿。作丈夫者，要当自重。平儿只装着看不见，余自有三分主意。因笑道："怎么我的心就和奶奶的心一样？我就怕有这些个，留神搜了一搜，竟一点破绽也没有。奶奶不信时，那些东西我还没收呢，奶奶亲自翻寻一遍去。"好平儿，遍天下惧内者来感谢。凤姐笑道："傻丫头，可叹可笑，竟不知谁傻。他便有这些东西，那里就叫咱们翻着了！"好阿凤，好文字，虽系闺中女儿口角小事，读之无不聪明得失、痴心真假之感。说着，寻了样子又上去了。

平儿指着鼻子，晃着头笑道：好看煞，可儿，可儿！"这件事怎么回谢我呢？"姣俏如见，迥不犯袭卿、麝月一笔。喜的个贾琏身痒难挠，不但贾兄痒痒，即批书人此刻几乎落笔，试问看官此际若何光景。跑上来搂着，"心肝肠肉"乱叫乱谢。平儿仍拿了头发笑道："这是我一生的把柄了。好就好，不好就抖露出这事来。"贾琏笑道："你只好生收着罢，千万别叫他知道。"口里说着，瞅他不防，便抢了过来，毕肖。琏兄不分玉石，但负我平姐，奈何奈何！笑道："你拿着终是祸患，不如我烧了他完事了。"妙，设使平儿收了，再不致泄漏，故仍用贾琏抢回，后文遗失，方能穿插过脉也。一面说着，一面便塞于靴掖内。平儿咬牙道："没良心的东西，过了河就拆桥，明儿还想我替你撒谎！”贾琏见他娇俏动情，便搂着求欢，被平儿夺手跑了，急的贾琏弯着腰恨道：“死促狭小淫妇，一定浪上人的火来，他又跑了。”丑态如见，淫声如闻，今古淫书未有之章法。平儿在窗外笑道：“我浪我的，谁叫你动火了？妙极之谈，直是理学工夫，所谓不可正照风月鉴也。难道图你受用一回，叫他知道了，又不待见我？”凤姐醋妒，于平儿前犹如是，况他人乎？余谓凤姐必是甚于诸人。观者不信，今平儿说出，然乎？否乎？贾琏道：“你不用怕他，等我性子上来，把这醋罐打个稀烂，他方才认得我呢！他防我像防贼的，只许他同男人说话，不许我和女人说话，我和女人略近些，他就疑惑。不论小叔子侄儿，作者又何必如此想，亦犯此病也。大的小的，说说笑笑，就不怕我吃醋了？以后我也不许他见人。”无理之甚，却是妙极趣谈，天下惧内者背后之谈皆如此。平儿道：“他醋你使得，你醋他使不得。他原行的正走的正，你行动便有个坏心，连我也不放心，别说他了。”贾琏道：“你两个一口贼气。都是你们行的是，我凡行动都存坏心。多早晚都死在我手里！”一片俗气。

一句未了，凤姐走进院来，因见平儿在窗外，就问道：“要说话两个人不在屋里说，怎么跑出一个来，隔着窗子，是什么意思？”贾琏在窗内接道：“你可问他，倒像屋里有老虎吃他呢。”好。平儿道：“屋里一个人没有，我在他跟前作什么？”凤姐笑道：

此等章法，是在戏场上得来。一笑。畸笏。

“正是没人才好呢！”平儿听说，便说道：“这话是说我呢？”凤姐笑道：“笑”字妙。平儿反正色，凤姐反陪笑，奇极意外之文。“不说你说谁？”平儿道：“别叫我说出好话来了。”说着，也不打帘子让凤姐，自己先摔帘子进来，往那边去了。若在屋里，何敢如此形景。不要加上许多小心，平儿平儿，有你说嘴的。

凤姐自掀帘子进来，说道：“平儿疯魔了，这蹄子认真要降伏我，仔细你的皮要紧！”贾琏听了，已绝倒在炕上，惧内形景写尽了。拍手笑道：“我竟不知平儿这么利害，从此倒伏他了。”凤姐道：“都是你惯的他，我只和你说。”贾琏听说忙道：“你两个不卯，又拿我来作人，我躲开你们。”凤姐道：“我看你躲到那里去？”贾琏道：“我就来。”凤姐道：“我有话和你商量。”不知商量何事，且听下回分解。收得淡雅之至。正是：

淑女从来多抱怨，娇妻自古便含酸。二语包尽古今万万世裙钗。

不惜恩爱为良人，方是温存一脉真。俗子妒妇浑可笑，语言偏自涉风尘。

第二十二回

听曲文宝玉悟禅机　制灯谜贾政悲谶语

禅理偏成曲调，灯谜巧隐谶言。其中冷暖自寻看，昼夜因循暗转。

话说贾琏听凤姐儿说有话商量，因止步问是何话。凤姐道："二十一是薛妹妹的生日，好。你到底怎么样呢？"贾琏道："我知道怎么样！你连多少大生日都料理过了，这会子倒没了主意？"凤姐道："大生日料理，不过是有一定的则例在那里。如今他这生日，大又不是，小又不是，所以和你商量。"有心机人在此。贾琏听了，低头想了半日道："你今儿糊涂了，现有比例，那林妹妹就是例。往年怎么给林妹妹过的，如今也照依给薛妹妹过就是了。"此例引的极是，无怪贾政委以家务也。凤姐听了，冷笑道："我难道连这个也不知道？我原也这么想定了。但昨儿听见老太太说，问起大家的年纪生日来，听见薛大妹妹今年十五岁，虽不是整生日，也算得将笄之年。老太太说要替他作生日，想来若果真替他作，自然比往年与林妹妹的不同了。"贾琏道："既如此，比林妹妹的多增些。"凤姐道："我也这么想着，所以讨你的口气。我若私自添了东西，你又怪我不告诉明白你了。"贾琏笑道："罢，罢，这个空头情我不领。你不盘察我就够了，我还怪你！”说着，一径去了，不在话下。一段题纲写得如见如闻，且不失前篇惧内之旨。最奇者黛玉乃贾母溺爱之人也，不闻为作生辰，却云特意与宝钗，实非人想得着之文也。此书通部皆用此法，瞒过多少见者，余故云不写而写是也。

将薛、林作甄玉、贾玉，看书则不失执笔人本旨矣。丁亥夏，畸笏叟。

且说史湘云住了两日，因要回去，贾母因说：“等过了你宝姐姐的生日，看了戏再回去。”史湘云听了，只得住下。又一面遣人回去，将自己旧日作的两色针线活计取来，为宝钗生辰之仪。

谁想贾母自见宝钗来了，喜他稳重和平，四字评倒黛玉，是以特从贾母眼中写出。正值他才过第一个生辰，便自己蠲资二十两，写出太君高兴，世家之常事耳。唤了凤姐来，交与他置酒戏。凤姐凑趣笑道：“一个老祖宗给孩子们作生日，家常话，却是空中楼阁，陡然架起。不拘怎样，谁还敢争，又办什么酒戏。既高兴，要热闹，就说不得自己花上几两。巴巴的找出这霉烂的二十两银子来作东道，这意思还叫我赔上。果然拿不出来也罢了，金的、银的、圆的、扁的，压塌了箱子底，只是勒措我们。举眼看看，谁不是儿女？难道将来只有宝兄弟顶了你老人家上五台山不成？那些梯己只留与他，我们如今虽不配使，也别苦了我们。这个够酒的？够戏的？”说的满屋里都笑起来。贾母亦笑道：“你们听听这嘴！我

前看凤姐问琏作生日数语甚泛泛，至此见贾母蠲资，方知作者写阿凤心机，无丝毫漏笔。己卯冬夜。

小科诨解颐，却为借当伏线。壬午九月。

也算会说的，怎么说不过这猴儿，你婆婆也不敢强嘴，你和我啣啣的。”凤姐笑道：“我婆婆也是一样的疼宝玉，我也没处去诉冤，倒说我强嘴。”说着，又引贾母笑了一回。正文在此一句。贾母十分喜悦。

到晚间，众人都在贾母前，定昏之余，大家娘儿姊妹等说笑时，贾母因问宝钗爱听何戏，爱吃何物等语。宝钗深知贾母年老人，喜热闹戏文，爱吃甜烂之食，便总依贾母往日素喜者说了出来。看他写宝钗，比颦儿如何？贾母更加欢悦。次日，便先送过衣服、玩物礼去，王夫人、凤姐、黛玉等诸人，皆有随分不一，不须多记。

至二十一日，就贾母内院中搭了家常小巧戏台，另有大礼所用之戏台也，侯门风俗断不可少。定了一班新出小戏，昆弋两腔皆有。是贾母好热闹之故。就在贾母上房排了几席家宴酒席，是家宴，非东阁盛设也，非世代公子再想不及此。并无一个外客，只有薛姨妈、史湘云、宝钗是客，余者皆是自己人。将黛玉亦算为自己人，奇甚！这日早起，宝玉因不见林黛玉，又转至黛玉文字，亦不可少也。便到他房中来寻，只见林黛玉歪在炕上。宝玉笑道：“起来吃饭去。就开戏了，你爱看那一出？我好点。”林黛玉冷笑道：“你既这样说，你特叫一班戏来，拣我爱的唱给我看。这会子犯不上跐着人借着光儿问我。”好听之极，令人绝倒。宝玉笑道：“这有什么难的，明儿就这样行，也叫他们借咱们的光儿。”一面说，一面拉他起来，携手出去。

吃了饭，点戏时，贾母一定先叫宝钗点，宝钗推让一遍，无法，只得点了一折《西游记》。是顺贾母之心也。贾母自是欢喜，然后便命凤姐点，凤姐亦知贾母喜热闹，更喜谑笑科诨，写得周到，想得奇趣，实是必真有之。便点了一出《刘二当衣》。贾母果真更又喜欢，然后便命黛玉点，先让凤姐点者，是非待凤先而后玉也。盖亦素喜凤嘲笑得趣之故，今故命彼点，彼亦自知，并不推让，承命一点，便合其意。此篇是贾母取乐，非礼筵大典，故如此写。黛玉因让薛姨妈、王夫人等。贾母道："今日原是我特带着你们取笑，咱们只管咱们的，别理他们。我巴巴的唱戏摆酒，为他们不成？他们在这里白听白吃，已经便宜了，还让他们点呢！"说着，大家都笑了。黛玉方点了一出，不提何戏，妙！盖黛玉不喜看戏也。正是与后文"妙曲警芳心"留地步。正见此时不过草草随众而已，非心之所愿也。然后宝玉、史湘云、迎、探、惜、李纨等俱各点了，按出扮演。

凤姐点戏，脂砚执笔事，今知者聊聊矣。不怨夫？

前批"知者聊聊"，今丁亥夏，只剩朽物一枚，宁不痛乎！

至上酒席时，贾母又命宝钗点。宝钗点了一出《鲁智深醉闹五台山》。宝玉道："只好点这些戏。"宝钗道："你白听了这几年的戏，那里知道这出戏的好处，排场又好，词藻更妙。"宝玉道："我从来怕这些热闹。"宝钗笑道："要说这一出热闹，你还算不知戏呢。是极，宝钗可谓博学矣。不似黛玉，只一《牡丹亭》，便心身不自主矣。真有学问如此，宝钗是也。你过来，我告诉你，这一出戏热闹不热闹。是一套北《点绛唇》，铿锵顿挫，韵律不用说是好的了，只那词藻中有一支《寄生草》，填的极妙，你何曾知道？"宝玉见说的这般好，便凑近来央告："好姐姐，念与我听听。"宝钗便念道：

漫揾英雄泪，相离处士家。谢慈悲剃度在莲台下。没缘法转眼分离乍。赤条条来去无牵挂。那里讨烟蓑雨笠卷单行？一任俺芒鞋破钵随缘化。此阕出自《山门》传奇，近之唱者，将"一任俺"改为"早辞却"，无理不通之甚。必从"一任俺"三字，则"随缘"二字方不脱落。

宝玉听了，喜的拍膝画圈，称赏不已，又赞宝钗无书不知。林黛玉道："安静看戏罢。还没唱《山门》，你倒《妆疯》了！"趣极。今古利口莫过于优伶，此一诙谐，优伶亦不得如此急速得趣，可谓才人百技也。一段醋意可知。说的湘云也笑了。于是大家看戏。

至晚散时，贾母深爱那作小旦的与一个作小丑的，因命人带进来，细看时，亦发可怜见。是贾母眼中心内之想。因问年纪，那小旦才十一岁，小丑才九岁，大家叹息一回。贾母令人另拿些肉果与他两个，又另外赏钱两串。凤姐笑道："这个孩子扮上活像一个人，明明不叫人说出。你们再看不出来。"宝钗心里也知道，便只一笑不肯说。宝钗如此。宝玉也猜着了，亦不敢说。不敢，妙。史湘云接着笑道："倒像林妹妹的模样儿。"口直心快，无有不可说之事。　事无不可对人言。

湘云、探春二卿，正"事无不可对人言"芳性。丁亥夏，畸笏叟。

宝玉听了，忙把湘云瞅了一眼，使个眼色。众人却都听了这话，留神细看，都笑起来了，说果然不错。一时散了。晚间，湘云更衣时，便命翠缕把衣包打开收拾，都包了起来。翠缕道："忙什么，等去的日子再包不迟。"湘云道："明儿一早就走，在这里作什么？看人家的鼻子眼睛，什么意思！"此是真恼，非颦儿之恼可比，然错怪宝玉矣。亦不可不恼。宝玉听了这话，忙赶近前拉他说道："好妹妹，你错怪了我。林妹妹是个多心的人，别人分明知道，不肯说出来，也皆因怕他恼。谁知你不防头就说了出来，他岂不恼你。我是怕你得罪了他，所以才使眼色。你这会子恼我，不但辜负了我，而且反倒委曲了我。若是别人，那怕他得罪了十个人，与我何干呢。"湘云摔手道："你那花言巧语别哄我，我也原不如你林妹妹，别人说他，拿他取笑，都使得，只我说了就有不是。我原不配说他，他是小姐主子，我是奴才丫头，得罪了他，使不得！"宝玉急的说道："我倒是为你，反为出不是来了！我要有外心，玉兄急了。立刻就化成灰，叫万人践踹。"千古未闻之誓，恳切尽情，宝玉此刻之心为如何？湘云道："大正月里，少信嘴胡说。回护石兄。这些没要紧的恶誓、散话、歪话，说给那些小性儿、行动爱恼的人、会辖治你的人听去，此人为谁？别叫我啐你。"说着，一径至贾母里间，忿忿的躺着去了。

宝玉没趣，只得又来寻黛玉。刚到门槛前，黛玉便推出来，将门关上。宝玉又不解何意，在窗外只是吞声叫"好妹妹"。黛玉总不理他。宝玉闷闷的垂头自审。袭人早知端的，当此时断不能劝。宝玉在此时一劝必崩了，袭人见机甚妙。那宝玉只是呆呆的站在那里。黛玉只当他回房去了，便起来开门，只见宝玉还站在那里。

黛玉反不好意思，不好再关，只得抽身上床躺着。宝玉随进来问道："凡事都有个原故，说出来，人也不委曲。好好的就恼了，终是什么原故起的？"林黛玉冷笑道："问的我倒好，我也不知为什么原故。我原是给你们取笑的，拿着我比戏子取笑。"宝玉道："我并没有比你，我并没笑，为什么恼我呢？"黛玉道："你还要比？你还要笑？你不比不笑，比人比了笑了的还利害呢！"可谓官断十条路是也。宝玉听说，无可分辩，不则一声。何便无言可辩？真令人不解。前文湘云方来，"正言弹妒意"一篇中，颦、玉角口，后收至"褂子"一篇，余已注明不解矣，回思自心、自身是玉、颦之心，则洞然可解，否则无可解也。身非宝玉，则有辩有答，若宝玉，则再不能辩、不能答，何也？总在二人心上想来。

此书如此等文章多多，不能枚举，机括神思，自从天分而有。其毛锥写人口气传神摄魄处，怎不令人拍案称奇叫绝！丁亥夏，畸笏叟。

黛玉又道："这一节还恕得。再你为什么又和云儿使眼色？这安的是什么心？莫不是他和我顽他就自轻自贱了？他原是公侯的小姐，我原是贫民的丫头，他和我顽，设若我回了口，岂不他自惹人轻贱呢。是这个主意不是？这却也是你的好心，只是那一个偏又不领你这好情，一般也恼了。颦儿自知云儿恼，用心甚矣。你又拿我作情，倒说我小性儿，颦儿却又听见，用心甚矣。行动肯恼。你又怕他得罪了我，我恼他。我恼他，与你何干？他得罪了我，又与你何干？"问的却极是，但未必心应。若能如此，将来泪尽夭亡，已化乌有，世间亦无此一部《红楼梦》矣。

神工乎？鬼工乎？文思至此尽矣！丁亥夏，畸笏。

宝玉见说，方才与湘云私谈，他也听见了。细想自己原为他二人，怕生隙恼，方在中调和，不想并未调和成功，反已落了两处的贬谤。正合着前日所看《南华经》上，有“巧者劳而智者忧，无能者无所求，饱食而遨游，泛若不系之舟”，又曰“山木自寇，按原注，山木，漆树也。精脉自出，岂人所使之，故云“自寇”。言自相戕贼也。源泉自盗”等语。源泉味甘，然后人争取之，自寻干涸也。亦如山木意，皆寓人智能聪明多知之害也。前文无心云看《南华经》，不过袭人等恼时，无聊之甚，偶以释闷耳，殊不知用于今日，大解悟、大觉迷之功甚矣。市徒见此必云前日看的是《外篇·胠箧》，如何今日又知若许篇，然则彼只曾看《外篇》数语乎？想其理，自然默默看过几篇，适至《外篇》，故偶触其机，方续之也。若云只看了那几句便续，则宝玉彼时之心是有意续《庄子》，并非释闷时偶续之也。且更有见前所续则曰续的不通，更可笑矣！试思宝玉虽愚，岂有安心立意与庄叟争衡哉？且宝玉有生以来此身此心为诸女儿应酬不暇，眼前多少现成有益之事尚无暇去做，岂忽然要分心于腐言糟粕之中哉？可知除闺阁之外，并无一事是宝玉立意作出来的。大则天地阴阳，小则功名荣枯，以及吟篇琢句，皆是随分触情。偶得之，不喜；失之，不悲。若当作有心，谬矣。只看大观园题咏之文，以算平生得意之句，得意之事矣，然亦总不见再吟一句，再题一事，据此可见矣。然后可知前夜是无心顺手拈了一本《庄子》在手，且酒兴醺醺，芳愁默默，顺手不计工拙，草草一续也。若使顺手拈一本近时鼓词，或如“钟无艳赴会，其太子走国”等草野风邪之传，必亦续之矣。观者试看此批，然后谓余不谬。所以可恨者，彼夜却不曾拈了《山门》一出传奇。若使《山门》在案，彼时拈着，又不知于《寄生草》后续出何等超凡入圣大觉大悟诸语录来。　　黛玉一生是聪明所误，宝玉是多事所误。多事者，情之事也，非世事也。多情曰多事，亦宗《庄》笔而来，盖余亦偏矣。可笑！阿凤是机心所误，宝钗是博知所误，湘云是自爱所误，袭人是好胜所误。皆不能跳出庄叟言外，悲亦甚矣。再笔。因此越想越无趣。再细想来，目下不过这两个人，尚未应酬妥协，将来犹欲何为？看他只这一笔，写得宝玉又如何用心于世道。言闺中红粉尚不能周全，何碌碌僭欲治世待人接物哉！视闺中自然如儿戏，视世道如虎狼矣，谁云不然。想到其间，也无庸分辩回答，自己转身回房来。颦儿云“与你何干”，宝玉如此一回则曰“与我何干”可也。口虽未出，心已悟矣，但恐不常耳。若常存此念，无此一部书矣。看他下文如何转折。林黛玉见他去了，便知回思无趣，赌气去了，一言也不曾发，不禁自己越发添了气，只此一句，又勾起波浪。去则去，来则来，又何气哉？总是断不了这根孽肠，忘不了这个祸害，既无而又有也。便说道：“这一去，一辈子也别来，也别说话。”宝玉不理，此是极心死处，将来如何？回房躺在床上，只是瞪瞪的。

袭人深知原委，不敢就说，一说必崩。　一说就恼。只得以他事来解释，因说道：“今儿看了戏，又勾出几天戏来。宝姑娘一定要还席的。”宝玉冷笑道：“他还不还，管谁什么相干？”大奇大神之文。此“相干”之语，仍是近文与颦儿之语之“相干”也。上文来说，终存于心，却于宝钗身上发泄，素厚者惟颦、云，今为彼等尚存此心，况于素不契者有不直言者乎？情理笔墨。无不尽矣。袭人见这话不是往日的口吻，因又笑道：“这是怎么说？好好的大正月里，娘儿们姊妹们都喜喜欢欢的，你又怎么这个形景了？”宝玉冷笑道：“他们娘儿们姊妹们欢喜不欢喜，也与我无干。”先及宝钗，后及众人，皆一颦之祸，流毒于众人。宝玉之心，实仅有一颦乎！袭人笑道：“他们既随和，你也随和，岂不大家彼此有趣。”宝玉道：“什么是‘大家彼此’？他们有‘大家彼此’，我是‘赤条条来去无牵挂’。”拍案叫好。当此一发，西方诸佛亦来听此棒喝，参此语录。谈及此句，不觉泪下。还是心中不净、不了，斩不断之故。袭人见此光景，不肯再说。宝玉细想这句趣味，不禁大哭起来。此是忘机大悟，世人所谓疯癫是也。翻身起来至案，遂提笔立占一偈云：

你证我证，心证意证。

是无有证，斯可云证。

无可云证，是立足境。已悟已觉，是好偈矣。 · 宝玉悟禅亦由情，读书亦由情，读《庄》亦由情。可笑！

写毕，自虽解悟，又恐人看此不解，自悟则自了，又何用人亦解哉？此正是犹未正觉大悟也。因此亦填一支《寄生草》，也写在偈后，此处亦续《寄生草》，余前批云不曾见续，今却见之，是意外之幸也。盖前夜《庄子》是道悟，此日是禅悟，天花散漫之文也。自己又念一遍，自觉无挂碍，中心自得，便上床睡了。前夜已悟，今夜又悟，二次翻身不出，故一世堕落无成也。不写出曲文何辞，却要留与宝钗眼中写出，是交代过节也。

谁想黛玉见宝玉此番果断而去，故以寻袭人为由，来视动静。这又何必？总因慧刀不利，未斩毒龙之故也，大都如此。叹叹！袭人笑回："已经睡了。"黛玉听说，便要回去。袭人笑道："姑娘请站住，有一个字帖儿，瞧瞧是什么话。"说着，便将方才那曲子与偈语悄悄拿来，递与黛玉看。黛玉看了，知是宝玉因一时感忿而作，不觉可笑可叹，是个善知觉，何不趁此大家一解，齐证上乘，甘心堕落迷津哉？便向袭人道："作的是顽意儿，无甚关系。"黛玉说"无关系"，将来必无关系。

余正恐颦、玉从此一悟，则无妙文可看矣。不想颦儿视之为漠然，更曰"无关系"，可知宝玉不能悟也。余心稍慰。盖宝玉一生行为，颦知最确。故余闻颦语，则信而又信，不必定玉而后证之方信也。 余云，恐他二人一悟，则无妙文可看，然欲为开我怀，为醒我目，却愿他二人永堕迷津，生出孽障，余心甚不公矣。世云损人利己者，余此愿是矣。试思之，可发一笑。今自呈于此，亦可为后人一笑，以助茶前酒后之兴耳。而今后天地间岂不又添一趣谈乎！凡书皆以趣谈读去，其理自明，其趣自得矣。说毕，便携了回房去，与湘云同看。却不同湘云分崩，有趣。次日又与宝钗看。宝钗看其词曰：出自宝钗目中，正是大关键处。

无我原非你，从他不解伊。肆行无碍凭来去。茫茫着甚悲愁喜，纷纷说甚亲疏密。从前碌碌却因何，到如今回头试想真无趣！看此一曲，试思作者当日发愿不作此书，却立意要作传奇，则又不知有如何词曲矣。

看毕，又看那偈语，又笑道："这个人悟了。都是我的不是，都是我昨儿一支曲子惹出来的。这些道书禅机最能移性，拍案叫绝，此方是大悟彻悟录，非宝卿不能谈此也。明儿认真说起这些疯话来，存了这个意思，都是从我这一支曲子上来，我成了个罪魁了。"说着，便撕了个粉碎，递与丫头们说："快烧了罢。"黛玉笑道："不该撕，等我问他。你们跟我来，包管叫他收了这个痴心邪话。"三人果然都往宝玉屋里来。一进来，黛玉便笑道："宝玉，我问你，至贵者是'宝'，至坚者是'玉'，尔有何贵？尔有何坚？"拍案叫绝。大和尚来答此机锋，想亦不能答也。非颦儿，第二人无此灵心慧性也。宝玉竟不能答。三人拍手笑道："这样钝愚，还参禅呢！"黛玉又道："你那偈末云，'无可云证，是立足境。'固然好了，只是据我看，还未尽善。我再续两句在后。"因念云："无立足境，是方干净。"拍案叫绝，此又深一层也。亦如谚云："去年贫，只立锥，今年贫，锥也无。"其理一也。宝钗道："实在这方悟彻。当日南宗六祖惠能初寻师至韶州，闻五祖弘忍在黄梅，他便充役火头僧。五祖欲求法嗣，令徒弟诸僧各出一偈。上座神秀说道：‘身是菩提树，心如明镜台。时时勤拂拭，莫使有尘埃。’彼时惠能在厨房碓米，听了这偈说道：‘美则美矣，了则未了。’因自念一偈曰：‘菩提本非树，明镜亦非台。本来无一物，何处染尘埃？’五祖便将衣钵传他。出《语录》，总写宝卿博学宏览，胜诸才人，颦儿却聪慧灵智非学力所致，皆绝世绝伦之人也。宝玉宁不愧杀！今儿这偈语，亦同此意了。只是方才这句机锋，尚未完全了结，这便丢开手不成？”黛玉笑道：“彼时不能答，就算输了，这会子答上了也不为出奇。只是以后再不许谈禅了。连我们两个所知所能的，你还不知不能呢，还去参禅呢！”宝玉自己以为觉悟，不想忽被黛玉一问，便不能答。宝钗又比出“语录”来，此皆素不见他们能者。自己想了一想：“原来他们比我的知觉在先，尚未解悟，我如今何必自寻苦恼。”想毕，便笑道：“谁又参禅，不过一时顽话罢了。”说着，四人仍复如旧。轻轻抹去也。“心净难”三字不谬。

用得妥当之极。

前以《庄子》为引，故偶续之，又借颦儿诗一鄙驳，兼不写着落，以为瞒过看官矣。此回用若许曲折，仍用老庄引出一偈来，再续一《寄生草》，可为大觉大悟已。以之上承果位，以后无书可作矣。却又轻轻用黛玉一问机锋，又续偈言二句，并用宝钗讲五祖六祖问答二实偈子，使宝玉无言可答，仍将一大善知识，始终跌不出警幻幻榜中，作下回若干回书。真有机心游龙不测之势，安得不叫绝？且历来小说中万写不到者。己卯冬夜。

忽然人报，娘娘差人送出一个灯谜儿，命你们大家去猜，猜着了每人也作一个进去。四人听说，忙出去至贾母上房。只见一个小太监，拿了一盏四角平头白纱灯，专为灯谜而制，上面已有一个，众人都争看乱猜。小太监又下谕道：“众小姐猜着了，不要说出来，每人只暗暗的写在纸上，一齐封进宫去，娘娘自验是否。”宝钗等听了，近前一看，是一首七言绝句，并无甚新奇，口中少不得称赞，只说难猜，故意寻思，其实一见就猜着了。宝玉、黛玉、湘云、探春四个人此处透出探春，正是草蛇灰线，后文方不突然。也都解了，各自暗暗的写了半日。一并将贾环、贾兰等传来，一齐各揣机心都猜了，写出猜谜人形景，看他偏于两次禅机后，写此机心机事，足见用意至深至远。写在纸上，然后各人拈一物作成一谜，恭楷写了，挂在灯上。

太监去了，至晚出来传谕：“前娘娘所制，俱已猜着，惟二小姐与三爷猜的不是。迎春、贾环也，交错有法。小姐们作的也都猜了，不知是否？”说着也将写的拿出来。也有猜着的，也有猜不着的，都胡乱说猜着了。太监又将颁赐之物送与猜着之人，每人一个宫制诗筒，诗筒，身边所佩之物，以待偶成之句草录暂收之，其归至窗前，不致有忘也。或茜牙成，或琢香屑，或以绫素，为之不一，想来奇特事，从不知也。一柄茶筅，破竹如帚，以净茶具之积也。　二物极微极雅。独迎春、贾环二人未得。迎春自为顽笑小事，并不介意。大家小姐。贾环便觉得没趣，且又听太监说：“三爷说的这个不通，娘娘也没猜，叫我带回问三爷是个什么。”众人听了，都来看他作的是什么，写道是：

大哥有角只八个，二哥有角只两根。
大哥只在床上坐，二哥爱在房上蹲。可发一笑，真环哥之谜。　诸卿勿笑，难为了作者摹拟。

众人看了，大发一笑。贾环只得告诉太监说：“一个枕头，一个兽头。”亏他好才情，怎么想来。太监记了，领茶而去。

贾母见元春这般有兴，自己越发喜乐，便命速作一架小巧精致围屏灯来，设于当屋，命他姊妹各自暗暗的作了，写出来粘于屏上，然后预备下香茶细果以及各色玩物，为猜着之贺。贾政朝罢，见贾母高兴，况在节间，晚上也来承欢取乐。设了酒果，备了玩物，上房悬了彩灯，请贾母赏灯取乐。上面贾母、贾政、宝玉一席，下面王夫人、宝钗、黛玉、湘云又一席，迎、探、惜三人又一席，地下婆娘丫鬟站满，李宫裁、王熙凤二人在里间又一席。细致。贾政因不见贾兰，因问：“怎么不见兰哥？”看他透出贾政极爱贾兰。地下婆娘忙进里间问李氏，李氏起身笑着回道：“他说方才老爷并没去叫他，他不肯来。”婆娘回复了贾政，众人都笑说：“天生的牛心古怪！”贾政忙遣贾环与两个婆娘将贾兰唤来，贾母命他在身旁坐了，抓果品与他吃，大家说笑取乐。

往常间只有宝玉长谈阔论，今日贾政在这里，便惟有唯唯而已。写宝玉如此，非世家曾经严父之训者，断写不出此一句。余者湘云虽系闺阁弱女，却素喜谈论，今日贾政在席，也自缄口禁言。非世家经明训者，断不知此一句，写湘云如此。黛玉本性懒与人共，原不肯多语。黛玉如此，与人多话则不肯，何得与宝玉话更多哉？宝钗原不妄言轻动，便此时亦是坦然自若。瞧他写宝钗，真是又曾经严父慈母之明训，又是世府千金，自己又天性从礼合节，前三人之长并归一身，前三人向有捏作之态，故惟宝钗一人作坦然自若，亦不见逾规越矩也。故此一席，虽是家常取乐，反见拘束不乐。非世家公子断写不及此。想近时之家，纵其女儿哭笑索饮，长者反以为乐，其无礼不法，何如是耶。贾母亦知因贾政一人在此所致之故。这一句又明补出贾母亦是世家明训之千金也，不然断想不及此。酒过三巡，便撵贾政去歇息。贾政亦知贾母之意，撵了自己去后，好让他们姊妹兄弟取乐的。贾政忙陪笑道："今日原听见老太太这里大设春灯雅谜，故也备了彩礼酒席，特来入会，何疼孙子孙女之心，便不略赐以儿子半点？"贾政如此，余亦泪下。贾母笑道："你在这里，他们都不敢说笑，没的倒叫我闷。你要猜谜时，我便说一个你猜，猜不着是要罚的。"贾政忙笑道："自然要罚。若猜着了，也是要领赏的。"贾母道："这个自然。"说着便念道：

猴子身轻站树梢。所谓"树倒猢狲散"是也。打一果名。

的是贾母之谜。

贾政已知是荔枝，便故意乱猜别的，罚了许多东西，然后方猜着，也得了贾母的东西。然后也念一个与贾母猜，念道：

身自端方，体自坚硬。

虽不能言，有言必应。好极。的是贾老之谜。包藏贾府祖宗自身，"必"字隐"笔"字。妙极，妙极！打一用物。

说毕，便悄悄的说与宝玉。宝玉意会，又悄悄的告诉了贾母。贾母想了想，太君身分。果然不差，便说："是砚台。"贾政笑道："到底是老太太，一猜就是。"回头说："快把贺彩送上来。"地下妇女答应一声，大盘小盘一齐捧上。贾母逐件看去，都是灯节下所用所顽新巧之物，甚喜。遂命："给你老爷斟酒。"宝玉执壶，迎春送酒。贾母因说："你瞧瞧那屏上，都是他姊妹们做的，再猜一猜我听。”贾政答应，起身走至屏前，只见头一个写道是：

能使妖魔胆尽摧，身如束帛气如雷。

一声震得人方恐，回首相看已化灰。

此元春之谜，才得侥幸，奈寿不长。可悲哉！

贾政道：“这是炮竹嗄？”宝玉答道：“是。”贾政又看道：

天运人功理不穷，有功无运也难逢。

因何镇日纷纷乱，只为阴阳数不同。

此迎春一生遭际，惜不得其夫何。

贾政道：“是算盘。”迎春笑道：“是。”又往下看是：

阶下儿童仰面时，清明妆点最堪宜。

游丝一断浑无力，莫向东风怨别离。

此探春远适之谶也。使此人不远去，将来事败，诸子孙不至流散也。悲哉伤哉！

贾政道：“这是风筝。”探春笑道：“是。”又看道是：

前身色相总无成，不听菱歌听佛经。

莫道此生沉黑海，性中自有大光明。

此惜春为尼之谶也。公府千金至缁衣乞食，宁不悲夫！　　此后破失俟再补。

贾政道："这是佛前海灯嗄。"惜春笑答道："是海灯。"

贾政心内沉思道："娘娘所作爆竹，此乃一响而散之物。迎春所作算盘，是打动乱如麻。探春所作风筝，乃飘飘浮荡之物。惜春所作海灯，一发清净孤独。今乃上元佳节，如何皆作此不祥之物为戏耶？"心内愈思愈闷，因在贾母之前，不敢形于色，只得仍勉强往下看去。只见后面写着七言律诗一首，却是宝钗所作，随念道：

朝罢谁携两袖烟，琴边衾里总无缘。
晓筹不用鸡人报，五夜无烦侍女添。
焦首朝朝还暮暮，煎心日日复年年。
光阴荏苒须当惜，风雨阴晴任变迁。

贾政看完，心内自忖道："此物还倒有限。只是小小之人作此词句，更觉不祥，皆非永远福寿之辈。"想到此处，愈觉烦闷，大有悲戚之状，因而将适才的精神减去十分之八九，只垂头沉思。

贾母见贾政如此光景，想到或是他身体劳乏亦未可定，又兼之恐拘束了众姊妹不得高兴顽耍，即对贾政云："你竟不必猜了，去安歇罢。让我们再坐一会，也好散了。"贾政一闻此言，连忙答应几个"是"字，又勉强劝了贾母一回酒，方才退出去了。回至房中只是思索，翻来覆去竟难成寐，不由伤悲感慨，不在话下。

且说贾母见贾政去了，便道："你们可自在乐一乐罢。"一言未了，早见宝玉跑至围屏灯前，指手画脚，满口批评，这个这一句不好，那一个破的不恰当，如同开了锁的猴子一般。宝钗便道：

“还像适才坐着，大家说说笑笑，岂不斯文些儿。”凤姐自里间忙出来插口道：“你这个人，就该老爷每日令你寸步不离方好。适才我忘了，为什么不当着老爷，撺掇叫你也作诗谜儿。若果如此，怕不得这会子正出汗呢。”说的宝玉急了，扯着凤姐儿，扭股儿糖似的只是厮缠。贾母又与李宫裁并众姊妹说笑了一会，也觉有些困倦起来。听了听已是漏下四鼓，命将食物撤去，赏散与众人，随起身道：“我们安歇罢。明日还是节下，该当早起。明日晚间再玩罢。”且听下回分解。此回未成而芹逝矣，叹叹！丁亥夏，畸笏叟。

作者具菩提心，捉笔现身说法，每于言外警人，再三再四，而读者但以小说古词目之，则大罪过。其先以《庄子》为引及偈曲句作醒悟之语，以警觉世人，犹恐不入，再以灯谜伸词致意，自解自叹，以不成寐为言，其用心之切之诚，读者忍不留心而慢忽之耶！

第二十三回

西厢记妙词通戏语　牡丹亭艳曲警芳心

群艳大观中；柳弱系轻风。惜花与度曲，笑看利名空。

话说贾元妃自那日幸大观园回宫去后，便命将那日所有的题咏，命探春依次抄录妥协，自己编次，叙其优劣，又命在大观园勒石，为千古风流雅事。因此贾政命人各处选拔精工名匠，在大观园磨石镌字。贾珍率领蓉、萍等监工。因贾蔷又管理着文官等十二个女戏并行头等事，不大得便，因此贾珍又将贾菖、贾菱唤来监工。一日烫蜡钉朱，动起手来。这也不在话下。

且说那个玉皇庙并达摩庵两处，一班的十二个小沙弥并十二个小道士，如今挪出大观园来，贾政正想发到各庙去分住。不想后街上住的贾芹之母周氏，正盘算着也要到贾政这边谋一个大小事务与儿子管管，也好弄些银钱使用，可巧听见这件事出来，便坐轿子来求凤姐。凤姐因见他素日不大拿班作势的，便依允了，想了几句话，一派心机。便回王夫人说：“这些小和尚道士万不可打发别处去。一时娘娘出来就要承应。倘或散了，若再用时，可是又费事。依我的主意，不如将他们竟送到咱们家庙里铁槛寺去，月间不过派一个人拿几两银子去买柴米就完了。说声用，走去叫来，一点儿不费事呢。”王夫人听了，便商之于贾政。贾政听了笑道：“倒是提醒了我，就是这样。”即时唤贾琏来。

当下贾琏正同凤姐吃饭，一闻呼唤，不知何事，放下饭便走。凤姐一把拉住，笑道：“你且站住，听我说话，若是别的事我不管，若是为小和尚们的事，好歹依我这么着。”如此这般，教了一套话。贾琏笑道：“我不知道，你有本事你说去。”凤姐听了，把头一梗，活跳。把筷子一放，腮上似笑不笑的瞅着贾琏道：“你当真的，是玩话？”贾琏笑道：“西廊下五嫂子的儿子芸儿，来求了我两三遭，可发一笑。要个事情管管。我依了，叫他等着。好容易出来这件事，你又夺了去。”凤姐儿笑道：“你放心。园子东北角子上，娘娘说了，还叫多多的种松柏树，楼底下还叫种些花草。等这件事出来，我管保叫芸儿管这件工程。”贾琏道：“果然这样也罢了。只是昨儿晚上，写凤姐风月之文如此，总不脱漏。我不过是要改个样儿，你就扭手扭脚的。”粗蠢！情景可笑。后将有大观园中一段奇情韵，不得不先为此等丑语一跌，以作未火先烟之象。凤姐儿听了，“嗤”的一声笑了，好章法。向贾琏啐了一口，低下头便吃饭。

贾琏已经笑着去了，到了前面见了贾政，果然是小和尚一事。贾琏便依了凤姐主意，说道：“如今看来，芹儿倒大大的出息了，这件事竟交予他去管办，横竖照在里头的规例，每月叫芹儿支领就是了。”贾政原不大理论这些事，听贾琏如此说，便如此依了。贾琏回到房中，告诉凤姐儿。凤姐即命人去告诉了周氏。贾芹便来见贾琏夫妻两个，感谢不尽。凤姐又作情央贾琏先支三个月的，叫他写了领字，贾琏批票画了押，登时发了对牌出去，银库上按数发出三个月的供给来，白花花二三百两。贾芹随手拈一块，撂与掌平的人，叫他们吃茶罢。于是命小厮拿回家，与母亲商议。登时雇了大叫驴，自己骑上，又雇了几辆车，至荣国府角门，唤出二十四个人来坐上车，一径往城外铁槛寺去了。当下无话。

如今且说贾元春因在宫中自编大观园题咏之后，忽想起那大观园中景致，自己幸过之后，贾政必定敬谨封锁，不敢使人进去骚扰，岂不寥落？况家中现有几个能诗会赋的姊妹，何不命他们进去居住，也不使佳人落魄，花柳无颜。韵人行韵事。却又想到宝玉自幼在姊妹丛中长大，何等精细！不比别的兄弟，若不命他进去，只怕他冷清了，一时不大畅快，未免贾母、王夫人愁虑，须得也命他进园居住方妙。想毕，遂命太监夏守忠到荣国府来下一道谕，命宝钗等只管在园中居住，不可禁约封锢。命宝玉仍随进去读书。

大观园原系十二钗栖止之所，然工程浩大，故借元春之名而起，再用元春之命以安诸艳，不见一丝扭捻。己卯冬夜。

贾政、王夫人接了这谕，待夏守忠去后，便来回明贾母，遣人进去各处收拾打扫，安设帘幔床帐。别人听了还自犹可，惟宝玉听了这谕，喜的无可不可。正和贾母盘算，要这个，弄那个，忽见丫鬟来说："老爷叫宝玉。"多大力量写此句，余亦惊骇，况宝玉乎？回思十二三时，亦曾有是病来。想时不再至，不禁泪下。宝玉听了，好似打了个焦雷，大家风范。登时扫去兴头，脸上转了颜色，便拉着贾母扭的好似扭股儿糖，杀死不敢去。贾母只得安慰他道："好宝贝，你只管去，有我呢，他不敢委屈了你。写尽祖母溺爱，作后文之本。况且你又作了那篇好文章，想是娘娘叫你进去住，他吩咐你几句，不过不教你在里头淘气。他说什么，你只好生答应着就是了。"一面安慰，一面唤了两个老嬷嬷来，吩咐："好生带了宝玉去，别叫他老子唬着他。"老嬷嬷答应了。

宝玉只得前去，一步挪不了三寸，蹭到这边来。可巧贾政在王夫人房中商议事情，金钏儿、彩云、彩霞、绣鸾、绣凤等众丫鬟都在廊檐底下站着呢，一见宝玉来，都抿着嘴笑。金钏一把拉住宝玉，有是事，有是人。悄悄的笑道："我这嘴上是才擦的香浸胭脂，活像活现。你这会子可吃不吃了？"彩云一把推开金钏，笑道："人家正心里不自在，你还奚落他，趁这会子喜欢，快进去罢。"宝玉只得挨进门去。原来贾政和王夫人都在里间呢。赵姨娘打起帘子，宝玉躬身进去。只见贾政和王夫人对面坐在炕上说话，地下一溜椅子，迎春、探春、惜春、贾环四个人都坐在那里。一见他进来，惟有探春、惜春和贾环站了起来。

蹭，撑去声。

贾政一举目，见宝玉站在跟前，神采飘逸，"消气散"用的好。秀色夺人；看看贾环，人物委琐，举止荒疏，忽又想起贾珠来。批至此，几乎失声哭出。再看看王夫人只有这一个亲生的儿子，素爱如珍，自己的写宝玉可入园用"禁管"二字，得体，理之至。壬午九月。

胡须将已苍白：为天下年老者父母一哭。因这几件上，把素日嫌恶处分宝玉之心不觉减了八九。半晌说道："娘娘吩咐，说你日日外头嬉游，渐次疏懒，如今叫禁管，同你姊妹在园里读书写字。你可好生用心习学，再如不守分安常，你可仔细！"宝玉连连的答应了几个"是"。王夫人便拉他在身旁坐下。活现。他姊弟三人依旧坐下。

王夫人摸挲着宝玉的脖项说道："前儿的丸药都吃完了？"宝玉答道："还有一丸。"王夫人道："明儿再取十丸来。天天临睡的时候，叫袭人伏侍你吃了再睡。"宝玉道："只从太太吩咐了，袭人天天晚上想着，打发我吃。"大家细细听去，活似小儿口气。贾政问道："袭人是何人？"王夫人道："是个丫头。"贾政道："丫头不管叫个什么罢了，是谁这样刁钻，起这样的名字？"王夫人见贾政不自在了，便替宝玉掩饰道："是老太太起的。"贾政道："老太太如何知道这话，一定是宝玉。"宝玉见瞒不过，只得起身回道："因素日读书，曾记古人有一句诗云：'花气袭人知昼暖。'因这个丫头姓花，便随口起了这个名字。"王夫人忙又道："宝玉，你回去改了罢，老爷也不用为这小事动气。"贾政道："究竟也无妨碍，又何用改。几乎改去好名。只是可见宝玉不务正，专在这些浓词艳赋上作工夫。"说毕，断喝一声：好收拾！"作业的畜生，还不出去！"王夫人也忙道："去罢，只怕老太太等你吃饭呢。”严父慈母，其事虽异，其行则一。宝玉答应了，慢慢的退出去，向金钏儿笑着伸伸舌头，带着两个嬷嬷一溜烟去了。

刚至穿堂门前，妙，这便是凤姐扫雪拾玉之处，一丝不乱。只见袭人倚门立在那里，何等牵连！一见宝玉平安回来，堆下笑来问道：等坏了，愁坏了，所以有“堆下笑来问”之话。“叫你作什么？”宝玉告诉他：“没有什么，不过怕我进园去淘气，吩咐吩咐。”就说大话，毕肖之至。一面说，一面回至贾母跟前，回明原委。只见林黛玉正在那里，宝玉便问他：“你住那一处好？”林黛玉正心里盘算这事，颦儿亦有盘算事，拣择清幽处耳，未知择邻否？一笑！忽见宝玉问他，便笑道：“我心里想着潇湘馆好，爱那几竿竹子隐着一道曲栏，比别处更觉幽静。”宝玉听了拍手笑道：“正和我的主意一样，我也要叫你住这里呢。我就住怡红院，咱们两个又近，又都清幽。”择邻出于玉兄，所谓真知己。　　作后文无限张本。

二人正计较，就有贾政遣人来回贾母说：“二月二十二，日子好，哥儿姐儿们好搬进去的。这几日内遣人进去分派收拾。”薛宝钗住了蘅芜苑，林黛玉住了潇湘馆，贾迎春住了缀锦楼，探春住了秋爽斋，惜春住了蓼风轩，李氏住了稻香村，宝玉住了怡红院。每一处添两个老嬷嬷，四个丫头，除各人奶娘亲随丫鬟不算外，另有专管收拾打扫的。至二十二日，一齐进去，登时园内花招绣带，柳拂香风，八字写得满园之内，处处有人，无一处不到。不似前番那等寂寞了。

闲言少叙，且说宝玉自进花园以来，心满意足，再无别项可生贪求之心。每日只和姊妹、丫头们一处，或读书，或写字，未必。或弹琴下棋，作画吟诗，以至描鸾刺凤，有之。斗草簪花，低吟悄唱，拆字猜枚，无所不至，倒也十分快乐。他曾有几首即事诗，虽不算好，却倒是真情真景。略记几首云：

春夜即事

霞绡云幄任铺陈，隔巷蟆更听未真。
枕上轻寒窗外雨，眼前春色梦中人。
盈盈烛泪因谁泣，默默花愁为我嗔。
自是小鬟娇懒惯，拥衾不耐笑言频。

夏夜即事

倦绣佳人幽梦长，金笼鹦鹉唤茶汤。
窗明麝月开宫镜，室霭檀云品御香。
琥珀杯倾荷露滑，玻璃槛纳柳风凉。
水亭处处齐纨动，帘卷朱楼罢晚妆。

秋夜即事

绛芸轩里绝喧哗，桂魄流光浸茜纱。
苔锁石纹容睡鹤，井飘桐露湿栖鸦。
抱衾婢至舒金凤，倚槛人归落翠花。
静夜不眠因酒渴，沉烟重拨索烹茶。

冬夜即事

梅魂竹梦已三更，锦罽鹴衾睡未成。

松影一庭惟见鹤，梨花满地不闻莺。

女儿翠袖诗怀冷，公子金貂酒力轻。

却喜侍儿知试茗，扫将新雪及时烹。

四诗作尽安福尊荣之贵介公子也。壬午孟夏。

因这几首诗，当时有一等势利人，见是荣国府十二三岁的公子作的，抄录出来各处称颂；再有一等轻浮子弟，爱上那风骚妖艳之句，也写在扇头壁上，不时吟哦赏赞。因此竟有人来寻诗觅字，倩画求题的。宝玉亦发得了意，镇日家作这些外务。

谁想静中生烦恼，忽一日不自在起来，这也不好，那也不好，出来进去只是闷闷的。园中那些人多半是女孩儿，正在混沌世界天真烂熳之时，坐卧不避，嬉笑无心，那里知宝玉此时的心事。那宝玉心内不自在，便懒在园内，只在外头鬼混，却又痴痴的。不进园去，真不知何心事！茗烟见他这样，因想与他开心，左思右想，皆是宝玉顽奈烦了的，不能开心，惟有这件，宝玉不曾看见过。书房伴读，累累如是，余至今痛恨。想毕，便走去到书坊内，把那古今小说，并那飞燕、合德、武则天、杨贵妃的外传与那传奇角本买了许多来，引宝玉看。宝玉何曾见过这些书，一看见了便如得了珍宝。茗烟嘱咐他不可拿进园去，自古恶奴坏事。“若叫人知道了，我就吃不了兜着走呢！”宝玉那里舍的不拿进去，踟蹰再三，单把那文理细密的，拣了几套进去，放在床顶上，无人时自己密看。那粗俗过露的，都藏在外面书房里。

那一日，正当三月中浣，早饭后，宝玉携了一套《会真记》，走到沁芳闸桥边桃花底下一块石上坐着，展开《会真记》，从头细玩。正看到“落红成阵”，只见一阵风过，把树头上桃花吹下一大半来，好一阵凑趣风。落的满身满书满地皆是。宝玉要抖将下来，恐怕脚步践踏了，情不情。只得兜了那花瓣，来至池边，抖在池内。那花瓣浮在水面，飘飘荡荡，竟流出沁芳闸去了。回来只见地下还有许多。宝玉正踟蹰间，只听背后有人说道：“你在这里作什么？”宝玉一回头，却是林黛玉来了，肩上担着花锄，一幅《采芝图》，非《葬花图》也。锄上挂着花囊，手内拿着花帚。真是韵人韵事。　写出扫花仙女。宝玉笑道：“好，好，来把这个花扫起来，如见如闻。撂在那水里，我才撂了好些在那里呢！”林黛玉道：“撂在水里不好，你看这里的水干净，只一流出去，有人家的地方，脏的臭的混倒，仍旧把花糟蹋了。那畸角上我有一个花冢，好名色，新奇。葬花亭里埋花人。如今把他扫了，装在这绢袋里，拿土埋上，日久不过随土化了，宁使香魂随土化。岂不干净。”写黛玉又胜宝玉十倍痴情。

此图欲画之心久矣，誓不遇仙笔不写，恐亵我颦卿故也。己卯冬。

丁亥春间，偶识一浙省新发，其白描美人，真神品物，甚合余意，奈彼因宦缘所缠，无暇，且不能久留都下，未几南行矣。余至今耿耿，怅然之至。恨与阿颦结一笔墨缘之难若此。叹叹！丁亥夏，畸笏叟。

宝玉听了喜不自禁，笑道："待我放下书帮你来收拾。"顾了这头，忘却那头。黛玉道："什么书？"宝玉见问，慌的藏之不迭，便说道："不过是《中庸》《大学》。"黛玉笑道："你又在我跟前弄鬼。趁早儿给我瞧，好多着呢！"宝玉道："好妹妹，若论你，我是不怕的。你看了，好歹别告诉别人去，真真这是好书！你要看了，连饭也不想吃呢！"一面说，一面递了过去。林黛玉把花具且都放下，接书来瞧，从头看去，越看越爱看，不过顿饭工夫，将十六出俱已看完。自觉词藻警人，余香满口。虽看完了书，却只管出神，心内还默默记诵。

宝玉笑道："妹妹，你说好不好？"林黛玉笑道："果然有趣。"宝玉笑道："我就是个'多愁多病身'，你就是那'倾国倾城貌'。"看官说宝玉忘情有之，若认作有心取笑，则看不得《石头记》。　借用得妙。林黛玉听了，不觉带腮连耳通红，登时直竖起两道似蹙非蹙的眉，瞪了两只似睁非睁的眼，微腮带怒，薄面含嗔，指宝玉道："你这该死的胡说！好好的把这淫词艳曲弄了来，还学了这些混话来欺负我，我告诉舅舅舅母去。"说到"欺负"两个字上，早又把眼睛圈儿红了，转身就走。唬杀，急杀！宝玉着了急，向前拦住说道："好妹妹，千万饶我这一遭，原是我说错了。若有心欺负你，明日我掉在池子里，叫个癞头鼋吞了去，变个大忘八，等你明儿作了'一品夫人'病老归西的时候，我往你坟上替你驮一辈子的碑去。"虽是混话一串，却成了最新最奇的妙文。　此誓新鲜。说的林黛玉"嗤"的一声笑了，看官想用何等话，令黛玉一笑收科？揉着眼睛，一面笑道："一般也唬的这个调儿，还只管胡说。'呸，原来是苗而不秀，是个银样镴枪头。'"更借得妙。宝玉听了笑道："你这个呢？我也告诉去。”林黛玉笑道：“你说你会过目成诵，难道我就不能一目十行么？”儿女情态，毫无淫念，韵雅之至。

宝玉一面收书，一面笑道：“正紧快把花埋了罢，别提那个了。”二人便收拾落花，正才掩埋妥协，只见袭人走来说道：“那里没找到，摸在这里来。那边大老爷身上不好，姑娘们都过去请安，老太太叫打发你去呢。快回去换衣裳去罢。”宝玉听了，忙拿了书，别了黛玉，同袭人回房换衣不提。一语度下。

这里林黛玉见宝玉去了，又听见众姊妹也不在房，自己闷闷的。有原故。正欲回房，刚走到梨香院墙角上，只听墙内笛韵悠扬，歌声婉转。入正文方不牵强。林黛玉便知是那十二个女孩子演习戏文呢。只因林黛玉素习不大喜看戏文，妙法。必云“不大喜看"。便不留心，只管往前走。偶然两句吹到耳内，明明白白，一字不落，却一喜便总不忘，方见楔得紧。唱道是：“原来姹紫嫣红开遍，似这般都付与断井颓垣。”林黛玉听了，倒也十分感慨缠绵，便止住步侧耳细听，又听唱道是：“良辰美景奈何天，赏心乐事谁家院。”听了这两句，不觉点头自叹，心下自思道：“原来戏上也有好文章。非不及钗，系不曾于杂学上用意也。可惜世人只知看戏，未必能领略这其中的趣味。”将进门，便是知音。想毕，又后悔不该胡想，耽误了听曲

情小姐故以情小姐词曲警之，恰极，当极！己卯冬。

子。又侧耳时，只听唱道："则为你如花美眷，似水流年……"林黛玉听了这两句上，不觉心动神摇。又听道"你在幽闺自怜"等句，亦发如醉如痴，站立不住，便一蹲身坐在一块山子石上，细嚼"如花美眷，似水流年"八个字的滋味。忽又想起前日见古人诗中有"水流花谢两无情"之句，再又有词中有"流水落花春去也，天上人间"之句，又兼方才所见《西厢记》中"花落水流红，闲情万种"之句，都一时想起来，凑聚在一处。仔细忖度，不觉心痛神痴，眼中落泪。正没个开交，忽觉背上击了一下，及回头看时，原来是……且听下回分解。正是：

妆晨绣夜心无矣，对月临风恨有之。

前以《会真记》文，后以《牡丹亭》曲，加以有情有景消魂落魄诗词，总是争于令颦儿种病根也。看其一路不即不离，曲曲折折写来，令观者亦技难持，况瘦怯怯之弱女乎！

诗童才女，添大观之颜色；埋花听曲，写灵慧之幽闲。妒妇主谋，愚夫听命，恶仆殷勤，淫词胎邪。开楞严之密语，阐法戒之真宗，以撞心之言，与石头讲道。悲夫！

第二十四回

醉金刚轻财尚义侠　痴女儿遗帕惹相思

夹写"醉金刚"一回，是书中之大净场，聊醒看官倦眼耳。然亦书中必不可少之文，必不可少之人。今写在市井俗人身上，又加一"侠"字，则大有深意存焉。

话说林黛玉正自情思萦逗，缠绵固结之时，忽有人从背后击了一掌，说道："你作什么一个人在这里？"林黛玉倒唬了一跳，回头看时，不是别人，却是香菱。林黛玉道："你这个傻丫头，此"傻"字加于香菱，则有多少丰神跳于纸上，其娇憨之态，可想而知。唬我这么一跳好的。你这会子打那里来？"香菱嘻嘻的笑道："我来寻我们姑娘的，找他总找不着，你们紫鹃也找你呢，一丝不漏。说琏二奶奶送了什么茶叶来给你的。走罢，回家去坐着。""回家去坐着"之言，是恐石上冷意。一面说着，一面拉着黛玉的手回潇湘馆来了。果然凤姐儿送了两小瓶上用新茶来。林黛玉和香菱坐了。况他们有甚正事谈讲，为学诗伏线。不过

是书最好看如此等处，系画家山水、树头、丘壑俱备，末用浓淡墨点苔法也。丁亥夏。畸笏叟。

说些这一个绣的好，那一个刺的精，又下一回棋，看两句书，棋不论盘。书不论章，皆是娇憨女儿神理，写得不即不离，似有若无。妙极！香菱便走了，不在话下。

如今且说宝玉因被袭人找回房去，果见鸳鸯歪在床上看袭人的针线呢，见宝玉来了，便说道："你往那里去了？老太太等着你呢，叫你过那边请大老爷的安去。还不快换了衣服走呢。"袭人便进房去取衣服。宝玉坐在床沿上，褪了鞋等靴子穿的工夫，回头见鸳鸯穿着水红绫子袄儿，青缎子背心，束着白绉绸汗巾儿，脸向那边低着头看针线，脖子上带着花领子。宝玉便把脸凑在他脖项上，闻那粉香油气，不住用手摩挲，其白腻不在袭人之下，便猴上身去涎皮笑道："好姐姐，把你嘴上的胭脂赏我吃了罢！"胭脂是这样吃法，看官可经过否？一面说着，一面扭股糖似的粘在身上。鸳鸯便叫道："袭人，你出来瞧瞧。不向宝玉说话，又叫袭人，鸳鸯亦是幻情洞天也。你跟他一辈子，也不劝劝。还是这么着。"袭人抱了衣服出来，向宝玉道："左劝也不改，右劝也不改，你到底是怎么样？你再这么着，此五字内有深意深心。这个地方可就难住了。"一边说，一边催他穿了衣服，同鸳鸯往前面来见贾母。

见过贾母，出至外面，人马俱已齐备。刚欲上马，只见贾琏请安回来了。一丝不漏。正下马，二人对面，彼此问了两句话。只见旁边转出一个人来，芸哥此处一现，后文不见突然。"请宝叔安。"宝玉看时，只见这个人容长脸，长挑身材，年纪只好十八九岁，生的着实斯文清秀，倒也十分面善，只是想不起是那一房的，大族人众，毕真有是理。叫什么名字。贾琏笑道："你怎么发呆，连他也不认得？他是后廊上住的五嫂子的儿子芸儿。”宝玉笑道：“是了，是了，我怎么就忘了。”因问他母亲好，这会子什么勾当。贾芸指贾琏道：“找二叔说句话。”宝玉笑道：“你倒比先越发出挑了，何尝是十二三岁小孩语。倒像我的儿子。”贾琏笑道：“好不害臊！人家比你大四五岁呢，就替你作儿子了？”宝玉笑道：“你今年十几岁了？”贾芸道：“十八岁。”

原来这贾芸最伶俐乖觉，听宝玉这样说，便笑道：“俗语说的，‘摇车里的爷爷，拄拐的孙孙’。虽然岁数大，山高高不过太阳。只从我父亲没了，这几年也无人照管教导。虽是随机而应，伶俐人之语，余却伤心。如若宝叔不嫌侄儿蠢笨，认作儿子，就是我的造化了。”贾琏笑道：“你听见了？认儿子不是好开交的呢！”是兄凑弟趣，可叹！说着就进去了。宝玉笑道：“明儿你闲了，只管来找我，别和他们鬼鬼祟祟的。何其堂皇正大之语。这会子我不得闲儿。明儿你到书房里来，和你说天话儿，我带你园子里顽耍去。”说着扳鞍上马，众小厮围随往贾赦这边来。

见了贾赦，不过是偶感些风寒，先述了贾母问的话，然后自己请了安。贾赦先站起来回了贾母的话，一丝不乱。次后便唤人来：“带哥儿进去太太屋里坐着。”宝玉退出，来至后面，进入上房。邢夫人见了他来，先倒站起来，请过贾母安，一丝不乱。宝玉方请安。好规矩。邢夫人拉他上炕坐了，方问别人好，好层次，好礼法，谁家故事？又命人倒茶来。一钟茶未吃完，只见那贾琮来问宝玉好。邢夫人道：“那里找活猴儿去！你那奶妈子死绝了，也不收拾收拾你，弄的黑眉乌嘴，那里像大家子念书的孩子。”

正说着，只见贾环、贾兰小叔侄两个也来了，请过安，邢夫人人便叫他两个椅子上坐了。贾环见宝玉同邢夫人坐在一个坐褥上，邢夫人又百般摩挲抚弄他，早已心中不自在了，千里伏线。坐不多时，便和贾兰使眼色儿要走。贾兰只得依他，一同起身告辞。宝玉见他们要走，自己也就起身，要一同回去。邢夫人笑道："你且坐着，我还和你说话。"宝玉只得坐了，邢夫人向他两个道："你们回去，各人替我问你们各人母亲好。你们姑娘、姐姐、妹妹都在这里呢，闹的我头晕，今儿不留你们吃饭了。"明显薄情之至。贾环等答应着，便出来回家去了。

宝玉笑道："可是姐姐们都过来了，怎么不见？"邢夫人道："他们坐了一会子，都往后头不知那屋里去了。"宝玉道："大娘方才说有话说，不知是什么话？"邢夫人笑道："那里有什么话，不过叫你等着，同你姊妹们吃了饭去。还有一个好玩的东西给你带回去玩。"娘儿两个说话，不觉早又晚饭时节。调开桌椅，罗列杯盘，母女姊妹们吃毕了饭。宝玉去辞别了贾赦，同姊妹们一同回家，见过贾母、王夫人等，各自回房安息，不在话下。一段为五鬼魇魔法作引。脂砚。

且说贾芸进去见了贾琏，因打听可有什么事情。贾琏告诉他："前儿倒有一件事情出来，偏生你婶子再三求了我，反说体面话，惧内人累累如是。给了贾芹了。他许了我，说明儿园里还有几处要栽花木的地方，等这个工程出来，一定给你就是了。"贾芸听了，半晌说道："既是这样，我就等着罢。叔叔也不必先在婶子跟前提我今儿来打听的话，已得了主意了。到跟前再说也不迟。"贾琏道："提他作什么！已被芸哥瞒过了。我那里有这些工夫说闲话儿呢。明儿一个五更，还要到兴邑去走一趟，须得当日赶回来才好。你先去等着，后日起更以后你来讨信儿，来早了我不得闲。”说着便回后面换衣服去了。

贾芸出了荣国府回家，一路思量，想出一个主意来，便一径往他母舅卜世仁名义可思。家来。既云“不是人”，如何肯共事？想芸哥此来空了。原来卜世仁现开香料铺，方才从铺子里来，忽见贾芸进来，彼此见过了，因问他这早晚什么事跑了来。贾芸道：“有件事求舅舅帮衬帮衬。我有一件事，用些冰片麝香使用，好歹舅舅每样赊四两给我，八月里按数送了银子来。”甥舅之谈如此。叹叹！卜世仁冷笑道：“再休提赊欠一事，何如何如，余言不谬！前儿也是我们铺子里一个伙计，替他的亲戚赊了几两银子的货，至今总未还上。因此我们大家赔上，立了合同，再不许替亲友赊欠。谁要赊欠，就要罚他二十两银子的东道。况且如今这个货也短，你就拿现银子到我们这不三不四的铺子里来买，推脱之辞。也还没有这些，只好倒扁儿去。这是一。二则你那里有正紧事，不过赊了去又是胡闹。你只说舅舅见你一遭儿就派你一遭儿不是。你小人儿家很不知好歹，也到底立个主见，赚几个钱，弄的穿是穿吃是吃的，我看着也喜欢。”

贾芸笑道：“舅舅说的倒干净。我父亲没的时候，我年纪又小，不知事。后来听见我母亲说，都还亏舅舅们在我们家出主意，料理的丧事。难道舅舅就不知道的，还是有一亩地两间房子，如今在我手里花了不成？巧媳妇做不出没米的粥来，叫我怎么样呢？还亏是我呢，要是别个，死皮赖脸三日两头儿来缠着舅舅，芸哥亦善谈，井井有理。要个三升米二升豆子的，余二人亦不曾有是气。舅舅也就没有法呢。”

卜世仁道：“我的儿，舅舅要有，还不是该的。我天天和你舅母说，只愁你没计算儿。你但凡立的起来，到你大房里，就是他们爷儿们见不着，便下个气，和他们的管家或者管事的人们嘻和嘻和，可怜可叹，余竟为之一哭。也弄个事儿管管。前日我出城去，撞见了你们三房里的老四，骑着大叫驴，带着五辆车，有四五十和尚道士，妙极！写小人口角，羡慕之言加一倍，毕肖，却又是背面傅粉法。往家庙去了。他那不亏能干，就有这样的事到他了！”贾芸听他韶刀的不堪，便起身告辞。有志气，有果断。卜世仁道：“怎么急的这样，吃了饭再去罢。”一句未完，只见他娘子说道：虽写小人家涩细，一吹一唱，酷肖之至，却是一气逼出，后文方不突然。《石头记》笔仗全在如此样者。“你又糊涂了。说着没有米，这里买了半斤面来下给你吃，这会子还装胖呢。留下外甥挨饿不成？”卜世仁说：“再买半斤来添上就是了。”他娘子便叫女孩儿：“银姐，往对门王奶奶家去问，有钱借二三十个，明儿就送过来。”夫妻两个说话，那贾芸早说了几个“不用费事”，去的无影无踪了。有知识有果断，人自是不同。　世情写透。

不言卜家夫妇，且说贾芸赌气离了母舅家门，一径回归旧路，心下正自烦恼，一边想，一边低头只管走，不想一头就碰在一个醉汉身上，把贾芸唬了一跳。自上看来，可是一口气否？听那醉汉骂道：“臊你娘的！瞎了眼睛，碰起我来了！”贾芸忙要躲身，早被那醉汉一把抓住，对面一看，不是别人，却是紧邻倪二。原来这倪二是个泼皮，专放重利债，在赌博场吃闲钱，专管打降吃酒。如今正从欠钱人家索了利钱，吃醉回来，不想被贾芸碰了一头，正没这一节对《水浒记》“杨志卖大刀遇没毛大虫”一回看，觉好看多矣。己卯冬夜，脂砚。

好气，抡拳就要打。只听那人叫道：“老二住手！是我冲撞了你。”倪二听见是熟人的语音，将醉眼睁开看时，见是贾芸，忙把手松了，趔趄着笑道：写生之笔。“原来是贾二爷，我该死，我该死！如此称呼，可知芸哥素日行止，是“金盆虽破分两在”也。这会子往那里去？”贾芸道：“告诉不得你，平白的又讨了个没趣儿。”本无心之谈也。倪二道：“不妨不妨，如闻。有什么不平的事，告诉我，替你出气。这三街六巷，凭他是谁，有人得罪了我醉金刚倪二的街坊，写得酷肖，总是渐次逼出，不见一丝勉强。管叫他人离家散！”

贾芸道：“老二，你且别气，听我告诉你这原故。”可是一顺而来。说着，便把卜世仁一段事告诉了倪二。倪二听了大怒：“要不是令舅，我便骂不出好话来。真真气死我倪二！仗义人岂有不知礼者乎？何尝是破落户？冤杀金刚了！也罢，你也不用愁烦，我这里现有几两银子，你若用什么，只管拿去买办。但只一件，你我作了这些年的街坊，我在外头有名放账，你却从没有和我张过口，也不知你厌恶我是个泼皮，怕低了你的身分；知己知彼之话。也不知是你怕我难缠，利钱重？若说怕利钱重，这银子我是不要利钱的，也不用写文约；若说怕低了你的身分，知己知彼之话。我就不敢借给你了，各自走开。”一面说，一面果然从搭包里掏出一卷银子来。

贾芸心下自思：“素日倪二虽然是泼皮无赖，却因人而使，四字是评，难得难得，非豪杰不可当。颇颇的有义侠之名。若今日不领他这情，怕他臊了，倒恐生事。不如借了他的，改日加倍还他也倒罢了。”想毕，笑道：“老二，你果然是个好汉，我何曾不想着你，和你张口。但只是我见你所相与交结的，都是些有胆量的有作为的人，似我们这等无能无为的芸哥亦善谈，好口齿。你倒不理。我若和你张口，你岂肯借给我。今日既蒙高情，我怎敢不领，回家按例写了文约过来便是了。”倪二大笑道：“好会说话的人。我却听不上这话。“光棍眼内揉不下沙子”是也。既说‘相与交结’四个字，如何放账给他，如今不单是亲友言利，不但亲友，即闺阁中亦然。不但生意新发户，即大户旧族颇颇有之。使他的利钱！既把银子借与他，图他的利钱，便不是相与交结了。闲话也不必讲，既肯青目，这是十五两三钱有零的银子，便拿去治买东西。你要写什么文契，趁早把银子还我，让我放给那些有指望的人使去。”爽快人，爽快话。贾芸听了，一面接了银子，一面笑道：“我便不写罢了，有何着急的。”倪二笑道：“这不是话。天气黑了，也不让茶让酒，我还到那边有点事情去，你竟请回去。我还求你带个信儿与舍下，叫他们早些关门睡罢，我不回家去了，倘或有要紧事儿，叫我们女儿明儿一早到马贩子王短腿家来找我。”常起坐处人，毕真。一面说，一面趔趄着脚儿去了。仍应前。不在话下。

读阅“醉金刚”一回，毋吃刘铉丹家山楂丸一付。一笑！

余卅年来得遇金刚之样人不少，不及金刚者亦不少，惜书上不便历历注上芳讳，是余不足心事也。壬午孟夏。

且说贾芸偶然碰了这件事，心中也十分罕希，想那倪二倒果然有些意思，只是还怕他一时醉中慷慨，到明日加倍的要起来，便怎处，芸哥实怕倪二，并非以小人之心度君子也。心内犹豫不决。忽又想道："不妨，等那件事成了，也可加倍还他。"想毕，一直走到个钱铺里，将那银子称一称，十五两三钱四分二厘。贾芸见倪二不撒谎，心下越发欢喜，收了银子，来至家门，先到隔壁将倪二的信捎了与他娘子知道，方回家来。见他母亲自在炕上拈线，见他进来，便问那去了一日。贾芸恐他母亲生气，孝子可敬。此人后来荣府事败，必有一番作为。便不说起卜世仁的事来，只说在西府里等琏二叔的。问他母亲吃了饭不曾，他母亲已吃过了，说留的饭在那里。小丫头子拿过来与他吃。那天已是掌灯时候，贾芸吃了饭收拾歇息，一宿无话。

次日一早起来，洗了脸，便出南门。大香铺里买了冰麝，便往荣国府来。打听贾琏出了门，贾芸便往后面来。到贾琏院门前，只见几个小厮拿着大高笤帚在那里扫院子呢。忽见周瑞家的从门里出来叫小厮们："先别扫，奶奶出来了。"贾芸忙上前笑问："二婶婶那去？"周瑞家的道："老太太叫，想必是裁什么尺头。"

正说着，只见一群人簇着凤姐出来了。当家人有是派头。贾芸深知凤姐是喜奉承尚排场的，那一个不喜奉承？忙把手逼着，恭恭敬敬抢上来请安。凤姐连正眼也不看，仍往前走着，只问他母亲好，"怎么不来我们这里逛逛？"贾芸道："只是身上不大好，倒时常记挂着婶子，要来瞧瞧，又不能来。"凤姐笑道："可是会撒谎！不是我提起他来，你就不说他想我了。"贾芸笑道："侄儿不怕雷打了，就敢在长辈前撒谎？昨儿晚上还提起婶子来，说婶子身子生的单弱，事情又多，亏婶子好大精神，竟料理的周周全全，要是差一点儿的，早累的不知怎么样呢！”

自往卜世仁处去，已安排下的，芸哥可用。己卯冬夜。

凤姐听了，满脸是笑，不由的便止了步，问道：“怎么好好的，你娘儿们在背地里嚼起我来？”过下无痕，天然而来文字。贾芸道：“有个原故，接得如何？只因我有个朋友，家里有几个钱，现开香铺，只因他身上捐着个通判，前儿选了云南不知那一处，随口语，极妙！连家眷一齐去，把这香铺也不在这里开了，便把账物攒了一攒，该给人的给人，世法人情，随便拈来，皆是奇妙文章。该贱发的贱发了，像这细贵的货，都分着送与亲朋，他就一共送了我些冰片、麝香。我就和我母亲商量，像得紧，何尝撒谎。若要转卖，不但卖不出原价来，而且谁家拿这些银子买这个作什么，便是很有钱的大家子，也不过使个几分几钱就挺折腰了；若说送人，也没个人配使这些，作者是何神圣，具此等大光明眼，无微不照。倒叫他一文不值半文的转卖了。因此我就想起婶子来。为大千世界一哭。往年间我还见婶子大包的银子买这些东西呢。别说今年贵妃宫中，就是这个端阳节下，不用说这些香料自然是比往常加上十倍去的，因此想来想去，只孝顺婶子一个人才合式，有此一番必当孝顺、必当收下、必得备用之情景，行文好看杀人，立意奚落杀人，看至此不知当哭当笑。方不算糟蹋这东西。”一边说，一边将一个锦匣举起来。

凤姐正是要办端阳的节礼，采买香料药饵的时节，忽见贾芸如此一来，听这一篇话，心下又是得意又是欢喜，逼真。便命丰儿："接过芸哥儿的来，像个婶子口气。好看煞！送了家去，交给平儿。"因又说道："看着你这样知好歹，怪道你叔叔常提你，说你说话儿也明白，心里有见识。"看官须记，凤姐所喜者是奉承之言，打动了心，不是见物而欢喜，若说是见物而喜，便不是阿凤矣。贾芸听这话入了港，便打进一步来，故意问道："原来叔叔也曾提我的？"凤姐见问，才要告诉他与他管事情的那话，便忙又止住，心下想道：的是阿凤行事心机笔意。"我如今要告诉他那话，倒叫他看着我见不得东西似的，为得了这点子香，就混许他管事了。今儿先别提起这事。"想毕，便把派他监种花木工程的事，都隐瞒的一字不提，随口说了两句淡话，便往贾母那里去了。贾芸也不好提的，只得回来。

因昨日见了宝玉，叫他到外书房等着，一样叔婶，两般侍奉。贾芸吃了饭便又进来，到贾母那边仪门外绮霰斋书房里来。只见焙茗、锄药两个小厮下象棋，为夺"车"正拌嘴，还有引泉、扫花、挑云、伴鹤四五个好名色。又在房檐上掏小雀儿玩。行云流水，一字不空，真是空灵活跳。贾芸进入院内，把脚一跺，说道："猴头们淘气，我来了。"众小厮看见贾芸进来，都才散了。贾芸进入房内，便坐在椅子上问："宝二爷没下来？"茗烟道："今儿总没下来。二爷说什么，我替你哨探哨探去。"五遁之外，名曰"哨探"遁法。说着，便出去了。

这里贾芸便看字画古玩，有一顿饭工夫还不见来，再看看别的小厮都顽去了。正是烦闷，只听门前娇声嫩语的叫了一声"哥哥"。贾芸往外瞧时，却是一个十六七岁的丫头，生的倒也细巧干净。那丫头一见了贾芸，便抽身躲了过去。是必然之理。恰值焙茗走来，见那丫头在门前，便说道："好，好，二"好"字是遮饰半句来不到语。正抓不着个信儿！"贾芸见了焙茗，也就赶了出来，问怎么样。焙茗道："等了这一日，也没个人儿过来，这就是宝二爷房里的。好姑娘，口气极像。你进去带个信儿，就说廊上的二爷来了。"那丫头听说，方知是本家的爷们，便不似先前那等回避，一句，礼当。下死眼把贾芸钉了两眼。这句是情孽上生。　五百年风流孽冤。听那贾芸说道："什么是廊上廊下的，你只说是芸儿就是了。"半晌，那丫头冷笑了一笑：神情是深知房中事的。"依我说，二爷竟请回家去，有什么话明儿再来，今儿晚上得空儿我回了他。"焙茗道："这是怎么说？"那丫头道："他今儿也没睡中觉，一连两个"他"字，怡红院中使得，否则有假矣。自然吃的晚饭早。晚上又不下来，难道只是要的二爷在这里等着挨饿不成！业已种下爱根，俟后无计可拔。不如家去，明儿来是正紧。便是回来有人带信，那都是不中用的，他不过口里应着，他倒给带呢！"贾芸听这丫头说话简便俏丽，待要问他的名字，因是宝玉房里的，又不便问，只得说道："这话倒是，我明儿再来。"说着便往外走。焙茗道："我倒茶去，二爷吃了茶再去。"滑贼。贾芸一面走，一面回头说："不吃茶，我还有事呢。"口里说话，眼睛瞧那丫头还站在那里呢。

那贾芸一径回家。至次日来至大门前，可巧遇见凤姐往那边去请安，才上了车，见贾芸来，便命人唤住，隔窗子笑道："芸儿，你竟有胆子在我的跟前弄鬼，也作的不像撒谎，用心机人可怕是此等处。怪道你送东西给我，原来你有事求我。非此等话法，则是因昨日之物起见了。锦心绣口，真真拜服。昨儿你叔叔才告诉我说你求他。"贾芸笑道："求叔叔这事，婶子休提，我昨儿正后悔呢。早知这样，我竟一起头求婶子，这会子也早完了。这样话实是以非理加之。而世人大都乐受喜闻，吾深怪之。谁承望叔叔竟不能的。"凤姐笑道："怪道你那里没成儿，昨儿又来寻我。"贾芸道："婶子辜负了我的孝心，我并没有这个意思，若有这个意思，昨儿还不求婶子？如今婶子既知道了，我倒要把叔叔丢下，少不得求婶子好歹疼我一点儿。"凤姐冷笑道："你们要拣远路儿走，曹操语。叫我也难说。早告诉我一声儿，有什么不成的？多大点子事，耽误到这会子。那园子里还要种花，我只想不出一个人来，你早来不早完了。"贾芸笑道："既这样，婶子明儿就派我罢。"凤姐半晌道："这个我看着不大好，又一折。等明年正月里的烟火灯烛那个大宗儿下来，再派你罢。"贾芸道："好婶子，先把这个派了我罢。果然这个办的好，再派我那个。"凤姐笑道："你倒会拉长线儿。罢了，要不是你叔叔说，我不管你的事。总不认受冰麝贿。我也不过吃了饭就过来，你到午错的时候来领银子，后儿就进去种树。"说毕，令人驾起香车，一径去了。

贾芸喜不自禁，来至绮霰斋打听宝玉，谁知宝玉一早便往北静王府里去了，贾芸便呆呆的坐到晌午，打听凤姐回来，便写个领票来领对牌。至院外，命人通报了，彩明走了出来，单要了领票进去，批了银数年月，一并连对牌交与贾芸。贾芸接了，看那批上银数批了二百两，心中喜不自禁，翻身走到银库上，交与收牌票的，领了银子。回家告诉母亲，自是母子俱各欢喜。次日一过五鼓，贾芸先找了倪二，将前银按数还他，那倪二见贾芸有了银子，也便按数收回，不在话下。这里贾芸又拿了五十两，出西门找到花儿匠方椿家里去买树，不在话下。至此便完种树工程。　一者见得趱赶工程，原非正文，不过虚描盛时光景，借此以出情文；二者又为避难法，若不如此了，必曰其树、其价、怎么买、定几株，岂不烦絮矣。

如今且说宝玉，自那日见了贾芸，曾说明日着他进来说话儿。如此说了之后，他原是富贵公子的口角，那里还把这个放在心上，因而便忘怀了。若是一个女孩儿，可保不忘的。这日晚上，从北静王府里回来，见过贾母、王夫人等，回至园内，换了衣服，正要洗澡。袭人因被薛宝钗烦了去打结子，秋纹、碧痕两个去催水，檀云又因他母亲的生日接了出去，麝月又现在家中养病，虽还有几个作粗活听唤的丫头，估着叫不着他们，都出去寻伙觅伴的玩去了。不想这一刻的工夫，妙！必用"一刻"二字，方是宝玉的房中，见得时时原有人的，又有今一刻无人，所谓凑巧具一也。只剩了宝玉在房内，偏生的三字不可少。宝玉要吃茶，一连叫了两三声，方见两三个老嬷嬷走进来。妙！文字细密，一丝不落，非批得出者。宝玉见了他们，连忙摇手儿说："罢，罢！不用你们了。"是宝玉口气。老婆子们只得退出。

宝玉见没丫头们，只得自己下来，拿了碗，向茶壶去倒茶。只听背后说道："二爷仔细烫了手，让我们来倒。"神龙变化之文，人岂能测。一面说，一面走上来，早接了碗过去。宝玉倒唬了一跳，问："你在那里的？忽然来了，唬我一跳。"那丫头一面递茶，一面回说："我在后院子里，才从里间的后门进来，难道二爷就没听见脚步响？"宝玉一面吃茶，一面六个"一面"，是神情，并不觉厌。仔细打量那丫头：穿着几件半新不旧的衣裳，倒是一头黑鬒鬒的头发，挽着个髻，容长脸面，细巧身材，却十分俏丽干净。与贾芸目中所见不差。

宝玉看了，便笑问道：神情写得出。“你也是我这屋里的人么？”妙问。必如此问，方是笼络前文。那丫头道：“是的。”宝玉道：“既是这屋里的，我怎么不认得？”那丫头听说，便冷笑了一声道：神理如画。“认不得的也多，岂只我一个。从来我又不递茶递水，拿东拿西，眼见的事一点儿不作，那里认得呢。”宝玉道：“你为什么不作那眼见的事？”这是下情不能上达意语也。那丫头道：“这话我也难说，不伏气语，况非尔可完，故云“难说”。只是有一句话回二爷，昨儿有个什么芸儿来找二爷，我想二爷不得空儿，便叫茗烟回他，叫他今日早起来，不想二爷又往北府里去了。”刚说到这句话，只见秋纹、碧痕嘻嘻哈哈的说笑着进来。两个人共提着一桶水，一手撩着衣裳，趔趔趄趄，泼泼撒撒的。那丫头便忙迎去接。好，有眼色。那秋纹、碧痕正对着抱怨，“你湿了我的裙子”，那个又说，“你踹了我的鞋”。忽见走出一个人来接水，二人看时，不是别人，原来是小红。二人便都诧异，将水放下，忙进房来东瞧西望，四字渐露大丫头素日怡红细事也。并没个别人，只有宝玉，便心中大不自在。只得预备下洗澡之物，待宝玉脱了衣裳，二人便带上门出来，清楚之至。走到那边房内便找小红，问他方才在屋里说什么。小红道：“我何曾在屋里的？只因我的手帕子不见了，往后头找手帕子去。不想二

怡红细事，俱用带笔白描，是大章法也。丁亥夏，畸笏叟。

爷要茶吃，叫姐姐们一个没有，是我进去了，才倒了茶，姐姐们便来了。”

秋纹听了，兜脸啐了一口，骂道：“没脸的下流东西，正经叫你催水去，你说有事故，倒叫我们去，你可等着做这个巧宗儿。难说小红无心，自写。一里一里的，这不上来了！难道我们倒跟不上你了？你也拿镜子照照，配递茶递水不配？”“难说”二字，全在此句来。碧痕道：“明儿我说给他们，凡要茶要水送东送西的事，咱们都别动，只叫他去便是了。”秋纹道：“这么说，不如我们散了，单让他在这屋里呢。”二人你一句，我一句，正闹着，只见有个老嬷嬷进来传凤姐的话说：“明儿有人带花儿匠来种树，叫你们严禁些，衣服裙子别混晒混晾的。那土山上一溜都拦着帏幕呢，可别混跑。”秋纹便问：用秋纹问，是暗透之法。“明儿不知是谁带进匠人来监工？”那婆子道：“说什么后廊上的芸哥儿。”秋纹、碧痕听了，都不知道，只管混问别的话。那小红听见了，心内却明白，可是暗透法？就知是昨儿外书房所见那人了。

原来这小红本姓林，又是个林。小名红玉，“红”字切“绛珠”，“玉”字则直通矣。只因“玉”字犯了林黛玉、宝玉，妙文。便都把这个字隐起来，便都叫他“小红”，原是荣国府中世代的旧仆，他父母现在收管各处房田事务。这红玉年方十六岁，因分人在大观园的时节，把他便分在怡红院中，倒也清幽雅静。不想后来命人进来居住，偏生这一所儿又被宝玉占了。这红玉虽然是个不谙事的丫头，却因他有三分容貌，有三分容貌，尚且不肯受屈，况黛玉等一干才貌者乎。心内着实妄想痴心的向上攀高，争夺者同来一看。每每的要在宝玉面前现弄现弄。只是宝玉身边一干人都是伶牙俐爪的，“难说”的原故在此。

那里插的下手去。不想今儿才有些消息，余前批不谬。又遭秋纹等一场恶意，心内早灰了一半。争名夺利者齐来一哭。正闷闷的，忽然听见老嬷嬷说起贾芸来，不觉心中一动，便闷闷的回至房中，睡在床上暗暗盘算，翻来掉去，正没个抓寻。忽听窗外低低的叫道："红玉，你的手帕子我拾在这里呢。"红玉听了，忙走出来看，不是别人，正是贾芸。红玉不觉的粉面含羞，问道："二爷在那里拾着的？"贾芸笑道："你过来，我告诉你。"一面说，一面就上来拉他。那红玉急回身一跑，睡梦中当然一跑，这方是怡红之鬟。却被门槛绊倒。要知端的，下回分解。

《红楼梦》写梦，章法总不雷同。此梦更写的新奇，不见后文，不知是梦。

红玉在怡红院为诸鬟所掩，亦可谓生不遇时，但看后四章供阿凤驱使可知。

冷暖时，只自知，金刚卜氏浑闲事。眼中心，言中意，三生旧债原无底。任你贵比王侯，任你富似郭石。一时间，风流愿，不怕死。

「若水古社」

高高国际国学品牌